www.bbulmedia.com

www.bbulmedia.com

불편한
연애

불편한 연애

초판 1쇄 찍음 2016년 5월 30일
초판 1쇄 펴냄 2016년 6월 3일

지은이 | 시로코
펴낸이 | 정 필
펴낸곳 | **(주)뿔미디어**

기획 · 편집 | 안리라, 조미연

출판등록 | 2002년 9월 11일 (제1081-1-132호)
주소 | 경기도 부천시 원미구 소향로 17, 303(두성프라자)
전화 | 032)651-6513 / 팩스 | 032)651-6094
E-mail | dahyangs@naver.com
블로그 | http://blog.naver.com/dahyangs
홈페이지 | http://bbulmedia.com

값 9,000원

ISBN 979-11-315-7188-0 03810

※파본은 구입하신 서점에서 교환하여 드립니다.
※이 책은 (주)뿔미디어를 통해 독점 계약되었습니다.
저작권법에 의해 보호를 받는 저작물이므로 무단 전재와 무단 복제를 엄금합니다.

불편한 연애

시로코

장편 소설

c o n t e n t s _

프롤로그_1

토요일 오전 11시. 여의도 컨벤션 웨딩홀 3층.

샹제리제홀. 신부 안은정.

커다란 웨딩홀 건물 앞에서 청첩장에 찍힌 건물 층수를 다시 확인한 이수는 큰 호흡과 함께 건물 안으로 들어갔다.

뜨겁게 틀어 놓은 난방 바람에 흐트러진 머리를 손톱 끝으로 살살 빗어 내리고 혼잡한 엘리베이터 대신 대리석으로 된 계단을 한 칸씩 밟고 올라갔다.

하객들로 북적이는 3층에 도착한 이수는 사람들의 어깨에 닿지 않게 피해 가며 천천히 신부 측 축의대에 가 축의금 봉투를 전했다.

곱게 한복을 차려입은 은정의 어머니가 보였지만 그 주위를 겹겹이 에워싼 인사 하객들을 보니 다가가 알은체할 엄두가 나지 않았다. 결국 그녀는 핸드백을 고쳐 메고 축의대 왼쪽에 있는 신부 대기실에 앞에 가 노크를 했다.

"들어오세요."

신부인 은정 대신 소현의 목소리가 들렸다. 살짝 문을 밀고 들어가자 새하얀 드레스를 입고 카메라 앞에 브이 자를 그리는 은정과 소현이 보였다. 오랜만에 보는 친구들 모습에 절로 웃음이 났다.

"은정아. 소현아."

"야, 정이수!"

"이수야, 어서 와. 밖에 춥지? 손 꽁꽁 언 것 좀 봐."

곱게 신부 화장을 한 은정과 소현이 각각 양쪽에서 이수의 손을 잡아끌었다. 두 사람 사이에서 어정쩡한 자세로 선 이수가 수줍은지 배시시 웃는 은정의 볼을 다정하게 어루만졌다.

"우리 은정이 예쁘네."

"진짜?"

"응. 진짜 예뻐. 신랑이 좋아하겠다. 떠받들어 모시고 살겠어, 아주 그냥."

은정은 대학병원 원내 약국에서 근무를 하다 같은 병원 마취통증의학과에서 펠로우로 근무 중이던 남편을 만나, 불같은 일 년여의 연애 끝에 드디어 결혼을 하게 되었다. 소현이 철없는 동생 같다면, 은정은 뭐든지 다 들어 주는 언니 같은 친구였다.

이수는 두 눈 가득 웃음을 머금은 채 휴대폰을 꺼내 은정의 모습을 찰칵찰칵 담았다. 그 옆에 팔짱을 끼는 소현의 모습까지도 빼놓지 않고 담던 이수는 신부 대기실 입구에 모여든 한 무리의 젊은 여자들을 발견하고 잠시 얼굴을 굳혔다. 그러다 이내 아무렇지 않은 듯 핸드백을 고쳐 메고 대기실 문을 가리키며 말했다.

"나, 화장실 좀. 갔다가 바로 식장으로 들어갈게."

"알았어. 앞쪽에 자리 맡아 놨으니까 그리로 와."

"응. 알았어."

그리 좋은 기억으로 남아 있지 않은 대학 동기들과 마주치지 않으려 피하듯 대기실 문을 열고 나가는데 문이 닫히기 전 희미하게 소현의 목소리가 들렸다.

"원우 오빠랑 이현 오빠는 그때랑 똑같더라."

어딘가 낯익은, 생각해 내려고 노력하면 곧 기억날 듯한 두 명의 이름을 마지막으로 대기실 통로를 빠져나온 이수는 혹시라도 자신을 알아보는 사람이 없길 바라는 마음으로 고개를 숙인 채 꽉 들어찬 사람들 틈으로 파고들어 갔다.

신부 측 맨 뒷자리 하고도 귀퉁이 자리. 소현에게서 걸려 오는 전화를 모른 척하며 그곳에 숨어든 이수는 폭포수처럼 쏟아져 내리는 조명 아래에서 환하게 웃고 있는 은정을 두 눈에 담았다.

예식 중반 무렵 입을 맞추는 신랑 신부에게 짓궂은 휘파람 소리와 환호성이 쏟아졌다. 소리 없이 대충 박수 치는 시늉을 하던 이수는 좀 전부터 느껴지는 시선을 더는 참지 못하고 고개를 돌려 유쾌하지 못한 시선의 근원지를 찾아 나섰다.

이리저리 고개를 돌리다 대각선 신랑 측 자리와 가까운 곳에 앉아 뒤를 돌아보고 있는 남자와 눈이 마주쳤다. 낯익은 얼굴의 남자가 자신에게서 시선을 떼지 못하고 있었다. 착각인가 싶어 조금 더 옆으로 걸음을 옮겨 보기도 했지만 남자의 시선은 집요하게 따라붙었다.

불편한 마음이 생겨 신경을 거두려고 해 봤지만 너무도 뚜렷하게 와 닿는 시선 때문에 마음처럼 쉽지가 않았다. 결국 가볍게 목례를 하자 남자가 눈을 깜빡이며, 머뭇거림 없이 알은체를 해 왔다.

그러는 사이 식이 끝났다. 사진을 찍기 위해 우르르 사람들이 몰려드는 틈을 타 이수는 핸드백만 급히 움켜쥐고 예식장에서 도망치듯 나가 버렸다.

고승우의 친구이자 자신에게는 선배가 되는 김이현. 망설임 없이 알은체해 온 남자의 얼굴과 이름이 바로 옆에서 누군가 주입시켜 준 것처럼 머릿속에 파바박, 떠올랐기 때문이었다. 결코 반갑다고 할 수 없는 관계의 남자였다.

도망쳐 나와 눅눅하게 내려앉은, 도심 속 매캐한 겨울바람 속으로 이수는 몸을 숨겼다.

프롤로그_2

"끊어졌네."

무심코 넣은 코트 주머니 속 바르르 떨리던 휴대폰이 멈췄다. 하지만 이수는 용건이 있는 쪽이 다시 전화하겠지 싶어 신경 쓰지 않았다.

수요일. 오늘은 봄 약국이 있는 건물 3층의 김 앤 박 피부과가 야간진료를 하는 날이라 덩달아 이수의 퇴근 시간도 늦어지고 말았다.

낡아 버린 셔터를 내려 문단속을 한 뒤, 근처 치킨 가게에 들러 주문을 하고 가게 앞 파라솔 의자에 앉아 잠시 눈을 감았다.

이수가 운영하는 봄 약국은 한가롭다가도 난데없이 소란에 휩싸이곤 하는 재래시장 근처에 위치해 있었다. 작은 신호등을 사이에 두고 일동과 이동의 커다란 현수막이 걸린 오래된 재래시장.

골목마다 프랜차이즈형 치킨 가게가 많지만 이수는 늘 '정수통닭' 이라는 허름한 간판의 가게만 찾았다. 특별히 더 좋은 기름, 좋은 닭을 쓰는 것도 아니지만 지나가는 사람을 잡아 물이라도 한 잔 주는 인심이 그녀를 단골로 옭아매고 있었다.

알코올 중독으로 고생한 남편 때문에 메뉴에서 과감하게 주류를 제외시킨 정수 어머니는 가게 바로 옆 편의점을 못마땅해했다. 뜨겁게 튀겨 낸 치킨을 들고 꼭 편의점에 들러 맥주를 서너 캔씩 사 가는 사람들의 건강을 생각해서다.

치킨 한 마리를 사고 거스름으로 받은 지폐를 몰래 슬쩍 내려놓고 나와 천천히 어두운 거리를 되짚다 보니 어느덧 밤 10시가 되어 가고 있었다.

꽉 쥔 손을 타고 오르는 치킨의 따스한 온기와, 머리부터 어깨까지 내려앉은 차가운 바깥 공기가 만들어 낸 불협화음에 오돌토돌하게 소름이 돋았다.

서비스로 받은 음료의 무게에 잠시 멈춰 서 손을 바꾸려는데 바르르, 휴대폰이 다시 울렸다. 잠시 고민하다 들고 있던 것들을 땅에 내려놓고 휴대폰을 귀에 가져다 댔다. 통화버튼을 누르기 전 액정에 뜬 번호를 확인했다. 이름이 저장되어 있진 않지만 이미 외워 버린 번호다.

김이현. 요 근래 그녀를 가장 불편하게 하는 존재. 이수는 절로 나오는 한숨을 갈무리하며 걸려 온 전화를 받았다.

"여보세요."

— 후배님?

"네, 선배."

— 이제는 전화 받네?

묘하게 흐트러진 음성과 저편에서 들리는 요란한 경적소리에 잠시 휴대폰과 거리를 두었다.

"술 드셨나 봐요."

— 아아, 조금. 조금 마셨지. 기분 좋은 일이 있었거든.

"그러셨군요."

내심 의아한 마음이 든다.

우연찮게 다시 만나기는 했지만 술에 취해 전화를 할 만큼 가까운 선후배 사이는 절대 아니었다.

대학 내내 화제의 중심에 있던 그와 혼자이길 고집한 자신의 접점이라곤 옛 연인 '고승우' 정도다.

졸업 후 제약회사인 유한에 입사했다더라, 라는 말은 들었지만 그냥 그러려니 하고 만 정도. 얼마 전 약대 동기의 결혼식이 아니었다면 평생 만날 일이 없을지도 모르는 사람. '오빠' 혹은 '누구 씨' 가 어색해 애써 선배, 라는 단어로 부르는 사이. 딱 그 정도만큼의 사이었다.

의무적으로 명함을 주고받긴 했지만 이렇게 술에 취해 전화를 걸 정도로 친했던가? 하는 생각이 문득 들었다.

— 후배님. 약국 문은 닫았을 거고…… 어디야? 집에 오는 중?

가는 중도 아니고 오는 중이냐 묻는 말에 잠시 땅에 놓아둔 치킨 봉투를 내려다보았다.

사실대로 말할까. 말까.

아주 잠깐의 침묵 후 짧게 답했다.

"네. 가고 있어요."

— 그렇구나.

실없는 사람이다.

치킨이 식기 전에 들어가고 싶은 마음에 부스럭 소리가 나는 것도 아랑곳 않고 치킨 봉투를 들어 한쪽 손목에 걸고 천천히 움직였다. 걸을 때마다 고소한 냄새가 점점 더 가까이 스며드는 것 같다. 꼴깍, 저절로 침이 삼켜진다. 이수는 그저 마음을 바쁘게 하는 이 영양가 없는 통화가 빨리 끝나기만을 바랐다.

"늦었어요. 술 많이 드신 것 같은데 집에 들어가셔야죠."

— 으음. 괜찮아. 걱정해 주는 사람도 없는 걸. 후배님은 집까지 얼마나 걸려?

그런 건 왜 묻나 싶으면서도 빨리 전화를 끊고 싶은 마음에 오 분 정 걸린다고 대충 대답하자, 이현이 알았다며 빨리 오라는 말과 함께 먼저 전화를 끊었다.

보통, 빨리 오라는 표현은 '내가 널 기다리고 있어.' 라는 의미로 많이 쓰인다. 멈칫, 까맣게 된 휴대폰 액정을 보다 가볍게 고개를 저은 이수가 부지런히 걸음을 놀렸다. 지금 이수의 머릿속엔 따뜻한 치킨과 맥주 그리고 조금 후 재방송 될 EPL 경기로 가득했다.

깜빡깜빡. 감았다 뜬 눈에 힘을 주었다. 그래도 여전히 변한 게 없다. 제 집 현관문 앞에 커다란 덩치의 남자가 다리를 쭉 늘어뜨리고 앉아 꾸벅꾸벅 졸고 있었다.

두어 번 더 발자국 소리가 울리자 센서등이 환하게 켜진다.

푸으흐. 한숨과도 같은 숨소리와 오르락내리락하는 어깨. 켜진 등에 드러난 얼굴.

"선배."

닫혀 있던 눈꺼풀이 들썩인다.

"이현 선배."

이수의 목소리에 움찔대던 눈꺼풀이 올라갔다. 졸음이 쏟아지는지 몇 번 눈을 깜빡이던 남자가 고개를 들어 멀뚱히 서 있는 이수를 올려다봤다.

"후배님 안녕?"

얼마나 마셨는지 술 냄새가 진동을 했다. 혀가 꼬이는지 어눌한 이현의 인사에 가만히 고개만 움직여 알은척했다. 손바닥으로 차가운 바닥을 짚고 일어나려 애쓰는 모습이 확실히 평소와는 많이 다른 듯했다.

이현 모르게 한숨을 쉰 이수가 들고 있던 치킨 봉투를 내려놓고 한쪽 겨드랑이 아래로 팔을 밀어 넣어 자신의 어깨에 팔을 두르게 했다. 움찔, 놀라는 게 느껴졌지만 모른 척 문을 열었다.

봄의 문턱을 훌쩍 넘어섰지만 아직 밤은 조금 추웠다. 베란다 문을 활짝 열어 놓고 간 탓에 서늘한 집 안으로 힘겹게 이현을 부축해 들어섰다. 꼿꼿하게 서려 힘을 줄수록 이수에게 가해지는 무게 또한 늘어났다. 결국 소파에 가기도 전에 둘 모두 거실 바닥에 나뒹굴듯 주저앉아야만 했다. 바닥에 앉은 이현을 내버려 둔 채,

복도에 둔 짐을 챙겨 문을 닫은 이수는 그 짧은 새 이마에 난 땀을 손등으로 닦았다.

그런 뒤, 그의 어깨를 흔들자 마치 잠을 쫓으려는 듯 잠시 고개를 흔들고 눈을 비빈 이현이 그녀를 올려다봤다.

"술 많이 드셨나 봐요."

"으응? 아냐. 아주 조금 마셨어."

엄지와 검지로 '아주 조금'을 어필해 보이며 웃는 얼굴이 시야 가득 와 닿는다. 답답한지 겉옷을 벗으려 애써 보지만 몸이 말을 듣지 않는 듯했다. 뒤로 가 어깨 바로 아래서 걸린 옷을 벗겨 준 이수는 잠시 망설이다 피식피식 웃는 이현의 맞은편으로 가 앉았다.

"이렇게 후배님을 다시 보게 되니 좋네."

누구에게나 살가운 사람이었으니 온전히 빈말은 아닐 터다. 보게 되어 좋다는 말에 달리 해 줄 말이 없어 입만 꾹 다물고 있자 이현의 입가가 크게 물결친다.

"우리 후배님은 참, 변한 게 없네. 그래서…… 좋다. 그때나 지금이나 똑같아서 너무 좋다."

서너 개씩 아르바이트를 하며 돈 천 원에 궁상을 떨던 그때와 변한 게 없다는 그의 말에 이수가 잠깐 묘한 표정을 지었다. 관리라곤 해 보지 않은 손톱에, 화장기 없는 얼굴. 질끈 동여맨 머리. 생각해 보니, 적어도 겉모습은 그때와 비교해 변한 게 없는 것 같다.

자신과 달리 매끄럽게 떨어지는 뺨의 곡선에 눈을 두었다. 늦은 밤이라 그런지 촘촘하니 푸르른 수염자국과 불그스름하지만 여자의 그것과는 달리 어두운 빛이 살짝 섞여 있는 입술. 고집스럽게 높이 솟은 콧날을 지나 선이 굵은 눈썹까지 차례대로 눈에 담았다. 쌍꺼풀이 없는데도 매섭다기보다 순하다는 느낌이 강하게 들었다. 이현은 화려하게 잘생긴 얼굴은 아니지만 이목구비가 뚜렷해 사람의 시선을 확 잡아끄는 그런 묘한 얼굴을 지니고 있었다.

"후배님. 감상은 끝났어?"

"아, 죄송해요."

저도 모르게 넋을 놓고 있었던 이수가 머쓱하게 사과를 건넸다. 개의치 않는 듯 어깨를 으쓱인 이현은 가물가물, 잠이 묻어나는 얼굴을 조금 가까이 이수 쪽으로 들이밀었다. 그리고 그녀가 했던 대로 이마부터 시작해, 겉으로 크게 쌍꺼풀이 져 마냥 순하게 보이는 동그란 눈꼬리와 버석 마른 입술까지 노골적으로 살피기 시작했다.

그저 시선일 뿐인데 마치 직접적으로 얼굴 곳곳을 훑어 내리는 것 같은 묘한 느낌이 들었다. 등 언저리가 따끔거려 왔고, 명치끝이 바늘에 찔린 것처럼 쑤셔 왔다. 결국 불편함을 내비치며 이수가 고개를 뒤로 빼자, 씩 웃은 이현의 고개도 제자리로 돌아갔다.

벽에 걸린 시계는 벌써 자정을 향하고 있었다.

"많이 늦었어요. 택시 불러 드릴까요?"

은근한 축객령에 이현은 고개를 저었다. 그러더니 할 말이 있는 듯 쭉 폈던 다리를 가지런히 모으고 앉았다. 목이 타는지 아랫입술을 잘근대자 이수가 물을 한 컵 가져와 건넸다. 벌컥벌컥 숨도 쉬지 않고 물을 마신 이현은 투명한 물컵을 바로 옆에 내려놓고, 가만히 상체만 반쯤 일으켜 세웠다. 차가운 물 때문인지 잠이 달라붙어 있던 눈이 또렷해져 있었다. 무겁게 가라앉은 밤색 눈동자와 시선을 마주하자 굳게 닫혔던 입술이 조금씩 움직이기 시작했다.

"후배님."

"네. 말씀하세요."

"후."

잠시 멈춰 숨을 깊게 내쉰 이현이 결심한 듯 목울대를 크게 움직였다.

"후배님. 나랑 연애할래?"

비장한 표정과 달리 간단하게 토해 낸 말에 이수의 눈이 동그랗게 커졌다. 숨을 멈추고 잠시 눈만 깜빡거렸다. 기대에 찬 눈빛을 보며 무언가 대답을 해야 할 것 같은데…… 아랫입술을 한번 깨물고 천천히 말문을 열었다. 단순히 주사로 치부하기엔 자신을 바라보는 눈동자가 너무도 올곧았다. 그 시선에 마치 물에 빠진 것처럼 코 아래까지 불편한 숨이 들어찬다.

"사귀자는 말씀이세요?"

대답은 돌아오지 않았지만 이현의 눈빛이 그렇다 말하고 있었다.

지금까지 순하다고 느꼈던 눈이 저도 모르게 피할 만큼 강렬하게 빛나고 있었다. 어쩐지 맹수 앞의 초식동물이 된 것 같아 기분이 좋지 않았다.

"아시겠지만 고승우랑 저, 좋게 헤어지지 못했어요."

"알아. 그런데 그게 왜?"

"정이수와 고승우. 아직도 동기들 사이에서 안줏거리로 오르내리고 있어요. 그런데 다른 사람도 아니고 친구. 것도 지금은 같은 회사에서 근무하는 동기의 옛 애인과 연애를 하겠다고요?"

"유부남 유부녀도 아니고 대학 때 잠깐 만나다 헤어진 건데, 그 일로 내가 후배님과 연애를 못 할 이유가 있나?"

"김이현 선배님."

"후배님. 카드 돌려 막기를 하겠단 것도 아니고, 누구랑 사귀었던 게 왜? 그게 뭐 어떻다는 건데?"

갑작스러운 고백보다 자신과 고승우의 관계가, 소문이 정말 아무렇지도 않아 보이는 이현을 이해하기 어려웠다. 둘은 이렇게 쉽게 말할 수 있는 단순한 애인 사이가 아니었다. 육체적 관계만 없었을 뿐, 약혼까지 할 뻔한 사이였다. 고승우와 헤어지고 나서 휴대폰 번호를 바꾸고 이사를 하고, 친구 몇 명을 제외하고 모두와 연락을 끊고 숨어 스스로를 추슬러야 했다. 그런 자신에게 이현은, 몇 년 만에 만난 대학 선배는 지금, 연애를 하자고 하고 있다.

불편하다. 김이현과 얽히는 순간 어떤 식으로든 다시 사람들 입에 오르내릴 테고, 그럼…… 어렵게 찾은 평화가 산산조각 날 것이다. 받을 상처는 더 이상 없다. 그저, 불편하고 귀찮아질 뿐이다. 그렇게 생각하며 이수는 강하게 고개 저었다.

"거절할게요. 고승우가, 내 과거 연애사가 아니더라도 선배와는 그럴 생각이 없어요."

"왜지?"

가늘게 변한 눈을 똑바로 보며 이수가 꼭꼭 씹어 내듯 말했다.

"연애가 재미있는 건 예측불허이기 때문이에요. 그런데 선배는…… 수가 뻔해 보이네요. 당분간 누군가를 만날 생각이 없기도 하지만 설령 연애를 하고픈 마음이 든다 해도 왠지, 선배는 아닐 거란 생각이 들어요. 확실히 대답한 것 같은데, 그만 가 주시겠어요?"

딱딱하게 내뱉으며 내친김에 현관문까지 활짝 열었다. 문 옆에 기대 정중히 나가 주기를 요청했지만 이현은 움직이지 않았다. 재촉의 의미를 담아 슬리퍼 끝으로 바닥을 툭툭 치자 그제야 이현이 몸을 일으켜 세웠다.

처음부터 취기는 존재하지 않았던 것처럼 똑바른 걸음으로 다가서자 성별의 차이에서 오는 어쩔 수 없는 위압감에 이수의 어깨가 저절로 움츠러들었다.

"정이수."

처음이다.

우연찮은 만남 이후 장난스럽던 호칭을 빼고 온전한 이름으로 자신을 부른 건.

"비겁하네. 차라리 고승우 때문에 싫다, 고 정직하게 거절했어야지."

무의식적으로 고개를 든 순간 강한 힘이 이수의 턱을 움켜쥐었다. 그리고 그대로 검은 그림자와 함께 이현에게 잡아먹히듯 한쪽 뺨을 내주었다. 불도저처럼 무섭게 몰아붙인 행동과는 달리 가벼운 입맞춤에 이수의 눈이 더 커질 수 없을 만큼 동그래졌다.

무겁게 촉, 하는 소리와 감촉에 놀라 뒷걸음질 치는 그녀를 신발장 벽에 밀친 이현은 갑작스럽게 이수를 숨도 쉴 수 없을 만큼 강하게 끌어안더니 푸시시 바람 빠지는 소리를 냈다. 이현이 내뿜는 위압감에 놀랐던 게 우스울 만큼, 그는 허무할 정도로 쉽게 잠이 들어 버렸다.

01_

궁금하다. 셔터 문이 열리기도 전에 와서 화단에 듬뿍 물을 주고 가는 사람이. 정확히는 봄 약국 옆 작은 공간에 그녀도 모르게 화단을 만들어 놓고 간 사람이 궁금했다.

이수는 물을 듬뿍 머금어 햇살 아래 꼿꼿하게 활짝 핀 이름 모를 꽃들 앞에 앉아 손가락 끝으로 잎을 툭툭 쳐 물방울이 튀는 모습을 눈에 담았다.

오가는 사람들이 하나씩 버리고 간 쓰레기에서 악취가 나 선선한 바람이 불어도 봄 약국은 문을 열어 놓을 수가 없었다. 그런데 그 자리에 화단이 생기고 난 다음부터는 하루에도 서너 번씩 닫혀 있던 문을 열고 그 앞에 앉아 손님이 올 때까지 꽃과 장난을 치기도 했다.

3층 피부과로 연결되는 계단에서 발자국 소리가 나자 이수는 얼른 약국으로 들어갔다. 근처 어린이 집에서 차량 업무를 하는 남자의 얼굴을 기억해 냈다.

"안녕하세요?"

"네, 안녕하세요? 가려운 건 좀 어떠세요?"

"주사도 맞고 했더니 많이 가라앉았어요."

"다행이네요. 약은 3일 치예요. 하루 아침저녁 두 번 복용하시는데, 아침엔 조금 졸릴 수도 있어요. 혹시라도 차량 운행에 방해가 될 정도면 아침엔 흰색 알약을 제외하고 복용하셔도 되고, 연고는 하루 한 번 샤워 후에 바르시면 돼요."

이수는 처방전대로 조제한 약과 크림 제형의 연고와 함께 거스름돈과 비타민 음료 한 병을 건넸다. 아직 할 말이 남아 있는 듯 우물쭈물하던 남자는 곧 처방전을 들고 들어오는 젊은 여자를 피해 고개만 한 번 숙이고 약국을 나섰다. 싱겁다 싶어 가볍게 입술 끝을 올렸다 내린 이수는 처방전을 들고 조제실로 들어갔다.

오전 내내 약국은 분주하게 돌아갔다. 이수는 점심 즈음이 되어서야, 근처 백반 집엘 갈까 아님 샌드위치를 사 올까 고민하다 이내 생각이 난 듯 책상 아래에서 남색 종이가방을 꺼냈다. 그 안을 헤집자 비닐 팩에 든 치킨이 모습을 드러냈다.

리버풀의 경기를 보며 먹으려고 샀던 건데 갑작스러운 이현의 방문에 결국 손 하나 대지 못했다. 눅눅해진 걸 버릴까 고민하다 점심에 먹으려 챙겼는데 괜히 그랬다 싶은 생각이 들었다.

이수는 문득 제 것이 아닌 듯, 묘한 감촉이 그대로 남은 볼에 몰래 손끝을 가져다 댔다. 그러다 입안에서 혀로 꾹, 한쪽 볼 안

쪽을 눌러 보기도 했다. 아주 잠깐 잠이 들었다 깨서 저지른 실수가 아니니 사과하지 않을 거라며 돌아서던 이현의 뒷모습이 떠올랐다. 마치 탄산을 마신 것처럼 침을 삼킨 목이 따끔거렸다.

아무래도, 당분간은 치킨의 그림자도 만지지 못할 것 같다. 왠지 그런 기분이 들었다.

약국 건물 옆으로는 동네 모든 소문의 근원지인 미용실도 있고, 카페도 있다. 그런데 요 며칠 약국 대각선에 위치한 작은 평수의 꽃가게 앞에 가리개가 설치됐다. 듣기로, 사정이 있어 몇 달간 문을 닫는다고 하던데…… 아예 정리를 하는 건가 싶었지만 굳이 가서 물을 정도의 사이는 아니기에 돌아서서 닦던 유리를 마저 문댔다.

꼿꼿하게 까치발까지 세워 뭉친 신문지로 윗부분까지 꼼꼼히 닦고 기지개를 켜는데 자주 올 일 없는 택배 트럭이 약국 문을 가리고 섰다. 택배 기사가 안으로 옮겨 준 사과 박스가 무려 두 개나 됐다.

습관처럼 비타민 음료 하나를 들려 보내고 칼로 이음새를 가르자 낱개별로 포장된 건강 즙이 한가득 쏟아져 나왔다. 보낸 사람은 바로 아직까지 연락을 주고받는 몇 안 되는 친구 소현이었다.

포도에 사과, 심지어 호박 즙까지 참 많기도 많다. 소현은 여전히 정도 많고 손도 컸다.

가운 주머니에서 휴대폰을 꺼내 몇 개의 번호를 누르자 이내 신호음이 들렸다. 얼마 지나지 않아 소현의 목소리가 저편에서 들려왔다.

— 받았어? 터진 거 없지?

인사 없이 전화를 받자마자 다짜고짜 받았냐는 게 소현다워 웃음이 났다.

잘 다니던 제약회사를 갑자기 관두고 선을 봐 시댁이 있는 양평으로 내려간 소현은 종종 갓 담근 김치나 직접 기른 감자와 오이, 오늘처럼 건강 즙을 연락 없이 기습적으로 보내오곤 했다. 미안한 마음에 거절을 해도 월례행사처럼 끊이질 않았다.

"고마운데 다음엔 지금 보낸 양에서 반만 줄여 줘."

— 어차피 이 집, 저 집 다 나눠 줄 거잖아. 그래도 이번엔 조금만 퍼다 날라. 이번 건 우리 신랑이 직접 한 거니까. 감사한 마음으로 아침저녁 물처럼 마셔.

"고마워. 잘 먹을 게. 관우 씨도 잘 지내지?"

— 우리야 뭐.

맞선상대와 길지 않은 연애 끝에 결혼을 결정해 내심 걱정했는데…… 다행히도 소현은 안정적이고, 행복해 보였다. 임신 7개월에 접어들어 고개만 숙여도 애가 나오는 게 아니냐 호들갑을 떠는 남편 관우의 흉을 보기도 하지만, 그 속에 가득 묻어나는 애정을 이수는 잘 안다.

— 넌 어때?

"뭐가?"

— 여전히 집 약국, 약국 집이냐고.

"아닌데? 점심엔 근처 시장도 가고, 또 밤엔 공원에 가서 실시간으로 사랑과 전쟁도 보는데?"

— 얼씨구? 누가 그거 말해?

고되고 외로웠던 승우와의 연애. 거듭된 고백을 거절하지 못해 시작한 연애 그리고 헤어짐. 그동안 그녀가 받아야 했던 모멸감과 고통은 알지 못한 채, 그저 다들 좋은 조건을 걷어찬 그녀를 이해할 수 없다며 수군댔다. 사람들은 이별 후 시작된 승우의 방황을 동정하며 이수에겐 '독한년' 이라는 꼬리표까지 멋대로 달아 버렸다.

그 모든 것들을 가까이서 보고 겪은 소현은 늘, 이수가 다른 사람을 만나 행복하길 바란다고, 가끔은 농담처럼 관우의 사촌 형이라도 만나 보는 게 어떠냐 권하기도 했다.

— 야. 이 세상에서 얼굴 낭비하는 두 사람이 있는데, 누군지 알아?

"누군데?"

— 록 스피릿 충만한데 이상한 해적머리하고 샨티 샨티 요가 화이야 하는 이혁이랑 정이수 너야, 너. 이렇게 햇살 좋은 날 약국 문 걸어 잠그고 번듯하게 생긴 애인 팔짱 끼고 요즘 핫하다는 경리단길이라도 놀러 가면 좀 좋아? 생긴 건 양다리 모자라 십팔 다리도 충분한 게. 전생에 곰팡이였던 것도 아니고 그 좁은 데 틀어박혀서 인생을 낭비하고 싶냐? 왜? 신랑 사촌 형이라도 올려 보낼까?

자칫, 무거워질 수도 있었던 분위기가 말 한마디에 해소됐다. 피식, 소리 내 웃자 이번엔 또 웃는다고 퉁퉁댄다.

— 우리 시누, 애인이랑 헤어지고 좋은 사람 만나 결혼한다고

재고 또 재다 보니 서른다섯이 되어 있더란다. 벤츠가 올 줄 알았다는데, 너 알아? 똥차 가면 폐차 와. 나이는 한 살 한 살 자꾸 먹는데 예쁘고 젊고 똑똑한 애들은 콩나물처럼 쑥쑥 치고 올라오지, 집에 곳간이 한 열두 개쯤 되는 것도 아닌데 벤츠들 노는 물에 곁다리라도 낄 수 있겠냐? 뭐 네가 그렇다는 건 아닌데. 암튼 그렇다고. 너도 남자 좀 만나고 그래. 그래야 그 입만 산 것들이 너랑 그 인간 그만 엮어 대지.

소현의 마지막 말에 쓴웃음이 난다.

이수가 정한 것도 아닌데 소현은 마치 금기어처럼 승우의 이름 대신 꼭 '그 인간'이라는 표현을 썼다.

— 참. 내 정신 좀 봐. 이현 오빠 만났어?

"이……현 선배? 어, 왜?"

— 어제 전화해서 네 집 주소 좀 알려 달라고 꼬장 부리길래 귀찮아서 알려 줬거든. 그런데 아침에 맑은 정신으로 생각해 보니 네 허락 없이 집 주소 알려 준 게 좀 걸리더라고. 그 오빠가 너 찾아갈 일이 뭐가 있나 싶고. 만났어?

명함을 주고받았으니 약국이야 그렇다 쳐도 집은 어떻게 알고 왔나 싶었던 이수는 옅은 한숨을 쉬며 짧게 만나지 못했다고 둘러댔다. 그 뒤로도 끊이지 않는 수다에 간간이 맞장구치며 시간을 보내던 이수가 갑자기 자리에서 벌떡 일어섰다. 의자 끌리는 소리가 거기까지 들렸는지 왜 그러냐는 소현에게 다시 전화하겠다는 말만 남기고 전화를 끊었다.

한 손에 작은 화분을 든 이현이 커다란 유리창 밖에서 멍하니 이수를 바라보고 있었다. 이수는 바르르 울리는 휴대폰을 주머니 속에 넣고 천천히 밖으로 돌아 나와 문을 열었다.

바로 앞까지 성큼 다가선 구두가 이수가 신은 분홍 슬리퍼와 맞닿았다. 내리쬐는 볕에 눈이 부신 양 슬쩍 고개를 들어 어색한 인사를 건넸다.

"오셨어요."

들어오라는 듯 말없이 돌아선 이수의 뒤를 따라 이현이 조심스레 걸음을 옮겼다.

"후배님 줄 선물. 물은 너무 자주 말고 이따금 생각날 때마다 주면 돼."

"고맙습니다."

선물치곤 너무 간소하지? 하며 웃는 모습이 어젯밤과 달리 부드럽다. 혹시, 정말 그녀의 바람대로 고약한 주사였거나 기억을 하지 못하는 건 아닐까 하는 그런 기대감이 생겨났지만 이내 그런 생각을 비웃듯 기다란 그의 손가락이 볼 위로 내려앉았다. 그러는 바람에 이수는 흠칫 놀라 굳어 버렸다. 어젯밤 이현의 입술이 닿았던 바로 그 볼이다.

"기분 탓인가? 좀 부은 것도 같고."

고작 뽀뽀 한 번에 부을 리 없는데…… 마치 연고를 바르듯 뺨 전체를 살살 문지르는 손길을 피하려 뒷걸음질 쳤지만 얼마 가지 못해 이현의 손에 붙들렸다. 강하게 옥죄는 힘에 벗어나려는 시도를 멈추자 쌍꺼풀 없는 눈이 유려한 곡선으로 휘어진다.

열어 놓은 문으로 불어온 바람에 이현의 옷에서 향긋한 섬유유연제 냄새가 흘러나온다. 솜사탕처럼 몽글몽글한 기분이 드는 그런 좋은 향.

그 향기에 이수 자신도 모르게 경직됐던 몸이 한결 부드럽게 풀어졌다. 그 기분 좋은 변화에 이현은 손에 가해진 힘을 풀었다.

주로 손님들에게 내주었던 빛바랜 갈색 소파가 이현 한 사람으로 인해 가득 차 버렸다. 앉아서 휴대폰을 만지작대는 그에게 차가운 음료를 가져와 건네자 목이 탔던지 단숨에 병을 비워 낸다. 문득, 출근을 하지 않은 건가 하는 속없는 걱정을 해 버렸다. 입술 밖으로 나올 뻔한 말을 꾹 눌렀다.

어색한 침묵이 계속됐다. 오전 내내 끊이지 않고 북적이던 손님들이 지금은 왜 한 명도 보이질 않는 건지. 이수는 애먼 손끝만 꾹꾹 눌러 댔다. 그리고 그때 이현이 먼저 말을 걸었다.

"사과하지 말아야지 마음먹었는데, 그러면 안 될 것 같아서 왔어."

그 말과 함께 머쓱한지 얕게 숨을 내쉬며 허벅지 위에 양손을 포개 얹었다. 큼지막한 어깨를 축 내려뜨린 모습을 보니 뜻 모를 마음이 뻗어 나간다. 괜찮다는 말에 이현이 힘없이 웃는다.

"후배님. 난 어제의 일을 후회하진 않아. 다만, 술기운을 빌려 비겁하게 던진 고백과 윽박지르듯이 혼낸 거. 예의를 갖추지 못하고 못나게 힘으로 제압해 맘대로 뽀뽀한 거. 딱 이 세 가지에 대해선 사과를 하는 게 옳다고 판단했을 뿐이야. 생각해 보니 취중진담이라는 건 사실 술이 없으면 아무것도 못 하는 나 같은 겁쟁이들을 위한 허울 좋은 말인 것 같아. 그래서 당분간은 술을 멀리

하려고. 그리고 맹세. 다시는 어제처럼 꽐라 돼 마음 받아 달라고 투정 부리지 않을게."

"저는……!"

이현의 손이 할 말을 막았다. 가볍게 닿은 감촉에 이수의 입술이 앙다물어졌다.

"그러니까 후배님도 비겁한 이유로 거절하지 마. 슈퍼에 가서 아이스크림을 골라도 십 초는 고민하는데 너무 짤 없으면 나도 상처받아. 어제처럼 못된 행동은 하지 않을 테니까 후배님도 고민해 줘. 결혼을 하자는 것도 아니고 연애를 하자는 건데 그 정도 텀은 둘 수 있잖아. 앵무새처럼 안 된다는 말만 하지 말고."

구부정하게 높이를 맞춰 다가오는 그윽한 밤색 눈동자에 숨을 멈췄다. 굴곡진 뺨에 힘이 들어갔다. 숨기듯 입술을 말고 눈만 깜빡이는 이수의 이마에 아프지 않게 박치기를 시도한 이현이 다시 소파 깊숙이 등을 파묻었다.

"알아. 갑작스러운 거. 몇 년 만에 찾아와서 갑자기 사귀자니 황당할 거야. 아는데, 나한텐 갑작스러운 일이 아니야. 머릿속으론 이미 천 번도 넘게 시뮬레이션 했어. 승우보다 빨랐더라면, 미친놈 소리 듣더라도 중간에서 낚아챘으면. 그날 용기 내서 후배님을 위로했더라면. 속된말로 뺀찌 먹더라도 들이댔더라면. 이렇게 수십 개의 가정을 하고 또 했어. 후배님에겐 미안하지만 머릿속에선 이미 우릴 반씩 닮은 아이도 둘이나 돼."

맞닿았던 이마를 손등으로 한 번 문지른 이수가 생각을 정리하려 애썼다. 쉽고 간단하게.

"그러니까……저를 좋아했다는 말씀이세요?"

"정확히는 후배님이 새싹처럼 푸릇푸릇한 신입일 때부터 쭉. 그리고 그 마음은 변함없이 진행 중."

뜻하지 않은 고백과 간지러운 시선에 절로 한숨이 났다.

"몰랐어요."

"알아. 알아 달라고 티 낸 적도 없는 걸."

미안해해야 할지 고마워해야 할지 갈피를 잡지 못하는 그녀와 달리 이현은 아무렇지 않은 듯 어깨를 으쓱일 뿐이었다.

"연애가 예측불허이기 때문에 재미있는 것처럼 짝사랑은 혼자만 알아야 더 애절하고 간질간질한 법이잖아. 안 그래요, 후배님?"

그가 어젯밤 그녀가 했던 말을 흉내 내며 짓궂게 웃었다.

"부담 갖지 마. 누가 부추긴 것도 아니고 혼자 좋아 그런 거야, 후배님."

식어 버린 치킨을 앞에 두고 밤새 고민이란 걸 했다. 이렇게 오래된 감정이라는 건 상상도 하지 못하고 그저 드라마에서, 책에서 나오는 것처럼 오랜만에 만난 후배에게 생긴 잠깐의 호기심과 주사라고만 여겼다. 이현의 눈빛이, 말이, 결코 실수가 아니라고 했지만 불편해지기 싫어 일방적으로 그리 결론을 내렸던 참이었다. 이런 줄은 정말 몰랐다.

이수는 깊은 한숨을 내쉬었다. 평생 쉴 한숨을 한 번에 몰아쉬는 기분이었다.

말로는 부담 갖지 말라고 하지만 그 말조차도 이수에겐 부담이 된다. 본디 부담 갖지 말라는 말은 곧, 부담을 갖고 걸맞게 행동하라는 뜻이기도 하니까.

"아, 아쉽네. 풋풋할 때 고백했더라면 단번에 넘어왔을 텐데."

복잡한 마음을 덜어 주려는지 이현이 우스갯소리를 건네 왔다. 그럼에도 이수는 쉽사리 웃을 수가 없었다. 누군가를 오래도록 좋아한다는 게 어떤 건지 쉽게 상상이 되지 않은 탓이다.

"좋아해 줘서 고마워요. 선배."

그저 진심이 전해지길 바라며 고맙다는 한 마디 말을 해 줄 뿐이었다.

"하지만 선배의 부탁은 들어줄 수가 없어요. 선배 말대로 결혼, 이혼을 한 것도 아니고 고작 대학 시절 연애사일 뿐이지만…… 상대가 나빠요. 선배, 그리고 나. 두 사람 모두 같은 학교, 다른 과, 건너 건너 아는 사이였다면 모르지만 우린 그렇질 못해요. 헤어졌다고 해도 여전히 '고승우' 이름 석 자가 지겹게 따라붙을 걸요? 우릴 아는 사람들한테 난 이 짓 저 짓 놀 만큼 놀다 고승우를 버린 애에서, 애인이었던 남자의 친구를 꾀어낸 더욱 '그런' 애가 될 테고, 선배는 친구랑 놀아난 애를 재활용한 폐품 수집가쯤 되겠죠."

잠시 말을 멈춘 이수가 힘없이 웃었다.

"사람들 입방아에 귀가 가려워 잠을 잘 수 없을 거예요. 내가 받은 상처, 선배의 오래된 감정. 그런 것들은 아무도 몰라요. 그저 씹기 좋은 안줏거리 그 이상도 이하도 아니라고요."

"씹으라고 해. 뒤에 숨어 숙덕대기만 할 줄 아는 찌질이들, 마음껏 씹으라고 해."

"말은 쉽네요."

한숨 섞인 웃음이 흘렀다. 답답한 마음에 소파에서 일어나려던 이수를 이현이 붙잡았다. 한쪽으로 무게가 쏠려 넘어질 뻔한 걸 잡아 준 그가 대신 자리에서 일어났다.

"부모님은 영동에서 포도 농사를 짓고 계셔. 아버지는 부업으로 작은 약국도 하셔. 하루 종일 문 열어 놓고 있어 봐야 3, 4만 원 벌까 말까라는데…… 아버지께 이현이네 약국, 일이 년 내로 물려받겠다고 말씀드렸어."

난데없는 말에 이수가 고개를 들었다. 그러자 당황한 자신의 얼굴과는 달리 장난기 가득한 얼굴과 마주쳤다.

"직진만 할 줄 아는 사람은 언제고 낭떠러지 아래로 떨어지고 말아. 비겁해도 가끔은 돌아설 줄도, 도망갈 줄도 알아야 한다고 생각해. 그러니까 후배님. 참을 수 있을 만큼 참아 보고 그래도 정 안 될 것 같으면 같이 도망가자. 이현이네 약국엔 인터넷도 없고, 이장 아들 괴롭히면 우르르 몰려나와 대신 대거리해 줄 좋은 분들도 많아."

당장 대답을 바라진 않는다며 이현이 이수의 어깨를 툭툭— 쳤다. 그러고는 바지 주머니에서 지갑을 꺼내 약국 밖으로 나가더니 오토바이에서 내리는 남자에게 지폐 두 장을 건네고 베이지색 봉투를 건네받았다.

타박타박 발자국 소리가 가까워질수록 고소한 냄새도 함께 풍겼다. 도착지 모를 감정을 뻗어나가게 만들어 놓은 주제에 자꾸

알 수 없는 행동만 한다. 고소한 냄새와 함께 들어온 이현은 갓 튀겨온 치킨을 봉투째 이수의 무릎에 올려놓고 빙 돌아 카운터 옆 책상에서 치킨이 든 비닐 팩을 들어 매듭 부분을 검지에 휘감았다.

"인수인계 중에 잠깐 땡땡이치고 나온 거라 가 봐야 해. 어제 누구 때문에 관심받지 못해 식어 가던 치킨이 잊히질 않더라고. 왠지 얘가 어제의 그 녀석인 것 같기도 하고, 맞다면 내가 먹어 치워야 할 의무가 있을 것 같기도 하고."

이수가 멍하니 무릎에 올려진 봉투를 바라만 보고 있자, 장난스럽게 머리를 헝클어뜨린 이현이 작은 테이블에 놓인 화분을 손에 들려 주고는 휘적휘적 손을 몇 번 흔들고 그대로 약국을 나가 버렸다.

미처 뭐라 할 틈도 없이 덩그러니 남겨진 이수는 손에 들린 화분 속에서 작은 메모지를 발견했다.

「모든 것을 잃었다고 느껴질 때 사랑은 다시 찾아온다.」

허브로 보이는 푸른 싹 옆 메모지에 장난스럽게 휘갈긴 글귀가 있었다. 그 글을 입안에서 몇 번이나 소리 없이 굴리다, 소파에 등을 묻고 눈을 감았다.

머릿속이, 가위로 싹둑 잘라 내는 방법밖에 풀 방법이 없는 실타래처럼 엉망으로 엉켜 버렸다.

◈ ◈ ◈

"할머니. 이건 그냥 임시방편이고요, 꼭 병원에 가 보셔야 해요."

바퀴 바람이 다 빠진 리어카에 약국에서 나온 박스들을 차곡차곡 올려 쌓다 이수에게 손을 붙잡힌 할머니가 슬그머니 웃으며 이수의 손등을 톡톡 두드렸다. 할머니는 주로 시장에서 난 폐지를 이틀에 한 번씩 산더미같이 모아 옮기곤 하는데, 급하게 차를 피하다 발목을 접질려 눈에 띄게 퉁퉁 부은 상태였다.

이수가 이렇게 신신당부를 해도 병원은 돈이 든다고 가시지 않을 게 뻔했다. 결국 아쉬운 대로 파스와 따뜻하게 데운 두유를 리어카 손잡이에 걸린 천 가방 깊숙이 찔러 넣었다. 나오지 않는 말 대신 연신 머리를 숙이는 할머니의 손을 잡고 신신당부하며 리어카 정리를 돕던 이수는 때마침 들어오는 손님에 할머니께 제대로 인사도 하지 못한 채 조제실로 들어가야 했다.

"김창운 님. 받아 가신 약 벌써 다 복용하셨어요?"

조제된 약을 가지고 나온 이수를 보고 벌떡 일어난 남자는 불과 이틀 전에 약을 받아 간 근처 어린이집의 차량 운전수였다. 의아한 마음에 묻자 창운이 뒷머리를 긁적이며 대답했다.

"아뇨, 실수로 약봉투를 잃어버려서요. 하하. 연고로 참아 볼까 했는데 가려움이 심하더라고요."

"네. 이전 처방 약이랑 같은 약입니다. 아침저녁 복용하시면 됩니다."

"감사합니다. 괜히 번거롭게 해 드린 거 같은데, 어쩌죠?"

"아닙니다."

"땀이 나면 바로바로 샤워를 하면 좋은데 시간 날 때마다 아이들이 놀자고 달려드니 그게 잘 안 되네요."

거스름돈을 건네받고도 다른 때와 달리 바로 나가지 않고 이런 저런 이야기를 하는 남자에게 간간이 맞장구를 쳐 주면서도, 내심 불편한 마음에 괜히 분주한 척 영양제 박스를 뜯어 진열장에 채워 넣는 이수였다.

"혼자 일하시려면 많이 힘드시겠어요. 혹시 힘 쓸 일……."

"아뇨. 괜찮습니다. 약국이 작아서 크게 힘 쓸 일 없고 혼자서도 충분합니다. 말씀만으로도 감사합니다."

"그, 그런가요? 다행이네요."

그 후로 주로 혼자서 말을 하던 남자는 이제 곧 하원시간이라며 살갑게 인사를 했고, 겨우 혼자가 된 이수는 그제야 한숨을 쉬며 쉴 새 없이 움직이던 손을 가운 주머니에 푹 찔러 넣었다.

실타래처럼 꼬인 머릿속을 정리할 틈이 없다. 이수는 한숨과 함께 유달리 찬 손을 이마에 얹고 눈을 감았다. 시끄러운 방울 대신 달아놓은 풍경소리에 자꾸만 까무룩, 몸이 늘어지는 기분이 들어, 이러다 잠이라도 들까 싶어 눈을 움찔움찔 움직여도 봤다. 그때, 가운 주머니에서 진동이 느껴졌다.

무거운 추가 달린 것처럼 푹푹 늘어지는 몸을 일으켜 액정에 뜬 번호를 확인한 이수가 몇 번 헛기침을 하고 전화를 받았다.

"응, 엄마."

— 목소리가 왜 그래? 어디 아파?

“아프긴. 잠깐 졸았더니 그래. 왜? 무슨 일 있어요?”

— 엄마가 딸 목소리 듣고 싶어 전화하는데 뭐 꼭 일이 있어야 하나? 왜? 전화 끊을까?

“아니. 엄마 지금 바쁠 시간이잖아. 무슨 일 있나 해서.”

— 말도 마. 옆집 망할 놈의 여편네가 술 취했으면 잠이나 잘 것이지 괜히 차 끌고 나왔다가 우사를 들이받아 놔서 여물통이 죄 깨졌어. 고친다고 시멘트는 잔뜩 가져다 놨는데 엄두가 안 나, 엄두가.

“사람을 부르지. 그걸 엄마가 어떻게 해?”

— 한두 푼 주는 것도 아니고, 아까워서 혼자 해 보려 했는데, 사람 불러야겠지? 에이그 썩을 여편네.

“주말에 내려갈게요. 우선 사람 불러 고치고 손볼 데 더 있으면 나랑 같이해.”

— 됐네요, 딸내미. 오긴 뭘 와. 사람 불러서 싹 고치면 되니까 괜히 오며 가며 돈 버리지 말고 두어 달 있다 미역국이나 먹으러 내려와.

“그래도.”

이수가 고등학교 입학할 즈음 혼자가 되신 엄마는 같이 살자는 말에도 시골에서 홀로 소를 키우고 농사를 지으며 바쁘게 살고 계신다. 곱던 손에 하나씩 늘어 가는 굳은살을 볼 때면 속이 상했지만, 아빠가 쌓아 올린 집을 버려 둘 수 없다는 말에 엄마를 설득하는 일을 포기했다. 그 대신 이수는 이따금씩 내려가 고랑을 일구고 풀을 뽑는 등 일손을 거들곤 했다.

— 이수야.

"응?"

— 너 성황당 윗집 규선이네 알지? 규선이 엄마가 사촌 형이라고 사진을 하나 가져왔는데, 인물이 말도 못 하게 좋더라. 펀드매니저라는데 돈벌이도 꽤 괜찮은 모양이야. 너랑 선 한번 봤음 하던데.

"엄마. 나 선은 관심 없어요."

— 왜? 너 혹시 그 우라질 놈한테 미련 남아서 그래?

"아니란 거 잘 알면서 왜 그런 말을 해요."

— 아니면 줄줄이 들어오는 선 자리를 왜 자꾸 마다해? 누가 너더러 당장 결혼하래? 만나서 괜찮다 싶으면 연애도 하고 그러라는데. 응? 그 문디 손 만나 아까운 시절 다 보낸 것도 열불 나 죽겠는데, 네가 뭐가 아쉬워서 그러고 살아? 엄마는 내 딸이 그것들한테 당한 거 생각하면 아직도 치가 떨려.

새삼, 엄마 은경에게 미안한 마음이 든다. 지금은 희미해져서 정말 결혼을 생각할 만큼 좋아했는지조차 기억나지 않는 사람. 첫 단추를 잘못 꿴 관계로 인해 죄인 취급받던 엄마를 생각하면 지금도 한숨과 눈물만 난다.

푸념 섞인 잔소리를 묵묵히 듣고 있자니 이현의 모습이, 오래전부터 저를 마음에 두고 있었다던 그의 고백이 떠올랐다. 그러자 못되게도 이제 와 마음을 털어놓은 이현을 원망하는 마음이 슬그머니 생겨나려 해 강하게 고개를 저었다. 그때의 정이수가 고백을 받았다 할지언정 이현을 택해 행복했으리란 보장은 없다.

내가 불행한 시간을 보냈다고 해서 이현에게 책임을 전가하는 일은 바보 같고 못된 행동이다. 이수는 눈을 감았다.

"알았어요. 생각 좀 해 볼게요."

결국 일말의 여지를 남기고 전화를 끊었다. 의자 깊숙이 등을 묻는데 바로 옆에서 똑똑— 노크 소리가 들렸다. 눈을 뜨자 언제 왔는지 이현이 열려 있던 문에 기대어 서 있었다. 혹시라도 통화 내용을 들은 건 아닌가 싶었지만 표정을 보니 다행히 아무것도 듣지 못한 것 같다. 지끈거리는 미간을 문지르며 인사를 건네자 이현이 씨익 웃으며 살랑살랑 손을 흔들어 보였다.

"후배님. 많이 피곤해 보인다."

"괜찮아요."

"어디 안 좋으면 약국은 내가 잠깐 볼 테니까 쉬다 와."

"잠을 설쳐서 그래요. 괜찮아요."

그럼 다행이고, 하며 이현이 아까 제가 뜯다 만 큰 박스에서 소포장된 자양강장제를 꺼내 카운터 아래에 차곡차곡 쌓기 시작했다. 이수의 만류에도 박스를 납작하게 뜯어 약국 밖 화단 옆에 세워다 놓는그 모습은 꽤 여러 번 해 본 사람처럼 거침이 없었다.

탁탁 손을 털고 다른 일거리를 찾아 두리번대는 그를 보며 이수는 얼마 전부터 묻고 싶었던 말을 꺼냈다.

"선배. 회사는요?"

오전 오후 가리지 않고 불쑥불쑥 나타나는 그가 부담스러우면서도 걱정이 된 탓이다.

"내가 말 안 했나? 나 회사 그만뒀어. 인수인계도 어제부로 끝."

백수가 됐다며 너스레 떠는 모습을 물끄러미 바라봤다. 졸업 후 입사하지 못해 안달이던 회사를 잘 다니다 갑자기 스스로 박차고 나왔다는 게 어쩐지 마음에 걸린다. 그러한 마음이 얼굴에 묻어났던지 이현이 버릇처럼 뒤통수를 긁으며 변명하듯 웃음을 흘렸다.

"말했잖아. 이현이네 약국 물려받기로 했다고."

"일이 년 후에나 물려받는다고 하셨잖아요."

"미래를 위한 투자가 필요한 시점이었다고나 할까? 뭐, 전에 못 해 본 여행도 좀 하고 겸사겸사 누구랑 연애도 좀 하고 그러려고. 하하."

바보처럼 하하 웃는 이현의 모습에 이수는 잠시 할 말을 잃었다. 이현의 얼굴에 드리워진 다정함을 피해 시선을 아래로 내리다 한숨처럼 푹 꺼진 숨을 내쉬었다. 하루에도 몇 번씩 찾아올 모습이 눈에 선한 탓이다. 그런 그녀의 옆으로 와 비집고 앉은 이현이 이수의 팔을 툭 치며 물었다.

"후배님. 후배님 고향 집은 어디야?"

"그건 왜요?"

"그~냥. 왜? 알려 주기 싫어?"

"정선요."

"강원도 정선? 정선 어디?"

"덕우리요."

"덕우리. 덕우리라. 으음. 그렇구나."

얼떨결에 지명을 알려 준 이수는 무언가 찜찜해 고개를 갸웃댔다. 휴대폰을 꺼내 손안에 두고 만지작거리던 그는 연달아 들어오는 손님을 맞아 바쁘게 움직였다. 알려 주지도 않았는데 처방전을 들고 전산에 척척 입력하더니 연세 많으신 손님들과 우스갯소리도 곧잘 주고받았다. 정말 약국 집 아들이긴 한 모양이다. 멍하니 앉아 그 모습을 지켜보는 이수의 마음에 미묘한 감정이 생겨나고 있었다. 아직은 그 형태가 작아 알아보기 힘든 그런 감정이.

"드세요."

먼저 부탁을 한 것도 아닌데 밥도 안 주고 부려 먹는다는 말에 시장에 가 먹을 걸 한가득 사온 이수는 서랍에서 나무젓가락을 꺼내 와 이현의 손에 들려 주었다. 배가 고프긴 했는지 비닐 매듭을 손으로 쭉쭉 찢어 젓가락이 닿는 족족 입에 가져다 넣는다. 그 모습을 보다 정수기에서 물을 받아 와 앞에 놓아 준 이수는 대각선 거리에 있는 꽃집을 슬쩍 내다봤다.

그 앞으로 가리고 있던 먹색 가림막이 치워져 있었다. 어지럽던 창문의 장식품과 포인트 글자들이 말끔히 사라진 통유리가 반짝반짝 빛난다. 조금은 촌스럽지만 동네 꽃집답던 써니 플라워라는 이름의 간판은 피부과에나 어울릴 법한 수&현 플라워라는 이름으로 바뀌어 있었다.

위치 특성상 점포가 자주 바뀌기도 하는 동네이다 보니 주인이 바뀌는 것쯤은 놀랄 만한 일이 아니었다. 다만, 오며 가며 눈인사를 나눈 정도의 사이지만 인사도 없이 떠난 것이 조금은 아쉽다.

"후아, 배 터질 것 같다. 후배님. 맛있게 잘 먹었어."

그 많은 음식을 그새 먹어 치우고 볼록 부른 배를 두드리자 뱃고동 소리처럼 통통 소리가 난다. 마른 체격에 비해 먹는 양이 꽤 되는 모양이다. 소화제라도 건네야 하는 건 아닐까 고민하는데 정수기 물통까지 교체한 이현이 카운터의 작은 통에서 박하사탕을 꺼내 입에 물었다. 한 번에 여러 개를 물었는지 양 볼이 올록볼록하다.

서른이 넘은 남자가 아이처럼 입에 문 사탕을 앞니로 물고 개구지게 돌리는 모습이 퍽 잘 어울린다. 간간이 눈이 마주칠 때면 쌍꺼풀 없는 눈이 틈 없이 접히는 모습도 이젠 익숙하다.

가운에 양손을 찔러 넣고 분홍색 슬리퍼 끝으로 바닥을 쿡쿡 찌르던 이수는 이현에게 다가가 바로 앞에서 멈췄다.

"선배. 물어보고 싶은 게 있어요."

"응. 세게 말고 살살 물어."

어설픈 농담을 하며 들이미는 팔을 가볍게 밀치고 이수가 다시 물었다.

"그때 하지 못한 고백을 지금에서야 한 이유가 뭐예요? 궁금했어요. 나중에…… 그 사람이랑 헤어진 거 알았을 때. 그때도 있었잖아요."

이수의 물음에 장난기는 사라졌지만 여전이 웃으며 이현이 답했다.

"타이밍을 저주했어. 찌질이 겁보처럼 고백할까 말까 고민하다 길지도 않고 딸랑 삼 일, 시골에 다녀온 사이에 떠들썩한 CC가 됐더라고. 우리 후배님과 동기가. 첫사랑이었는데 하늘이 무너지는 것 같았어. 후배님한테는 이미 집안 좋고 얼굴 잘생긴 애인이 생겼는데 뒷북 쳐 봐야 후배님 성격에 날 반길 것 같지도 않고."

이현은 한숨을 쉬고 다시 말을 이었다.

"조금 더 솔직히 말하자면 용기가 없었던 거겠지만. 후배님이야 나한테 관심이 없었으니 모르겠지만 그 후로 내가 얼마나 열심히 두 사람 피해 다녔는지 모를 거야. 볼 때마다 속이 쓰려서. 혼자 삽질을 얼마나 열심히 했는지 그때 빠진 어깨뼈가 아직도 자리를 못 잡았어."

와중에도 농담을 빼놓지 않는다. 덕분에 이수의 입가에 슬쩍 웃음이 번졌다 사라졌다.

"얼렁뚱땅 졸업하랴 고시 보랴 정신이 없었어. 두 사람 헤어졌다는 소식 듣고 내심 좋아하다 후배님이 상처받았을 걸 생각하니 좋아한 내 자신이 한심스럽기도 했고. 후배님은 얼굴도 안 보이지, 소현 후배님은 그냥 두라고 연락처 죽어도 안 알려 주지. 속만 태웠어. 그러다 인턴 끝나고 운이 좋다고 해야 하나 나쁘다고 해야 하나……. 정규 채용되면서 해외 임상연구 팀에 꼽사리 껴 연수를 가게 됐어."

이현이 늘어지게 기지개를 켰다.

"마침, 미국에 혼자 계신 이모님 건강이 나빠지셔서 보살펴 드려야 했어. 그렇게 바쁘게 살다 보니 자신이 생기더라고. 후배님 아니어도 다른 예쁜 여자 만나 연애하고 결혼도 할 수 있겠다고. 그랬는데 은정 후배 결혼식에서 우리 꽃같이 예쁜 후배님을 발견하니 가슴이 와장창 내려앉더라. 그때 깨달았어. 찌질한 짝사랑이 아직 끝나지 않았다는 걸. 이번에도 놓치면 김이현은 정말 바보 멍청이 상 등신이라는 걸. 몰랐지만 여전히 정이수한테 허기가 진 상태였던 거야."

이수에게 많은 일이 있었던 것처럼 이현에게도 많은 일들이 있었나 보다.

가만히 깍지 낀 손을 내려다보며 이수는 침묵을 유지했다. 궁금증은 풀어졌지만 이상한 마음이 가지처럼 여기저기로 뻗어 나간다. 조금 더 복잡해진 마음을 끌어안고 숨을 고르는데 개운한 듯 크게 숨을 내쉰 이현이 이수의 가지런한 머리를 부드럽게 헝클어뜨렸다.

"약속이 있어서 이만 가 봐야겠다. 후배님, 너무 늦지 않게 퇴근해. 차 조심하고."

"네. 가세요, 선배."

"응. 며칠 못 올 수도 있어. 잠깐 어딜 좀 다녀와야 할 것 같아서. 전화할게."

보고 싶으면 영상통화 해, 하는 얼굴을 흘기듯 보며 배웅을 나섰다. 몇 걸음마다 돌아서 살랑살랑 손을 흔들어 대던 이현의 모습이 까마득한 점이 되어 갈 즈음, 이수도 돌아섰다. 붉게 지는 저녁노을에 눈이 부셔 잠시 손등으로 눈가를 가리고 섰던 이수는 화단에 놓인 작은 물뿌리개를 들어 듬뿍, 물을 주었다.

가운자락이 땅에 닿지 않게 잘 여미고 앉아 무릎 위에 턱을 괸다.

마음이, 조금 이상하다.

박동이 평소보다 조금 빨라 뻐근한 가슴 언저리를 주먹 쥔 손으로 콩콩 두드려도 봤다. 그럼에도 롤러코스터 맨 앞자리에 앉아 하강할 때처럼 등은 따끔거리고, 가슴은 붕 뜬 것처럼 울렁댄다. 결국, 땅이 꺼질 듯한 한숨을 토해 냈다.

문을 열고 한 번, 점심시간에 한 번, 그리고 문 닫기 전에 한 번.

이수는 저도 모르게 자꾸만 카운터를 돌아 나와 창문 밖을 내다봤다. 어디를 간다더니 안 좋은 일 때문에 간 건 아닐까 걱정하는 마음이 들었기 때문이다.

어둑어둑해져 약국 문을 닫을 준비를 하다, 절뚝대며 힘들게 리어카를 끌고 지나가는 할머니를 발견해 파스와 붕대로 발목을 고정시킨 뒤, 내일 아침 약국에 꼭 들르시라 몇 번이나 약속을 받아 내고서야 셔터를 내렸다.

문단속을 한 뒤엔 불을 켜고 마지막 손님을 기다리는 채소 가게에 들러 간단하게 장을 봤다. 시장을 벗어나면 오 분 조금 더 되는 거리에 있는 아파트 단지에 들어서는데 휴대폰에서 메시지 알림 음이 들렸다. 잠시 멈춰 들고 있던 짐을 내려놓고 가방에서 휴대폰을 꺼낸 이수의 얼굴이 얼마 지나지 않아 황당함으로 물들었다.

네모난 액정 속에는 엄마 은경의 옆에서 초고추장을 찍은 오이를 입에 욱여넣고 있는 이현의 모습이 담겨 있었다. 그리고 그 밑에는,

[딸. 엄마는 이 선배님이 참 마음에 드네^^*?]

어디서 배웠는지 모를 이모티콘과 함께 짧은 메시지가 자리 잡고 있었다.

순간, 어지럼증이 몰려들었다.

02_

그러지 말아야지 하고 생각하지만 마음이란 건 그리 뜻처럼 쉽게 제어가 되지 않는 것이다. 의도하지 않았지만 이수의 통화내용을 엿듣게 된 이현은 마음이 조급해졌다. 수화기 저 너머에서 들려오는 목소리가 생각보다 컸던 탓이다.

시도도 해 보지 않고 잃는 건 한 번으로 족하다. 약국 문을 닫아 주고, 집까지 데려다주려던 계획에 수정이 필요했다.

아쉬운 마음을 애써 다잡고 집으로 돌아온 이현은 편안하지만 허름하지 않는 옷을 몇 벌 추려 배낭에 넣고 속옷과 간단한 세면도구를 챙겼다. 이수가 알면 분명 좋은 소리를 듣지 못하겠지만 그건 나중 일이다. 그렇게 이현은 차를 몰아 덕우리로 향했다.

내비게이션의 도움으로 도착한 덕우리는 불빛 하나 없이 캄캄했다. 여기를 봐도 산, 저기를 봐도 산이다. '덕우리' 라는 단서 하나만 가지고 내려오긴 했는데, 조금은 막막해지는 기분이다. 일분 일 초가 아쉽지만 어쩔 수 없이 정선 시내로 가 하룻밤 자고 아침 일찍 다시 와 보기로 했다.

꿇어앉은 다리가 저려 오기 시작했다. 엉덩이 밑에 깔린 발가락은 바늘로 찔러 대는 것처럼 콕콕 쑤셔 왔고, 결국 이현은 방바닥을 짚고 있던 손으로 다리를 주물렀다.

작은 문을 사이에 두고 붙어 있는 부엌에서 맛있는 냄새가 슬금슬금 넘어오고 있었다. 뭐라도 거들어야 하는데…… 콕콕 쑤시다 못해 둔해지기까지 한 다리와 발의 감각에 억지로 몸을 일으켜 세우려다 우스꽝스럽게 넘어지고 말았다.

이삼 분 여를 이러지도 저러지도 못하다 간신히 균형을 잡고 일어서는데 굳게 닫혀 있던 작은 문이 열렸다. 동그란 밥상이 들어서자 이현이 얼른 받아 들었다. 그 짧은 새 차렸다고는 믿을 수 없을 만큼 진수성찬이라 받아 든 손에 저절로 힘이 들어갔다.

마주한 고운 얼굴은 이삼십 년 후의 이수를 미리 보는 것 같아 눈이 저절로 반달모양으로 휘어졌다. 분명, 자신의 곁에서 이수도 이렇듯 곱게 세월을 밟아 나가리라.

"뭘 이렇게 많이 차리셨어요, 어머니."

넉살 좋게 어머니, 어머니 하는 이현을 보며 이수의 엄마 은경은 요즘 말로 안구정화가 제대로 되는 느낌이었다. 이수와는 고작 두 살 차이니 아들처럼 대해 달라며 어찌나 싹싹하게 구는지 분위기에 휩쓸려 냉큼 그러마 하고 말았다.

고기 한 점 없이 죄다 풀밭인데 된장국에 밥을 말아 후루룩 잘도 먹는 모습이 보기 좋다. 문득, 처음 인사 와서는 힘들게 차린 밥상 날름 받아먹기만 한 그놈이 생각나 은경이 잠시 미간을 찌푸리며 한숨을 푹 내쉬었다. 하지만 이내 고개를 한번 내젓고 된장에 삭힌 풋고추 하나를 들어 이현의 밥그릇에 올려 주었다. 개구지게 한번 씩 웃은 이현이 아삭아삭 소리를 내며 맛있게도 먹었다.

이른 새벽, 미처 고치지 못한 소 여물통 대신 고무 대야를 끌어와 골고루 여물을 나눠 주던 은경은 경운기 뒤에 바짝 붙어 좁은 길을 올라온 흰색 승용차에서 내린 멀끔한 젊은 남자가 대뜸 큰절을 해 얼마나 놀랐는지 모른다. 말은 대학교 선배라지만 그게 다가 아님을 이현의 태도에서 느끼고 있었다.

아니라고는 하지만, 고르고 고른 선 자리를 들이밀어도 싫은 내색만 보이는 딸이 혹시라도 예전 그 남자에게 미련이 있을까 늘 걱정이었다. 딱히 누구를 만나는 것 같아 보이지 않았는데…… 혼자 몸으로 먼 시골까지 찾아온 대학 선배라는 사람을 보니 자꾸만 웃음이 나온다. 자신도 모르게 너무 빤히 쳐다봤는지 벌써 밥그릇을 깨끗하게 비운 이현이 머리를 한번 긁적이더니 은경 앞에 놓인 밥그릇을 조금 더 안쪽으로 밀어 주었다. 두 눈에 녹아든 궁금증을 알아챈 듯 이현이 순하게 웃음 지어 보였다.

"어머니. 식사부터 하세요. 다 드시면 말씀드릴게요."

말끝마다 어머니, 어머니 하며 살갑게 구는 모양이 예쁘게만 보였다. 매일 곁에 두고 지낸 사람처럼 스스럼없다. 이수까지 도시에 올려 보낸 뒤로 아침을 잘 챙겨 먹지 않은 지 오래지만, 이현이 꼭 아들처럼 가까이 앉아 이것저것 집어 주는 바람에 적지 않은 양을 먹어야 했다.

은경의 만류에도 이현은 먹고 난 그릇을 씻어 차곡차곡 엎어 놓고 베이지색 슬랙스 바지에 젖은 손을 아무렇게나 닦았다.

황토빛 벽에는 이수의 유치원부터 대학교까지의 졸업사진과 상장이 줄지어 걸려 있었다. 넘어졌는지 이마와 코끝이 까져 시무룩해 있는 어린 이수의 사진을 손끝으로 어루만지던 이현은 가깝게 들리는 인기척에 얼른 자리에 앉았다.

편하게 앉으라는데도 고집스럽게 무릎을 꿇고 앉은 이현은 은경이 차 대신 내온 숭늉으로 입가심을 했다. 뜨겁지 않게 식힌 구수한 밥물에 부르던 배가 저절로 소화되는 기분이었다.

"맛있게 잘 먹었습니다. 과일이라도 사 왔어야 했는데 죄송해요, 어머니."

"아유, 괜찮아요. 가지고 와 봐야 먹을 사람도 없어."

은경이 손사래 쳤다. 이따금 이수가 내려올 때 바리바리 싸 오는 과일들은 모두 동네 노인정에 보냈다. 혼자 있다 보니 하루 두 끼 외엔 무얼 입에 잘 대지 않게 되어 버렸기 때문이다. 죄송스러워하는 이현의 마음만으로도 충분히 고마웠다.

"두꺼비같이 생긴 놈이 새벽부터 찾아와 많이 놀라셨죠? 죄송해요. 실례인 걸 알면서도 마음이 급해서 어쩔 수 없더라고요."

"이현 군처럼 잘생긴 두꺼비라면 매일 놀라도 괜찮을 것 같은데."

소녀처럼 호호 입을 가리고 웃는 은경을 보며 이현도 씨익 미소 지었다.

시골에서 나고 자란 이현은 어릴 적부터 예쁜 놈 고추 따 먹자, 며 짓궂은 농담을 하는 동네 할머니 할아버지들께 아무렇지 않게 배를 쭉 내밀 정도로 넉살이 좋았다. 이현은 어떻게 하면 예쁨을 받는지 다년간의 경험을 통해 누구보다 잘 알고 있었다. 조각처럼 잘생긴 얼굴은 아니지만 두 눈이 반달처럼 부드럽게 곡선을 그리면 처음 본 사람이라도 금세 따라 웃게 만드는 재주가 있었다.

"사실, 어제 이수를 보러 갔다가 통화하는 걸 들었어요. 제가 다른 사람 통화나 엿듣는 그런 사람이 아닌데 어머니 목소리가 아주 쪼끔 크게 들려서 어쩔 수 없이 들어 버렸습니다."

장난기 가득한 얼굴로 엄지와 검지로 살짝 틈을 만들어 보이자 은경이 그걸 들었느냐며 쑥스러운 듯 주먹 쥔 손으로 코끝을 한 번 문질렀다.

난감하거나 부끄러울 때 코끝을 문지르는 버릇이 있는 이수와 같았다. 누구나 쉽게 하는 행동 하나하나에 어느새 의미를 부여하게 되어 버렸다. 이현 스스로가 생각하기에도 중증인 듯했다.

"솔직히 말씀드리겠습니다. 어머니. 제가 이수를 아주 많이 좋아하고 있습니다."

"혹시 우리 이수랑 교제 중에 있어요? 미안한 말이지만 이현 군에 대해 들은 적이 없어 그래요."

미련이 남은 것도 아니라면서 시간과 나이 아까운 줄 모르고 일만 하는 이수를 보며, 늘 가슴속에 안쓰러움과 불안함을 품고 있었다. 반듯하니 잘생기고 사근사근한 이현이지만, 그와 교제 중에 있다면 이수가 여태 자신에게 말을 하지 않았을 리 없다. 혹시라도 두 사람의 관계에 대해 숨겨야 할 이유가 있는 건 아닌지 문득 불안해졌다.

"지금은 저 혼자 좋아 쫓아다니고 있습니다."

그런 은경의 불안감을 씻겨 주듯 이현이 수줍은 표정으로 뒤통수를 긁적였다.

"혼자 여기 내려온 걸 알면 이수한테 크게 혼날지도 몰라요, 어머니."

앓는 소리를 하는 게 영 밉지가 않다.

"이수가 그 능력 있다는 펀드 매니저를 만난다고 할까 봐 불안해서 왔습니다. 가뜩이나 발에 차이는 돌멩이 취급을 받고 있는데 어머니가 고르고 고른 펀드매니저를 이수가 만난다고 할까 봐 반칙인 줄 알면서도 올 수밖에 없었어요. 죄송합니다."

불안해서 왔다는 그 말 한 마디에 은경은 왠지 코끝이 시큰거렸다. 결혼을 하겠다며 찾아왔지만 애가 타지도, 절박해하지도 않고 마치 통보하듯 말하던 누군가와는 너무도 달랐다. 불안해서 그 먼 길을 왔다는 말에 딸이 정말로 사랑받고 있구나 싶어 가슴이 울렁거렸다. 이수도 같은 마음이 아니라는 사실이 아쉬울 뿐이다.

"솔직히 대학 선배라니 걱정이 되네요. 이현 군. 무슨 일이 있어도 지금 그 마음 변하지 않고 끝까지 좋아해 줄 수 있겠어요? 그전에, 우리 이수 마음, 잡을 수 있겠어요?"

같은 대학 선배라니 이수가 결혼 얘기가 오가던 남자와 좋지 않게 헤어진 걸 알고 있을 게 분명했다. 결혼을 했던 것도 아니다.

하지만 대학 선배라니……. 운 좋아 이수 또한 같은 마음이 된다 해도, 남 말하기 좋아하는 사람들이 둘을 놓고 이러쿵저러쿵 온갖 이야기를 부풀려 댈 게 뻔했다. 그럼에도 끝까지 마음 변하지 않을 자신이 있는지, 앞에 서서 이수가 상처받지 않게 지켜 줄 수 있는지 직접적으로 묻고 싶은 마음을 꾹 누른 채 애써 에둘러 물었다.

"떠들기 좋아하는 녀석들 일일이 찾아가 입을 납땜해 버릴 수도 없고 분명히 이 말 저 말 나오긴 할 겁니다. 거슬리고 상처도 받을 겁니다. 저보단 이수가. 그리고 그런 이수를 보는 저도 마음이 아플 겁니다."

에두른 질문에 이현은 솔직히 대답했다.

"그런데도 이수 옆에 있고 싶어요?"

"네. 소현 후배처럼 좋은 친구가 이수에게 있듯이 제게도 꽤 좋은 녀석들이 몇 있습니다. 적어도 녀석들이라면 뒤에서 말하기 좋아하는 얼간이들 붙잡아다 혼꾸멍을 내 줄 겁니다."

의지가 깃든 눈이 부드러운 곡선을 그렸다.

"상처받는 일이 아예 없다고는 말씀드릴 수 없지만 최대한 곁에서 막겠습니다. 제 노력으로도 어렵다면…… 온전히 제 편만 있는 곳으로 이수 데리고 가 살겠습니다. 덕우리처럼 작고 외진 곳이지만 인심 좋고 따뜻한 곳으로 가서 평생 떠받들고 살겠습니다. 잘 다니던 회사 그만둔 자발적 백수에 믿을 거라곤 달랑 시골에 있는 작은 약국 하나지만 이수 배 안 곯리고 행복하게 해 주겠습니다."

이현의 말에 수많은 생각이 은경의 머릿속을 스쳐 지나갔다.

모자람 없이 키웠다고 생각했다. 그 흔한 학원 한 번 보내지 않았지만 덜컥 약대에 붙어 어깨가 하늘 높은 줄 모르고 올라가기도 했다.

눈에 넣어도 아프지 않을 그런 딸인데 어느 날 결혼을 하겠다며 데려온 남자는 아주 몹쓸 사람이었다. 행복하게 해 주마 입에 발린 말이라도 한번 할 줄 몰랐고, 못마땅한 기색이 역력한 제 부모에게서 이수를 지켜 주지도, 놓아주지도 못해 결국 이수 스스로 독한 마음먹고 끊어 내게 만들었다. 원하는 대로 헤어졌는데 후에는 주제도 모르고 아들을 차 버렸다며 독기 품고 달려와 머리채를 잡고 짐승처럼 끌어내기도 했다.

그 모든 걸 보고도 이수가 더 큰 상처를 받을까 이를 악물고 모른 척 돌아서야만 했던 게 생각나 은경은 주먹 쥔 손으로 가슴을 쳤다.

꺽꺽 소리 내며 억지로 눈물을 삼키는 은경에게 섣불리 위로조차 건네지 못하고 이현은 고개를 떨어뜨렸다. 머리로는 자신의 탓이 아니라는 걸 알지만 묵직하게 아려 오는 가슴 탓에 자꾸만 죄책감이 생겨난다.

눈가에 눈물이 마르고, 가슴에 시퍼런 멍이 들 때쯤 허리에 매고 있던 앞치마로 얼굴을 문지른 은경이 애써 웃으며 물었다.

"우리 이수 어디가 그렇게 좋아요? 내 딸이지만 애교가 있는 것도 아니고, 사근사근하지도 않은데 뭐가 그리 좋았어요?"

이현은 말하는 중간중간 서러움이 묻어나는 것을 모른 체하며 은경의 노력에 동조하기로 했다. 개구지게 웃으며 뒷목을 슬쩍 긁으며 말했다.

“사람이 좋은데 이유가 필요한가요? 그리고 예쁘지 않은 곳이 없어서, 어디가 더 좋은지는 저도 잘 모르겠습니다, 어머니.”

팔불출처럼 웃다 어쩌다 콩깍지가 씌었냐 물으신다면 그건 자신 있게 말씀드릴 수 있다는 말에 은경이 이유를 묻자 이현이 주머니에서 휴대폰을 꺼내 바탕화면에 저장된 사진을 보여 주었다. 휴대폰을 바꿀 때마다 제일 먼저 옮기는 거라며 보여 준 사진 속에는 백발이 성성한 할머니에게 머리채를 잡힌 이수가 있었다.

“하계 봉사 때 찍었어요. 저도 그렇고 다들 건성건성 하는데 이수는 마치 친할머니 친할아버지 대하듯 했어요. 사진 속 할머니는 치매가 있으신 분이셨어요. 굶겨 죽이려 한다고 손가락 깨물고 머리 잡고 할퀴고 해서 다들 피하기만 했는데 이수가 국에 밥을 말아 와서 죄송하다며 한 술 한 술 아기처럼 어르고 달래더라고요. 결국 정이 들어 가지 말라고 다리를 잡고 놓아주지 않으셔서 이틀인가 이수 혼자 더 있다 왔어요.”

은경은 그때 그 모습이 너무 예뻐 자신도 모르게 사진을 찍었다며 사랑 가득한 눈길로 휴대폰을 내려다보는 이현을 말없이 바라보았다. 가슴이 따뜻한 사람인 것 같아 안심이 됐다.

손가락 끝으로 몇 번이나 휴대폰 액정을 어루만지던 이현은 이내 씩씩한 얼굴로 은경의 손을 잡고 위아래로 흔들어 댔다.

“어머니. 그럼 사윗감 일 순위로 봐 주십사 뇌물의 의미로 옆집 아주머니가 부순 여물통부터 고칠까요?”

그 말에 은경은 큰 웃음을 터뜨렸다.

열이 나는지 쌕쌕 거친 숨을 쉬며 엄마 품에 안겨 있는 아이를 안쓰럽게 바라본 이수는 약 봉투 겉면에 인쇄된 글자에 빨간 펜으로 동그라미를 그렸다.

"오구멘틴이라고 쓴 건 항생제예요. 은성이 아침저녁으로 8ml씩, 여기 하얀 시럽은 하루 세 번 5ml씩 가루약이랑 같이 섞어 먹이세요."

성격이 순해 아픈데도 이수의 손가락을 잡고 힘없이 흔든 은성이 엄마 품으로 파고든다. 제가 아플 때면 둘러업고 정선 시내로 정신없이 향하던 부모님의 모습이 떠올라 괜히 울적한 마음이 든 이수는 자리에서 일어나 입고 있던 가운을 벗어 옷걸이에 걸었다.

카운터 아래서 가방을 꺼내 왼쪽 팔에 걸다 말고 휴대폰을 꺼냈다. 메시지 함에 들어가 어제 전송된 사진을 열어 다시 한 번 확대시켰다.

길지 않은 앞머리를 노란 고무줄로 질끈 동여 묶고 초고추장 묻힌 오이를 입에 막 집어넣은 이현의 모습을 보니 한숨만 나왔다. 어제부터 오늘 아침까지 엄마 은경에게서 몇 번이나 전화가 왔지만 받을 엄두가 나지 않았다. 너무 황당해서 그런지 화도 나지 않았다. 그저 엄마에게 어떻게 해명을 해야 하나 막막할 뿐이었다.

휴대폰을 아무렇게나 가방에 밀어 넣고 실내등을 끄고 돌아 나와 약국 문을 밖으로 밀던 이수는 쿵 소리와 함께 우뚝 멈춰 서는 문에 하마터면 이마를 찧을 뻔했다. 놀라 유리문 가까이 얼굴을 가져다 대자 어슴푸레한 빛을 등진 채 약국 문 앞에서 무릎을 꿇고 있는 이현을 발견할 수 있었다.

놀란 탓에 목까지 타고 올라온 비명을 억지로 눌러 참은 이수가 신경질적으로 문손잡이를 잡아당겼다. 그 상태로 화를 내려는데 그보다 먼저 이현이 번쩍 양팔을 머리 위로 들어 올렸다.

“아이가 반성하고 있습니다. 선처해 주세요.”

혼나기 직전의 아이처럼 두 눈을 질끈 감고 외치는 이현의 말에 순간 이수는 할 말을 잃었다. 무릎 꿇은 이현을 내려다보다 이내 한숨을 푹 내쉬었다. 온갖 감정이 묻어나는 깊은 숨소리에 이현의 어깨가 움찔거렸다.

“우리 집은 어떻게 알고 갔어요?”

겨울바람처럼 차디찬 음성에 이현이 조심히 실눈을 떴다. 꿇어앉은 다리를 살짝살짝 움직이며 반성하고 있다는 듯한 얼굴로 대답했다.

“덕우리에 가서 서울에서 약사 하는 정이수네 집이 어디인지 물으니까 경운기로 집 앞까지 데려다주시더라고.”

영동에서 이현이네 약국이 어디냐 물으면 단박에 찾아 주니, 어쩌면 이수의 고향도 마찬가지가 아닐까 하는 희망만 갖고 무작정 찾아갔는데 진짜 찾을 줄 몰랐다니……. 이수는 이현의 말에 지끈대는 머리를 손바닥으로 꾹 누르며 카운터 책상에 가 엉덩이를 걸치고앉았다.

“뭘 어떻게 해 보겠다고 결정을 내린 것도 아닌데 그렇게 무턱대고…….”

가슴이 답답해 신경질적으로 머리를 헤집던 이수는 연이어 울리는 알림음에 잠시 숨을 고르고 가방을 뒤적여 휴대폰을 꺼냈다. 복잡한 심경을 대신해 탁탁 소리 나게 손톱 끝으로 액정을 두드리던 이수의 눈이 잠시 커다래졌다.

"후우우."

한숨과도 같은 입김에 몇 가닥 흘러내린 머리카락이 힘없이 붕 떴다 가라앉았다.

환하던 빛이 사그라지자 이수의 엄지가 움직였고, 또다시 액정이 환해졌다. 시멘트를 꼼꼼히 바른 여물통 앞에서 검지와 중지로 브이 자를 그리며 환히 웃고 있는 엄마의 모습에 이수는 잠시 눈을 감았다 떴다. 그리고 천천히 숨을 내쉬듯 속삭였다.

"그래도…… 고마워요. 우리 엄마 도와줘서."

그 말에 이현은 바보처럼 웃으며 팔을 든 채로 고개를 끄덕였다.

"이수는 잘 지내지?"

원우의 물음에 이현은 대답 대신 동그란 얼음을 입안에서 빙그르르 굴릴 뿐이었다.

"진전은 있고?"

"0.005 정도?"

"고생이 많다."

툭 어깨를 치는 손길에 이현은 어깨를 한번 으쓱해 보였다.

병설유치원을 시작으로 대학교, 졸업 후 직장까지 줄곧 같은 길을 걸은 원우는 이수에 대한 이현의 감정을 아주 잘 알고 있는 유일한 사람이었다.

원우는 불도저 기질이 있는 친구보다 이수를 더 걱정하곤 했다. 살가운 선후배 사이도 아니었으면서 종종 이수가 아깝다느니, 능구렁이 같은 놈에게 이수가 넘어갈까 걱정이라는 둥 우스갯소리를 해 이현의 분노를 사기도 했다.

"창업 준비는 잘 하고 있냐?"

"창업은 무슨. 몇 달 빌리는 건데."

"그래도 잘해 봐. 혹시 아냐? 적성에 맞아 평생 가위질하고 흙퍼다 나를지?"

난공불락의 정이수를 함락시키기 위해 모종의 일을 꾸미고 있는 이현의 옆구리를 쿡 찌르며 원우가 짓궂은 농담을 건넨다.

구부정한 스트로우를 쭉 빨아 밑바닥이 드러난 유리잔을 옆으로 밀어 놓은 이현을 보며 실없는 농담을 하던 원우의 표정이 조금 진지하게 바뀌었다. 회사에서 그리 멀지 않은 곳이라 혹시 몰라 카페 내부를 힐끔 둘러본 원우가 조심스레 입술을 열었다.

"그 녀석. 임상 전략팀에서 홍보팀으로 임시 발령 났더라."

고승우. 씹다 뱉어 종이에 꽁꽁 싸 저 멀리 알래스카쯤으로 던져 버리고 싶지만 끊어질 듯 끊어지지 않는 껌처럼 끈질긴 이름이 원우의 입에서 흘러나왔다.

일본의 CRO(Contract Rearch Organization, 임상시험수탁기관)인 osp 재팬과 임상 관련 업무 체결을 성사시키고 돌아와 기껏 발령받은 부서가 홍보팀이라는 말에도 이현은 별다른 반응을 보이지 않았다. 그의 행보 따위는 사실 알고 싶지도 않다.

사정 모르는 사람들은 김이현과 고승우가 꽤 사이좋은 친구라고 알고 있지만, 속사정은 달랐다. 대학 시절 이현에게 승우는 심심할 만하면 한 번씩 나타나 시비를 걸고 이죽대는 귀찮은 존재였고, 승우에게 이현은 무슨 수를 써서라도 짓밟고 이겨야 하는 얄미운 존재였다.

친하게 지내던 후배의 결혼식 날이었다. 몰래 숨듯이 예식장 귀퉁이에 서 있던 이수를 발견하고 안절부절못하는 저를 붙잡고 원우가 물었었다. 혹시 승우에게 이수를 좋아하는 티를 냈느냐고. 이현은 그런 적 없다고 딱 잘라 말했지만 원우는 어디서 들은 소리가 있다며, 다시 한 번 잘 생각해 보라고 했다.

고승우가 혹시라도 이현에 대한 좋지 못한 감정으로 이수를 사귀었을 수도 있다는 말에 그렇게까지 바닥인 녀석은 아닐 거라 했지만…… 이수를 만나고, 이수의 어머니를 만난 후 어쩌면, 하는 그런 의심이 자꾸 솟아나고 있었다.

평범한 집은 아니지만 정말로 사랑했다면 이수의 어머니인 은경이 그렇게 치를 떨 정도로 이수의 상처가 깊지는 않을 것 같단 생각에 이현은 잠을 통 이루지 못했다.

같은 회사지만 해외 임상 연구팀 소속이던 자신과 임상 전략팀이던 승우는 늘 아슬아슬하게 빗겨 가 직접적으로 부딪칠 일이 거의 없었다. 해외 임상 체결 관련해 해외 출장이 잦았던 승우가 홍보팀으로 발령을 받은 이상 좋든 싫든 원우를 통해 야금야금 소식을 전해 들을 게 뻔했다.

갑자기 마음이 다급해졌다.

인수인계 과정에서 미처 챙기지 못했던 파일을 후배에게 대신 전해 달라며 원우에게 건네고 자리에서 일어났다.

다음에 밥을 사겠다는 으레 하는 말로 인사를 대신한 이현은 카페 건물 지하주차장에 차가 있다는 것도 깜빡하고 눈에 보이는 택시를 잡아탔다.

지금 당장 이수가 보고 싶다. 그 마음뿐이었다.

셔터 문을 올리다 약국 옆 화단에 놓인 작은 화분을 발견한 이수는 그 앞에 쪼그리고 앉아 푸릇푸릇한 허브 잎에 코끝을 가져다 댔다. 모종판처럼 작고 말랑말랑한 화분에는 레몬밤이라고 작게 프린트 된 글씨가 붙어 있었다.

출근하며 챙겼던 생수병을 꺼내 바싹하게 마른 흙에 적당히 물을 붓고 조금 더 햇볕이 잘 드는 화단 맨 끝으로 자리를 옮겨 놓았다.

소담히 꽃을 피운 화단과 허브가 온전히 이수만을 위한 선물 같았다. 어제보다 조금 더 따스해진 아침 햇살에 기분 좋게 기지개를 켜고 약국 문을 활짝 열었다.

쌓여 가는 처방전을 혼자서 처리하다 보니 어느덧 점심때가 되어 가고 있었다. 그리 배가 고프진 않지만 의무적으로라도 점심은 꼭 챙겨 먹기로 엄마와 약속을 한 탓에 이수는 지갑을 챙겨 들었다. 바로 옆 재래시장에 가 과일이라도 사 오는 게 좋을 것 같았다.

작은 비닐봉지에 비타민 음료를 여러 개 챙겨 담고 약국 문을 잠갔다. 모처럼 신고 나온 구두가 좋은 볕에 반짝댔다. 시장 입구 큰 길 사거리에 생긴 큰 약국을 두고 꼭 이수의 봄 약국에 들러 약을 처방받는 상인들을 잡고 작은 음료수 병을 건네자 돌아오는 답례가 더 컸다.

이따금씩 가는 시장길 중간 지점의 분식집까지 갈 필요도 없이 잔뜩 얻은 과일이며 떡이 담긴 검은 봉지를 손목에 걸었다.

사람들로 북적대는 좁은 길을 걷는 게 여간 힘든 게 아니지만 가끔씩 울적한 마음이 들 때마다 지갑만 챙겨 들고 시장으로 나오곤 했다. 옆집에 손님이 몰리면 샘이 날 법도 한데 주인이 없으면 내 집 장사인 양 대신해 물건을 팔아 주는 이들이 처음엔 그저 신기하기만 했다. 하지만 지금은 이렇게 묵직하게 인심을 주고받는 걸 보면 절로 기분이 나아지기 때문에 이수는 시장을 좋아했다.

무게감에 손등까지 쓸려 내려온 봉지를 추스르고 엄지손가락만 한 모종판 앞에 앉아 잠시 숨을 고르는데 휴대폰이 울렸다. 무심코 액정을 만지자 이현의 얼굴이 화면 가득히 들어찼다. 운동이라도 하는지 숨을 옅게 헐떡이는 이현이 대뜸 시장에 있느냐고 물었다. 대답 대신 작게 고개를 끄덕이자 알았다는 말만 하고 전화가 끊어졌다.

참 뜬금없다 싶어 멀뚱하니 있다 휴대폰을 뒷주머니에 찔러 넣고 앙증맞게 생긴 방울토마토 모종을 손끝으로 살살 어루만졌다. 화단 옆에다 키우면 좋을 것 같았다.

지금 당장은 들고 가기 힘들어 손에 들린 짐부터 내려놓고 다시 와야겠다고 생각한 이수가 자리에서 일어나는데 그 순간 누군가 와락 등 뒤에서 껴안아 왔다. 놀라 손에 쥔 짐이 힘없이 떨어졌다.

한껏 움츠러든 어깨로 무게감이 느껴져 발버둥 치려 했지만 그보다 먼저 익숙한 음성이 귓가로 내려앉았다.

"이수야, 나야."

움츠렸던 어깨가 일순간 아래로 축 처졌다. 깜짝 놀라 콩닥대는 가슴을 진정시키지 못하고 약하게 휘청이자 이현이 얼른 이수의 양팔을 붙잡았다.

"미안해. 많이 놀랐구나?"

반가움에 자신도 모르게 말보다 행동이 앞섰다는 다정한 목소리에 한숨을 푹 쉰 이수가 어깨를 움직여 잡고 있는 팔을 밀어냈다. 그렇게 이수는 눈을 흘기지도, 화를 내지도 않고 묵묵히 바닥에 떨어진 봉지를 챙겨 들었다. 말없이 앞서 걷자 기가 죽은 이현이 얼른 이수의 손에서 짐을 뺏었다.

강아지처럼 졸졸졸 뒤를 따라 걸으며 혹시라도 손에 들린 짐에 이상은 없는지 힐끔힐끔 살피다 보니 어느새 봄 약국이 코앞이었다.

서너 걸음 앞서 걷던 이수가 갑자기 우뚝 멈췄다. 덩달아 걸음을 멈춘 이현이 '후배님.' 하고 이수를 불렀지만 그녀에게선 아무런 반응도 없었다. 그에 슬금슬금 가까이로 가는데 한 걸음쯤 거리가 좁혀진 순간 이수가 바람이 일도록 휙 돌아섰다.

앙다문 입술과 찡그려진 미간에 이현이 재빨리 양손을 번쩍 들었다. 봉지 입구를 꽉 움켜쥔 채로.

"무릎도 꿇을까?"

반쯤 무릎을 구부리는 시늉을 하자 매섭게 흘겨본 이수가 약국 문을 열고 들어가 버렸다. 선불리 따라 들어가지 못하고 통유리 앞에 서 이마부터 코, 입술을 바짝 붙이고 선 이현이 코는 돼지처럼 만들고 입술은 우스꽝스럽게 부풀렸다. 그 상태로 유리를 똑똑 두드리자 돌아섰던 이수가 풉, 하는 소리를 내더니 얼른 손으로 입을 가리는 게 보였다. 이때다 싶어 발꿈치를 들어 위에서 아래로 쭉 미끄러지듯 얼굴을 쓸어내린 이현은 소리 없이 웃음을 터뜨리는 이수의 모습에 얼른 약국 문을 열고 들어갔다.

"후배님. 원래는 내가 이런 식으로 얼굴을 낭비하는 남자가 아니야. 그러니까 한 번만 더 봐주라. 응?"

손등으로 입을 가리고 옅게 헛기침을 한 이수는 밉지 않게 살랑대는 그를 한번 흘겨보고 시장에서 얻은 봉지를 되찾아 왔다. 그러고는 이현이 가까이 앉지 못하게 일부러 손님 의자 한가운데 짐을 풀기 시작했다. 이현은 그 뻔히 보이는 수에 웃음이 났다.

고소한 쑥 인절미부터 사과에 꽈배기까지, 온통 이수가 좋아하는 것투성이다. 어떤 것부터 먹을까 고민을 하는 모습이 귀여웠다.

문득, 어렵게 밀어냈던 원우의 말이 다시 떠올랐다. 정말 원우의 말대로 승우와의 관계가 자신에 대한 악감정에서 시작된 관계였다면 어쩌나 앞이 캄캄해졌다. 대낮인데도 시야가 어둡게 느껴졌다. 만약 원우의 말이 사실이라면 이수의 마음을 열기 위해 하던 노력들을 이쯤에서 그만두어야 하는 건 아닌가 하는 무서운 생각까지 들었다.

설탕 살살 뿌린 꽈배기를 집어 들었던 이수는 어둡게 가라앉아 아랫입술을 잘근 깨무는 이현의 모습에 입에 가져다 대던 걸 슬그머니 내려놓았다.

원래 이런 사람이었나, 오래된 기억을 끄집어낼 정도로 짓궂고 막무가내이지만 자신의 앞에선 늘 '좋다' 라는 감정만 드러내던 사람이 무표정하지만 어딘가 모르게 상처받은 듯한 얼굴로 앉아 있자 덩달아 괜히 불편해졌다.

손에 묻은 기름을 아무렇게나 닦고 가만히 이현을 응시했다. 희고 가지런한 치아가 움직일 때마다 잘근잘근 씹히는 입술이 애처롭다. 결국 불편한 감정을 참지 못한 이수가 먼저 이현의 손등을 가볍게 건드렸다.

생각지도 못한 손길에 아무렇지 않게 금방 웃음을 보이는 이현의 얼굴을 이수가 무표정한 얼굴로 쳐다보았다. 활짝 펴졌던 이현의 입술 끝이 천천히 제자리로 돌아오며 허공에서 만난 두 개의 시선이 힘없이 어그러졌다. 한숨과 함께 이현의 시야가 조금 낮아진 탓이다.

"이수야."

마침내 꾸며진 웃음이 완벽히 사라지고 이현이 가만히 이수의 이름을 불렀다. 부름에 대한 답은 없었지만 올곧게 다가오는 시선만으로 충분했다.

"어쩌다 헤어졌어?"

"헤어진 이유가 궁금하세요?"

그답지 않게, 딱지가 앉은 상처를 긁어 온다. 살짝 놀라 길게 늘어진 속눈썹을 몇 번 파르르 움직였다.

"그건 말하지 않을래요. 사랑할 때는 이유가 없지만 헤어질 때는 이유가 있거든요. 지금은 잘 기억나지 않지만……. 뭐, 제일 억울한 건 모두에게 알려진 사랑이 끝날 때 대개 여자 쪽에 주홍 글씨가 남게 된다는 점이에요."

갑작스러운 기분의 변화와 해묵은 관계에 대한 물음에 의문이 생길 만도 한데 이수는 차분히 입술을 열었다.

"과정이 어떠했든 결과는 이별이에요. 이어 붙일 수 없는 관계가 되었고, 그래서 헤어졌을 뿐이에요."

이현은 이수의 두 눈동자에 슬픔이나 미련이 없음에 감사했다.

"오래된 일이라 이유 같은 건 기억에도 없지만, 굳이 이별의 책임을 묻자면 내 쪽이 더 컸어요."

이별에 대한 책임이 더 크다는 말에 이현의 눈동자가 흔들렸다.

"고승우가 날 좋아한다고 한 그 순간부터 나는 모질지 못했어요. 사랑, 호감이 없더라도 상대가 나를 좋아한다고 하면 자연히 마음이 너그러워지게 될 수밖에 없는데, 내 마음이 너그러워진 순간 고승우는 비겁해졌어요. 먼저 날 놓아주지도, 그렇다고 부모와 누나에게서 날 지켜 주지도 못했어요."

"그런데도 네 책임이 더 컸다는 게 무슨 뜻이야?"

"어쨌거나 먼저 그만둔 건 나였으니까요. 사랑했다면 그렇게 쉽게 포기하진 않았을 거예요. 미친 척 도망이라도 가자고 꼬드겼겠죠. 그런데 그러지 않았어요, 전. 그 사람의 부모님이 뱉은 폭언과 폭력에 손을 들어 버릴 정도. 딱 그만큼이었던 거예요, 내 마음이."

자신에게서 떠날 줄 모르는 이현의 시선을 피해 이수가 옅은 한숨을 내쉬었다.

"그러니 굳이 책임을 따지자면 비겁한 고승우보다 마음이 없었던 내 책임이 더 커요. 졸업 후, 다들 취업하고 싶어 하는 제약회사 아들하고 사귄다는 말에 다들 얼마나 가는지 두고 보자 했던 거 알아요. 등 떠밀려 만난 것도 맞지만 그런 사람들 보란 듯이 잘 해 보고 싶은 마음도 분명 있었어요. 그랬는데 그 사람 입에서 약혼이라는 말이 나오니까 애써 무시해 오던 문제들이 한 번에 터져 버린 거예요."

답답한 가슴을 손으로 문지르며 이수는 말했다.

"그 사람 가족들 앞에서 난 하찮고 보잘 것 없는 애가 됐고, 당연히 난 참거나 견디지 못했어요. 정말 좋았다면 어떻게든 이겨 내 보려 했을 텐데, 그럴 마음 없이 내 의지로 헤어진다는 걸 보여 주고 싶었어요."

스스로에게 책임의 무게를 지우고도 이수는 아무렇지 않아 보였다. 그럼에도 선뜻 다가설 수 없어 이현은 두 손을 주머니에 찔러 넣었다. 자리에서 일어나 조금 멀리 물러나 거리를 두었다. 감정 변화 하나 없이 무표정한 얼굴로 꽈배기를 입에 넣고 우물대는 걸 바라보다 쓰기만 한 입술을 손등으로 한번 눌렀다.

"불행한 시간이 있었어. 너와 주변 사람 모두 힘들었어. 그런데 만약 네가 겪은 불행의 원인을 또 다른 사람이 만든 거라면 이수 넌 그 사람을 용서할 수 있겠어?"

입안 가득한 밀가루를 꼭꼭 씹어 삼킨 이수는 잠시 눈을 감고 생각에 잠겼다. 만일이라는 말로 돌려 가며 피가 마르는 심정으로 질문을 던진 이현은 겨우겨우 숨을 내쉬며 기다렸다. 그렇게 일이 분 정도가 지나고서야 이수의 눈이 천천히 뜨였다.

"그 사람이 70만큼 미워요. 그런데 30만큼 고맙기도 해요. 그렇다면 저는 그냥 나쁜 건 나쁜 것대로 좋은 건 좋은 것대로 봐 줄 것 같아요. 70만큼 밉다고 해서 모두 다 싫은 것투성이의 사람이라고 생각하지 않고요. 지금 마음은 그래요."

막상 그렇게 됐을 땐 또 어떨지 모르겠지만요, 하고 덧붙이는 이수의 말에 이현은 두 손을 포개 심장 부근을 꾹 눌렀다. 눈이 따끔댔지만 반대로 숨 쉬는 건 편안해졌다.

조금 이상했던지 고개를 갸웃대는 이수의 곁으로 간 이현은 기름이 잔뜩 묻은 그녀의 손에 깍지를 끼고 힘을 줘 일으켜 세웠다. 우뚝 선 몸을 천천히 품에 안고 한참 아래 있는 목에 고개를 파묻었다. 다른 때라면 질색하며 뿌리쳤을 이수지만 아기처럼 쌕쌕 들큼한 숨을 몰아쉬는 그를 이상하게도 밀어낼 수가 없었다. 아니, 밀어내선 안 될 것 같은 기분이 들었다.

03_

매달 셋째 주 화요일은 북적대던 재래시장이 고요함에 휩싸이는 유일한 날이다. 시장이 문을 닫는 날이면 덩달아 이수가 운영하는 봄 약국 역시 손님이 없어 조용하다. 그래서 다른 날보다 한 시간 정도 늦게 약국 문을 연다.

정말로 여름이 오고 있는지 이마에 촘촘히 난 땀을 닦고 셔터 문을 위로 들어 올리던 이수는 건너편 꽃집에서 시작돼 약국 근처까지 짙게 난 물줄기를 발견했다.

어제까지만 해도 불이 꺼져 있던 꽃집 문이 활짝 열려 있었다.

수&현 플라워. 꼭 자신과 이현의 이름을 한 자씩 적어 만든 것 같은 간판이 햇볕에 말갛게 반짝이고 있었고, 이름 모를 꽃과 화분이 꽃집 앞에 단정하게 내놓아져 있었다.

"저렇게 많이 주면 썩을 텐데."

꽃집에서 시작된 물줄기의 정체는 커다란 나무 화분에 걸쳐져 있는 물 호스 때문이었다. 원예에 조예가 없어도 알 만큼, 넘치게 물을 머금고 있는 화분이 안타깝다. 그 안에 담겨 있는 흙이 화분 밖으로 꿀럭꿀럭 흐르고 있었다.

인사도 할 겸 꽃집에 가 알려 줄까 하다 설마 자신도 아는 걸 모르고 있을까 싶어 그만두었다. 이유가 있겠지 하며.

그러다 문득 생각이 나, 약국에 들어서기 전 소담히 자라 흔들리는 꽃들과 스치듯 눈길을 주고받았다. 물을 달라고 툴툴대듯 팔랑팔랑 흔들리는 노랗고 빨간 잎들을 보며 얇은 조끼와 가방을 카운터에 올려놓고 분무기를 찾아 물을 가득 채워 담았다.

이현이 주고 간 레몬 밤도 화단 끝에 올려놓고 분무기로 물을 뿌렸다. 물과 햇볕을 머금어 싱그럽게 반짝이는 잎사귀를 장난스럽게 손끝으로 톡 건드리다 쪼그렸던 몸을 펴고 일어났다.

여전히 흐르고 있는 물줄기를 걱정스레 바라보던 이수는 안으로 들어가 비타민 음료 두 개를 손가락 사이사이에 껴 천천히 건너편으로 걸어갔다. 슬쩍 들여다본 가게 안에 아무도 없어 연결된 호스를 따라 가게 모퉁이로 가 물을 잠그자 물줄기가 눈에 띄게 줄어들기 시작했다.

바닥에 물과 함께 튕겨진 흙을 아까운 듯 바라보다 가게 안쪽에서 무언가 끌리는 소리가 들린 듯해, 가게 안쪽으로 뛰어 들어갔다.

"계세요?"

음료 병 두 개를 한손에 모아 쥐고 나지막이 목소리를 냈다. 일을 하는지 여전히 무겁게 끌리는 소리가 들려 다시 한 번 말을 걸자 색색의 장미가 들어 있는 냉장고 옆 작은 문 너머에서 나가요, 하는 소리가 들렸다. 그 목소리가 어딘가 모르게 익숙하게 느껴져 이수는 고개를 자꾸만 갸웃거렸다.

정리가 되지 않아 복잡하게 엉켜 흘러내린 리본 끈과 구멍이 숭숭 뚫려 있는 녹색의 스펀지, 하얀 알갱이가 몽글몽글 예쁘게 핀 안개꽃이 가득한 가게를 둘러보면서도 이수는 힐끔힐끔 우당탕 소리가 나는 가게 안쪽 작은 문에 관심을 두었다.

아무래도 오픈 준비로 바쁜 것 같아 들고 있던 음료 병 두 개를 원형의 카운터에 올려놓고 돌아서려는데 작은 문이 벌컥 열렸다. 그리고 당연히 보여야 할 사람의 모습 대신 풍성한 이름 모를 분홍색 꽃다발이 모습을 드러냈다.

인사를 하기 위해 막 입술을 움직이는데 그보다 먼저 한 아름의 꽃이 불쑥 다가왔다. 그와 함께 꽃다발 뒤에서 이현의 얼굴이 불쑥, 정말 말 그대로 불쑥 나타났다.

"까꿍!"

아이처럼 해맑게 웃으며 우스꽝스럽게 눈을 찡긋대는 모습에 놀란 이수가 힘없이 한 걸음 물러섰다.

이수는 받아 달라는 듯 팔랑거리는 한 아름의 꽃과 이현의 얼굴을 몇 번이나 번갈아 봤다. 그러다 반쯤 돌아서서 말간 유리창에 코팅되어 있는 '수&현 플라워'를 작게 소리 내 읽었다. 그리고 또 한 번 이현의 얼굴을 바라보았다.

땅이 꺼져라 한숨을 내쉬는 이수를 본 이현은 들고 있던 꽃을

상하지 않게 조심히 내려놓고 그녀의 손을 끌어와 포개듯이 감싸 잡았다. 서로가 서로에게 해야 할 말이 생겼다.

많은 시간이 지나고 만난 선배 이현은 하루하루 놀라움만 선사했다.

좋지 못한 일이라도 있었는지 잔뜩 풀이 죽었던 모습은 온데간데없이, 갑자기 건너편 꽃집에서 나타난 이현은 많이 놀랐느냐며 너스레 떨어 왔다. 하지만 이수는 놀란 마음과 달리 큰 반응을 드러내진 않았다.

놀람. 단지 그 한 단어로 압축하기엔 모자람이 있었다. 조만간 영동에 내려가 부모님의 약국을 물려받아야 한다는 사람이 그리 싸지 않을 세를 물어 가며 꽃집을 차린 것에 대해 뭐라 말을 해야 할지 그저 막막하기만 했다.

사랑하는 사람을 위한 노력과 헌신. 이 모든 것들을 여태껏 경험해 보지 못한 이수로서는 그를 이해할 수가 없었다. 제 마음이 저를 향해 있지 않다는 걸 알면서도 그깟 사랑이 뭐라고 이렇게 매달린단 말인가.

선명히 드러나는 감정의 혼란을 지켜보면서도 이현은 미소를 지우지 않았다.

정리하려 애쓰면 애쓸수록 실몽당이처럼 잔뜩 엉키기만 하는 생각의 꼬리를 억지로 자른 이수가 언제부터 잡혀 있었는지 모를 자신의 손을 스윽 빼 등 뒤로 감췄다. 잠시간 생각 끝에 이수가 이현을 바라봤다.

"설명해 줄 수 있어요? 내 머리로는 도저히 정리가 되질 않아서요."

이수는 그렇게 혼란의 시작과 끝을 이현의 몫으로 미뤘다.

손안에서 빠져나간 온기를 아쉬워하던 이현이 은근슬쩍 걸음을 움직여 이수와의 거리를 좁혔다.

"우선, 이 꽃집. 내 가게는 맞는데 온전히 내 가게는 아니야."

"그게 무슨 말이에요?"

"후배님. 저번에 내가 말했잖아요. 우리 부모님, 시골에서 포도농사 짓고 계신다고. 부업으로 하는 약국 하나랑."

그것과 꽃집이 무슨 연관이 있냐는 듯 쳐다보자 이현이 개구지게 웃으며 말했다.

"갑자기 아들이 잘 다니던 직장 때려치우고 엄한 꽃집 한다면 도움은커녕 올라오셔서 다리몽둥이를 부러뜨릴 분들이셔."

"그래서요?"

"무턱대고 노릇노릇한 노른자위에 덜컥 가게를 차릴 만한 사정은 아니라는 거지."

점점 알 수 없는 말들만 늘어놓는다. 뜸을 들이듯 느긋하게 입술을 축이던 이현이 답답함에 가슴이라도 두드릴 것 같은 이수를 보며 다시 말문을 열었다.

"우연찮게 여기 사장님이 몇 달간 가게 문을 닫아야 하는데 다달이 나갈 월세가 걱정이라고 통화하는 걸 들었어. 그래서 몇 가지 조건 걸어 잠시 빌렸어."

이현의 말을 사실이었다. 결혼식장에서 이수를 만난 뒤, 그녀가 별 뜻 없이 건넨 명함을 들고 불 다 꺼진 어두운 밤 이곳에 왔다 활짝 열려진 꽃집에서 흘러나오는 말소리를 들었다. 앞뒤 잴 것 없이 써니 플라워의 사장을 며칠 동안 괴롭혀 원하는 것을 얻을 수 있었다. 못미더워하는 써니 플라워 사장을 데리고 변호사 사무실까지 방문해 공증을 받고 약간의 보증금과 함께 정식으로 계약서를 작성했다.

리모델링을 하는 내내 이수에게 들킬까 얼마나 조심했는지 모른다. 조금 전처럼 놀라 두 눈을 동그랗게 뜨는 모습이 보고 싶어 조심하고 또 조심했다.

이웃 상인이라는 당당한 신분으로 이수를 귀찮게 할 생각에 벌써부터 가슴이 설렌다. 아직 꽃 이름도 제대로 다 외우지 못했지만 머릿속에 지식을 집어넣는 건 누구보다 잘 할 자신 있는 이현이었다.

"화단도 선배가 만들었어요?"

이현을 만나고서부터 놀라는 빈도수와 함께 한숨도 많이 는 것 같다는 생각을 하며 이수가 물었다. 팻말을 적어 놔도 버려지는 쓰레기가 줄지 않아 곤혹스러운 적이 한두 번이 아니었던 그곳에 화단을 선물한 사람이 이현이라는 것을 그제야 확신할 수 있었다.

시원하게 대답은 하지 않지만 가만히 웃고 있는 그를 보니 가슴이 간지럽기 시작했다. 뜻 모를 일렁거림에 손바닥으로 가슴을 한 번 꾹 눌렀다. 그런 모습을 이현에게 들킬까 괜히 입술을 움직였다.

"화분에 물 너무 많이 주면 속에서부터 뿌리가 썩을지도 몰라요."

"음? 물 넉넉하게 주라고 하던데?"

'적당'의 개념이 이현에게는 조금 부족해 보였다. 무엇이 문제인지 모르겠다는 이현의 표정을 보며 넘쳐흐른 흙과 함께 약국 근처까지 길게 흘러나온 물줄기를 가리키며 말했다.

"선배 눈에는 저게 넉넉으로 보이세요?"

"왜? 아니야? 영동에 가면 밭에서 스프링클러 반나절씩은 돌리는 것 같았는데."

무조건 듬뿍이 아니냐는 말에 이수는 할 말을 잃었다. 남편에게 설거지를 시켜 놨더니 주방을 한강으로 만들어 놨다던 친구 소현의 말이 조금은 이해가 될 것도 같았다.

충동적인 행동이 불러 올 불행은 온전히 저 예쁜 꽃과 나무들이 치를 것 같다는 생각이 이수의 머릿속을 스치고 지나갔다.

한숨 쉬며 고개를 젓자 이현의 크고 단단한 손이 이수의 양 뺨을 부드럽게 감쌌다. 슬쩍 힘을 주자 쭉 하고 밀려나오는 말랑한 입술을 한껏 머금고 싶은 걸 억지로 참아 가며 이현은 색이 옅은 눈동자에 자신을 고정시켰다. 갈색 빛 눈동자에 조그맣게 들어찬 자신의 모습을 눈과 마음에 담았다.

그가 하는 대로 가만히 있던 이수는 시간이 흐를수록 귀가 뜨겁게 달아오름을 느꼈다. 파르르 긴 속눈썹이 덩달아 흔들린다. 뺨을 감싸고 있는 커다란 손을 떼어 내려 애쓰는데 약국 앞으로 노란 승합차가 부드럽게 멈추는 것이 시야에 들어왔다. 급한 대로 벌떡 일어서자 이현의 손이 저절로 떨어져 나갔다.

"칫."

아쉬운 듯 혀를 차는 이현을 두고 밖으로 나가 종종걸음으로 약국을 향했다. 차에서 내린 것은 운전기사 김창운이었다. 눈으로 살짝 인사를 한 뒤 이수는 얼른 약국 문을 열고 들어갔다. 그 뒤를 따라 들어온 그가 웃으며 입을 열었다.

"저번에 처방받은 약이 잘 맞는지 가렵던 게 많이 좋아졌어요. 제가 내일부터 며칠 지방엘 좀 가야되는데…… 그 로션 같은 연고, 좀 더 처방받을 수 있을까요?"

"처방전 없이는 판매가 어렵습니다."

"어떻게 좀 안 될까요, 선생님?"

피부과는 오늘 개인 사정으로 인해 휴무라며, 연고 처방을 부탁하는 김창운에게 이수가 처방전 없이는 어렵다는 뜻을 밝혔다. 곤란한 듯 검지로 코끝을 문지르는 이수를 보며 의자에 앉아 있던 이현이 김창운의 뒤를 지나쳐 안으로 들어갔다. 자연스럽게 이수의 뒤에 겹치듯 서 '무슨 연고인데?' 하고 물었다.

멀뚱히 서 있던 김창운의 눈이 조금 커졌지만 미처 보지 못한 이수가 작게 연고의 이름을 알려 주었다. 이현이 슬쩍 이수의 허리에 손을 두르고 김창운을 향해 시선을 돌렸다. 물 흐르듯 자연스러운 포즈에 손님으로 온 남자의 눈썹이 살짝 일그러지는 걸 이현은 놓치지 않았다.

"손님. 그 연고는 스테로이드 성분이 있어서 처방전 없이는 구입이 어렵습니다. 사거리 피부과에 가셔서 기존에 처방받은 약과 연고 말씀하시면 처방전 받으실 수 있을 겁니다."

"그런가요? 몰랐네요. 바쁘신데 번거롭게 해 드려서 죄송해요."

"아뇨, 괜찮습니다. 그럴 수도 있죠. 모르고 그러신 건데요, 뭐. 피부과 진료 끝나기 전에 가 보셔야 하지 않을까요?"

조금 냉랭하게 느껴지는 어투에 이수가 슬쩍 이현을 올려다봤지만 그의 시선은 여전히 김창운에게 고정되어 있었다. 이현과 이수의 허리에 둘러진 손을 번갈아 보던 김창운이 한참 만에 나중에 다시 오겠다며 나가자 그제야 그가 시선을 내렸다.

눈치가 영 꽝은 아닌지 운전석에 오르기 전 약국 안을 힐끔 곁눈질하는 남자에게 한쪽 입꼬리를 들어 올린 이현은 아무렇지 않게 이수의 코끝을 손등으로 툭 친 뒤, 카운터 아래 쌓아 둔 자양강장제 박스를 뜯어 비어 있는 냉장고 아래 부분에 차곡차곡 넣기 시작했다.

무언가 이상함을 느꼈던 이수는 이내 빈 박스를 납작하게 펴 화단 옆에 내다 놓았다. 그러고는 다시 안으로 들어가 비싼 돈 들여 리모델링까지 했으면 제대로 일을 하라고 이현을 쫓아냈다.

이수의 잔소리에 냉큼 꽃집으로 돌아온 이현은 허리 한번 펴지 않고 손에 닿는 대로 쓸고 닦아야만 했다. 적당량의 물을 받아 꽃이 시들지 않게 한 단, 한 단 군데군데 담가 놓고, 써니 플라워 사장이 엉망으로 방치해 둔 장식용 리본을 색깔별로 돌돌 말아 정리했다.

그러는 사이 점심때가 되었나 보다. 약국 문을 걸어 잠그고 나온 이수가 내부 정리를 하고 있는 이현의 모습을 물끄러미 바라보다 검지와 중지로 유리문을 톡톡 두드렸다.

이수의 손에 들린 지갑을 본 이현이 재빨리 손을 닦았다. 아무렇게나 질끈 동여 맨 앞치마를 벗어 의자에 걸쳐 놓고 문턱을 넘었다.

"드시고 싶은 거 있어요?"

"응? 후배님이 점심 사 주려고?"

"네. 제가 살게요."

이웃이 된 기념이라며 새침하게 앞서 걷는 그녀를 보며 이현이 몰래 웃고는 빠른 걸음으로 옆에 가 섰다.

"메뉴는 내가 정해도 되는 거야? 잘 됐다. 삼시 세끼 냉동시킨 닭만 먹었더니 꼬꼬댁 알 까기 직전이었어."

기름 진 치킨은 그리 좋아하지 않지만 이수에게서 강제로 가져온 걸 차마 버릴 수 없어 냉장고에 넣어 놓았다. 그렇게 아침저녁으로 한두 조각씩 데워 며칠 만에 겨우 치킨 박스를 버릴 수 있었다.

"드시고 싶은 거 있어요?"

"이 선배님은 드시고 싶은 게 있지."

"뭔데요?"

"그건 바로…… 후배님의 사랑?"

손가락으로 자신의 뺨을 찌르며 귀여운 척하는 모습에 이수의 얼굴이 단박에 굳었다. 못 들을 걸 들은 사람처럼 정색을 하자 이현이 큰 웃음을 터뜨렸다.

"후배님은 이런 공격에 취약하구나?"

이현의 웃음소리가 점점 더 커졌다. 한숨을 쉰 이수가 혼자 가려는 듯 쌩 돌아서자 항복의 의미로 번쩍 손을 들어 보인 이현이 해장국을 외쳤다.

"가요."

신이 나 사거리 해장국 집으로 뛰어가는 이현의 모습에 이수는 웃음이 절로 났다.

허름하지만 같은 자리서 십 년 넘게 장사를 했다는 해장국 집에 들어서 구석진 자리로 가 앉았다. 가게 벽에 걸린 두 가지의 조촐한 메뉴를 보며 어떤 걸 먹을까 고민하는 그를 보니 이수는 웃음이 났다. 뭘 먹지? 하다 좀처럼 선택을 하기 힘들어 아이처럼 시무룩해하는 이현에게 이수는 도움의 손길을 내밀었다.

"우거지 드세요. 제가 선지 시킬게요. 나눠 먹어요."

"오오, 그러면 되겠다. 역시 센스가 남달라."

주문을 하고 얼마 지나지 않아 뜨끈한 김이 모락모락한 뚝배기 해장국이 각자의 앞에 놓였다. 깨작깨작 먹는 이수와는 달리 이현은 배가 고팠는지 한 그릇을 뚝딱 비워 냈다.

그런 뒤 이수의 몫으로 나온 선지까지 알뜰하게 골라 먹은 이현은 후식으로 카운터 옆 박하사탕까지 야무지게 한 줌 챙겨 나왔다. 내켜하지 않는 제 입에 사탕 하나를 굳이 넣어 주고 부른 배를 만지며 즐거워하는 모습을 보니 문득, 행복이라는 게 먼 곳에 있는 것도, 꼭 값나가는 것도 아니라는 걸 새삼 느끼게 된다.

몇 분쯤을 걸었을까, 끝나 가는 점심시간에 이수는 바로 약국으로 들어가려고 했지만 이현의 고집에 시장골목 초입에 있는 아담한 카페에 들어가 커피를 주문했다. 이수의 취향대로 시럽 없이 아메리카노 한 잔을 시켜 빨대를 두 개 꽂아 가져온 이현은 테이블 정 가운데에 음료 잔을 내려놓았다.

"이런 거 해 보고 싶었어. 원래는 빨대가 하나여야 멋이 나는데 그랬다간 깔끔한 후배님이 더럽다고 할까 봐."

이게 뭐라고, 해 보고 싶었다며 굳이 한 잔을 시켜 빨대를 두 개나 꽂아 가져온 이현을 보며 이수는 고개를 설레설레 저었다.

마셔 보라는 성화에 겨우 한 모금 마시자 이현이 얼른 그녀의 입술이 닿았던 그 빨대로 차가운 커피를 단숨에 빨아들였다. 순식간에 드러나는 얼음에, 보는 이수의 입안이 다 얼얼할 지경이었다. 한 번에 마셔 머리가 아플 법도 한데, 그는 차가움에 몸서리치면서도 바보처럼 소리 내 웃었다. 그 모습에 어쩔 수 없이 피식 웃음이 나오고 말았다.

이수는 카페에서 나와 바로 옆에서 나란히 걷는 이현의 모습을 천천히 눈에 담았다.

창문을 닦고 있으면 어디선가 나타나 손에 쥔 걸레를 빼앗고, 근처 자판기에서 뽑아 온 믹스 커피를 나눠 마시고, 같이 백반집에 가 점심을 먹고. 약국에 손님이 오면 당연하다는 듯이 전산입력 후 그에게서 넘겨받는 처방전이 점점 익숙해진다.

돌아보니 점점 자신의 공간에 녹아드는 이현에게 익숙해져 있었다.

"더 놀랄 게 남아 있어요?"

"정이수 놀랄 일이야 앞으로도 무궁무진하지. 나랑 있으면 매일매일이 롤러코스터 타는 기분일걸? 어때? 상상만으로도 막 짜릿하지?"

"일상이 시끄러워질 것 같다는 생각은 드네요."

씩 웃는 모습에 이수도 이현과 마주 웃어 보였다.

익숙함을 인지하기 시작하자 머리가, 그리고 가슴이 조금 묵직해지는 기분이 든다. 그리고 그런 묵직함이 전과 달리 불쾌하지 않았다.

약국 문을 오래 닫아 둘 수 없다는데도 억지로 골목 한 바퀴를 돈 이현은 꼬집혀 손등에 난 영광의 상처를 문지르며 고양이처럼 살금살금 이수의 뒤에 가 섰다.

"그게 뭐야?"

아래쪽 잠금장치를 연 이수가 약국 문에 붙어 있는 노란 포스트잇 몇 개를 떼어 내 차곡차곡 손바닥에 올려놓자 이현이 그것을 재빨리 낚아챘다. 눈을 흘기는데도 지렁이 꿈틀대듯 엉망으로 끼적인 글자를 한 자 한 자 꼼꼼히 읽어 나갔다.

총 다섯 장의 포스트잇은 모두 열렬한 사랑고백이었다.

누나 사랑해요. 누나 너무 예뻐요. 누나 일 년만 기다려 줘요. 누나 나랑 데이트 할래요? 누나, 누나, 누나…….

이현의 미간에 힘이 들어갔다. 코 평수가 넓어진 줄도 모르고 인상을 쓰며 손에 잔뜩 힘을 줘 포스트잇을 구겨 버렸지만 이내 이수에게 다시 빼앗기고 말았다.

"쓰레기야. 펼 필요 없어, 후배님."

심술이 가득한 얼굴로 툴툴대는 그를 보며 이수는 바람 빠지는 소리를 내더니 구겨진 포스트잇을 한 장 한 장 펴 주머니에 넣었다.

"이걸 쓴 사람의 정성과 진심을 생각하면 쉽게 버리면 안 되는 거잖아요."

이수는 그렇게 조금은 엄한 얼굴로 말한 뒤 카운터에서 조금 더 큰 포스트잇을 꺼내 무언가를 슥슥 적어 나가기 시작했다. 유치한 내용이나 글씨체로 보아 근처 중학교나 고등학교 핏덩이들이 붙여 놓고 간 게 분명했다. 답장까지 쓰고 있는 걸 보니 하루이틀 있었던 일이 아닌 것 같았다. 뚱한 마음이 들어 아이처럼 입을 쭉 내민 이현이 이수의 등 뒤로 가 몰래 훔쳐보았다.

「졸업하고 대학 가면 예쁜 누나들 많아. 교복에서 해방되는 순간 띠동갑 하고도 반 바퀴쯤 더 앞질러 있는 나는 머릿속에서 지워져 버릴걸? 장담할게.」

이현은 거절의 의미가 담긴 내용에 슬쩍 웃음이 났다.

그러다 슬쩍 돌아보는 이수의 얼굴에 얼른 입술을 깨물고는 못 본 척 의자에 가 앉았다.

이수는 다 적은 포스트잇을 반으로 접어 스카치테이프를 작게 잘라 그 위에 붙이고 밖으로 나가 포스트잇이 붙여져 있던 자리에 답장이 적힌 종이를 바람이 불어도 떨어지지 않게 단단히 붙여 놓았다.

쉬는 시간에 몰래 나와 답장이 쓰인 포스트잇을 보고 충격받을 몇몇의 학생을 위해 소현이 보내 준 포도즙까지 그 앞에 내려 두고 블라인드를 내렸다.

그 모든 걸 가만히 지켜보던 이현은 언제 질투를 했느냐는 듯 따뜻하게 미소 지었다.

의도한 건 아니다.

그저, 무책임한 사람이 되지 않았으면 좋겠다는 이수의 말이 신경이 쓰인 탓에 새벽 여섯 시쯤 저절로 눈이 떠져, 조금 이르지만 집에서 나와 집 근처 공원을 한 바퀴 돌고 꽃집으로 향했다.

이수의 조언대로 아주 적당한 만큼의 물을 뿌리고 유리창이 반들반들해지게 닦았다. 그러고는 '후배님과 나는 1+1 같은 사이니까.' 를 외치며 청소도구를 챙겨 건너편 봄 약국으로 가려는데 가방을 한쪽 어깨에 비스듬히 메고 삼색 슬리퍼를 직직 끌며 나타난 학생 한 명이 바나나 우유와 작게 접은 편지를 약국 손잡이 위에 붙여 놓는 걸 정말 '우연히' 발견하고야 말았다.

눈에서 불이 뿜어져 나온다는 표현은 이럴 때 쓰는 거구나, 이현은 새삼 깨달았다.

팔짱을 끼고 흐뭇하게 서 있는 남학생의 뒤로 살금살금 다가간 이현은 UFC 경기에서나 볼 법한 목조르기 기술로 남학생을 옴짝달싹 못 하게 만들었다. 다른 한쪽 손으로 목을 휘감은 팔을 강하게 조이자 남학생은 괴로운 듯 이현의 팔을 탁탁 쳤다.

이현은 아주 살짝 팔에 가했던 힘을 풀고 왼손을 동그랗게 말아 앳된 얼굴 여기저기에 비비듯이 문질렀다.

"아, 뭐예요?"

"뭐긴. 네 녀석이 날마다 러브레터 날리는 봄 약국 약사 누나 남편이시다."

"헐. 뻥 까시네."

"요런 건방지게 자유분방한 입을 보았나."

그 자세 그대로 꿀밤을 한 대 더 때리자 왜 때리느냐며 남학생이 버럭 소리를 질렀지만 이현은 콧방귀도 끼지 않았다. 서너 대는 족히 더 때리고서야 팔을 풀어 주자 남학생이 이현을 위에서 아래로 찬찬히 훑어 내렸다. 그러더니 혼잣말처럼,

"아 씨. 싱글이랬는데."

라고 중얼거렸다. 그 말에 이현은 웃음이 나면서 여드름이 촘촘히 난, 생각보다 순진해 보이는 남학생을 조금 더 놀리고 싶어졌다. 이왕이렇게 된 거 영역표시도 확실히 할 겸, 겸사겸사 말이다.

"우리 여. 보. 야. 가 확실히 보통 미모는 아니야. 유부녀가 유부녀 티가 나야 하는데 말이야. 낼모레 마흔인데 그 나이 되도록 공대 여신 아름이 급을 유지하는 게 말이 된다고 생각해, 학생? 우리 여. 보. 야. 가 지나치게 동안에 베이비페이스라 파리 같은 놈들이 자꾸 꼬여서 내가 아주 회사 결근을 밥 먹듯이 해요."

특정 단어에 묘하게 힘을 실을 때마다 남학생이 크게 움찔거렸다.

"좋은 말로 돌려보내는 것도 하루 이틀이지, 앞으론 요 손목을 잡아서 확! 분질러 버릴까 싶은데, 학생 생각은 어때? 응? 그 정

도면 남의 마누라한테 수작 부린 거 치곤 싸게 먹히는 거 아닌가 싶은데. 안 그래, 학생?"

손목을 잡아 무 자르듯 반으로 동강 내는 시늉을 하자 남학생의 얼굴이 핼쑥해진다. 이렇게 몰래 편지만 두고 갈 정도로 순박하고 순진한 구석이 있는 아이를 상대로 너무했나 싶어졌지만…… 은근슬쩍 어깨동무까지 해 가며 남학생을 채근했다.

"그래서, 학생은 누구? '누나 사랑해요.' 야? 아님 '누나 데이트해요.' 야? 것도 아님 '누나 일 년만 기다려 줘요' 인가? 응? 누구야, 학생?"

짐짓 다정한 척 자유로운 한 손으로 옆구리를 쿡 찌르자 남학생이 재빨리 '안녕히 계세요!' 를 외치고 바람처럼 도망을 쳐 버렸다.

"자식. 귀엽네."

꽁무니에 불이라도 붙은 양 잘도 도망가는 학생의 뒤로 손을 몇 번 흔들어 보인 이현은 바닥에 수줍게 놓인 바나나 우유를 들어 그대로 홀라당 마셔 버렸다. 몇 번 만에 바닥을 드러낸 우유곽은 근처 쓰레기통에 휙 던져 버린 뒤, 두 손을 탁탁— 마주치듯 털어 냈다. 완전 범죄였다.

"자식들이 말이야. 건방지게 나도 못 해 본 걸."

앞으론 이 근처에 얼씬도 못 하겠지? 이현은 속으로 쾌재를 부르며 신문지를 구겨 봄 약국 창문이 반질반질해지게 문질러 닦기 시작했다. 이른 아침 햇살에 반짝반짝 빛나는 창문을 보니 보람이 느껴졌다. 이 정도면 꽃집에서 이수의 모습을 볼 수 있을 정도다. 뿌듯한 마음을 가득 안고 꽃집으로 돌아오니 푸르른 녹음이 저를 반기고 있었다.

"자식들아. 밤새 잘들 있었냐?"

입구에서부터 손에 닿는 대로 푸른 잎사귀들을 가볍게 툭툭 치며 지나갔다. 꿉꿉한 물비린내와 흙냄새가 한데 섞인 가게 안을 빙 둘러 보고 작은 창고 옆 벽에 난 창문을 활짝 열었다.

지나치게 많은 관심과 사랑이 때론 독이 될 수도 있다는 것을 이현은 요즘 들어 깨닫고 있다. 푸릇푸릇하던 어린잎들이 누렇게 뜨거나 썩은 내를 풍기며 밑동이 물컹하게 변해 있었다.

'화분에 물 너무 많이 주면 속에서부터 뿌리가 썩을지도 몰라요.'

전에 무심코 흘려들었던 이수의 말이 떠올랐다. 아침저녁 듬뿍듬뿍 주었던 물이 이 어린 녀석들에겐 그리 좋은 게 아니었음을 깨달은 이현은 복잡한 마음으로 써니 플라워의 사장이 남긴 작업노트를 처음부터 천천히 읽어 나갔다.

하루 두 번 햇볕을 듬뿍 머금어야 할 녀석들. 물을 주는 건 일주일에 한 번이면 되는 녀석들. 이삼 일에 한 번씩은 물을 줘야 하는 녀석들.

길고 복잡한 이름 대신 민트, 페페, 잠뱅이, 떡잎, 혹은 이수 일, 이수 이. 이수 삼, 이현이 일, 이현이 이, 이현이 삼 등 제멋대로 이름 지어 붙인 녹색식물들이 더는 자신의 철없음에 시들고 아파하지 않도록 작업노트를 읽으며 열심히 공부를 시작했다. 외우는 건 자신 있었음에도 여전히 어렵기만 했다. 아직 손님을 제대로 응대하기엔 부족함이 있어 딸랑, 가게 문이 열리면 땀부터 나고는 했다.

이른 아침, 가게 문을 열자 기다렸다는 듯 들러 한 묶음의 안개꽃을 사 가는 손님을 배웅한 이현은 어젯밤 잠들기 전에 만든 책갈피 하나와 직접 갈아 만든 오렌지 주스가 담긴 텀블러를 냉장고 불빛만 어스름한 봄 약국 문 앞에 내려놓았다. 마지막으로 애정을 담아 편지를 쓴 작은 포스트잇을 약국 문에 꾹 눌러 붙였다.

약국 옆 화단의 꽃들도 괜히 한번 흩트리듯 만진 이현은 기지개를 켰다.

앞으로 한 시간 후, 그녀가 온다. 나의 그녀가.

아침에 눈을 떠 가장 먼저 볼 수는 없지만, 이렇게 이수가 오길 기다리는 시간이 이현의 가슴을 벅차게 했다.

친구 은정에게서 임신 소식을 전해 듣고 어떤 걸 선물하면 좋을까 밤새 이어진 고민을 약국까지 가져왔다. 정리할 때가 됐는지 느리게 부팅되는 컴퓨터 앞에 앉아 작은 수첩에 몇몇 개의 선물 이름을 적었다 지우길 반복했다.

인터넷 창을 열어 쇼핑몰에서 이것저것 살피다 결국 소현에게 전화를 걸었다. 참고로 소현은 웬만한 건 언니에게 물려받아 필요 없다며 차라리 비자금으로 가지고 있게 현금으로 달라고 했었다. 큰 도움이 될까 싶었지만 고집스럽게 휴대폰을 들어 전화를 걸었다.

— 어, 왜?

"잤어?"

목소리가 탁하게 잠긴 것 같아 묻자 몸에 열이 많은 신랑 때문에 창문을 열고 잤더니 감기에 걸렸다고 투덜댄다.

— 어쩐 일이야? 목소리 비싼 정이수 씨가 이른 시간에 전화를 다 하고?

"은정이 임신했다는데 뭐가 필요한지 알아야지."

— 걔 임신했대? 요 지지배가 왜 나한테는 전화를 안 했다니?

"나도 어제 저녁에 들었어."

— 저번에 영상통화하다 나보고 오리 같다고 놀리더니, 조만간 복수할 수 있겠네.

만나면 좋은 소리가 오 분을 넘기지 못하고 서로 박박 긁어대면서도 절교까지 가지 않는 걸 보면 늘 신기했다. 저만 쏙 빼놓고 이야기했다며 서운한 기색을 내보인 것도 잠시뿐이었다.

— 걔 신랑, 결혼 전에 애부터 갖자고 죽자 살자 덤볐다며? 모르긴 몰라도 그 성격에 산부인과 들르자마자 배냇저고리고 젖병이고 이미 다 쓸어 담아 왔을걸? 전화해서 물어봐. 내 말이 맞다에 오십 원 건다.

단정 지어 하는 말에 이수의 고민은 더 깊어졌다. 한숨을 푹 내쉬니 소현이 성인용품이나 종류별로 주문해 보내 주라며 깔깔깔 숨이 넘어가라 웃음을 터뜨렸다. 짐작은 했지만 도움은커녕 엄한 소리나 하고 있었다.

"낼모레 애 엄마 될 애가 언제 철들래? 조만간 관우 씨 애 둘

키우기 힘들다고 도망치겠네."

타박에도 웃음이 끊이질 않았다.

결국 영양가 없이 웃음만 주고받다 전화가 끊어졌다. 엄마한테라도 전화를 해 봐야 하나 고민하다 조금 이르지만 점심시간을 이용해 근처 대형마트라도 다녀와야겠다 마음먹었다.

은정과 소현은 삭막하고 협소한 이수의 인간관계 중 가장 큰 비중을 차지하고 있었다. 무얼 해 주어도 아깝지 않은 그런 친구들이었다.

가운을 벗고 노란색 짧은 볼레로 카디건을 걸치는데 바르르 휴대폰 진동이 울렸다. 지갑에서 카드 하나만 꺼내 카디건 주머니에 넣고 통화 버튼을 누르자 엄마 은경의 활기 넘치는 목소리가 흘러나온다.

— 딸. 점심 먹었어?

"지금 먹으려고. 점심 드셨어요?"

— 밥은 아까 먹고 밭에 거름 뿌리다 출출해서 새참 하러 들어왔지.

"힘들겠다. 이번 주말에 내려갈까?"

— 뭐하러 오며 가며 아깝게 차비를 버려. 그 선배랑 옥순봉이나 보러 오면 모를까.

이번에 오일장이 꽤 크게 열린다며 은근히 이현과 같이 내려오길 종용하는 말에 이수는 문을 걸어 잠그다 말고 건너편 꽃집을 한번 돌아봤다. 아침부터 바쁜지 포스트잇 한 장만 달랑 붙여 놓고는 꼼짝도 않고 있었다.

잠시 잠깐 꽃집을 바라보던 이수는 자신의 이름을 부르는 은경의 목소리에 화들짝 놀라 몸을 돌려 세웠다. 일부러 꽃집이 아닌 다른 쪽 골목길을 되짚어 걸으며 은경의 말에 적당히 맞장구를 쳤다.

— 언제 날 잡아서 이현 군이랑 같이 와. 여기 삼시 세끼인지 몇 끼인지 방송 탔다고 북적북적해. 니들도 와서 물에 발도 담그고 그래. 응?

이현은 잘 있는지, 진도는 어디까지 나갔는지 궁금한 것도 참 많았다. 승우와 교제할 때는 한 번도 보지 못했던 반응인지라 입 안이 쓰게 느껴졌다.

"엄마."

— 왜?

"이현 선배가 마음에 들어요?"

— 마음에 들면? 엄마 사위 시켜 줄라나?

"치이. 몇 번이나 봤다고 그래."

— 사람 좋은데 횟수가 중요해? 개떡 같은 놈은 백날을 봐도 개떡이고, 찰떡 같은 놈은 한 번을 봐도 찰떡이지. 그놈만…… 아니다. 지나간 놈 얘긴 꺼내 뭐해. 아무튼 이수야.

"응."

— 그렇게 좋다는데 너도 밀어내지만 말고 진지하게 만나 봐. 엄마가 이러쿵저러쿵 말해 봐야 잔소리밖에 더 되겠느냐만은 그렇게 너 좋다는 사람 살면서 몇이나 더 만나겠어. 당장 결혼을 하라는 것도 아니고, 너 좋다는 사람 일단 한번 만나라도 봐.

이수는 가만히 듣기만 했다.

상처에 새살이 돋은 지는 오래됐다. 다만 다시 누군가를 만나 또다시 엄마 은경에게 상처를 줄까 여전히 두렵다. 그럴 때마다 소현이 구더기 무서워 장 못 담그느냐며 잔소리를 하지만 크게 한번 아프고 앓고 나니, 또다시 같은 문제와 직면할지도 모른다는 그 두려움은 상상할 수 없을 만큼 컸다.

또다시 상처를 받느니 차라리 혼자가 나을지도 모른다는 생각에 일종의 방어막을 겹겹이 치게 되었다. 여전히 관계의 시작을 걱정하고 경계하는 것 자체가 예전의 상처로부터 완전히 회복되지 못했다는 것을 뜻할지도 모른다. 새살은 돋았지만 언제라도 그 새살을 비집고서 고름이 새어 나올지도 모른다. 그럼에도 모두가 그녀에게 '다시 한 번 더' 를 바란다.

— 이현 군이 그러더라. 최대한 곁에서 지켜 주고 막아 줄 테지만 혹시라도 너 아프고 힘들면 자기네 편만 있는 곳으로 너 데리고 가서 평생 떠받들며 살고 싶다고.

"그런 말을 했어? 우리 엄마 기분 좋았겠네?"

— 좋지, 그럼. 내 새끼 떠받들고 살겠다는 말보다 기쁜 게 어디 있어? 그러니까 이수야. 아예 맘 없는 거 아니면 같이 밥도 먹고, 차도 먹고 그래. 벽에다 대고 혼잣말하는 것도 하루 이틀이지. 그거 사람 엄청 많이 지치고 외롭게 하는 거야. 일단 가볍게 만나 보고 그래도 정 아니다 싶으면 그땐 옆에 앉혀 놓고 제대로 다시 한 번 말해. 안 되겠는 이유를. 무작정 밀어내기만 하면 약 올라서라도 더 불타오를 걸? 엄마 말 무슨 뜻인지 알지?

"응. 생각해 볼게."

— 정이수. 네 아빠 빼고 세상 남자 다 거기서 거기야. 뭐, 이현 군은 조금 더 가산점이 붙긴 했다만, 꼭 이현 군이 아니래도 엄마는 괜찮아. 그 개쌍놈만 아니면 돼. 뭐, 기왕이면 다홍치마라고 마지막 선택지가 꽃 같은 이현 군이면 더 좋고.

"그렇게 좋으면 엄마가 데리고 살지."

— 그러게나 말이다. 네 미모, 그거 다 엄마한테서 나간 거 알지? 내가 십 년만 젊었어도 이현 군이 대번에 엄마로 노선 갈아탔을걸.

화통한 웃음소리에 이수도 빙그레 미소 지었다.

— 아차차, 아저씨들 뱃가죽이 등에 달라붙는다고 난리 났겠네. 우리 딸, 밥 맛있는 걸로 든든히 먹고 씩씩하게 일해. 알았지?

"알았어요. 엄마도 너무 무리하지 마셔. 조만간 정선 갈게. 아빠 제사도 있고."

— 그래. 딸. 엄마가 사랑해.

쑥스러운지 그 한 마디와 함께 전화가 끊겼다. 골목 끝 횡단보도 앞에 서 잠시 파란 하늘을 올려다봤다. 시리도록 높은 구름 물결에 손등으로 눈가를 훔치고 초록으로 바뀐 신호등을 따라 천천히 걸음을 옮겼다.

대형마트 내 유아용품점 직원의 도움으로 손 싸개, 발싸개와 주먹만 한 작은 모자를 구입했다. 근처 은행에 들러 빳빳한 신권 몇 장을 흰 봉투에 담아 선물상자 안에 함께 넣고 소중히 품에 안은 채 왔던 길을 되짚었다.

가는 도중 작은 카페에도 들러 생크림이 듬뿍 올라간 초코 음료까지 사 약국으로 돌아왔다. 자신의 취향과는 거리가 먼 음료 컵을 테이블 위에 올려놓고 컴퓨터 모니터 밑에 붙여 놓았던 포스트잇을 떼 눈앞에 가져다 댔다.

「질투가 나서 따라한 건 아니야. 그냥 심심해서 그런 거야. ^0^」

어떻게 봐도 이현이었다. 가끔 처방전에 사심을 담은 낙서를 끄적여 조제실로 넘겨주곤 했기 때문에 이현의 글씨체는 기억 속에 단단히 자리해 있었다.

이수는 심술 가득한 손가락 끝으로 포스트잇을 몇 번 문대다 서랍에서 볼펜과 분홍색 포스트잇을 꺼냈다.

동그란 볼펜 꽁무니를 잘근잘근 깨물다 천천히 한 글자씩 그 위에 적어 내리기 시작했다.

「심심하면 같이 정선에 놀러 갈래요?」

다분히 충동적인 마음으로 휘갈겨 쓴 글자들을 입안에서 소리 없이 굴려 보다 그 밑으로 또 한 줄을 적어 냈다.

「삼시 세끼 촬영한대요. 영화배우 이서진 씨 보러 가요.」

갑자기 웃음이 났다.

가슴이 간질간질 하니 유치해 쥐구멍에라도 숨고 싶어졌다. 손에 쥐고 형체도 없이 확 구겨 버리려다가, 간신히 손을 오므리기 전에 힘을 빼고 포스트잇을 구출해 냈다.

"정이수. 왜 이래."

따끈하게 달아오른 뺨을 손등으로 툭툭 치며 자문자답하다 마침내 결심한 듯 자리에서 일어났다.

생크림을 듬뿍 올린 초코 음료와 포스트잇을 한 손에 쥐고 바람이라도 한 자락 일세라 천천히, 조심스런 걸음으로 꽃집으로 가 음료를 문 앞에 내려놓고는 포스트잇을 유리창 정 가운데 힘주어 꾹 눌러 붙였다. 그리고 누가 볼세라 도망치듯 벗어나 약국으로 숨어 버렸다.

무슨 생각으로 그랬는지, 약국에 돌아오자마자 미친 듯이 후회했지만 다시 가 가져올 엄두 또한 나지 않았다.

가운 주머니에 손을 찔러 넣고 괜히 좁은 조제실 안을 서성이는데 난데없이 바람이 휙 몰려들었다. 누군가 세게 문을 밀고 들어온 탓에 일어난 바람이었다. 놀라 거북이처럼 목을 움츠리고 살짝 고개를 내밀자 기다렸다는 듯 커다란 손이 이수의 얼굴을 움켜쥐듯 감싸 잡았다.

"왜, 왜 이러세요?"

너무 놀라 답지 않게 그만 말을 더듬고 말았다. 그런 그녀의 이마에 찍어 누르듯 입술을 가져다 댄 이현이 입꼬리 잔뜩 늘어뜨리고 방방 뛰듯 신이 난 목소리로 말했다.

"후배님. 이거 기분이 이상하잖아!"

"뭐가요?"

"이거 말이야!"

포스트잇을 팔랑이며 바보처럼 '이거' 만 연발하는 그에게서 종이를 낚아채려 했지만 그가 제 손보다 더 높이 들어 버리는 바람에 실패했다.

"후배님. 이거 꼭 그거 같잖아. 선배, 라면 먹고 갈래요? 막 이런 거!"

사랑고백이라도 받은 사람처럼 얼굴은 잔뜩 붉어져 방방 뛰는 그를 보니 가라앉았던 이수의 얼굴이 다시 확확하게 달아오르기 시작했다. 역시 바보 같은 짓이었다며 조금이라도 피해 보려 몸을 움직였지만, 그런 노력이 무색할 만큼 쉽게 붙잡히고 말았다.

"앞서 가지 말아요. 별 뜻 없어요."

"아무래도 좋아."

"진짜예요."

"누가 뭐래?"

"그 바보 같은 얼굴 좀 제발 치워 주면 안 돼요? 제발요."

이현은 지금 제 모습이 바보 같거나 말거나 자신이 좋아하는 음료를 이수가 알고 있다는 사실과, 같이 정선에 놀러 가자는 새침한 답장에 공중에 붕 떠 훨훨 날아다니는 기분이었다. 품에 안겨 질색하고 있는 이수의 볼을 양껏 잡아당기기도 하다, 결국 구두코에 다리를 채이고 말았지만 이현은 정말 아무래도 괜찮았다.

◈ ◈ ◈

손을 교차시켜 서늘한 온도에 오돌토돌해진 양팔을 쓸어 만진 이수는 이마에 얹어 놓은 지 오래돼 식어 미지근해진 물수건을 힘없이 소파 아래로 떨어뜨렸다.

성큼 들어선 여름의 문턱, 잠결에 흘린 땀방울이 밤새 틀어 놓은 에어컨 바람과 만나 체온을 떨어뜨렸고, 그 바람에 감기가 온 듯했다. 몸을 들썩일 때마다 지끈대는 머리와 열로 상기된 뺨에 손등을 가져다 대었던 이수는 벽에 걸린 시계를 확인하고 천천히 몸을 일으켜 세웠다.

하루, 집에서 푹 쉬고 싶은 마음도 들지만 근처 사거리 약국이 개인사정으로 일주일 정도 문을 닫게 되었다는 걸 미리 들어 알고 있기에 병원에 사전 고지 없이 무책임하게 쉴 수가 없었다. 더군다나 돌아오는 주말과 월요일까지는 정선엘 가기 위해 약국 문을 열지 않는다고 고지해 두었으니 이번 주는 문을 열어야 했다.

엘리베이터에서 내리기 무섭게 훅 밀려드는 눅눅하고 텁텁한 온기에 무심코 고개를 드니 비라도 오려는지 먹구름 잔뜩 낀 하늘이 보였다. 다시 올라가 우산이라도 챙길까 하다 이내 축 늘어지는 몸을 추슬러 걸음을 뗐다.

가방 속에 넣어 둔 휴대폰이 계속해서 진동음을 내는 것도 모르고 다른 날에는 일부러 운동 삼아 멀리 돌아가는 길 대신 재래시장 골목을 택했다. 아홉 시가 되기 이십 분 전, 몇몇 부지런한 상인들이 가게 문을 열고 덮어 두었던 덮개들을 치우고 있었다.

이마에 맺힌 땀방울을 손등으로 훔치며 일동 시장 길에서 나와 작은 횡단보도를 건너 바로 이어지는 이동 시장 입구에 들어서는 순간 후두둑, 빗방울이 떨어지기 시작했다. 몇 걸음 만에 빗줄기는 앞이 보이지 않을 만큼 거세졌다.

그리 길지 않은 시장 길을 통과할 즈음에는 멈춤, 아주 잠깐 동안의 하늘의 심술이길 바라며 부지런히 걸음을 재촉했다. 하지만 정육점 바로 옆 우측으로 난, 약국으로 가는 골목길의 하늘은 여전히 많은 양의 비가 쏟아지고 있었다.

하나둘 불이 켜지기 시작한 일동 시장과 달리 이동 시장은 초입에 있던 떡 가게를 제외하곤 아무 곳도 문을 연 곳이 없었다. 우산이라도 빌려 볼까 했던 이수는 무리하게 움직여 후들거리는 다리를 붙잡고 멈춰 섰다가 빗줄기 떨어지는 천막 바로 앞에 힘없이 쪼그리고 앉았다.

토독, 톡.

오목하게 만든 손바닥 위로 빗줄기가 맑은 소리를 내며 떨어졌다. 그러다 차고 넘쳐 손목을 타고 흐르는 투명한 물줄기를 보며 이수는 뜨겁고 짧은 숨을 여러 번에 걸쳐 토해 냈다.

여름이 왔음을 알리는 이 굵은 비가 퍽 야속하게 느껴진다.

어쩌면 약국 문이 열리기만을 기다리다 찾아왔을지도 모르는 사람들의 당혹스러움과 번거로움보다, 아픈 몸을 일으켜 겨우겨우 나왔는데 이렇게 비의 장막 안에 갇혀 버리고 만 자신의 신세가 오늘따라 처량하고 안쓰럽게 느껴져 이수는 아랫입술만 잘근

잘근 깨물었다 놓길 반복했다.

땀방울마저 식어 버리고 빗물을 담아내던 손이 얼음장처럼 차가워졌을 즈음, 멍하니 골목 끝을 쳐다보고 있던 이수의 눈이 커다랗게 뜨였다. 점점 가까워지는 익숙한 모습에 몇 번이나 눈을 감았다 떴다.

세상을 다 덮고도 남을 만큼 내리는 큰 빗속을 헤치고 알록달록 무지갯빛 커다란 우산을 든 이현이 그녀에게 다가오고 있었기 때문이었다.

"후배님. 많이 기다렸지?"

아주 가까이서 속삭이듯, 시끄러운 빗소리를 뚫고 들려오는 이현의 다정한 음성에 이수는 자신도 모르게 지그시 가슴을 꾹 눌렀다.

마음이, 조금, 울렁거렸다. 앞을 볼 수 없으리만치 거세게 내리는 비에 막막했던 마음이 순식간에 멀쩡하게 변해 버렸다.

이수는 데리러 왔다고, 같이 가자고, 든든하게 내민 이현의 손을 힘껏 잡고 일어났다.

아침부터 내리는 비에 꽃집도, 약국도 한산하기만 하다.

흰 가운 위로 자신의 옷을 덧입고 있는 이수를 물끄러미 바라보던 이현은 잦아드는 빗줄기가 한 시간만 더 내렸으면 좋겠다고 생각했다.

열이 올라 복숭아처럼 발그스름해진 뺨에 차갑게 적신 물수건을 가져다 대는 이수를 보니 저절로 한숨이 난다.

아프면 하루쯤 남들 사정 볼 것 없이 쉬어도 좋으련만, 도통 요령이라는 게 없는 사람처럼 집을 나섰다 빗속에 갇혀 쪼그리고 앉아 있던 그 모습이 계속 생각나 이현은 속이 상했다.

다른 날과 달리 조금 늦나 싶어 몇 번이나 전화를 해 봐도 받지를 않아 애를 태우던 중 갑자기 쏟아지기 시작하는 빗줄기에 마음이 급해졌다. 내놓은 지 얼마 되지 않은 화분들을 서둘러 안에 들여 놓고 포장지 등을 넣어 두는 작은 창고를 뒤져 우산을 찾아낸 이현은 무작정 가게 밖으로 뛰쳐나갔다.

하늘이 아예 구멍이라도 났는지 무겁게 떨어지는 빗줄기에 바짓단이 다 젖어 버렸다. 하지만 이현은 아랑곳 않고 꽃집과 약국 한가운데 서서 양쪽으로 난 골목길을 몇 번이나 번갈아 봤다. 시장과 연결된 쪽, 사거리와 연결된 쪽, 이쪽저쪽을 보다 자신의 생각이 옳기를 간절히 바라며 시장 쪽 골목으로 급하게 걸음을 옮겼다.

마음이 급해 몇 번이나 미끄러질 뻔했다.

이수와 함께 걸을 때면 그렇게도 짧게 느껴지던 길이 어찌나 길고 고되게 느껴지던지. 빗속을 걸으면서도 이수가 저 아래 반대쪽 길로 오고 있으면 어쩌나 하는 그런 마음에 가슴이 쿵쾅거렸다. 그렇게 초조함 가득 안고 몇 걸음 더 걷자 시장 입구에 주저앉아 있는 그녀를 발견할 수 있었다. 순간 만세라도 부르고 싶을 정도로 기뻤다.

“열 좀 재 보자.”

어디서 찾았는지 체온계를 들이미는 이현을 보며 두 눈을 몇 번 깜빡인 이수가 괜찮다는 듯 고개를 설레설레 흔들었다. 자못 고집스러운 얼굴이었다.

"어이구, 우리 이수. 아파서 그런지 애기가 됐네."

그런 그녀를 본 이현은 굳이 체온을 재길 고집하지 않았다. 대신 놀리듯 입으로 우쭈쭈 소리를 내며 이수를 놀릴 뿐이었다. 그러다 손을 뻗어 이마를 짚었다. 발그스름한 볼과 달리 확연하게 열이 느껴지진 않는 이마를 잠시 누르던 손이 조금 더 위로 올라가 동그란 정수리를 달래듯 부드럽게 어루만졌다.

"괜찮은 것 같다. 그래도 혹시 모르니까 죽 먹고 약 먹자. 알았지?"

아이 달래듯 하는 말에 이수는 웃음이 났다. 그래서 더는 고집 부리지 않고 순순히 대답했다. 가끔은 이렇게 보살핌을 받는 것도 나쁘지 않겠다는 생각이 들었다.

"알았어요."

"착하네. 잠시만 혼자 있을 수 있지? 죽 사 올게."

"괜찮아요. 이따가 나가서 먹으면 돼요."

잦아들기는 했지만 여전히 포슬포슬 내리는 비에 이현을 말렸지만, 괜찮다는 듯 두 눈을 찡긋거린 그는 미처 말릴 새도 없이 약국을 나가 버렸다. 포근한 섬유유연제 향이 물씬 나는 이현의 옷에 가볍게 코를 묻은 이수는 괜히 민폐만 끼치고 있다는 생각에 한숨을 내쉬었다. 그러다 테이블 끝에 놓인 텀블러와 책갈피 모양의 코팅지를 발견했다.

폭 닫힌 마개를 여니 달콤한 오렌지 향이 훅, 코끝에 스몄다.

망설이듯 잠시 입술을 앙다물었던 이수가 천천히 텀블러를 기울였다. 곱게 갈린 오렌지 즙이 입안을 개운하게 만들었다.

무게가 반쯤 줄어든 텀블러를 내려놓고 책갈피를 들었다. 뽀글머리에 긴 코트를 입은, 직접 그려 눈 코 입이 우스꽝스러운 어린 왕자를 보고 웃은 뒤 그 아래로 작게 적힌 글귀를 소리 내 읽었다.

"네가 오후 4시에 온다면 난 오후 3시부터 행복해지기 시작할 거야."

입에서 푸시시 바람 빠지는 소리가 났다. 두 손으로 책갈피를 꼭 붙잡아 무릎 위에 올려놓은 이수는 유리창 조금 옆으로 보이는 꽃집을 바라보았다. 비와 바람에도 안전해 보이는 가게 너머 파릇파릇한 나무 잎사귀들을 보며 이수는 문득, 이현 역시 자신이 오기를 기다리며 행복을 느끼는지 묻고 싶어졌다. 그냥, 그런 마음이 들었다.

이수의 마음이 그런 줄도 모르고 이왕 바지가 젖은 김에 후다닥 죽 집까지 달려갔다 온 이현은 약국 근처에 세워진 노란색 승합차를 발견하고 잠시 멈칫했다. 핸들에 슬쩍 기대 약국 안쪽으로 시선을 고정시킨 남자의 모습에 이현의 미간에 힘이 들어갔다.

투벅투벅, 들릴 리 없지만 일부러 더 소리 내 걸음을 옮기며 이현은 남자에게서 눈을 떼지 않았다. 그렇게 약국까지 다섯 발자국쯤을 남겨 두었을 때 이현을 발견한 듯 운전석에 앉은 남자가 어깨를 반듯하게 펴는 게 보였다.

이름은 정확히 기억나지 않지만…… 근처에서 몇 번 본 적 있는 어린이집 이름과 그를 번갈아 보자 남자도 슬쩍 알은체해 보이더니 이내 시동을 켜 이현을 지나쳐 가 버렸다.

"맛 간 고등어 눈 같은 게 사람 찝찝하게 만드네."

이미 사라지고 없는 자동차를 쫓아 몇 번이나 돌아본 이현은 이내 아무렇지 않은 얼굴로 약국 문을 열고 들어갔다.

포장해 온 죽을 한가운데 놓고 숟가락 하나로 사이좋게 한 술 한 술 떠먹었다. 감기가 옮는다고 질색을 해도 이현은 막무가내였고, 결국 일회용 숟가락 중 하나는 예쁘게 포장된 채로 다음을 기약하며 서랍 어딘가로 쓸어 담겨 버렸다.

비가 그쳐 수줍게 내리쬐는 햇살에 유리창이 투명하게 반짝거렸다. 미묘하게 달라진 텀블러와 책갈피의 위치를 확인한 이현은 자꾸만 호를 그리며 올라가는 입꼬리를 손가락 끝으로 누르고 이수의 옆으로 의자를 끌고 가 앉았다.

무슨 생각을 하는지 이따금씩 깜빡이는 기다란 속눈썹을 말없이 바라보자 그 시선을 느낀 이수가 고개를 돌렸다.

"이수야."

다른 날과 달리 가깝게 앉았는데도 불편해하는 기색 없이 가만히 있는 그녀의 이름을 나지막이 불렀다. 왜 그러냐는 듯 눈을 깜빡이는 그녀에게 이현이 휴대폰을 꺼내 가볍게 흔들어 보였다.

"일요일이 아버님 기일이라며."

"엄마가 알려 줬어요?"

요즘 들어 엄마 은경은 딸인 그녀보다 이현과 더 연락이 잦았다. 섭섭한 마음이 드는 건 아니었다. 오히려 섭섭함보다는 살갑지 못한 딸 대신 이것저것 챙겨 주는 이현에게 고마움을 느끼고 있었다. 이수가 싫은 내색 없이 가만히 있자 이현은 신이 나 이것저것, 은경의 근황을 읊어 댔다.

"뒷집 누렁이가 새끼 낳으면 한 마리 얻어 오기로 하셨대."

그의 입을 통해 듣는 엄마의 일상이 마냥 신기하기만 했다.

"선배."

"응? 아, 내가 너무 시끄러웠나?"

"아뇨. 그게 아니고요."

아이처럼 신이 나 재잘대다 슬쩍 눈치를 살피는 그에게 이수가 충동적으로 물었다.

"같이…… 같이 가실래요? 정말로 그냥, 이서진 씨 보러."

포스트잇이 아니라 그녀가 직접 전하는 말에 이현의 눈이 스르륵 접혔다. 장난꾸러기처럼 환히 웃으며 고개를 끄덕이는 그를 보며 이수도 푸시시 웃었다.

04_

하루 종일 쨍쨍 내리쬐던 볕이 사그라졌다. 하루를 더 보내고 나니 감기 기운은 흔적도 없이 사라졌다. 어제와 오늘 수시로 문을 열고 들어와 계절에 맞지 않는 유자차를 텀블러 가득 채워 주고 간 이현 덕분이었다.

벽에 걸린 시계의 초침이 여섯 시를 가리키자 이수는 입고 있던 가운을 벗어 옷걸이에 걸어 두고 가방을 챙겼다. 그러고는 카운터 위 작은 허브와 화단에 물을 주고 약국 문을 단단히 걸어 잠갔다. 내일 아침 일찍 내려가도 된다는데 굳이 오늘 저녁에 가기를 고집하는 이현 덕분에 다른 날보다 조금 이른 퇴근이었다.

그리 멀지 않은 곳에 있는 터미널에서 보자는 말에 이현은 당연하다는 듯 자신의 차로 가자고 했다. 먼 거리라 미안한 기색이 역력한 그녀에게 이현은 웃으며 제 다리가 워낙 길어 버스를 오래 타고 가는 게 더 힘들다며 너스레를 떨었고, 그 바람에 그에게는 조금 미안하지만 노인정에 가져다 드릴 과일과 엄마가 좋아하는 옛날 과자를 원 없이 살 수 있게 되었다.

많은 짐을 들고 버스를 타는 것은 불편한 일이었기에, 늘 엄마가 좋아하는 걸 눈앞에 두고도 아쉬운 마음을 갖고 돌아가야만 했었다. 이수는 모처럼 약국 옆 ATM기에서 현금을 찾아 가방 깊숙이 찔러 넣었다.

이수는 엄마, 은경이 좋아하는 것들을 머릿속에 잔뜩 늘어놓으며 여유롭게 꽃집으로 들어갔다. 하지만 마지막 손님이 꽤 까다로운지 이것저것 색색의 리본 끈을 고심하여 고르고 있는 이현을 보다, 급한 마음을 이기지 못해 밖으로 나와 혼자 시장 길을 따라 걷기 시작했다. 분명 혼자 갔다고 이현이 툴툴댈 게 뻔했지만 옛날 과자를 파는 가게가 금요일 저녁엔 일찍 문을 닫는 걸 알기에 마음이 급했다.

포도와 사과를 박스째 구입해 잠시 맡겨 놓고 맞은편에 있는 옷가게로 가 은경이 부탁했던 얇은 바지를 색깔별로 샀다. 손목에 걸린 검은 봉지가 점점 늘어났다. 이현이 아니었더라면 엄두도 내지 못할 장어도 몇 마리 포장해 맡겨 놓고 이동 시장 맨 끝 쪽에 있는 과자 가게로 가려는데 언제 왔는지 이현이 숨을 헐떡이며 서 있었다. 왠지 미안한 마음에 코끝을 찡그리며 웃었다.

"치사하게 혼자서만 오고."

"바쁜 것 같아서요. 뛰어왔어요? 천천히 와도 되는데."

이수의 손목에 걸린 봉지들을 죄다 빼앗아 한 손에 몰아 든 이현이 다른 한 손으로 이수의 어깨를 감싸 안았다.

어깨에 닿은 무게감에 어색해할 틈도 없이 이현이 잡아끄는 대로 북새통을 이루는 사람들 틈으로 파고들었다.

"어머니 뭐 좋아하셔?"

"과일이랑은 다 샀어요. 입구에 있는 과자 가게만 가면 돼요."

벌써 다 샀느냐며 입술을 비죽이던 이현이 냄비며 프라이팬이 수북하게 쌓인 곳으로 달려가 편수 냄비 몇 개를 골라 들었다. 들고 가기 편하게 박스 대신 커다란 비닐에 차곡차곡 담아 가져온 이현이 뿌듯해 보이는 얼굴로,

"저번에 보니까 냄비 손잡이가 덜렁대더라. 프라이팬도 코팅이 다 벗겨져서 계란 프라이 하나 쉽게 안 되던데. 어머니 좋아하시겠지?"

라고 말하는 게 아닌가. 그런 건 또 언제 봤는지.

바쁘다는 핑계로 도통 내려갈 줄 몰라 정작 엄마한테 필요한 건 하나도 모르는 자신을 대신해 발바닥이 푹신한 슬리퍼까지 척척 구입하는 그를 보니 여러모로 복잡 미묘한 감정이 든다. 앞장서 걷다 빨리 오라는 듯 돌아서는 이현에게로 가 옆에 섰다.

"이건 제가 들게요."

"응? 아아, 괜찮아. 하나도 안 무거워."

"그래도요."

"괜찮대도."

손에 들린 봉지라도 하나 가져올라치면 이리저리 몸을 비틀어 피하는 바람에 이수는 가방 하나 달랑 든 채 이현의 뒤만 졸졸 쫓

아다녔다.

“아이고, 맞네, 맞아.”

가는 중간중간, 친근한 시장 상인들이 반갑게 알은체를 하다가도 그녀가 지나간 뒤엔 숙덕숙덕거렸다. 이상한 걸 느끼면서도 어느덧 시장 끝까지 온 이수는 엄마가 좋아하는 과자들을 이것저것 골라잡았다.

“이수야. 나 저거 하나만.”

파래 과자에 지팡이 과자까지 한 아름 챙겨드는 그녀에게 이현이 진열대 앞에 놓인 시식과자를 가리켰다. 양손에 봉지를 들고 있는 그의 입에 무심코 과자를 집어 넣어 주니 주인아주머니가 요란스럽게 손뼉을 쳤다.

“그러네. 진짜 신랑이 있었네.”

“네?”

큰 비밀이라도 안 사람처럼 과장되게 손뼉을 치는 게 부담스러워 두어 걸음 물러서는데 이현이 다정하게 웃으며 이수를 불렀다.

“이수야. 소라과자도 사자. 어머니 소라과자 좋아하셔.”

이수를 졸라 과자를 하나 더 입에 문 이현이 들고 있던 짐들을 내려놓고 뒷주머니에서 돈을 꺼내 소라 무늬가 그려진 과자를 하나 더 집어 들었다. 손이 자유로워진 이현이 바삭하니 달콤한 과자를 하나 집어 이수의 입에 넣어 주자 아주머니가 환하게 웃으며 이수의 팔을 툭툭 건드렸다.

“우리 약사 선생님, 진짜 애기 엄마였나 봐? 난 하도 어리고 예쁘길래 처녀인 줄 알았어. 명수 청과 집 아들이 약사 선생님 남편이랑 애기 있다고 하길래 안 믿었는데 오늘 보니 맞네, 맞아."

뭐라고 말할 틈도 없이 다다다 쏟아지는 수다에 이수가 눈만 깜빡였다. 짐작 가는 바가 있는 이현만이 홀로 웃음을 터뜨렸다. 봉지에 담긴 과자를 건네받고 바닥에 내려놓은 봉지들까지 한꺼번에 움켜쥔 그가 이수의 어깨를 끌어안았다.

"그렇죠? 애기 엄마면 애기 엄마 티가 나야 하는데 마냥 소녀 같아서 제가 고생 좀 합니다. 그러니까 사장님이 소문 좀 내 주세요. 봄 약국 약사 선생님한테 잘생긴 신랑이랑 떡두꺼비 같은 아이가 주렁주렁 있으니까 그만들 좀 반하라고요. 아셨죠? 또 올게요. 많이 파세요."

한쪽 눈을 찡긋대며 너스레를 떤 이현이 황당한지 뭐라고 하지도 못하는 이수의 어깨를 밀어 가게를 나섰다. 자신들이 나간 뒤 과자집 사장님이 건너편 가게로 가는 모습을 본 이현은 크게 웃으며 이수의 머리에 이마를 쿵 찍었다.

"어떡하지, 정이수? 낼모레면 온 시장에 봄 약국 약사 선생님 유부녀 설이 파다할 텐데. 우리 후배님, 이제 이 동네서 시집은 다 갔네."

이어 '어쩔 수 없네. 나한테 와야지.' 라고 짓궂게 말하며 도망치는 그를 보던 이수는 한숨을 푹 내쉬었다. 진위를 모를 소문에 이현이 거짓말을 더 얹어 놨으니…… 미처 챙기지 못한 과일과 장어를 가지러 다시 돌아가야 하는 이수는 앞이 캄캄해지는 듯했다.

자정 즈음이 되어서야 도착한 덕우리는 이수의 집만이 홀로 불을 밝히고 있었다. 이수가 사 올 적엔 쓸데없이 돈 쓴다고 타박을 하던 은경이 이현이 내미는 선물 꾸러미에는 함박웃음을 지었다. 아주 잠깐 서운한 마음이 들었던 이수는 엄마 혼자 있을 때면 도통 틀 줄 모르던 에어컨까지 시원하게 돌아가고 있는 거실에 들어와 괜히 한번 벽에 걸린 사진이며 상장을 둘러봤다.

"어머니. 내일 이수 빼놓고 장 보러 갈까요?"

"그럴래요? 마침 오일장인데 잘됐네. 이현 군, 시골 장 구경해 봤나 모르겠네? 복작복작해서 젊은 사람들은 싫어할 수도 있는데."

도시에 있는 재래시장도 신기해 어쩔 줄 몰라 했으면서……. 엄마 앞에서 명색이 영동의 아들인데 시골 장 한번 못 가 봤겠느냐 너스레 떠는 그를 이수가 엄마 몰래 흘겨봤다.

졸지에 애 엄마로 만들어 놓고 뭐가 그리 신이 나는지 내려오는 내내 라디오에서 흘러나오는 노래를 따라 부르더니 도착해서는 엄마와 쿵짝이 맞아 저를 외롭게 하는 이현이 조금은 얄밉기도 했다. 그러다 한편으론 살갑게 구는 모습에 마음 한편이 따스해지는 것도 같았다.

"밤늦게 운전하느라 힘들었을 텐데, 누룽지라도 끓일까?"

"괜찮아요. 저희 오다가 휴게소에 들려서 우동이랑 김밥 먹었습니다. 아, 이수야. 혹시 배고파? 어머니. 이수만 좀 챙겨 주세요. 우동도 조금 먹다 말아서. 아니다, 어머니는 쉬고 계세요. 제가 끓여 올게요."

"손님한테 어떻게 그래요."

“제가 무슨 손님이에요. 걱정 마시고 이수랑 제 흉도 좀 보고 그러세요, 어머니.”

그새 편안한 옷으로 갈아입고 나온 이현이 부엌에 가는 은경을 만류하며 팔을 걷어붙였다. 흥얼흥얼 콧노래 부르며 싱크대며 냉장고를 활짝 열어젖히더니 알려 주지 않아도 척척 누룽지를 찾아 요리를 시작하는 그를 은경이 흐뭇한 얼굴로 바라봤다.

그새 늘어 버린 주름이며 흰 머리가 안쓰러워 엄마 손을 잡고 주물럭거리던 이수는 이현에게서 시선을 떼지 못하는 은경에게 넌지시 물었다.

“엄마. 그렇게 좋아?”

예전, 승우와 만날 때는 마음 편히 한 번을 묻지 못했던 말이었다. 이현의 행동 하나하나에 기뻐하는 엄마를 보니 새삼 미안한 마음이 컸다.

“어쩜 저렇게 싹싹하니? 보고만 있어도 좋다, 야.”

“좋아?”

“입 아프게 더 말해 뭐해? 엄마가 딱 십 년만 젊었어도 사위 말고 신랑 삼았을 텐데.”

소녀처럼 입을 가리고 호호 웃는 엄마를 보며 이수도 웃음 지었다.

사실 이수는 집에 내려오는 내내 이 충동적인 행동에 대해 후회했었다. 이현과의 관계에 대해 이렇다 할 정의를 내리지 못한 채, 이런 식으로 무책임하게 엄마와 이현에게 기대감만 부풀려 놓는 건 아닌지 하는 그런 마음이 들어서였다.

그럼에도 웃고 있는 엄마를 보니 이미 벌어진 일로 머릿속을 복잡하게 하고 싶지 않다는 이기심이 생겨났다.

"이수야."

"응?"

복잡한 얼굴로 가만히 앉아 이따금씩 한숨을 푹 내쉬는 딸의 모습에 은경이 이수의 손등을 다정하게 토닥거렸다.

"아빠도 좋아하시겠다."

이수는 대답 대신 황토빛 벽에 걸린 빛바랜 사진을 올려다봤다. 혼자서 세월의 흐름을 견뎌 내고 있는 엄마와 달리 사진 속 아빠는 주름 하나, 흰 머리 하나 없이 젊고 푸릇푸릇했다. 이수는 어색하게 웃고 있는 사진 속 아빠의 모습을 한참 바라보다 고개를 돌려 막 가스 불을 줄이고 있는 이현의 뒷모습을 응시했다.

불 앞에서 더운지 간간히 손으로 부채질을 하면서도 고집스럽게 자리를 지키다 푹 끓인 누룽지를 그릇에 담아 작은 상에 내려놓고, 냉장고에서 김치까지 찾아 꺼내 놓는 그를 보니 또다시 가슴 한쪽이 울렁거리기 시작했다. 손가락 끝으로 가슴을 꾹 누르자 은경이 조용히 미소를 짓고는 이수의 어깨를 다독이듯 어루만졌다.

"어머니도 같이 드세요. 맛이 기가 막힙니다."

"괜히 자기 전에 먹어 봐야 속만 더부룩하지, 뭐. 이현 군이나 좀 들어요. 먹고 이수랑 요 앞에 나가서 좀 걷다 자. 마당에 불 켜 놓으면 걸을 만해."

"어머니도 조금만 드시고 같이 가세요."

수저를 내밀며 권했으나 은경은 손사래를 치며 이현과 이수 앞으로 상을 밀었다.

"그럼 감사히 잘 먹겠습니다."

이현은 이수의 몫으로 한 그릇 덜어 준 다음에야 자신도 후루룩 소리를 내며 고소하게 끓인 누룽지를 한 술 떴다. 뜨거운지 후후 바람을 불다가 김치를 집어 이수의 숟가락에 올려 주기도 했다.

괜히 엄마의 눈치가 보여 이수가 이마를 찡그리자 이현이 모른 척 웃음을 삼켰다. 그러다 두어 번 더 떠먹으면 이수가 눈치를 보는 걸 알면서도 다시 한 번 숟가락 위에 김치를 올려 주었고, 흐뭇하게 웃고 있는 은경에게 한쪽 눈을 찡긋대다 결국 이수에게 손등을 꼬집히기도 했다.

"잘 먹었어요."

물로 입가심을 한 이수의 인사에 이현이 푸시시 웃었다.

"그럼 이제 슬슬 산책이나 해 볼까?"

가지런한 이수의 머리를 부드럽게 쓸어 만진 이현이 손을 내밀었다. 푸근하게 웃고 있는 은경 몰래 눈을 흘긴 이수는 손을 잡는 대신 혼자 힘으로 일어났다. 그것을 보던 은경은 서늘해진 공기에 에어컨을 끄고 부엌 바로 옆 안방에서 이불을 꺼내 와 거실 바닥에 내려놓았다. 그러고는 얇은 카디건을 걸치고 있는 이수와 이현을 불러 세웠다.

"이수야. 네 방에 고추 널어놨거든? 이따 들어오면 이현 군이랑 같이 거실에서 자."

색이 같은 베개까지 두 개 꺼내 이불 위에 던지며 하는 말에 이수가 곤란한 듯 건너편에 있는 방을 흘깃거렸다.

"가을도 아니고 웬 고추야?"

"요즘엔 다들 미리 말려 많이 튀겨 먹어. 둘이 올 줄 모르고 널어놨지."

붉게 익기는커녕 제대로 자라기나 했을까 싶은 고추를 널어놨다는 말에 미심쩍은 생각이 들었지만 이내 의심을 정리한 이수가 이현에게 물었다.

"거실에서 자도 괜찮겠어요?"

"나? 괜찮아. 지붕 아래서 등 따시게 재워 주시는 것만으로도 감지덕지지."

"죄송해요. 엄마. 난 엄마랑 잘게. 먼저 주무시고 계셔."

"오이야. 뭐해? 더 늦기 전에 나갔다들 와."

하품을 하는 은경을 보며 이수가 먼저 밖으로 나갔다. 뒤따라 나서려던 이현은 슬쩍 늘어지는 옷깃에 고개를 돌렸다.

"이현 군. 늙으면 잠이 없어진다는데 나는 되레 잠이 늘어 큰일이야."

"저희 때문에 주무시지도 못하고 피곤하시죠? 먼저 주무세요, 어머니."

"눈치 없는 척 이거 왜 이래, 이현 군?"

"네?"

"에헤. 수수~떡! 해도 아하, 찰~떡! 해야지."

발로 이불을 툭 걷어차는 은경을 보며 그제야 이현이 알았다는 듯 웃음을 터뜨렸다.

"내가 한번 잠들면 아침에 소 여물 줄 때까지는 누가 업어 가도 몰라. 그리고 고추 도둑이 기승을 부려서 저쪽 방 걸어 잠가 놨어. 이쪽도 조금 이따 잠글 거고. 그러니 이현 군이 알아서 해. 밤새 하고 싶은 거 다 해. 내 말 무슨 뜻인지 알지?"

초여름에 말리는 고추라니…… 어쩐지 이상하다 했다.

"어머니. 나이스 샷!"

개구지게 웃으며 주먹을 불끈 쥔 그를 보며 은경도 소리 죽여 웃음을 터뜨렸다. 나가 보라는 듯 손을 휘휘 젓자 이현이 얼른 신발을 신고 나갔다.

마당 불을 켜고 거실 불을 끈 은경은 오늘따라 유난히 낮고 밝은 달을 따라 걷는 두 사람을 잠깐 지켜보다 이내 방으로 들어가 이불을 폈다. 그리고 방문을 잠그는 것도 잊지 않았다.

"고마워요."

풀벌레 소리를 따라 걷던 이수는 잠시 걸음을 멈추었다. 고맙다는 말 말고는 달리 할 말이 없었다.

"고맙긴."

달빛을 등지고 서 제대로 보이지는 않지만 짧은 그 한 마디에 담긴 이수의 마음이 이현을 흡족하게 만들었다.

"사실 후회했어요. 같이 오자고 한 거."

"알고 있어."

모르려야 모를 수가 없었다. 내려오는 내내 어두워 아무것도 보이지 않는 창밖만 바라보며 한숨짓던 그녀였기에……. 그래서 더 과장되게 노래도 부르고 장난을 쳤다. 알고는 있었는데 막상 후회했다는 걸 직접 전해 들으니 가슴이 조금 쓰렸다.

"한 시간 전만 해도 후회했는데 지금은…… 잘 모르겠어요."

이현은 고개를 내려 이수를 바라봤다.

"지금의 난 선배의 감정, 마음, 그 어떤 것도 확실히 받아들이지 못하고 있는데, 그걸 잘 알고 있는데…… 왜 그랬는지 모르겠어요. 충동적으로 저지른 일인 건 확실한데 그런 무책임함에 선배가, 엄마가 상처받지는 않을까 걱정이 돼요. 후회가 더 큰지, 두 사람에 대한 걱정이 더 큰지 정말 모르겠어요."

순간 이현의 크고 단단한 손이 이수의 두 뺨을 보드랍게 감쌌다. 아무것도 하지 않고 그저, 그 상태로 가만히 서 있었다. 서로가 짓고 있는 얼굴 표정 하나 제대로 보이지 않은 가운데, 일정하지 못하고 들쑥날쑥한 서로의 숨소리만이 귓가에 스며들었다. 가까이서 그녀를 느끼는 것만으로도 좋다는 듯 한참을 서 있던 이현이 입술을 움직였다.

"겉만 무심하지 자세히 들여다보면 그 속은 진주알갱이처럼 반짝반짝 세심하게 빛나는 사람이야. 정이수는."

여전히 크고 단단한 손에 감싸진 채 이수는 숨을 죽이고 두 눈만 깜빡였다.

"그리고 나는 그런 정이수를 사랑해."

"……."

갑작스러운 말에 이수가 숨을 삼켰다.

"충동적인 행동이라도 좋아. 그 또한 네 마음이 움직이고 있다는 증거니까. 아닐 수도 있지만 난 그렇게 생각할 거야. 그렇게 생각하는 건 내 마음이니까 이수도 이수 마음대로 지금은 그저 친한 선배랑 편하게 놀러 왔다, 그 정도로만 생각해도 돼."

멈칫, 굳어 버린 상태로 참았던 숨을 터뜨리는 자신을 아주 잠깐 품에 안았다 놓아주는 그를 보며 이수는 저도 모르게 맞잡은 두 손을 가슴으로 끌어당겼다. 포개진 손으로 가슴을 꾹 눌렀다.

쿵, 쿵. 그럴 리 없는데 심장박동 소리가 귓가에서 들려오는 것 같았다.

"마음이 조금 이상한 거 같아요."

투정처럼 그만, 감추어 두었던 말이 흘러나오고 말았다. 말을 하고도 놀라 아랫입술을 깨물자 어떻게 알았는지 이현의 손가락이 입술을 가볍게 톡 건드리고 지나갔다. 그리고 그 손은 곧 조금 더 아래로 내려와 이수의 손을 포개듯 덮었다.

"몇 년도 더 전에 가슴이 쿵쿵대고 시도 때도 없이 귓불이 달아올라서, 나는 그때 내가 정이수를 좋아한다는 걸 깨달았어."

'마음이, 이상한 게 아니라 움직이고 있는 거였으면 좋겠다.'
라고 이현은 속삭이듯 말했다.

제사상에 올릴 과일이라며 꼼꼼히 따져 보는 은경 옆에서 넉살을 떨어 복숭아 하나를 얻어낸 이현이 그것을 바지에 북북 닦아 은경의 입가에 가져다 댔다. 이따금씩 들르는 청과상 주인과 실랑이해 가며 천 원이라도 깎으려던 은경은 무심결에 복숭아를 한 입 베어 물었다.

"어머니. 저희 먹을 복숭아도 좀 살까요?"

반달모양이 되도록 사르륵 눈웃음을 치는 이현을 보며 은경이 웃음을 터뜨렸다.

"이수야."

조금 떨어진 곳에서 제사 과자를 고르던 이수가 이현의 부름에 사박사박 다가왔다. 은경이 베어 문 반대쪽을 입가에 대자 이수도 작게 한 입 물었다.

"맛있지?"

보일 듯 말 듯 고개를 끄덕이자 이현이 웃으며 이수가 베어 문 자리에 입술을 대고 후루룹 과즙을 빨아 먹었다.

"어머니. 이수도 맛있대요. 박스로 살까요?"

"너무 많아. 아줌마. 바구니에 담아 놓은 걸로 하나 줘요. 생채기 없는 걸로."

티끌만 한 생채기라도 있으면 고집을 부려 좋은 걸로 바꾸어 담은 은경은 그새 계산을 끝내고 과일을 받아 드는 이현의 이마에 맺힌 땀을 닦아 주었다.

"아유, 땀 봐. 덥지?"

은경이 그늘을 찾아 여기저기를 둘러보는 사이 이현은 이수가 들고 있는 가벼운 봉지까지 빼앗아 들었다.

"안 무거워요."

"원래 힘은 남자가 쓰는 거야. 이럴 땐 그냥 가만히 맡기면 된다고."

"그래도요."

으스대듯 어깨를 들었다 내린 이현이 천막을 친 콩국수 가게 앞에서 손을 흔드는 은경을 발견하고 이수의 손을 잡았다. 뿌리치지 않고 순순히 따라오는 그녀를 보며 괜히 실없는 웃음을 흘렸다.

의자 옆에 짐을 내려놓고, 얇게 코팅된 메뉴판으로 이수의 얼굴에 부채질해 주며 다른 손으로는 파란색 물 컵에 물을 가득 부었다. 은경은 오랜만에 장에 나와 아는 얼굴이 많은지 바빠 보였다.

"콩국수 괜찮아요?"

"시원하고 좋지. 왜? 콩국수 별로야?"

"아뇨. 선배가 좋아할까 싶어서요. 별로면 다른 거 먹으러 가요."

"으응, 아니야. 나 콩국수 좋아해. 그나저나 강원도라 그런지 확실히 숨 막히게 덥거나 하진 않네. 시골 장은 오랜만인데 좋다. 그치?"

반쯤 얼려 놓은 얼음물이라 시원한지 연거푸 두 잔을 마시는 이현에게 이번에는 이수가 부채질을 해 주었다. 팔랑팔랑대는 소리와 함께 시원하게 부는 바람에 이현이 눈을 감았다. 입가엔 미처 지우지 못한 미소가 가득했다.

"에헤. 갑자기 비가 쏟아지고 난리야."

부채 바람에 스르륵 잠이 쏟아지려는 찰나에 들려오는 목소리에 이현이 감았던 눈을 떴다. 눈을 뜨니 그제야 후두둑 천막 위로 물방울 떨어지는 소리가 들려왔다.

지나가는 소나기인지 그리 굵지 않은 빗줄기가 열심히 떨어져 내리고 있었다. 부채질을 멈춘 이수도 잠시 고개를 돌려 시원하게 떨어지는 빗줄기를 바라봤다.

그때 미처 천막을 세우지 못한 상인들이 앓는 소리를 하며 바쁘게 움직이는 모습을 멀뚱히 바라보던 이현이 자리에서 벌떡 일어났다.

"창문 열어 놨는데……. 어머니. 이수랑 먼저 드시고 계세요. 금방 갔다 올게요."

그러고는 미처 말릴 새도 없이 쏟아지는 빗줄기 속으로 뛰어나갔다.

"옷 다 젖겠네."

팬티까지 싹 다 젖겠다고 웃으며 하는 말에 이수도 은경을 마주 보며 웃었다.

꽃무늬 그릇에 한가득 담겨 나온 콩국수를 비어 있는 자리에도 하나 내려놓은 이수는 테이블 위로 팔을 올려 턱을 괴었다.

"딸."

먼저 후루룩 국수를 건져 올리던 은경이 이수를 불렀다.

"어제 좋았어?"

"응? 뭐가?"

무언가 기대하는 듯한 얼굴로 물어 오는 엄마 은경에게 되묻자 핏, 하고 바람 빠지는 소리가 들려왔다.

"그렇게 안 봤는데 이현 군, 사람이 너무 점잖네."

그제야 이수가 웃음을 터뜨리며 은경을 흘겨봤다.

익지도 않은 고추를 널어놨다며 제 방문을 꼭 걸어 잠근 걸로도 모자라 안방 문까지 걸어 잠가 거실에서 불편하게 밤을 지새

워야 했던 이수는 '자리를 깔아 줘도 못 먹네. 문제 있나?' 라고 짓궂은 농담을 하는 은경에게 설레설레 고개를 저어 보인 뒤, 이현이 사라진 방향으로 고개를 돌렸다.

"어머니. 이수야."

그때 멀리서 우산을 들고 뛰어오며 두 사람을 부르는 이현이 보였다. 저보다 먼저 이현을 발견한 은경이 웃음을 터뜨렸다.

"하이고, 저 저, 우산을 쓰고 오지. 홀딱 젖었네."

우산을 쓰고 오면 될 것을. 은경이 혀를 찼다.

'바보.'

어쩌면 창문은 핑계고, 엄마와 자신이 쓸 우산을 가지러 갔다 왔을지도 모른다. 찰박찰박 소리를 내며 점점 더 가까워지는 이현을 보며 이수는 마음을 먹었다.

미련이든 미움이든, 어떠한 형태로든 자신의 가슴 깊이 남아 있는 감정들을 이 소나기와 함께 흘려보내기로.

그리고 그렇게 마음먹은 순간, 정말 말도 안 되게 뜨거운 무언가가 울컥 이수의 내면에서 흘러나오기 시작했다.

음음음, 통통 튀는 허밍 소리에 부엌에서서 바삐 움직이던 이수와 은경이 눈을 마주하고 웃었다. 거실 한복판에 신문지를 잔뜩 펼쳐 놓고 앉아 콧노래 흥얼대는 그를 보며 은경이 이수의 등을 슬쩍 떠밀었다. 못 이기는 척 거실로 나가 얼굴과 바지에 밀가루 칠을 하고서 뭐가 그리 좋은지 바보처럼 웃고 있는 그를 보며 이수가 물었다.

"내가 오길 기다리는 시간이 정말로 선배를 행복하게 만들어요?"

시장 골목을 지나 죽 늘어선 상가 건물들 중 가장 먼저 불을 밝히고 자신이 출근하길 기다리는 이현이, 정말로 그 시간에 행복을 느끼는지 궁금했다. 전을 뒤집으며 아무렇지 않은 척 물었지만 예상과 달리 곧바로 들려오지 않는 이현의 대답에 이수의 얼굴이 살짝 굳었다.

그 잠깐의 침묵에 괜한 말을 꺼냈다고 후회를 하려는 찰나, 구구절절한 대답 대신 짧지만 우렁찬 한 마디가 귓가로 스며들었다.

"응."

정말로 행복해하고 있노라고, 그 짧은 한 마디가 모든 것을 말해 주고 있었다. 사랑으로 물든 그 목소리에 뒤집개를 움켜쥔 이수의 손끝과 귀 끝이 은은하게 달아오르고 있었다. 배싯, 자꾸만 웃음이 흘러나온다.

제사상에 올릴 전은 얼추 완성이 되었다. 마을회관에 가져다 드릴 굴전만 마저 부치고 점심을 먹자는 은경의 말에 이현은 넉살 좋게 먹고 싶은 걸 척척 말했다.

은경은 오랜만에 복작복작한 집이 좋은 모양인지 얼른 부엌에 가 쌀을 안치고 이현이 졸라서 산 복숭아를 씻어 먹기 좋게 잘라 내왔다. 자신이 부엌에 들어간 사이 이수에게 장난을 쳤는지 코에 밀가루를 잔뜩 묻힌 이수가 신경질적으로 이현의 얼굴에 밀가루 묻은 손을 문대는 게 보였다.

"그러다 밀가루가 남아나질 않겠네. 이래 가지고 오늘 안에 굴

전 맛볼 수 있겠어?"

은경은 분해하는 딸의 모습이 새로워 그냥 둘까 하다 두 사람 사이를 비집고 들어가 앉았다.

부엌에 가 손을 씻고 나온 이수와 달리 이현은 그대로 앉아 달궈진 팬에 굴과 버무린 야채 반죽을 국자로 떠 먹기 좋은 크기로 올리고 불을 줄였다. 팬을 바라보던 이현은 묻은 반죽이 그새 굳어 퉁퉁해진 손과 얼굴을 이수에게 보란 듯이 내밀었다.

"닦아 줘."

"어휴."

닦아 달라고 보채는 아이 같은 그를 보며 이수가 한숨을 내쉬었다. 복숭아 하나를 집어 문 은경은 뭐가 그리 좋은지 웃음을 흘리며 이현의 편을 들었다. 엄마까지 나서 채근하자 결국 이수가 수건을 물에 적셔 가져왔다.

"손은 직접 씻고 오세요."

무릎을 바닥에 대고 반쯤 일어서 얼굴 가까이로 수건을 가져가자 이현이 짓궂게 웃더니 그대로 이수의 입술에 촉 소리 나게 입을 맞추었다. 그러고는 헤헤 웃더니 반죽이 굳은 손으로 자신의 입술을 툭 쳤다.

"어이쿠~ 요놈의 주둥이가 주인도 모르게 사고를 치네?"

불시의 공격으로 입술을 빼앗긴 이수가 어이가 없다는 듯 한숨 같은 웃음을 흘리며 들고 있던 수건을 이현의 얼굴에 던져 버렸다. 옆에서 배를 잡고 웃다 입에 있던 복숭아를 겨우 삼킨 은경이 제일 크게 자른 복숭아를 집었다.

"그 주둥이 참 바람직하네."

옜다, 하며 주는 복숭아를 넙죽 받아먹는 이현을 새치름하게 흘겨보던 이수도 결국 웃고 말았다.

달력을 깐 소쿠리에 전이 차곡차곡 쌓이는 동안 은경은 이현이 그렇게도 먹고 싶다던 닭을 압력밥솥에 푹푹 쪄 내고 있었다.

해가 부쩍 길어졌다. 주황빛으로 예쁘게 물든 여름밤의 하늘을 올려다보던 이수는 바로 뒤에서 들리는 인기척에 슬쩍 돌아봤다. 시골이라 아침저녁으로 쌀쌀하다며 은경이 준 카디건을 한 손에 든 이현은 노을빛에 예쁘게 물들어 가고 있는 이수의 손을 잡아 당겼다.

힘없이 끌려오는 가녀린 어깨에 카디건 대신 자신의 팔을 둘렀다. 한 팔에 무리 없이 쏙 들어오는 연약한 몸을 세게 잡자 흐릿한 숨소리가 가슴 부근에서 몇 번이나 흩어졌다.

해마다 제사상을 차리는 건 은경 혼자의 몫이었다. 아침부터 분주히 장을 보고, 상에 올릴 음식들은 함께 만들지만 상을 차릴 때면 항상 이수에게 바람을 쐬고 오라고 하고서 은경 혼자 한다. 이날은 꾹꾹 눌러 참았던 그간의 그리움을 남편에게 고하는 유일한 날이자, 시간이었다.

이수는 제기만 꺼내 놓고 슬쩍 나서는 이유가 궁금할 텐데도 물어보지 않고 조용히 따라 나와 준 이현에게 고마움을 느꼈다.

"우리 올라가고 나면 어머니 혼자 또 쓸쓸하시겠다. 연락 자주 드리고 주말에 한 번씩 내려오자."

사진 속 아빠에게 일 년간 있던 일들, 속상하고 기쁜 일들을 수줍게, 또는 애달프게 고백하고 있을 은경에 대한 생각에 울적해진 이수가 이현의 말에 힘없이 고개를 들었다. 조금 아래에서 올려다본 이현의 얼굴은 장난기 없이 진지하고, 또 단단해 보인다.

노을이 사라지고 그 자리를 자욱하게 메우고 있는 어둠, 그 아래에 단단한 성처럼 우뚝 서 자신을 감싸고 있는 이현을 오래도록 보던 이수가 천천히 몸을 비틀었다. 한 뼘쯤 사이를 두고 이현과 마주 보는 자세가 됐다.

이수는 그와 다시 만난 뒤 처음으로, 먼저 이현의 손을 잡았다. 조금 느리지만 잡은 손에 힘을 줘 가까이 끌어당겼다. 그녀가 하는 대로 끌려온 크고 단단한 손이 마침내, 이수의 오른쪽 뺨에 닿았다. 놀랐는지 멈칫거리는 움직임도 고스란히 전해졌다.

상처받고 꺾일 때마다 든든하게 받쳐 줄 것만 같은 손이다. 부드럽지는 않지만 따뜻한 손이다. 이수는 그 손에 뺨을 묻고 가만히 눈을 감았다. 그 위로 바람처럼 포근한 숨결이 내려앉았다.

"후우."

무언가를 억누르는 듯한 숨소리에 천천히 눈을 떴지만 등을 지고 선 달빛 때문에 이현의 눈동자가 보이질 않았다.

"정이수. 이수야."

"네."

"나는 생각보다 단순해. 이거 아니면 저거, 좋다 싫다, 옳다 옳지 않다, 딱 두 갈래의 판단과 상상밖에 할 줄 몰라."

이현은 반대로 잡혔던 손을 빼, 이수의 손을 가두어 버리듯 잡았다. 제 손의 반이나 될까 싶은 작은 손 사이사이에 깍지를 끼고 가만히 가슴에 가져다 댔다.

"네가 아무 생각 없이 한 행동 하나에 나는 설레기도 하고 슬프기도 해. 내가 약자의 입장에 있기 때문일까?"

대답을 바라고 한 물음은 아니었다.

가슴에 기대어 있던 손이 천천히 아래로 흘러내렸다.

힘이 풀리고 깍지가 풀어지자 이수는 천천히 한 걸음 뒤로 물러섰다. 벌어진 사이만큼, 이현의 얼굴도 슬퍼졌다. 그런 그를 보며 이수가 천천히 입술을 열었다.

"선배. 물어보고 싶은 게 있어요."

이수는 윗입술을 꾹 깨물었다 놓았다.

"늘 혼자 해 왔던 일인데 나도 모르게 그 사람에게 도움을 청해요. 떡볶이를 사도, 커피를 사도…… 약국에 와서 보면 늘 한 사람 몫이 더 있어요. 무거운 짐이라도 있으면, 잠깐 지나가는 소나기라도 만나면 당연히 와 주겠지 하는 그런 생각을 해요. 바로 앞인데, 널면 금방 마를 옷인데도 온갖 핑계를 대 주저앉기부터 해요."

입술을 한번 축인 이수가 조심스럽게 다시 말을 이어 나갔다.

"또…… 내가 오는 시간을 행복한 마음으로 기다린다는 그 사람처럼, 꽃집 문이 열리지 않고 잠잠하면 그 사람이 그렇듯, 나도 모르게 유리 너머를 살피게 돼요. 이런 게…… 그 사람에 대해 나도 모르게 생각하고 신경을 쓰는 게, 내 마음이 움직이고 있기 때문이에요?"

대답을 듣기도 전에 이수가 다시 물었다.

"그 한 번의 연애가 왜 그렇게 힘들었는지……. 그냥 등 떠밀려 사귀게 됐어요. 그래도 나 말고도 많은 같은 과 커플들처럼 좋았던 기억이 있어야 하는데, 그저 그 사람이 하는 대로 끌려다니고, 싸우고, 혼자 삭이고……. 엄마까지 힘들게 했던 그런 기억밖에 없어서 이 마음이 어떤 건지 정말 모르겠어요. 하루에 열 번. 아니, 두 번, 세 번이라도 그 사람에 대해 생각하고 신경 쓰는 게, 정말 내 마음이 움직이고 있기 때문일까요?"

정이수의 마음이 내게로 흐르고 있다. 그 하나의 가설에 이현의 가슴이 미친 듯이 뛰기 시작했다. 쿵쿵, 이러다 산산조각이 날지도 모른다는 생각에 손바닥으로 가슴을 꾹 눌렀다. 그럼에도 눈은 대답을 기다리는 이수에게서 떠나지 않았다.

"나는……."

한참을 울고 난 사람처럼, 혹은 아주 긴 거리를 전력질주하고 난 사람처럼 호흡이 가쁘고 목이 메어 억지로 마른침을 삼켰다. 가뭄에 갈라진 논처럼 답답하게 마른 입술을 축이고 천천히 소리를 내려 노력했다.

"나는 처음부터 정이수 하나였어. 다른 사람에게 마음을 준 적도, 주겠다고 마음먹은 적도 없어. 그 하나뿐인 정이수에게조차 첫눈에 반해 버려서 네가 말한 것들이 사랑의 시작이라고 사실, 자신 있게 대답할 수가 없어. 그렇지만 이수야……."

잠시 말을 멈춘 이현이 손을 내밀었다. 그 손을 아주 잠깐 바라보던 이수도 천천히 손을 뻗었다. 공중에서 만난 두 개의 손이 하나로 포개졌을 때 이현이 다시 말을 이어 나갔다.

“마음이 움직이고 있는 거였으면 좋겠다. 느려도 좋고, 오다 말다 또 오다 말다 해도 좋으니까 움직이기만 했으면 좋겠다.”

시큰대는 코끝을 한번 크게 훌쩍인 이현의 말에 이수는 가만히 눈을 감았다. 그랬으면 좋겠다는 불확실한 말이었지만 그래서 더 이수의 마음을 흔드는 대답이었다.

관계라는 것에 대해 다시 한 번 더 용기를 내기로 이수는 마침내 마음먹었다.

한 걸음, 그리고 조금 더 걸어 이현의 허리에 자신의 손을 둘렀다. 놀라서 갑자기 홀쭉해지는 허리를 이수는 조금 더 세게 끌어안았다.

“나도 내 마음이 움직이고 있는 거였으면 좋겠어요.”

혼잣말에 가까운 속삭임에 움츠러들었던 이현의 어깨가 활짝 펴졌다. 이현의 단단한 두 손이 이수의 몸을 빙 돌아 등 뒤에서 만났다. 왼손으로 오른쪽 손목을 움켜쥐고 강하게 잡아당기자 가슴에 닿은 이수의 체온이 조금 더 짙게 느껴지기 시작했다.

촉.

핸들을 잡지 않은 오른손으로 이수의 손을 잡아당겨 입술에 세게 눌렀다 뗀 이현은 슬그머니 도망치려는 작은 손을 더 세게 잡았다.

“어딜 도망가려고.”

이현은 아예 이수의 손에 깍지를 끼고서 자신의 허벅지 위에 내려놓았다.

어젯밤 제사를 지내고 불편하다며 질색하는 은경을 졸라 거실에 이불을 깔고 다 함께 좁게 누워 잠을 잤다. 자꾸만 실없이 웃음이 나 몇 번이나 뒤척대다 은경에게 혼도 났지만 그래도 좋은 밤이었다.

두 사람은 동이 트려면 한참 먼 이른 새벽 정선을 떠났다. 기분 좋게 뻥 뚫려 있는 고속도로를 타고 달리면서 은근슬쩍 몸 여기저기를 만져 오는 이현의 손등을 몇 번이나 꼬집던 이수는 마침내 포기를 하고 말았다.

"아, 얻어맞더라도 키스하고 싶다."

그에게 잡힌 왼손은 없는 셈 치고 빠르게 지나가는 창밖 풍경에 빠져 있던 이수가 그 말에 고개를 돌렸다. 그러곤 입술을 동그랗게 오므리고 쪽쪽 소리를 내는 그를 보며 고개를 절레절레 저었다. 그러는 사이 이현이 운전하는 차는 고속도로 휴게소에 들어섰다. 이른 시간이라 아직은 한산한 주차장 맨 끝에 차를 세웠다.

화장실에 다녀온 사이 호두과자와 생과일 음료를 사 온 이현은 의자를 뒤로 젖히고 기지개를 켜고 있었다. 새벽 일찍부터 운전을 하는 그에게 미안함을 느낀 이수가 어깨로 손을 뻗었지만 닿기도 전에 저지당했다. 생각지도 못하게 거절당한 이수가 자신도 모르게 입술을 비죽 내밀었다.

"괜찮아."

이현은 마음만 받겠다며 손등을 톡톡 건드리고는 갓 구워 김이 모락모락 나는 호두과자와 음료를 이수에게 건넸다. 이수는 이현을 바라보며 잘근잘근 빨대를 깨물다 음료를 쪽 빨아들였다. 뭉쳐서 올라온 과즙을 손등으로 닦는데 핸들에 턱을 괴고 있던 이현이 이수의 팔을 확 잡아당겼다.

손에 든 음료가 흐를까 힘없이 끌려간 이수가 눈을 동그랗게 뜨자 더는 참지 못하겠는지, 이현이 그대로 빨갛게 물이 든 이수의 입술을 집어삼켰다. 오렌지 과즙이 묻어 달콤한 입술을 마음껏 빨아 당겼다.

그렇게 한참을 있다 부드럽고 말랑말랑한 입술 정 가운데를 혀로 톡 건드리자 작은 틈이 생겼다. 자신도 모르게 입술을 열어 준 이수가 아차 싶어 고개를 뒤로 빼려 했지만 그보다 먼저 이현의 손이 동그랗고 작은 뒤통수를 감쌌다.

"으으읍."

신음을 닮은 여린 소리가 이현의 입속을 울렸다. 그 아찔한 울림에 이현의 손이 뒤통수에서 조금 아래로 내려와 이수의 가느다란 목덜미를 끌어 잡았고, 그 탓에 입술에 가해지는 압박이 한결 더 강해졌다.

그날, 이현이 술에 취해 찾아와 했던 그것과는 전혀 다른 느낌이었다. 아프고 난폭했던 그때와는 달리 한없이 부드럽게 얽히고설키는 입술과 혀의 감촉은 마치 자신의 것이 아닌 양 정신을 멍하게 했다.

빙글빙글, 공기를 다 빼앗겨 버린 이수는 어지러움을 느꼈다. 두 눈을 꼭 감고 매달리듯 이현의 어깨를 잡자 짧게 깎은 손톱이 승모근을 파고들었다. 따끔대는 그 감촉에 이현은 자신의 분신이 거세게 부풀어 오름을 느꼈다. 미친 듯이 뛰는 맥박이 고스란히 느껴질 정도였다.

요령 없이 물러서기만 하는 혀를 낚아채고 강하게 빨아 당기고는 힘없이 끌려온 혀를 이빨 끝으로 잘근잘근 깨물고 핥기를 반복했다. 흐느끼듯 숨을 몰아쉬는 이수를 원 없이 끌어안은 이현은 과즙을 머금어 달콤하기만 한 타액을 한 방울도 남김없이 삼키려는 듯 몇 번이나 목울대를 움직였다.

꿀꺽, 하는 소리가 생생하게 들려왔다. 어깨를 쥐고 있던 손이 자꾸만 힘없이 풀려 떨어지려 했다. 힘이 드는 듯 무너지는 이수의 무게를 고스란히 지탱하면서도 이현은 멈추지 않았다. 아니, 멈추지 않으려고 했다. 배꼽 아래 숨겨진 그곳이 찢어질 듯 아파오지만 않았다면.

"으음."

신음과는 조금 다른, 아픔을 참는 듯한 그런 소리를 흘리며 천천히 입술을 떼자 이수도 감았던 눈을 떴다. 입술과 입술에서 길게 늘어지는 타액이 뚝 끊어지자 이수는 손등으로 입술을 가렸다. 가쁜 숨을 몰아쉬며 턱을 아래로 내리는 그녀를 보던 이현은 뒷좌석으로 팔을 뻗어 재킷을 잡아 자신의 허벅지를 가렸다.

의자를 조금 뒤로 젖히고 눈을 찡그린 탓에 미간까지 주름이 생긴 그를 흘깃 보자 이현이 어색하게 웃음을 흘렸다.

"지금 내 몸이 점잖지가 않아서."

손가락 끝으로 덮고 있는 옷을 슬쩍 들추자 이수의 얼굴이 순식간에 빨개졌다. 목까지 새빨개지더니 부끄러운지 재빨리 고개를 숙였다. 시동을 걸고 창문을 열자 시원한 바람이 훅 밀려들었다. 손으로 부채질을 하며 붉은기가 가시길 기다리는 그녀를 보며 이현이 가볍게 뒷목을 긁었다.

입술을 빼앗긴 것보다 자신의 신체반응에 더 어쩔 줄 몰라 하는 그녀를 보니 괜히 장난기가 발동했다. 그래서 짐짓 한숨을 푹 쉬며 말했다.

"키스 하나로 날 이렇게 당황스럽게 만들다니 정이수, 아주 요물이야."

짓궂게 애국가 한 소절을 부르는 이현 때문에 간신히 내린 열이 다시 오름을 느낀 이수가 창밖으로 고개를 돌렸다. 그러다 짧게 사라진 웃음소리에 아랫입술을 세게 깨물고는 애써 아무렇지 않은 척 대꾸했다. 이 이상 부끄러워하면 더 짓궂게 굴 거라는 걸 알기 때문이다.

"키스 하나에 신체가 불편해지다니 남자의 몸은 참…… 힘들겠네요."

예상치 못한 말에 이현이 큰 웃음을 터뜨렸다. 어깨를 떨어 가며 웃던 이현이 배꼽 아래를 가리고 있는 재킷을 뒤로 던져 놓고 이수가 앉은 조수석으로 반쯤 몸을 틀고 그녀의 얼굴을 빤히 바라보았다.

"불쌍하지? 그럼 정이수. 인류애를 한번 발휘해 봐."

"무슨 인류애요?"

"남성의 신체가 마구마구 화가 났을 때 그 불편함을 해소하는 방법은 두 가지 이상이나 된다고. 그 두 가지 이상의 방법 모두 정이수만이 해 줄 수 있는데. 어때? 도와줄 수 있겠어?"

은근한 어조로 말하며 다가오는 이현을 손가락 끝으로 밀어내던 이수가 그가 한 말의 뜻을 깨닫고는 인상을 쓰며 팔을 꼬집어 비틀었다.

"저질."

갑작스러운 키스에 떨어진 핸드백을 들고는 그대로 이현을 때렸다.

'정이수. 조만간 널 가질 거야. 내 집, 내 방, 내 침대에서.'

맞으면서도 깔깔 웃기만 하던 이현은 부끄러움인지 분노인지 모를 열기를 담아 복숭아처럼 발그레한 이수의 얼굴을 보며, 그녀가 들었으면 놀라 까무러칠 만한 말을 속으로 꼭꼭 눌러 담았다.

때리는 것도 힘이 드는지 헉헉 숨을 몰아쉬는 이수의 손을 은근슬쩍 잡은 이현이 실핏줄이 도드라진 손등에 입을 맞추며 혼잣말처럼 중얼거렸다.

"만리장성 쌓으려다 기초공사만 수십 년 한 기분, 정이수는 알까 몰라."

얻어맞고도 좋다고 웃는 그의 뜻 모를 말에 이수는 한숨을 푹 내쉬었다.

05_

「인기 많은 약사 선생님. 오늘 밤 데이트합시다.」

낡아서 뻑뻑해진 셔터를 올리던 이수는 약국 문에 투명한 테이프로 붙여 놓은 쪽지를 발견했다. 잠시 의아하게 그것을 바라보던 이수가 건너편 꽃집을 한번 보고는 픽 웃음을 터뜨렸다. 이수는 위아래 잠금장치를 열고 들어와 실내등을 켜고 책상 서랍에 차곡차곡 포개 놓은 포스트잇과 쪽지들 사이에서 한 장을 골라내었다. 그러고는 그것과 방금 문에서 떼어 온 쪽지의 글씨체를 찬찬히 비교해 보고 다시 한 번 짧게 웃었다.

이리 보고 저리 봐도 이현의 글씨체였다. 힘 있지만 자유롭게 구불대는 글자들의 행렬을 몇 번이나 들여다보다 키보드 옆 작은 바구니에 담겨 있는 분홍색 포스트잇을 꺼내 그 위에 천천히 글자를 적어 나갔다.

「데이트하고 싶으면 대기표 뽑고 기다려야 돼요.」

이수를 닮아 곧고 반듯한 글자가 포스트잇을 가득 채웠다.

유치함에 괜히 양 볼이 달아오르는 느낌이었다. 볼펜 뚜껑을 덮고 분홍색 포스트잇을 쓰레기통에 버릴까 말까 고민하다 결정의 추가 한쪽으로 조금 더 기울자 굳게 먹은 용기가 사라질까 재빨리 카운터를 돌아 나왔다. 누가 볼세라 후다닥 건너편으로 가 꽃집 유리창에 포스트잇을 붙여놓고 약국으로 돌아왔다.

조제실 안으로 들어가 열 손가락 끝으로 이마를 문지르며 소리 없는 아우성을 지르다 쪼그리고 앉아 버렸다. 요 며칠 늘 이런다. 돌아서면 금방 후회하면서도 이현의 장난에 유치하게 장단을 맞추게 된다.

“정이수. 왜 이렇게 유치해졌어, 정말.”

요즘의 정이수는 정말이지 유치하다. 아무것도 아닌 일에 깔깔 웃고, 시무룩해지고, 기다리게 된다. 마음이 움직이고 있음을 인정하고 나자 정말 모든 게 말도 안 되게 변하기 시작했다.

문턱에 까치발을 들고 서 건너편을 살피자 바람결에 살랑살랑 흔들리는 분홍색 포스트잇이 그대로인 것이 보였다. 이수는 정말로 유치한 짓을 했음을 인정하며 이현에게 들키기 전에 회수하기로 마음먹었다.

고양이처럼 살금살금 가 포스트잇을 손에 넣은 이수가 안도의 한숨을 내쉬는데 가게 안에서 익숙한 목소리가 흘러나왔다. 무심코 고개를 돌리자 빨간 장미꽃과 그 주위를 풍성하게 감싼 네 가지 색의 알록달록한 믹스컬러 안개꽃다발을 포장해 건네는 이현의 모습이 눈에 들어왔다.

"얼마예요?"

미리 만들어 놓은 리본까지 달아 건네는 꽃을 받아 든 젊은 여자가 지갑을 꺼내며 묻자 이현이 곤란한 듯 지그시 눈을 감았다 떴다. 잠시 생각을 하더니 대답했다.

"만 원입니다."

"네?"

"만 원입니다."

꽃을 든 여자 손님이 놀란 듯 되묻자 이현이 다시 한 번 대답했다. 열린 문 너머에서 손님이 꺼낸 지폐 한 장을 건네받는 그를 보고 있던 이수가 저절로 나오는 한숨을 이기지 못하고 어깨를 푹 늘어뜨렸다.

장미꽃만 해도 족히 스무 송이는 되어 보였고, 색소를 뿌렸는지 예쁘게 물든 믹스컬러의 안개꽃만 해도 엄지와 검지로 만든 동그라미만 한 크기로 오천 원씩 받는 걸 길가다 본 적이 있었다. 안개꽃만 해도 만 원은 받을 수 있을 것 같은데…… 그걸 저 여자 손님 또한 알고 있는 모양이고.

혹시라도 마음이 바뀔까 인사도 받는 둥 마는 둥 급하게 나가는 여자에게 길을 내준 이수는 자신을 발견하고 붕붕 손을 흔드는 이현에게 다가갔다.

색색의 리본과 노끈으로 어지러운 책상에는 꽃 사진과 간단한 설명이 적힌 두툼한 일지가 활짝 펼쳐져 있었다. 이수의 시선을 따라 움직인 이현이 부끄러운 듯 슬쩍 커버를 덮었다.

"아직 공부 중이야. 고시 문제는 지금이라도 풀 수 있을 것 같은데 얘들은 좀 어렵네. 이름이랑 생김새가 매치 안 되는 녀석들이 어쩜 그리 많은지."

공부 머리랑은 조금 다른 것 같다며 해맑게 웃는 걸 보니 조금 전 왜 그렇게 터무니없는 가격으로 꽃을 팔았느냐 혼을 낼 수가 없었다.

금방 시들어 버리는 꽃을 보관하는 저온 냉장고에는 처음 보는 꽃과 비교적 쉽게 알아볼 수 있는 꽃들이 옹기종기 들어차 있었다. 졸업식이나 입학식을 제외하고 이 오래된 시장 골목까지 찾아와 값비싼 꽃을 사 갈 사람들이 얼마나 될까 머릿속으로 계산하던 이수는 당장 자신이 해 줄 수 있는 현실적인 조언을 건넸다.

"책상이나 창가에 놓기 편한 허브나 작은 화분이랑 개업식에 쓸 큰 화분들 말고는 그렇게 많이 팔리지 않을 거예요. 비싸고 이름도 모를 생소한 꽃보다는 부담 없이 사 갈 수 있을 만한 꽃 위주로 가져오세요. 화분 가격이랑 꽃 시세 아세요?"

설마 그 정도도 모를까 싶어 물었다.

"허브나 관엽 화분들은 대충. 장미 같은 것도 대충은 아는데 거기다 다른 게 추가로 들어가 버리면 그때부터 머리가 뒤죽박죽 꼬이더라고."

그 말에 저절로 이마에 손이 갔다. 손바닥으로 이마와 머리카락 사이 경계를 짚고 한숨을 쉬던 이수가 입고 있던 가운을 벗어 이현에게 건넸다. 그걸 이현은 얼떨결에 받았다.

"한두 시간 정도만 약국 좀 봐 주세요."

"어디 가게? 같이 갈까?"

"아뇨. 혼자 다녀올게요. 두 시간 정도만 부탁해요, 선배."

"어? 어. 다녀와."

이수는 아무렇게나 나뒹구는 포스트잇 뭉치와 볼펜을 슬쩍 챙겨 들고 꽃집을 나섰다. 약국까지 맡기고 그녀가 향한 곳은 사거리에 있는 꽃집이었다.

종종 들르는 카페 야외 테라스에 자리 잡은 이수는 지친 다리를 꾹꾹 주물렀다. 사거리에 있는 꽃집에 들렀다 마을버스를 타고 근처 동네 꽃집까지 다녀온 참이다.

포스트잇에 겨우 알아볼 수 있을 정도로 빠르게 휘갈겨 쓴 몇몇의 이름과 대략적인 가격을 다른 종이에 또박또박 옮겨 적었다. 꽃집마다 조금씩 차이는 있지만 한 송이에 얼마인지, 한 단에 얼마인지 등등, 이현에게 시급해 보이는 문제에 대한 해답을 조금이나마 얻을 수 있었다.

단순한 오지랖은 아니다. 단 몇 개월이라 해도 이현이 무리해 가며 꽃집을 맡은 것에 대해 어느 정도 책임감을 느끼기 때문이었다.

개업용이나 축하 선물로 많이 사 가는 관엽식물의 경우에도 화분의 사이즈를 대, 중, 소로 나누어 적게는 만 원에서 삼만 원, 많게는 오만 원에서 칠만 원까지도 차이가 난다는 걸 처음 알았다. 지금까지는 굳이 알 필요 없는 정보들이었다.

빨대 끝에 얼음이 걸릴 때까지 담갈색 액체를 쭉 마신 이수는 플라스틱 컵과 홀더를 입구에 있는 쓰레기통에 버리고 카페에서 나왔다.

어젯밤, 초여름을 지나 곧 무더위가 몰려올 거라고 약을 올리듯 잠깐 내리고 만 비에 초록을 머금은 여린 나뭇잎들이 후두둑 떨어졌다. 그 위를 지나다니는 사람들에게 밟혀 어지럽게 짓이겨진 나뭇잎 길을 따라 천천히 걸었다.

다음 주나 그다음 주. 어쩌면 당장 내일부터 숨 막히는 더위가 시작될지도 모른다. 해마다 점점 봄은 짧아지고 무더위가 길어지고 있으니까 말이다. 길 가던 사람들을 당황하게 만드는 비가 갑자기 쏟아질지도 모른다.

그때가 되면 자신은 이현에게 얼마만큼 더 다가가 있을까. 길을 따라 걸으며 이수는 생각했다. 혼자서 내 이름을 부르는 것만으로도 행복을 느낀다는 이현처럼 자신도 그의 이름을 떠올리며 혼자 수줍어할 그날이 늦지 않게 왔으면 좋겠다고.

손목에 찬 시계를 보니 12시가 다 되어 가고 있었다. 시장 입구에 새로 생긴 도시락 가게에 들러 이현과 함께 먹을 도시락 두 개를 포장해 오던 이수는 저번보다 바람이 더 많이 빠져 끌고 가는 것조차 힘들어 보이는 리어카에 과일가게에서 나온 박스를 차곡차곡 눌러 쌓고 있는 할머니를 발견했다.

"할머니. 발목은 좀 어떠세요?"

도시락이 담긴 종이봉투를 손목에 걸고 다가가 끈으로 묶은 박스를 같이 들자 이수를 알아본 할머니가 웃으며 괜찮다는 듯 고개를 끄덕였다.

"약국에는 왜 안 오셨어요? 제가 할머니 얼마나 많이 기다린 줄 아세요?"

박스를 다 싣고 논바닥처럼 거칠게 갈라진 손을 잡자 할머니가 다른 손으로 이수의 손등을 가만히 쓰다듬었다. 그동안의 고생을 보여 주듯 쪼글쪼글하게 마른 손에 깍지를 낀 이수는 제 손목에 있던 종이봉투를 할머니에게 건네주고 리어카 앞쪽으로 가 쇠로 된 손잡이를 힘껏 잡아당기기 시작했다.

놀란 할머니가 만류했지만 씩 웃고는 손잡이가 닿은 배를 앞으로 쭉쭉 밀었다. 바람이 빠져 움찔움찔하기만 하던 바퀴가 그제야 천천히 돌아가기 시작했다. 안절부절못하던 할머니는 결국 뒤에서 리어카를 밀어 주었다. 오토바이만 간간이 지나다니는 좁은 골목을 산더미처럼 박스를 실은 리어카가 조심스럽게 빠져나가기 시작했다.

"으으어."

할머니는 이제 됐다는 듯, 골목을 빠져나와 리어카를 세우라고 손짓을 했지만 이수는 보고도 못 본 척 고집스럽게 약국까지 리어카를 끌고 갔다. 이마와 코에 난 땀을 손등으로 닦으며 허리를 쭉 편 이수는 손잡이를 타 넘어 할머니 손을 부드럽게 잡아끌었다.

피로회복제 음료를 빈 공간에 넣던 이현은 그런 이수와 할머니를 발견하고 밖으로 나왔다. 산처럼 높게 폐지를 올려 쌓은 리어카를 기함하며 쳐다보던 이현이 이수와 손을 잡고 있는 할머니에게 웃음 띤 얼굴로 꾸벅 인사를 해 왔다.

"할머니. 들어가셔서 좀 쉬다 가세요."

됐다고 손사래를 쳐도 이수와 이현은 막무가내로 할머니를 약국으로 모셨다. 의자에 앉아 계시게 한 후 이현이 이수의 등을 콕 찔렀다.

"휴대폰은 장식이야? 전화를 하지. 저 무거운 걸 혼자서 어떻게 끌고 왔어."

고생했다며 팔을 주무르는 이현에게 보일 듯 말 듯 미소를 지어 보인 이수는 다시 가운을 걸쳤다. 흐트러진 머리를 촘촘히 묶고 정수기에서 따뜻한 물을 받으려는데 이현이 소파에 올려놓은 종이봉투를 가리키며 할머니에겐 들리지 않을 정도의 작은 소리로 물었다.

"저거, 우리 먹을 도시락이니?"

고개를 끄덕이자 이현이 동그란 정수리를 다정하게 쓰다듬었다.

"난 샌드위치 남은 거 있어. 그거 먹으면 되니까 저건 할머니랑 같이 먹어."

"그래도 돼요?"

안 그래도 우유 하나로 끼니를 대신할 할머니가 마음에 걸렸던 이수가 눈치를 보면서도 반색하자 이현이 고개를 끄덕였다.

"대신 저녁에 맛있는 거 먹자. 튕기지 말고. 알았지, 정이수?"

"알았어요. 미안해요. 고맙고."

"저녁에 이런 짓 저런 짓으로 다 받아 낼 거니까 미안해할 필요 없어."

억지로 보조개를 만들며 새치름하게 대꾸하는 모습에 절로 웃음이 났다. 알았다며 슬쩍 이수의 등을 떠밀었다.

"할머니. 여기 예쁜 약사 선생님이랑 도시락 다 드시고 가셔야 돼요. 아셨죠? 천천히 꼭꼭 맛있게 다 드시고 가세요. 나중에 제가 도시락 남기지 않고 다 드셨는지 확인할 거예요."

혹시라도 미안해하실까 봐 이현은 제 할 말만 하고 후다닥 나가 버렸다. 바로 꽃집으로 들어가는 걸 확인한 이수가 활짝 웃으며 의자를 가져와 테이블에 도시락을 올려놓고 나무젓가락과 수저를 할머니 손에 쥐여 드렸다.

"할머니. 많이 드세요."

할머니 눈가에 눈물이 고이는 걸 못 본 척 이수도 젓가락을 들었다.

이수가 고기반찬을 집어 할머니 앞으로 옮겨놓고 밥을 한 술 뜨자 할머니도 그제야 젓가락을 움직였다.

군데군데 빈 이가 불편한지 앞니로만 천천히 반찬을 씹고 계신 할머니를 안쓰럽게 바라봤다.

봄 약국을 연 지 얼마 되지 않았을 때, 아침부터 괜히 우울했던 적이 있었다. 지금과 다르게 낡아서 삐걱대는 나무문, 얼룩이 잔뜩 묻은 통유리. 젊은 약사를 호기심 어린 눈으로 훑고 지나가는 낯선 사람들. 그 모든 게 어색해 자신도 모르게 주눅이 들어 있던 그런 날이 있었다.

그날은 아들의 방황을 그녀의 탓으로만 돌리는 어떤 사람의 화풀이에 그동안 참고 있던 설움이 봇물 터지듯 한 날이었고, 결국 시장부터 골목까지 모든 불이 다 꺼진 늦은 밤 약국 문을 걸어 잠그다 말고 주저앉아 하염없이 눈물을 쏟고야 말았다.

당시 오늘보다 더 많은 양의 폐지를 모아 지나가던 할머니는 그런 이수를 그냥 지나치지 않았다. 품에 넣어 안아 주시더니 아끼던 따뜻한 두유 하나를 쥐여 주었다. 차갑게 꽁꽁 언 손으로 주저앉아 있는 자신을 일으켜 세우고 툭툭, 엉덩이를 털어 주기까지 하셨다.

누구나 할 수 있는 행동이지만, 누구라도 하기 힘든 행동이기도 했다. 그날 작다면 작다고 할 수 있는 할머니의 위로 섞인 그 손길이 오래도록 기억에 남았고, 혹시라도 할머니를 다시 만날 수 있을까 싶은 마음에, 약국에서 나오는 박스들을 잘 묶어 문 앞에 내놓고는 했다.

옛 생각에 눈가가 시큰거려 힘껏 눈을 감았다 뜬 이수가 따뜻한 물을 건네는데 약국 문이 열렸다. 반사적으로 일어나자 단골이라면 단골일 수 있는 남자가 인사를 하며 들어왔다. 이수는 그에게 똑같이 고개 숙여 인사했다.

"식사하시는데 방해한 건 아닌지 모르겠네요."

"아뇨. 괜찮습니다. 처방전 주세요."

카운터를 돌아 안쪽으로 들어간 이수는 한쪽에서 도시락을 드시는 할머니를 한참 보던 김창운에게서 처방전을 건네받았다.

전산에 입력하고 조제실에 들어가 알레르기 질환에 처방되는 흰색의 원형 알약을 조제한 뒤, 크림 제형의 연고 네 개를 챙겨 봉투에 담았다.

"김창운 님. 약은 총 이 주일 치 처방받으셨고요. 연고는 아침이나 저녁 샤워 후 한번 환부에 바르시면 돼요. 알약은 드시던 대로 세 번, 식후 삼십 분 후에 복용하시고요."

"저번에 처방받은 연고랑 다른데 이게 더 좋은 건가요?"

"성분은 비슷해요. 그전 처방약이 효과가 없으, 죄송해요. 잠시만요."

약국 이름이 적힌 봉지에 약 봉투를 넣던 이수가 사레가 들려 기침을 하는 할머니를 보고 재빨리 밖으로 돌아 나왔다. 손바닥으로 입을 막고 힘겹게 기침을 삼키는 할머니의 등을 부드럽게 쓸어 만지며 물이 담긴 컵을 입가에 대 주었다.

그러자 한참이나 괴로워하던 할머니의 기침이 잦아들었고, 안도하며 돌아선 이수는 표정 없는 얼굴로 이쪽을 바라보는 김창운에게 사과를 했다. 그러자 설설 고개를 저은 그가 이내 웃음 띤 얼굴로 약을 건네받았다.

12,300원을 결제하고 처방약과 연고를 건네받고도 나가지 않는 그를 보며 이수는 가운 주머니에 손을 찔러 넣었다. 부스럭거리는 약봉투를 뒷주머니에 넣은 김창운이 망설이다 말을 걸었다.

"저, 선생님."

"네. 말씀하세요."

"혹시 오늘 저녁에 시간 되세요?"

쑥스러운 듯 뒷머리를 긁으며 하는 말에 놀랐는지 눈을 크게 떴던 이수가 이내 짧고 단호하게 대답했다.

"아뇨. 약속이 있어서요. 죄송합니다."

"아, 아닙니다."

"살펴 가세요."

이현이 아니더라도 김창운과 사적으로 만날 생각은 조금도 없었다. 대놓고 말하지 않아도 이미 눈치로 알고 있었다. 그동안 밴드 하나, 소독약 하나, 피로회복제 하나. 어렴풋하던 것을 확실하게 깨달은 이수는 간결하지만 예의를 갖춰 인사했다.

그가 나가고 약국 문을 닫은 이수는 손님 때문에 불편했던지 젓가락만 쥐고 있는 할머니의 곁으로 가 앉았다.

"할머니. 밥 다 식어요. 얼른 드세요."

그제야 다시 도시락에 고개를 돌리는 할머니를 살피며 이수는 약국 앞에 세워진 노란색 어린이집 차를 힐끔 보다 식은 밥을 떠 입에 넣었다.

"할머니. 앞으로도 종종 저랑 같이 밥 먹어요. 아셨죠? 꼭 오셔야 돼요."

이수는 밥을 먹다 말고 자신이 내미는 새끼손가락을 그저 바라만 보는 할머니에게 몇 번이나 같은 말을 하고는 억지로 손가락을 걸어 약속을 받아 냈다. 밥을 다 먹은 뒤, 약국 봉지에 파스와 비타민을 담아 할머니 손에 억지로 쥐여 주었다. 고맙다고, 소리가 나오지 않는 입술을 몇 번이나 움직이는 할머니의 쪼글쪼글한 손을 잡은 이수는 이런 식으로라도 그때의 고마움을 갚을 수 있어 다행이라고 생각했다.

오랜만에 든든하게 챙겨 먹은 밥이 제 힘을 하는지 바람 빠진 리어카가 다른 날보다 수월하게 움직였다.

아들 내외의 집에서 나온 후로 여태 한 번도 보지 못한 손녀딸이 저렇게 예쁘게 자랐을까 싶어 영순은 그리움을 느꼈다.

보태 줄 재산 하나 없고 건강까지 좋지 못한 늙은 노모를 모실지, 이혼을 할지 선택하라며 악을 쓰는 며느리 앞에서 죄인처럼 고개 숙이던 아들의 모습에 남편이 남겨 준 낡은 통장 하나와 옷가지 몇 개만 챙겨 나온 후 어찌어찌하다 여기까지 오게 됐다. 폐지를 주워 하루 벌어 하루 겨우 먹고사는 형편이라 아들과 손녀를 보러 갈 엄두가 나지 않았다.

다세대 주택 지하에 방을 얻고 시장이며 골목 구석구석에서 폐지를 줍기 시작한 지 얼마 되지 않았을 때, 소리도 내지 못하고 주저앉아 우는 약국 아가씨를 만났다. 뭐가 그리 서러운지 몸이 어는 줄도 모르고 앉아 있는 게 안쓰러워 일으켜 줬더니, 그다음부터 볼 때마다 살갑게 음료수 병 하나씩을 주머니에 찔러 주곤 했다.

받기만 하는 게 미안해 일부러 며칠 다른 길로 다녔더니 서운해하는 약국 아가씨를 보고, 비슷한 나이가 됐을 손녀딸에 대한 그리움이 비집고 나왔다. 할머니에겐 그리 살가운 편이 아니었지만 제 아빠를 꼭 빼닮아 보고만 있어도 마냥 좋았다.

동네에 자신 말고도 폐지를 줍는 노인들이 몇명 더 있어 조금이라도 늦장을 부리면 빈손으로 돌아가야 했다. 손녀딸과 아들에 대한 그리움으로 마음은 무겁고 아프지만 리어카 손잡이를 힘껏

끌었다. 오랜만에 맛있게 먹은 밥 덕분인지, 약국 아가씨의 따뜻한 마음 때문인지 무거운 마음은 금세 가벼워졌다.

새로 지은 원룸 건물에 가 엉망으로 쌓여 있는 피자 박스며 플라스틱 용기를 빈틈에 꾹 눌러 담았다.

고장이 났는지 불이 들어왔다 나갔다 하는 좁은 골목 입구에 리어카를 세우고 큰 비닐 하나 챙겨 들던 영순은 뒤에서 나는 인기척에 허리를 폈다, 혹시라도 리어카가 길을 막았을까 조금 더 옆으로 옮겨 놓기 위함이었다. 그런데 바로 그때, 어깨에 끔찍한 고통이 가해졌다.

"으으으어어……."

힘없이 고꾸라진 영순의 옆으로 탕탕 소리를 내며 무언가가 떨어졌다. 쥐어짜듯 낸 소리는 눈앞을 캄캄하게 만드는 통증에 곧 힘없이 사그라졌다. 욱신대는 몸, 고개를 반대쪽으로 돌린 것만으로도 기력이 다한 영순은 가물대는 시야에 어렴풋이 잡힌 형체를 기억하려 애쓰다 툭, 고개를 떨어뜨렸다.

근처 내과에서 팩스로 받은 처방전의 약을 조제해 택배 박스에 넣은 이수는 주소를 적어 카운터 위에 올려놓았다. 아침 일찍 우체국에 가 보내야 했다.

컴퓨터를 끄고 가운을 벗자 일찍 문을 닫은 이현이 약국 문을 열고 들어왔다. 문가에 기대 손을 흔들며 퇴근을 독촉하는 그를 보며 이수는 약국 전화번호를 휴대폰으로 돌려놓고 책상 밑에 있던 핸드백을 꺼내 어깨에 걸쳤다.

"갈까?"

"네. 가요."

불을 끄자 이수 대신 이현이 문단속을 했다. 셔터까지 걸어 잠그자 이수가 옆으로 와 섰다.

"정이수, 손."

오른손을 펴자 그 위로 이수가 포개듯 손을 얹었다.

"예고한 대로 오늘은 내 마음대로 이런 짓 저런 짓 다 할 거야. 아주 음~흉한 짓."

"누가 그렇게 둔대요?"

음흉한 표정으로 손을 꿈틀꿈틀 움직이는 이현을 아프지 않게 밀어낸 이수가 혀를 쏙 내밀고는 재빨리 앞서 걸었다.

"기초공사만 수십 년 한 기분이라니까? 정이수! 어이, 후배님!"

"조용히 좀 해요. 어떻게 된 사람이 부끄러운 것도 몰라."

뒤돌아서 눈을 흘긴 이수가 흘러내린 핸드백 끈을 고쳐 메고 양손으로 귀를 막으며 뛰다시피 했고, 이현은 그런 그녀의 뒤를 바짝 쫓아갔다. 결국 얼마 가지 않아 이현의 손에 잡히고 마는 이수였다.

뒤에서 감싸듯 이수를 끌어안은 이현이 속삭였다.

"집에 가자. 맛있는 거 먹고, 같이 소파에 누워서 영화도 보는 거야."

귀에 닿은 숨결에 파르르 어깨를 떠는 이수를 조금 더 세게 끌어안은 이현이 거듭 속삭였다.

"키스도 할 거고, 만지기도 할 거야. 싫으면 지금 거절해. 싫다고 확실히 말해야 될 거야. 그렇지 않으면 당장 전력질주 할 거거든."

이수의 가슴 위를 교차하듯 가른 두 손이 힘껏 깍지를 꼈다. 꾹, 아플 정도로 이현에게 밀착된 이수는 잠시 눈을 감았다 떴다. 천천히, 그녀의 입술이 움직였다.

이현의 오피스텔은 이수의 집에서도 그리 멀지 않은 곳에 위치해 있었다.

미리 경고한 대로 이현은 이수의 손을 잡고 집까지 전력질주했다. 숨이 차 제대로 허리도 펴지 못하는 그녀의 등을 떠밀다시피 했다.

"소파가 참…… 비싸 보여요. 혼자 쓰기엔 좀 크지 않아요?"

집 안은 혼자 사는 집 같지 않게 단정하게 정리되어 있다. 전체적으로 썰렁하다 싶을 정도로 심플하지만, 남자 혼자 사는 집답지 않게 잘 꾸며진 인테리어와 복층 계단 아래 자리 잡고 있는 커다란 소파가 인상 깊었다. 무엇보다 비싸 보였다.

"남자의 로망이 반영된 훌륭한 사이즈지."

"무슨 로망요?"

"'여보~ 과일 드세요.' 하는 소리가 들리면 서재에서 책을 읽다 거실로 쪼르르 달려와서 정이수의 무릎을 베고 눕는 거야. 다리 쭉 펴고 누워 영화도 보고 드라마도 보고 그러다 밤이 깊어지면 부부가 할 수 있는 이런저런 짓을 하는 거지. 실현되길 소망하는 머릿속 수많은 로망 중 하나야."

"로망보단 망상 아닌가요? 여보는 무슨. 부탁인데 제발 혼자 앞서가지 좀 말아요. 그리고 이런 짓 저런 짓은 대체 뭐예요? 그 머릿속으로 뭘 상상하는 건데요?"

"알고 싶나, 정이수? 듣고 놀라지 않을 각오는 되어 있나, 정이수?"

이수는 은근한 투로 물어 오는 그에게 재빨리 거절의 의사를 밝혔다. 혹시라도 네, 라고 잘못 대답했다가는…… 이 자리가 굉장히 창피하고 불편해질 것 같아서였다. 그리고 그 판단은 정확했다.

"아뇨. 됐어요. 생각해 보니 듣지 않는 게 좋을 것 같아요."

"아깝네. 눈으로 보는 것처럼 상세하게 설명해 줄 수도 있는데."

됐다며 눈을 흘기는 이수를 소파 정 가운데 앉힌 이현이 그 옆에 찰싹 붙어 앉았다. 그에게 빼앗긴 손은 자유를 잃었다. 가지고 놀기 좋은 인형처럼 작은 손을 가지고 놀던 이현이 문득 아무렇지 않은 얼굴로 말했다.

"대체적으로 사방이 막힌 공간에 남녀가 단둘이 남겨질 경우, 남자는 어떤 식으로든 내재된 짐승성을 드러낸다고 해."

뜬금없는 말이었다. 이현은 기지개를 켜는 척 소파 위로 두 다리를 길게 뻗다가 그대로 상체를 뒤로 젖히고 이수의 무릎에 뒤통수를 댔다.

"그리고 짐승성을 드러낸 남자는 점잖은 신사인 척할 줄 아는 현명한 짐승과 배꼽 아래가 하늘 높은 줄 모르는 멍청한 짐승, 이 두 가지의 유형으로 나뉘게 돼. 단 한 끗 차이의 판단으로."

"사방이 막혔고 지금 여기엔 선배랑 나랑 둘밖에 없는데, 지금 그 말, 의미심장하게 들린다면 제 착각일까요?"

"글쎄. 어떨까?"

"질문을 바꿔서 그 짐승성이라는 게 드러났다는 가정하에 선배는 두 부류 중 전자에 속해요, 후자에 속해요?"

"나야 정이수 하기 나름. 기초공사 마무리하게 마감재라도 깔아 주면 다정하고 현명한 짐승이 되겠지. 옵션으로 점잖게 야하기까지 한."

이현이 웃으며 베개 삼은 허벅지에 머리를 비볐다. 오래된 연인처럼 스스럼없는 행동에 눈만 깜빡이던 이수는 눈을 감은 잘생긴 얼굴을 검지 끝으로 콕 찔러 댔다.

"은근슬쩍 남의 다리를 죽부인으로 쓰지 말아 주시겠어요?"

자신의 말에 이현은 아예 팔로 허리를 감아 버렸다. 떼어 내려 해도 힘으로는 도저히 이길 수 없자 얄미운 마음을 담아 이마를 손바닥으로 제법 세게 때렸다. 찰싹 하고 부딪치는 소리가 꽤 크게 났는데도 아프지 않은지 웃는 낯은 여전하다.

정식으로 교제를 시작한 것도, 자신의 감정에 대한 확신도 그 어떤 것도 아직 뚜렷하지 않다. 단지 고승우를 비롯한 수많은 사람들과의 불편한 관계를 핑계 삼지 않기로 마음먹었을 뿐이고, 그렇게 다짐하자 놀랍게도 복잡하던 머리와 가슴이 편해졌다.

자신을 생각하면 일 분이 십 분처럼 짧기만 하다는 이현처럼, 그녀도 하루에 몇 번씩 그를 떠올리는 것만으로도 일 분 같은 십 분을 보내기 시작했다. 어쩌면 이런 게 바로 사람들이 말하는 '사랑' 일지도 모르겠다는 생각이 들었다.

"이수야. 참 좋다."

"뭐가요?"

"내 공간에서 이수 무릎 베고 누워 있는 것도 좋고, 이렇게 깍지 끼고 있는 것도 좋고, 네가 장난을 받아 주는 것도 다 좋아. 무엇보다 제일 좋은 건…… 정이수가 목젖이 보이게 깔깔 웃는다는 거야."

깍지 낀 이수의 손을 자신의 가슴에 포개 올려놓은 이현이 눈을 감은 채 중얼거렸다. 혼잣말처럼 '그 좋은 걸 같이 공유할 수 있으면 좋겠다.' 고 중얼거린 그의 말에 이수의 가슴이 공에 맞고 흔들리는 골대의 그물처럼 한없이 출렁거렸다.

복잡하게 일렁이는 감정에 이수가 윗입술로 아랫입술을 감쌌다. 입술 옆으로 움푹, 보조개가 파일 때까지 입술을 앙다물다 천천히 힘을 뺐다.

얼굴을 간지럽게 하는 말 한 마디 한 마디에 이수의 가슴에 상흔을 남긴 몇 안 되는 기억들이 정말 완벽히 자취를 감춰 버렸다. 이현이라면, 손을 잡고 당당히 모두의 앞에 나서 새롭게 사랑을 시작하게 되었노라 말할 수 있을 것 같았다.

"선배."

충동처럼 입술을 열고 이현을 불렀다. 감긴 그의 눈이 떠지고, 시선이 자신에게 와 닿자 용기를 내기 위해 입술을 축였다. 윗입술과 아랫입술이 빨갛고 말랑말랑하게 변했다. 그런데도 더 많은 용기를 필요로 하는지 그다음 말이 생각처럼 쉽게 입술 밖으로 나오질 않았다. 글자들이 목에 턱 걸린 기분이다.

답답한 듯 눈을 감았다 뜨며 침을 삼키는 그녀를 보며 몸을 일으킨 이현이 잠시 기다리라며 주방으로 들어갔다.

금방 돌아올 걸 알면서도 이현이 모습을 감추자 이수는 다급함을 느꼈다. 손이 허공으로 올라가 우뚝 멈춰 버렸다.

그 순간 정체를 알 수 없는 감각이 가슴에서 불길처럼 거세게 일었다. 억지로 집어삼키려 해도 화라락 번지는 그 불길을 따라 허공에 멈춰 있던 손으로 주먹을 쥐고 가슴을 내리치기 시작했다.

쿵— 쿵—

"왜 이래……."

가슴을 쳐도 이상한 감각이 사라지지 않아 이수는 결국 입고 있던 옷을 잡아당겨 헤집어 봤다. 없다. 불길이 솟은 것 같은데, 끔찍한 열 자국이라도 있을 것만 같은데 아무것도 눈에 보이지 않는다.

"이수야. 정이수?"

옷깃을 잡아 늘린 채 넋을 잃은 사람처럼 멍하니 앉아 있는 그녀를 발견한 이현이 물컵을 바닥에 내려놓고 이수의 어깨를 가볍게 흔들었다. 그런 뒤 다시 물컵을 들어 이수의 입가에 가져다 대자 차가운 액체가 그녀의 입술을 타고 흘렀다.

반사적으로 물줄기를 닦아 낸 이수는 그제야 고개를 들어 이현을 똑바로 응시했다. 가까이서 보이는 담갈색 눈동자엔 오롯이 이수, 자신만이 담겨져 있었다. 상대방의 눈동자에 이렇게나 선명하게 모습이 들어찰 수 있다는 사실을 처음 알았다.

"왜 이렇게 사람을 놀라게 해?"

정말 놀란 듯 가슴을 들썩이는 그를 보며 그제야 깨달았다. 몸과 마음이 뒤흔들리며 타는 듯한 괴로움에 휩싸인 이유에 대해서 말이다. 그것은 아마도…… 조금 전 지레짐작 했던 사랑이라는 감정이 정말로 그녀의 마음에서 확실히 싹을 틔웠기 때문일 것이다.

"선배."

5, 4, 3, 2, 1. 다섯 개의 숫자를 거꾸로 센 이수가 다시 이현을 불렀다. 그의 손에 들린 컵을 빼앗아 소파 아래 내려놓고 자신이 원하는 것을 말했다.

"저랑 사귀실래요?"

마치 저녁 먹을래요? 하듯 간결한 말에 이현은 잠시 귀를 의심했다. 바보처럼 뭐? 하고 되물었다. 그런 그에게 이수가 다시 한 번 힘을 줘 말했다.

"선배랑 연애하고 싶다고요."

그 순간 이현의 얼굴이 이마에서부터 목까지 빠른 속도로 붉게 물들기 시작했다. 잘 익은 석류처럼 금방이라도 톡 터져 버릴 것 같은 얼굴에 서서히 기쁨이 번져 나가기 시작했다.

"이수야. 나 한 번만 꼬집어 주라."

그러다 이내 정색하며 이수의 손을 잡아 자신의 팔에 올려놓고 부탁했다. 이게 진짜일 리 없어 하는 듯한 얼굴에 이수가 시키는 대로 냉큼 힘을 줘 이현의 팔을 세게 꼬집어 비틀었다.

짧게 아픔을 토한 이현이 바보처럼 웃더니 이번에는 자신의 손으로 이수의 팔을 세게 꼬집었다. 단말마의 비명이 터져 나왔다.

"가만히 있는 사람은 왜 꼬집어요?"

빨갛게 자국이 남은 팔을 문지르며 억울한 듯 이수가 볼멘소리를 하자 이현이 바보처럼 멍한 얼굴로 중얼거렸다.

"이게 웬 리얼한 꿈인가 싶어서. 이수야. 너도 아파하는 걸 보니 같은 꿈을 꾸고 있는 모양이다."

꿈도 아픈가 하며 실성한 사람처럼 웃음을 흘리는 그를 보며 이수는 먼저 사귀자고 한 것이 살짝 후회가 되었다. 큰맘 먹고 한 고백을 꿈으로 치부해 버리는 바람에 이수는 살짝 삐치고 말았다.

절정에 다다를 무더운 여름이라는 걸 알리듯 갑자기 쏟아져 약을 올리던 비가 말끔히 그치고 햇볕이 내리쬐기 시작했다. 사납게 튄 빗방울 자국을 마른 걸레로 닦아 내던 이수는 널찍한 잎사귀가 바람에 나풀대는 건너편 꽃집이 보이게 유리창에 등을 대고 섰다.

어젯밤을 시작으로 이수는 이현과 연애를 시작했다. 새벽부터 일찍 집으로 찾아와 몇 번이나 꿈이 아니었음을 확인한 이현은 그제야 안심이 되는지 자신의 거실을 차지하고 누워 버렸다. 그런 그를 두고 출근한 이수는 뒤늦게 자신을 따라와 툴툴대는 이현의 등을 꽃집으로 떠밀었다.

많은 수의 손님이 드나드는 꽃집을 이따금씩 바라보던 이수는 자신도 모르게 웃고 있었다. 오늘따라 즐거워 보이는 그녀의 모습에 약국에 방문한 손님들이 좋은 일이 있느냐고 물을 정도였다.

부르르, 가운 주머니가 떨리며 간지러움을 느낀 이수가 휴대폰을 꺼냈다. 친구 소현의 이름을 확인하고 귀에 가져다 대자 언제

들어도 기분 좋은 하이톤의 목소리가 쩌렁쩌렁하게 울렸다.

— 정이수우~!

“어, 왜.”

— 너 소개팅 안 할래?

“뜬금없이 웬 소개팅?”

— 어제 신랑 친구들이 놀러왔는데 웬일이니, 완전 강동원 급 페이스와 기럭지인데 훈훈하게 돈까지 잘 버는 사람이 있네? 관우 씨가 너랑 엮어 주라고 노래를 한다, 노래를 해. 네 얘기 했더니 그 친구도 관심 있어 하는 눈치고.

“소현아.”

— 스톱! 무조건 거절하지 말고 잘 좀 생각해 봐. 옆에서 보니까 사람 진짜 괜찮더라.

이번에도 무조건 거절하면 속이 상할 것 같다는 소현의 말에 이수는 입술을 지그시 물었다. 말해야 할까, 잠시 고민을 하다 천천히 입술을 열었다. 단짝으로 붙어 지내며 고승우의 가족들에게 시달리던 모습을 하나도 빠짐없이 봐 왔던 그녀에게는 이현에 대해 말을 해야 할 것 같았다.

“소현아. 나 할 말 있는데.”

— 할 말? 거절 빼고 다 해 봐. 뭔데? 왜? 나 모르게 애인이라도 생겼어?

“응.”

— 아, 생겼구…… 뭐?

“나, 사귀는 사람 생겼어.”

농담처럼 한 말에 진지한 대답이 돌아오자 소현은 놀란 듯 잠시 아무런 말도 하지 않았다.

— 어우, 깜짝이야. 하마터면 놀라서 애 나올 뻔했네. 정이수. 야, 너 진짜야? 너 나한테 말도 안 하고 맞선 본 거야? 이 치사탱이야. 네 애인은 내가 고르고 골라 준다니까.

한참 만에 소현이 서운함을 토해 냈다. 묵묵히 듣고만 있던 이수는 가만히 소현의 이름을 불렀다. 잠시 잠잠해진 틈을 타 이현과 사귀게 되었음을 고백했다.

"너도 아는 사람이야."

— 야! 너 혹시 그 인간이랑 다시 만나는 거 아니지? 너 그러기만 해 봐, 쫓아가서 머리털 밀고 절에다 처박아 놓을 줄 알아!

아는 사람이라는 말에 제일 먼저 떠오른 사람이 고승우인 듯 소현이 잔뜩 흥분해 소리쳤다. 얼마나 목소리가 큰지 휴대폰을 대고 있는 귀가 따가울 정도였다. 흥분해 씩씩대는 숨소리가 고스란히 들렸다.

"아니야. 그 사람."

— 진짜 아니야?

"그럴 리가 없잖아."

이수의 말대로 그럴 리 없다는 걸 알면서도 혹시나 하는 마음에 흥분을 했던 소현이 단호한 대답에 그제야 거친 숨을 가라앉혔다.

— 후우. 어우, 야 이번에는 진짜 애 나올 뻔했어. 누구야? 내가 아는 네 주변 남자라고 해 봐야 손에 꼽는데.

"말하기 전에 약속 하나만 해 줘."

— 뭔 약속? 야, 너 혹시 임자 있는 남…… 에이, 아니지? 바른생활 소녀 정이수가 그럴 리 없지. 암. 암암.

무슨 상상을 하는지 수시로 변하는 소현의 목소리에 이수가 옅게 미소를 지었다. 이현과 사귀게 되었다고 말을 하면 어떤 반응을 보일지 궁금했다.

"다른 사람은 몰라도 너는 우리 보면서 불편해하지 않았으면 좋겠어."

— 정이수. 사람 불안하게 하지 말고 그냥 빨리 말해. 나 낼모레가 산달이야. 가슴 졸이게 하지 말고 빨리 말해. 왜? 진짜 떳떳하지 못한 관계라도 되는 거야? 어디, 이름만 대면 알 만한 집 유부남 아들이라도 돼?

"사귀는 사람, 이현 선배야."

— 이현 선배? 이현, 이현, 이현…… 이현? 김이현? 이현 오빠? 진짜 이현 오빠랑 사귄다고?

"응. 그렇게 됐어."

혹시라도 이현을 껄끄럽게 여기진 않을까 조마조마했지만 그런 걱정이 무색하게도 소현은 그저 호탕하게 깔깔 웃었다. 그것도 저렇게 웃다 정말로 배에 힘이 들어가 진통이라도 하는 건 아닐까 걱정이 될 정도로 크게 말이다.

— 진짜 이현 오빠라 이거지? 이 오빠 접때 나한테 술 먹고 전화해서 진상 부린 이유가 있었구만? 요거 요거, 아주 대박이야.

"괜찮아?"

— 야, 괜찮지 그럼. 와, 이 소식 은정이 지지배한테도 알려야

하는데. 안 그래도 은정이 고게 결혼식에 이현 오빠 온 거 보고 고씨 그 인간 똥 씹은 표정 좀 보게 너랑 엮어 주라고 난리였거든. 이 소식 들으면 좋아 죽겠다.

"다행이다. 싫어할까 봐 걱정했는데."

— 내가? 내가 왜 싫어해? 그만한 남자가 우리 신랑 빼고 어디 있다고.

"둘이 친구잖아."

이현의 고백에 가장 먼저 떠오른 사람이 고승우인 것은 어쩔 수 없는 일이다. 하지만 어쩌면 어느 순간 곁에 와 살랑대는 봄바람처럼 다정하고 포근한 이현에게 진작부터 마음이 움직인 걸지도 모른다. 다만 껄끄럽게 박혀 있는 이름 하나 때문에 자신의 마음을 부정하고 있었을 뿐.

— 별걱정을 다 한다. 그 인간이랑 결혼을 했냐, 애를 낳았냐? 아니 막말로 결혼했다가 이혼을 했더라도 어때? 호적만 깔끔하면 됐지. 정이수 혼자서 얼마나 많이 삽질했을지 눈에 훤하다, 훤해.

"그 사람도 그렇게 말하더라. 그 말이 맞아. 나도 그렇게 생각은 하는데 쉽게 받아들일 수가 없었어. 나야 그렇다 쳐도 이현 선배까지 안줏거리 될 텐데."

— 야, 다들 먹고 살기 바빠. 정이수랑 고승우가 뭐 그렇게 대단한 사람들이라고 아직까지 관심을 두겠어? 그리고 지들은 뭐 대학 때 연애 한번 안 하고 수도승처럼 살았대? 동문회? 야, 가지마. 머리에 똥 찬 것들만 모여서 아파트가 몇 평이고 연봉이 얼마고 자랑질이나 하는데 뭐 하러 가? 그것들 입방아 찧어 대는 거

뭐한다고 신경을 써?

소현이 열이 받았는지 식식거리는 소리가 수화기 너머까지 들려왔다. 안 봐도 어떤 얼굴을 하고 있을지 훤히 그려져 이수는 난감한 표정을 지었다. 곧 있으면 애 엄마가 되는데도 불같은 성격은 여전했다. 한참 쏟아 내고도 모자랐는지 새된 음성이 계속해서 이어졌다.

— 그리고 친구? 야, 너 지금 당장 이현 오빠한테 고승우랑 친구였는지 물어봐. 똥 씹은 얼굴 할걸? 너만 모르지 웬만큼 눈치 있는 사람들은 두 사람 앙숙인 거 다 알고 있어.

제가 아무리 술 사 주고 밥 사 주고 해도 피리 부는 사나이처럼 이현이 나타나기만 하면 후배고 동기고 줄줄이 그를 따라가는 것을 보며 고승우가 이현을 얼마나 미워했는지 소현은 알고 있었다. 그저 티를 내지 않았을 뿐.

어울릴 것 같지 않은 두 사람이 어쩌다 사귀게 되었는지는 모르겠지만…… 소현은 약국과 집밖에 모르던 이수가 드디어 연애를 한다는 사실이 무척이나 기뻤다.

— 그럼 여기서 잠깐. 진도는 어디까지 빼셨나? 우리 정이수 양.

장난기 가득한 물음에 이수의 얼굴이 확 불타올랐다. 누가 있는 것도 아닌데 부끄러움에 손부채질을 했다.

“사귄 지 겨우 하루 됐거든?”

— 야, 나 우리 신랑이랑 맞선 본 날 잤어. 내 거다 싶으면 그 자리에서 침 바르는 거지 뭔 내숭이야?

내숭 떨지 말라며 코웃음 치는 그녀에게 이수는 아무런 대꾸도 하지 못했다. 그저 한 손으로 휴대폰을 든 채, 다른 한 손으로는 열심히 바람만 일으켜 댈 뿐이었다.

— 그래서, 연애한 지 하루나 된 정이수 씨. 진짜 어디까지 진도 뺐어? 뭐라도 했으니까 사귀기로 한 거 아니야? 손? 입술? 야, 우리 사이에 뭘 감추냐? 손만 잡았어?

이수는 잿밥에 관심을 보이는 소현에게 어쩔 수 없다는 듯 작게 대답했다.

"키스."

— 키스? 오오, 그 오빠 점잖게 봤는데 할 땐 또 제대로 하네? 테크닉은 어때? 막 요래 요래 혀가 현란하디? 혀 놀림이 메시의 발재간만 해?

"넌 내일모레 애 엄마 될 애가 부끄러운 것도 모르고."

— 아이고 내숭은. 불타오르면 뒤로 이런 짓 저런 짓 다 할 거면서.

짓궂은 장난에 이수는 한숨을 푹 내쉬었다. 온몸에 열이 올라 약국 문까지 열어야 했다. 귀까지 화끈거리는 탓에 들고 있던 휴대폰을 슬쩍 무릎에 내려놨다. 그러다 스피커 버튼을 눌렀는지 소현의 목소리가 쩌렁쩌렁하게 울려 얼른 휴대폰을 고쳐 잡았다.

— 정이수. 나 애 낳기 전에 이현 오빠랑 양평에 한번 와. 나보단 몸 가벼운 네가 오는 게 낫지 않겠어? 오빠한테 얘기해 봐.

"알았어. 얘기해 볼게."

— 호호. 진짜 생각할수록 대박이다. 으이구 깜찍한 정이수. 오

늘 전화 안 했으면 얼마나 더 숨길 생각이었어?

조만간 말할 생각이었다는 통하지도 않을 핑계를 댄 이수는 마녀처럼 깔깔 웃는 소현에게 오 분 가까이 더 시달리고서야 자유의 몸이 됐다. 어쩌면 십 분 후쯤 은정에게서도 전화가 걸려올 것 같은 불안함 예감에 슬쩍 휴대폰의 전원버튼을 꾹 눌렀다. 액정이 까맣게 변하고 나서야 안도의 한숨을 내쉬었다.

일동 시장 입구에 있는 중앙 약국이 다른 지역으로 옮겨 갔다. 그 바람에 시장 근처 내과와 이비인후과의 환자들이 처방전을 들고 봄 약국으로 왔다. 종종 있는 일이라 혼자서도 충분히 감당할 수 있는데도 이현은 꽃집 문을 걸어 잠그고 넘어왔다.

"이수야. 모사로(소화 장애에 처방되는 약) 어디 있어?"

처방전을 입력하던 이수가 조제실 안의 작은 의자에 발을 딛고서 맨 위 안쪽에서 뜯지 않은 작은 상자를 꺼내 아래에 서 있는 이현에게 건넸다. 이수가 안전히 내려올 수 있도록 손을 잡아 준 이현은 흘러내린 머리를 추슬러 주며 교대를 했다.

"김서경 님."

조제실에서 건네받은 약 봉투에 복용법을 체크한 이현이 이름을 호명하자 아기를 등에 업은 젊은 여성이 지갑을 꺼내며 카운터로 왔다.

"김서경 님. 약은 총 2일분 하루 세 번, 식후 삼십 분 후에 복용하시고요. 소화에 문제가 없으시면 제일 작고 동그란 약은 빼고 복용하셔도 됩니다. 주황색 약은 항생제예요. 염증 때문에 처방된

약이니까 잘 구분하셔서 복용하세요."

"네. 감사합니다. 수고하세요."

이현은 삼천 원을 받아 금고처럼 사용하는 두 번째 서랍에 넣고 등에 업힌 아기에게 손을 흔들었다. 아기는 낯가림 없이 순한 성격인지 꺄르르 웃어 댔다. 그때 드러난 앙증맞은 치아에 시선을 빼앗긴 이현이 손수 약국 문을 열어 배웅했다.

늘 그렇듯 썰물처럼 한꺼번에 손님이 빠져나가고 나니 다시 약국이 잠잠해졌다.

이현이 깍지 낀 손을 머리 위로 쭉 늘리며 기지개를 켜는데 조제실 안쪽에서 나온 이수가 머그잔을 건넸다. 티백에서 우러난 구수한 향을 코로 한껏 들이 마시고 호호 바람을 불어 식힌 뒤 입으로도 차를 즐겼다.

"힘들지? 어깨 좀 주물러 줄까?"

"괜찮아요. 그런데요 선배. 자꾸 가게 비우지 마요. 하루 종일 손님이 많은 것도 아니고 잠깐만 이래요. 혼자서도 충분하니까 자꾸 자리 비우지 말아요. 그 잠깐 사이에 왔다가 가는 손님들은 어떻게 해요? 그 사람들도 몇 번 그러면 아예 다른 곳으로 갈 거예요."

머그잔을 내려놓은 이수가 진지하게 말을 건넸다.

"몇 달이지만 써니 플라워 사장님한테 폐를 끼칠 수도 있어요. 도와준 건 정말 고마워요. 큰 도움이 됐어요. 그렇지만 앞으로는 꽃집을 우선으로 했으면 좋겠어요. 잠깐이라도 선배가 맡아서 하는 거니까 책임감 가지고요."

고맙다고만 생각했는데…… 꽃집 문을 흔들다 돌아서는 손님을 본 후로 마음이 좋지 않았다. 서운함을 느끼지 않도록 조심스럽게 말을 한 이수는 다행히도 웃으며 고개를 끄덕이는 이현을 보고 안도하는 표정을 지었다.

"그래도 커피랑 밥은 여기 와서 먹을 거야."

"그것까진 안 말려요."

이현은 소파에 나란히 앉아 이수의 손가락을 자신의 손가락 사이사이에 넣고 꽉 움켜잡았다. 그 흔한 매니큐어 하나 바르지 않은 작고 동그란 손톱이 앙증맞았다. 짧게 깎아 단정한 손톱마저도 이현의 마음에 쏙 들었다.

"선배. 오전에 소현이랑 통화했어요. 소개팅하라길래 선배랑 사귄다고 말했는데…… 괜찮아요?"

엄지와 검지로 이수의 손톱을 빙글빙글 돌리듯 문지르던 이현이 이수의 말에 가만히 입꼬리를 말아 올렸다. 눈꼬리까지 사륵 접히도록 웃는 모습에 이수도 따라 웃었다.

"잘했어. 착하다, 정이수."

소개팅이라는 말에는 살짝 욱했지만 다른 사람도 아닌 소현에게 두 사람의 관계에 대해 말했다는 이수가 예쁘고 고마워 이현은 그녀의 동그란 정수리를 쓱쓱 어루만졌다. 늘 하는 행동인데도 달라진 관계 때문인지 다른 때보다 더한 부끄러움에 이수가 한쪽 어깨를 뒤로 뺐다. 그런 행동을 이현은 모른 척해 주었다.

"애 낳기 전에 선배랑 같이 양평에 오래요."

"좋지. 그래도 양평보다는 영동에 먼저 갔으면 좋겠어."

"아아……."

"강요하는 건 아니지만."

부담은 갖지 말라는 그를 이수가 가만히 바라봤다. 자신 몰래 정선까지 가 아들처럼 이것저것 살피고, 아빠의 제사상까지 차려 주던 이현의 바람을 차마 모른 척하기가 어렵고 미안했다. 걱정은 조금 되지만 이현의 부모님이라면 분명 좋은 분들이실 거란 생각이 들었다.

결혼이란 단어를 꺼내기엔 갈 길이 먼, 이제 막 시작한 관계이지만 이현이 은경에게 했듯이 자신도 이현의 부모님에게 좋은 모습을 보여 드릴 수 있지 않을까 하는 생각이 들었다. 그런 걱정을 가슴에 묻어 두고 이수는 자신의 손을 덮고 있는 커다란 손을 툭 가볍게 건드렸다.

"같이 가요. 선배처럼 살갑게 행동할 수 있을지는 잘 모르겠지만 괜찮다면…… 같이 가요."

같이 가자는 그 한 마디에 세상 모든 걸 다 가진 듯 이현의 얼굴이 환해졌다.

"장담하는데 정이수가 집에 들어서는 그 순간부터 하나뿐인 아들은 집에서 키우는 개보다도 서열이 낮아질 거야."

"에이."

예쁘게 눈을 흘기자 이현이 한쪽 볼을 위로 씰룩이며 혀를 찼다.

"가서 봐. 내 말이 맞나 틀리나."

이현의 호언장담에도 이수가 말도 안 된다며 가볍게 웃어넘겼다. 어제 오늘 예쁜 말만 하는 이수를 품에 꼭 끌어안은 이현이 다정하게 속삭였다.

“가면 이현이 포도나무 옆에 이수 포도나무도 심고 오자. 그리고 내년이나 내후년쯤엔 우리 아들이나 딸의 이름을 딴 포도나무도 심는 거야. 이현이네 약국도 보여 줄게. 낡아서 문이 열릴 때마다 기름칠 좀 해 달라고 곡소리를 내기는 하는데, 그래도 앞으로 이십 년은 끄떡없을 거야.”

“가 보고 싶어요. 그런데 나…… 조금 걱정돼요. 선배 보면 얼마나 좋은 분들이실지 알겠는데, 그래도 걱정이 돼요.”

“이해해. 그래도 나 한 번만 믿고 따라와 봐. 우리 부모님들은 분명 나 데려가주는 것만으로도 감지덕지하실 분들이셔. 자기 아들이 굉장히 흠이 많은 줄 아시거든. 응? 그러니까 나 믿고 같이 가자. 내가 사랑하는 사람이라고 부모님께 자랑하고 싶어.”

이수는 대답 대신 자신의 허리를 감싸고 있는 손을 살짝 잡았다. 충분한 대답이되었는지 이현의 미소가 짙어졌다.

그가 조제실 구석에 앉아 하얀 가운을 입고 뚝딱뚝딱 마술사처럼 약을 조제하는 아버지를 보며 자랐을 소중한 그곳이 이수도 살짝 궁금해졌다.

좀처럼 울리지 않는 약국 전화기가 울릴 때까지 이수는 이현이 들려주는 고향 이야기에 푹 빠져 있었다.

06_

약국에서 차로 십여 분 거리에 있는 병원에 도착해서도 이수는 팔다리가 후들거려 쉽사리 차에서 내리지 못했다. 결국 이현에게 부축을 받다시피 해 응급실이 있는 건물로 들어갈 수 있었다.

"말씀 좀 여쭙겠습니다. 새벽에 이송되어 오신 할머니가 계시다고 연락을 받았는데요."

칸칸이 커튼이 쳐진 이동식 침상을 지나 스테이션에 간 이현이 묻자 연분홍색 가운을 입은 간호사가 구석을 가리키며 말했다.

"환자분 인적사항을 알아야 하는데 보호자 연락처를 물어도 도통 말씀을 안 하시네요. 할머니는 견갑골 골절이세요. 기본적인 검사 비용도 수납처리 되지 않아서 퇴원도 좀……. 할머니 조끼 주머니에 약국 봉투가 있길래 혹시 아실까 해서 연락드렸어요."

곤란한 듯, 그러면서도 안쓰러운 눈으로 구석진 곳을 가리키는 간호사에게 대략적인 설명을 들은 이수가 이현의 손을 꼭 붙잡았다.

"폐지 줍다 이렇게 되셨다는데…… 어떤 나쁜 놈인지 몰라도 어떻게 저런 분을."

"수납할게요. 필요한 검사 다 받으시게 해 주세요."

보호자와 연락이 닿지 않는 사이 지구대에서도 왔었던지 이것저것 묻지도 않은 말을 하는 간호사에게 검사를 요청한 이수가 이현의 부축을 받아 한쪽 어깨에 붕대를 감고 힘겹게 기대 있는 할머니에게 다가갔다.

"할머니."

목에 힘을 주었는데도 울음 섞인 소리는 감출 수 없었다. 들릴 듯 말 듯 작은 이수의 부름에 할머니가 힘겹게 고개를 들었다. 하룻밤 사이 오른쪽 볼이 새까맣게 멍이 든 할머니의 모습에 이수의 다리가 휘청거렸다. 재빨리 이현이 부축했다.

어떻게 왔느냐며 그 와중에도 반가운 기색을 보이는 할머니의 모습에 이현은 치미는 분노를 이기지 못하고 땅이 꺼질 듯한 숨을 내쉬었다.

"할머니. 누가 이랬어요? 어떤 나쁜 놈이 할머니한테 이랬어요?"

더 참지 못하고 이수의 눈에서 눈물이 흘렀다. 반쯤 몸을 구부리고 할머니의 손을 잡은 이수가 꾸역꾸역 소리를 냈다.

"할머니. 많이 아프셨죠? 어떡해요? 어떡해……. 선배. 선배……. 할머니 어떡해요? 할머니한테 누가 이랬어요? 왜? 누가 이래?"

무릎을 꿇고 앉아 소리 없이 눈물을 흘리는 이수를 보며 괜찮다는 듯 손을 뻗던 할머니가 통증이 밀려오는지 눈을 질끈 감아 버렸다. 그 모습에 이현은 돌아서서 혼자만 들리게 한숨을 내쉬었다.

한숨이 꽤 깊었나 보다. 흰머리 희끗한 택시 기사님과 눈이 마주쳤다. 시선을 피해 창밖으로 고개를 돌린 이수는 복잡한 마음을 삭이듯 작은 한숨을 내쉬며 입술을 물었다.

미리 수납까지 해 가며 2인실로 모신 할머니가 환자복만 곱게 개켜 두고 사라져 버렸다. 수중에 있던 꼬깃꼬깃한 만 원짜리 지폐 한 장과 고맙다는 짧은 편지 하나를 남겨 두고.

신세를 지는 게 미안하셨던 모양이라는 간호사의 말에 눈물이 핑 돌았다. 깁스를 한 할머니가 병실에서 나가는 것도 몰랐느냐고 따져 묻고 싶었지만 그럴 수 없었다. 병실이 간호사 스테이션보다 엘리베이터에서 더 가깝다는 걸 알기 때문이었다. 도망치려고 마음만 먹으면 업무로 바쁜 간호사의 눈을 피하는 것쯤은 손쉬운 일이었다.

할머니가 남긴 지폐 한 장과 편지를 주머니 깊숙이 찔러 넣고 약국으로 돌아오는 내내 이수의 머릿속은 할머니에 대한 걱정과 안쓰러움으로만 가득했다.

아무 의미 없이 건넨 한 마디의 말이, 단 한 번의 손짓이, 때론

상대에게 엄청난 위로가 되기도 한다. 할머니를 처음 만난 날이 이수에게 그런 날이었다. 주저앉아 혼자 힘으로는 다시 일어나기 유독 힘들었던 그런 날, 주고받은 말은 없지만 엉덩이를 툭툭 털어 주던 그 따뜻한 손길에 이수는 힘을 낼 수 있었다.

햇살을 핑계 삼아 손등으로 눈가를 누르던 이수는 다른 날과 달리 좁은 골목길을 혼자 걷기가 싫어져 조금 더 안으로 들어가 달라는 부탁을 했다.

"여기서 세워 주세요."

거스름돈도 사양하고 꽃집 앞에 멈춰 선 택시에서 내리자, 이수가 오기만을 기다린 건지 이현이 곧바로 문을 열고 나왔다. 오는 길에 걱정이 된 듯 걸려 온 전화를 받아 할머니가 없음을 설명했던 이수는 별다른 말없이 팔을 벌리는 이현의 품에 고단한 듯 얼굴을 묻었다.

"들어가자."

이수의 가방에서 약국 열쇠를 찾아 문을 연 이현이 그녀를 안으로 부축하듯 데리고 들어갔다. 소파에 앉은 이수는 가만히 이현의 어깨에 머리를 기댔다.

볼 때마다 건넨 음료수 하나에도 주는 손이 민망할 정도로 미안해하던 분이니 마음 편해하진 않을 거란 것쯤은 알고 있었다. 그렇지만 그 몸으로 병원에서 몰래 사라지실 줄은 몰랐다.

눈물 대신 가만히 눈을 감고 있는 이수의 얼굴을 끌어안은 이현은 가만가만 그녀의 손을 토닥였다.

"괜찮으실 거야."

"할머니 가족 없이 혼자이신 것 같았어요."

약이라도 챙겨 가셨다면 이렇게까지 걱정을 하진 않았을 텐데. 시름이 깊은 이수를 보며 이현도 안타까워했다. 잔정은 많지만 드러내 놓고 살갑게 구는 성격은 아닌 이수가 무슨 이유로 이렇게까지 할머니를 챙기는지 자세히는 알지 못한다. 하지만 어렵게 폐지를 모아 생활하는 할머니에게 인간으로서 하지 말아야 할 행동을 저지른 나쁜 인간만큼은 꼭 벌을 받길 진심으로 바랐다.

"괜찮아. 괜찮으실 거야."

지금으로서는 '괜찮으실 거다.' 라는 그 한 마디밖에 해 줄 수 없었다.

이수는 멍하니 들고 있던 청첩장을 키보드 위에 내려놓았다. 같은 건물 3층 피부과에서 근무하는 간호사가 결혼을 한다며 가져다준 것이었다. 데면데면, 인사나 겨우 나눌 뿐인데 청첩장을 들고 온 넉살에 놀랐지만 앞에서 티를 내진 않았다.

다시 청첩장을 들어 날짜와 장소를 확인한 뒤 서랍에 고이 넣어 두고 잠시 놓아 둔 일을 다시 시작했다. 유독 손님이 없어 모처럼 전산상의 재고와 실재고를 확인해 재고 일지를 정리하던 참이었다.

대충 정리를 마친 뒤 피부과에서 처방되는 스테로이드성 연고와 몇몇 의약외품을 주문하고 나니 벌써 여섯 시가 다 되어 가고 있었다.

팔과 목을 주무르며 약국 문을 열었다. 밖에 내다 놓았던 작은 허브 화분을 안에다 다시 들여다 놓은 이수는 화단 끝에 걸터앉았다. 해가 길어 여전히 파랗고 하얀 하늘을 올려다보며 선선한 공기를 폐부 깊숙이 빨아들였다. 답답한 가슴이 조금은 트이는 기분이었다.

"대체 누가 꽃이고 누가 사람인지 모르겠네. 응? 그렇게 예쁘게 앉아서 무슨 생각을 할까?"

시원한 바람이 좋아 모처럼 아무 근심 걱정 없는 얼굴로 앉아 있는 걸 손님을 배웅하던 이현이 발견했다. 팔을 교차시켜 품에 폭 들어오는 작은 어깨를 감싸 안고 속삭였다.

요즘 들어 부쩍 낯 뜨거운 말을 심심찮게 하는 그를 고개 젖혀 올려다본 이수가 옅은 미소를 지었다.

"방금 팔손이 대자로 다섯 개나 팔았어. 사거리 조금 못 가서 새로 지은 건물로 회사가 이전해 왔대."

이름은 조금 촌스럽지만 손바닥을 쫙 펼쳐 놓은 것처럼 귀엽고 공기정화 효과가 탁월한 팔손이를 다섯 개나 팔았다며 좋아하는 이현을 보니 이수도 기분이 좋아졌다. 처음에는 가격도 제대로 몰라 되는 대로 대충 팔더니, 요즘엔 화분이며 꽃들을 제대로 공부해 포장까지 예쁘게 할 줄 알았다.

"부모님 뭐 좋아하세요?"

"좋아하시는 거? 좋아하시는 거야…… 아마 돈일걸?"

진지하지 못한 대답에 이수가 팔을 찰싹 소리 나게 때렸다.

내일 아침, 두 사람은 이현의 고향인 영동에 내려가기로 했다. 부담이 되지 않는다면 거짓말이었다. 하지만 요 며칠 이런저런 일로 심난했던 이수는 당일치기라도 좋으니 바람을 쐬고 오자는 이현의 꾐에 넘어가 덜컥 알았다고 대답을 했고, 그 길로 이현은 이수가 보는 앞에서 부모님께 애인과 함께 내려가겠다고 전화를 해 버렸다. 그 바람에 뱉은 말을 주워 담을 수도 없게 됐다.

"아들보다 포도랑 돈을 더 좋아하신다니까. 안 믿네?"

"장난하지 말고요. 과일이랑 또 뭐 사야 돼요?"

"정이수 씨. 신경 쓸 필요 없어요. 달랑 사탕 한 봉지 사 가도 이수 네가 사 왔다면 좋아하실 분이들이셔."

나이 서른 되도록 도통 여자 사귈 줄을 몰라 성적 취향이 남다르진 않은지 걱정을 하시던 부모님이다. 특히 아버지 경수는 하나뿐인 아들이 불구는 아닌지 걱정이 돼 미국에서 돌아오자마자 목욕탕부터 끌고 갈 정도였다.

그런 아들이 아주 오래전부터 마음에 담고 있던 사람이 있었다는 사실과 무한 도끼질을 한 끝에 결국 그 사람과 연애를 시작했다는 말에 한번 봤으면 좋겠다는 전화를 하루에도 몇 번씩이나 하셨다.

편하게 생각하라는 이현을 보며 이수는 한숨을 내쉬었다.

편하게, 가볍게. 그게 말처럼 쉬울 리 없다. 몰래 엄마를 만나러 갈 정도로 대범한 성격이니 선물 하나에도 전전긍긍하는 자신을 이현이 이해할 리 없다는 걸 깨닫고 은경에게 전화를 해 조언을 구하기로 마음먹었다.

“가게 정리하고 여섯 시 반쯤 봐요.”

손님도 없는데 같이 있자며 아이처럼 칭얼대는 이현의 등을 떠밀고 약국으로 들어간 이수는 정선집 전화번호를 눌렀다. 오랜 신호음에 소여물이라도 챙겨 주나 싶어 끊으려는데 ‘여보세요.’ 하는 은경의 목소리가 들려왔다.

“왜 이렇게 숨이 차요? 뛰어왔어?”

— 소 똥 치우느라고. 왜? 무슨 일 있어?

“무슨 일 있어야 전화해? 엄마 목소리 듣고 싶어서 전화했지.”

보고 싶어 전화했다는 말에 은경이 기분 좋은지 소녀처럼 까르르 웃는다. 가쁘게 몰아쉬던 숨이 차분해지자 이수가 망설임 끝에 물었다.

“엄마. 아는 사람 집에 갈 때 선물은 어떤 게 좋아요?”

— 아는 사람? 어떻게 아는 사람?

“그냥…….”

이수는 이현이 벌써 은경에게 전화해 자랑했을 거라고는 생각도 못 하고 괜히 부끄러운 마음이 들어 말끝을 흐렸다. 그러자 은경이 웃음을 터뜨리며 이수의 이름을 불렀다.

— 딸. 정이수.

“응?”

— 엄마 서운해.

“응?”

— 내일 영동에 간다면서? 엄마 이현 군한테 벌써 다 들었어.

“어? 어…….”

아차 싶어 두 눈을 꾹 감았다. 콧바람이 세게 뿜어져 나왔다. 민망함에 꿀 먹은 벙어리처럼 입술만 깨물고 있는데 은경이 웃는 소리로 재차 이수를 불렀다. 다행히도 서운하다는 말과 달리 즐거워 보였다.

— 이수야.

"엄마 미안해. 일부러 숨긴 게 아니고 그냥 좀 부끄러워서."

— 우리 딸 마음 다 알아. 농담이야. 엄마 하나도 안 서운해. 아까 이현 군 전화 받고 엄마 너무 좋아서 옆집 아줌마가 고스톱 치다 개평 뜯어 가는 것도 몰랐어.

이수가 바람 빠지는 소리를 내며 그제야 웃었다.

— 우리 딸이 이현 군처럼 좋은 사람한테 시집가서 행복하게 살면 엄마는 더 바랄 게 없을 것 같은데. 이참에 가서 예비 시부모님들한테 얼굴 도장 꽝 찍고 와. 싹싹하게 묻는 말씀에 예쁘게 대답도 잘 하고. 응? 알았지?

"아휴. 우리 엄마 앞서 가는 거 누구랑 똑같다. 딸 연애 시작한 지 며칠이나 됐다고 예비 시부모님이래?"

— 딸. 사람 일 아무도 모르는 거야. 혹시 알아? 우리 딸이 갑자기 당장 내일이라도 이현 군한테 시집간다고 할지? 이현 군은 벌써 아들딸 이름까지 지을 기세더라. 그러니까 우리 딸, 영동에 가서 좋은 시간 보내고 와. 엄마는 이현 군 보니까 그 부모님도 얼마나 좋은 분들일지 안 봐도 알겠어. 한창 바쁠 시기니까 놀지만 말고 일손도 돕고. 알았지?

이현에게서 원대한 가족계획을 들은 은경이 웃으며 하는 말에 아무도 없는 유리창 너머를 괜히 한번 흘겨본 이수가 그렇게 하겠다고 순순히 대답했다.

"알았어요. 엄마 말대로 할게."

— 그리고 선물은 이현 군이랑 잘 상의해 봐. 물 좋고 공기 좋은 데서 살면 따로 건강식품 같은 건 크게 필요 없어. 거기서 나고 자란 게 건강에 더 좋아. 잘 상의해서 부모님들 부담스럽지 않게 적당한 걸로 마련해 가. 참고로 엄마는 딸한테 미안하지만 돈 들여 뭐 사 온 거보다 이현 군 옆에 끼고 장 구경 간 게 더 좋았어.

두루뭉술했지만 어쩐지 무얼 선물하면 좋을지 알 것도 같았다.

— 이수야. 좋고 기쁜 거 겉으로 크게 표현할 줄을 몰라서 그렇지 속마음은 안 그런 거 엄마는 다 알아. 엄마는 딸이라 다 알지만 다른 사람은 우리 딸이 말하고 표현하지 않으면 좋은지 싫은지 알 수가 없어. 그러니까 앞으로는 속으로만 삼키지 말고 좋은 건 좋다, 싫은 건 싫다고 똑 부러지게 말해. 혼자 끙끙 앓지 말고. 특히 이현 군한테는.

"노력할게요."

— 그래. 우리 딸 똑똑하니까 알아서 잘 할 거야. 그치? 잘 다녀와. 와서 어땠는지 엄마한테도 꼭 말해 주고. 알았지?

"응. 다녀와서 전화할게요."

끊어진 전화기를 한참 동안 쥐고 있던 이수는 가게 문을 닫고 약국 유리문 앞에 서서 가만히 자신을 바라보는 이현을 발견하고 천천히 의자에서 일어섰다. 가운 주머니에 두 손을 넣고 웃고만 있는 그의 얼굴을 찬찬히 두 눈 속에 담았다. 양쪽 귀에 활짝 편 손가락을 대고 과장되게 흔들어 대는 그의 모습에 마침내 이수의 입가에도 미소가 생겨났다.

단단한 손이 찬찬히 뺨을 만지다 어깨 위에 내려앉았다. 뺨을 보듬던 손이 어깨를 세게 움켜쥐더니 곧 부드러운 것이 입술을 가르고 들어왔다.

촉, 촉.

거칠지만 일정한 호흡을 바로 가까이서 느끼며 이수는 눈을 감았다.

혀를 옥죄듯 휘감았다가 슬쩍 놓아주는 이현에게 아쉬움을 느낀 이수가 반대로 이현의 혀를 휘감았다. 보드랍게 맞대는 것을 넘어, 입술을 가르고서 입속 깊숙이 서로를 아로새기는 듯한 입맞춤이 한참 동안 지속됐다. 생각지도 못한 이수의 과감한 행동에 이현의 눈이 반달을 그렸다.

"후우."

동시에 누구의 것인지 모를 숨소리가 흘렀다.

"이제 긴장이 좀 풀려?"

붉게 물이 들어 버린 얇은 입술을 마지막으로 한 번 더 깨물고 빨아 당긴 이현이 다정하게 물었다.

긴장 탓인지, 아니면 조금 전 입맞춤이 남긴 여운 탓인지 가쁜

게 오르내리는 자신의 가슴을 큰 손으로 덮는 이현의 물음에 입술 색만큼 발갛게 얼굴 전체를 물들인 이수가 작게 고개를 끄덕였다.

꽃잎이 내려앉은 것처럼 붉은 입술과 느근하게 땋은 머리를 보듬던 손이 운전대로 옮겨 갔다.

이현의 손길은 사라졌지만 뺨과 어깨에 남은 묘한 감각은 여전했다. 뿌옇게 흙먼지를 일으키는 차가, 이현의 손이 잡고 있는 핸들이 마치 자신의 몸인 것만 같았다. 크고 단단한 손이 여기저기 잔뜩 닿아 있는 듯이 묘한 감각에 등줄기가 찌릿 떨렸다.

그리고 그런 생각을 하는 스스로에게 화들짝 놀란 이수가 금방이라도 터질 듯이 달아오른 얼굴을 식히기 위해 창문을 열었다. 이현의 손길을, 입술을 전혀 아무렇지 않게 받아들이게 된 자신에 대해 놀라움을 느끼며 점점 가까워지는 작은 마을을 긴장된 눈으로 바라봤다.

“아버지? 엄마? 여기요? 이수야. 지금 나 누구랑 대화하니?”

차에서 내린 순간부터 자신은 본체만체하고 이수의 손을 잡은 채 예쁘다 예쁘다 하는 부모님을 보니, 예상은 했지만 황당했다. 그래서 이현은 삐친 얼굴로 두 팔을 흔들며 두 분의 시야를 가리려 했다. 이현의 어머니가 내어 주신 방석에 무릎 꿇고 앉아 따가운 시선을 묵묵히 받아 내던 이수는 그런 이현을 말리려는 듯 허공에서 방방 대는 팔을 잡아 아래로 끌어당겼다.

“저, 저 천둥벌거숭이 같은 놈.”

양반다리를 하고 앉아 이수의 손등에 촉촉 입을 맞추는 아들을 보며 경수가 못마땅한 얼굴을 했다. 그리고 그 옆에 앉은 인애도 혀를 쯧 찬다.

"내 애인 내가 만지는데 왜 그러세요?"

자신과 은경에게 하는 것과 다르게 볼멘소리를 서슴지 않는 그를 보며 이수는 살짝 놀랐다. 철부지 막내아들처럼 아예 돌려 앉아 자신만 보는 그에게 이수가 그러지 말라며 눈짓을 보냈지만 보지 못했는지 인애에게 잡혀 있는 나머지 한쪽 손마저 빼앗듯이 거둬들였다.

"엄마. 밥 차려 줘요. 우리 이수 배고파."

"이놈의 자식아. 니 엄마가 밥 달라면 밥 주는 부엌데기냐? 사지육신 멀쩡한 놈이 한 번도 지 손으로 밥을 차려 먹은 적이 없어요. 너 줄 밥 없어. 굶어."

바닥에 있던 효자손으로 이현의 등을 세게 때린 인애가 언제 그랬냐는 듯 상냥하게 웃으며 이수에게 말을 걸었다.

"일찍 내려오느라고 빈속이죠? 조금만 기다려요, 밥 다 됐어."

이수가 인애를 따라 일어서려는데 이현이 괜찮다며 손목을 잡았다. 벌써 부엌으로 들어가고 없는 인애의 모습에 경수 모르게 이현의 손등을 꼬집었다. 힘이 느슨해진 틈을 타 급하게 걸음을 옮기는데 뒤에서 찰싹하는 소리와 함께 이현의 것으로 추정되는 짧은 비명소리가 들렸다.

"앉아 있지. 왜? 물이라도 줄까요?"

"아뇨, 도울 게 없을까 해서요."

"돕기는. 우리 집에 온 귀한 손님인데 어떻게 손에 물을 묻혀요. 괜찮으니까 가서 우리 집 양반하고 마당이라도 나갔다 와요."

"진짜 괜찮습니다. 상이라도 닦을게요."

분홍색 행주를 들고 얼른 물을 틀자 인애가 말과는 달리 흐뭇한 얼굴을 했다.

이현이 미국에 가 있을 때 방을 정리하다 앨범 맨 앞 장에 꽂혀 있던 이수의 사진을 본 적이 있다. 어울리지 않게 빨간색 펜으로 사진 옆 빈 공간에 하트까지 그려져 있던 탓에 기억에 오래 남아 있었다. 아들보다 더 친아들 같은 원우에게서 오래전부터 좋아하던 후배와 잘 되어 가고 있다는 소리를 듣고 얼마나 궁금했는지 모른다.

조용조용하니 하는 말마다 예쁘게 웃으며 경청하는 모습이 인애의 마음에 쏙 들었다. 요즘 젊은 사람들 같지 않게 맑고 그윽한 눈을 보고 있자니 아들 녀석이 푹 빠질 만도 하다 싶었다.

혹시라도 미국에서 소위 말하는 코쟁이 며느리를 데려올까, 더 나아가 하나뿐인 자식이 여자에게 관심이 없는 건 아닐까 걱정했던 남편도 이수라는 아이가 마음에 쏙 드는 눈치였다.

엄마 은경이 하던 대로 식탁을 닦고 사용한 행주를 물에 빨아 싱크대 손잡이에 널어놓던 이수는 바로 옆에서 웃고 있던 인애와 눈이 마주쳤다. 은경의 말대로 좋으신 분들인 것 같았다.

"혼자 약국 한다면서요? 힘들진 않아요?"

"규모가 작아서 힘들거나 하진 않습니다. 요즘엔 선배도 많이 도와주고요."

"그렇게라도 쓸모가 있다니 다행이네. 내 아들놈이지만 공부 머리 말고는 도통 할 줄 아는 게 없어요. 스스로 방 한 번 치운 적이 없다니까?"

그 말에 이수는 이현이 이틀에 한 번씩 분무기와 신문지를 들고 와 약국 유리창을 닦아 준다는 말은 하지 않기로 마음먹었다.

"이수 씨가 부럽네. 나는 대학 졸업하고 저 양반 꼬임에 넘어가서 덜컥 임신부터 했거든. 대학병원 근처에 서로 들어가려고 난리였던 큰 약국이 있었어. 선배들이 하도 가고 싶어 하던 곳이라 나도 당연히 그 약국에 취직해야겠다고 마음먹었었는데, 벌어다 주는 돈으로 편하게 살림이나 하라는 말에 깜빡 속은 거야. 정신 차려 보니 애가 초등학교에 들어갈 나이가 되어 있지 뭐야. 그런 일이 있다 보니 혼자서 약국 한다는 말에 이수 씨가 괜히 기특해 보이더라고 내가."

"어, 머니도 약대 졸업하셨어요?"

어머니라는 단어가 생각보다 쉽게 나왔다.

"이현이가 말 안 해요? 우리 집 양반이랑 내가 두 사람 선배인데."

처음 듣는 말에 이수가 눈을 동그랗게 떴다. 손가락으로도 셀 수 없을 만큼 까마득한 대선배라는 말에 소리 없이 눈으로만 웃음 지어 보였다.

마른 논처럼 갈라진 인애의 손끝이 유독 크게 눈에 들어왔다. 젊은 나이에 남편 없이 홀로 농사짓고 소를 키우며 뒷바라지 한 은경과 꼭 닮은 열 손가락이 안타까워 이수는 저도 모르게 인애의 손을 살며시 잡았다. 그러고는 손바닥 위에 올려놓고 보듬듯이 만졌다.

이현이 자신에게 하듯 깍지까지 끼자, 인애가 부자끼리 무얼 하는지 시끌시끌한 거실 쪽을 한 번 보고는 이수의 어깨를 몇 번 문지르듯이 어루만졌다.

"이현이가 잘 해 줘요? 이거 하자, 저거 하자 귀찮게 하진 않아요?"

"제가 미안할 정도로 잘 해 주세요."

"미안하긴. 그거 다 연애할 때나 그래. 누릴 수 있을 때 누려요. 이현이랑 사귄 지는 얼마나 됐어요? 원우한테 듣기론 우리 아들 삽질이 꽤 오래전부터였다고 하던데."

사귄 지 얼마나 됐냐는 물음에 곤란한 듯 웃던 이수가 귀를 기울여야 겨우 들릴 것 같은 작은 소리로 대답했다.

"일주일 정도요."

"일주일? 허이고야."

일주일 정도라는 말에 한숨을 푹 내쉬던 인애는 이내 호탕하게 웃으며 이수의 손을 잡고 흔들었다.

"누가 지 아버지 아들 아니랄까 봐……. 보나 마나 저 망둥이 같은 놈이 졸라서 왔나 보네. 맞아요?"

이번에도 이수가 곤란한 얼굴로 웃기만 하자 인애가 고개를 절레절레 흔들었다.

"우리가 불편하게 하는 건 아닌가 모르겠네. 꼭 이런 데서 경험 없는 티를 내요, 남자들은. 이현이 아버지도 나 만나고 일주일인가 만에 친정에 쳐들어가서 등 깔고 누웠어요. 결혼 허락해 달라고. 서울서 내로라하는 약대, 기껏 힘들게 보낸 딸인데 선뜻 그래라 할 부모가 어디 있겠어요? 그랬더니 저 양반이 공부밖에 모르는 순진한 사람을 살살 꼬여서 제 하숙집으로 끌고 가더니 덜컥 이불부터 뒤집어씌우지 뭐야."

이현이 태어나게 된 과정을 서슴없이 말해 주는 인애를 보며 이수가 따라 웃었다. 흉보듯 거실을 슬쩍 내다본 그녀의 얼굴에는 말과 달리 남편에 대한 사랑이 가득 넘쳤다.

"내 아들이지만 저놈 저거 지 아버지 닮아 속이 아주 시커매요. 이수 씨는 나처럼 물정 모르고 넘어가지 말고 연애 오래하면서 하고 싶은 거 다 해요. 나중에 후회하지 않게."

남편과 아들 흉을 봐 가며 엄마처럼 자상하게 이것저것 조언을 해 준 인애가 귀 뒤로 머리를 넘겨 주자 이수가 조금 더 편해진 얼굴로 인애의 소매를 흔들었다.

"말씀 편히 하세요."

"초면에 바로 그래도 되나?"

"네. 그래 주셔야 제 마음이 더 편할 것 같아서요."

시원시원하게 웃더니 바로 편하게 이름을 부르는 인애를 보며 이수가 보조개가 생기도록 살포시 미소 지었다.

나란히 옆에 서서 밥을 뜨고 국을 떴다. 그런 두 사람의 모습을 몰래 보고 있던 이현이 흐뭇한 얼굴로 돌아서다 바로 뒤에서 뒷짐을 지고 서 있는 경수를 발견하고 비명을 지를 뻔한 걸 간신히 참았다.

"뭐 하세요?"

"그렇게 좋으냐?"

검지를 까딱까딱 움직여 따라오라는 제스처를 취한 경수를 따라가자 은근한 어조로 물어 왔다. 너무도 뻔한 질문에 이현이 코웃음을 쳤다.

"이거 왜 이러십니까? 선경험자께서."

"올해 안에 국수 먹을 수 있냐?"

"촌스럽게 국수는 무슨. 우리 이수한테는 포크랑 나이프 쥐여 줄 겁니다. 아버지 때와는 시대가 달라요. 쌍팔년도도 아니고 국수가 웬 말입니까."

"자식아, 원래 잔칫날에는 국수를 먹어야지."

"법으로 정해진 것도 아니고 남들 다 한다고 따라 합니까? 우리 이수는 비싸고 예쁜 웨딩드레스 입혀서 우아하게 칼질하게 해 줄 겁니다. 최고급 횡성 한우로."

날아오는 효자손을 재빠르게 피한 이현이 상상만으로도 행복한지 헤벌쭉 웃자 경수가 혀를 찼다.

몸이 약해 보이긴 하지만, 쌍꺼풀이 크고 눈꼬리가 동그랗게 떨어져 마냥 순해 보이는 얼굴이 참한 아가씨인 것 같아 경수의 마음을 흡족하게했다. 거기에 약사라니…… 이현에게 물려주기엔 조금 아깝게 느껴지던 약국도 딱 맞는 임자를 찾았다 싶어 마음이 들떴다. 친구들이 손자 손녀 자랑을 늘어지게 할 때마다 알 수 없는 패배감을 느껴야 했던 설움도 조만간 안녕이겠구나 싶어 마음이 급해졌다.

"아들아."

"왜 이러십니까? 소름 돋게."

그래서 답지 않게 사뭇 다정하게 부르자 이현이 닭살이 돋은 팔을 문지르며 멀찌감치 떨어져 앉았다. 그가 그러거나 말거나 경수는 혹시라도 부엌까지 들릴까 작게 말했다.

"너도 알다시피 이 아버지는 일주일 만에 네 엄마랑 이불 덮었다. 알고 있냐? 내 여자다 싶은 여자면 분명 다른 놈 눈에도 그럴 확률이 높아. 실제로도 네 엄마 좋다고 쫓아다닌 놈팽이가 어디 한둘이었는지 알아? 남 좋은 일 시키지 말고 진짜 네 여자다 싶으면…… 이 아버지는 운우지정(雲雨之情)을 적극 권장하는 바다. 그리고 이왕이면 1번은 토끼 같은 손녀로 부탁하자."

친구 놈이 손녀 자랑을 하는 통에 약이 올라 죽겠다는 경수를 보며 어이없어하던 이현이 큰 소리로 웃음을 터뜨리고 말았다.

"누구보다 제가 바라는 겁니다, 아버지."

밥을 다 차렸다며 이수가 거실에 나와 알릴 때까지 이현의 웃음은 멈추지 않았다.

조금은 불편할 거란 생각을 저 멀리로 날려 버리듯 이현의 부모님은 이수를 편하게 대해 주었다. 이현처럼 살갑게 굴지는 못했지만, 다정하게 대화를 나누며 맛있는 밥을 먹는 이 저녁시간이 행복하게 느껴졌다.

도란도란 둘러앉아 저녁시간을 즐겁게 보내고 인애가 내주는 과일을 들고 나와 평상에 걸터앉는데 문득, 고승우의 가족과 만났던 날이 떠올랐다.

'엄마. 잰 어디서 저런 물건을 데려왔대? 난 일부러 찾으래도 못 찾겠네.'

철옹성처럼 크고 높은 대문을 넘은 자신에게, 승우가 잠시 자리를 비운 틈을 타 들으라는 듯이 주고받던 그 말들이 바로 어제 들었던 것처럼 생생했다.

'어쩜 먹는 것도 이렇게 예쁠까? 이수 어머니는 이수 먹는 것만 봐도 배부르시겠다.'

좋아하는 반찬이라는 말에 빨갛게 무친 가지나물을 이수의 앞으로 밀어 주던 인애와 차갑고 매섭기만 하던 누군가의 모습이 자꾸만 눈앞에서 엉켰다.

휙—

떠올려 봐야 속상하기만 한 기억을 떨쳐 내려 목이 아플 정도로 고개를 흔들었다. 인애의 모습을 기억하려 애쓰는데 뒤에서 슬그머니 살구비누 냄새를 풍기는 단단한 손이 눈가를 덮었다.

"누구게?"

장난기 가득한 목소리가 들리는 순간 고개를 흔들어도 떠나지 않던 누군가의 모습이 흔적도 없이 사라졌다. 코끝에 스미는 향긋한 비누 냄새에 움츠러들었던 어깨가 제자리를 찾았다. 피식 웃자 이현이 손을 치우며 이수의 옆자리에 걸터앉았다.

"어때?"

"뭐가요?"

"우리 부모님, 생각보다 불편하거나 하진 않지?"

"네. 너무 다정하고 좋으신 분들이세요."

"그래도 속으면 안 돼. 다정한 건 나랑 같이 온 정이수 한정이고 하나뿐인 아들은 힘 좋은 돌쇠 취급하셔. 봤지? 아까 엄마가 효자손으로 때리는 거. 포도 수확할 때도 며칠 내내 소처럼 부리고는 삼겹살로 퉁 치신다니까. 정당한 노동의 대가가 보장되지 않는 구시대적인 집안이야."

"맞을 만해요. 지금까지 선배 방 한 번도 직접 청소한 적 없다면서요? 전화도 잘 안 하고. 실망이에요. 남의 엄마한테는 간이고 쓸개고 다 빼 줄 것처럼 하면서."

"어머니가 어떻게 남의 엄마야? 머지않은 내 미래의 장모님이신데. 그리고 하, 내가 억울해 미쳐. 올 때마다 안방까지 얼마나 열심히 청소하는데. 무릎이 반질반질해지도록 걸레질하는 사람이야, 내가. 아까만 해도 봐. 그 산더미 같은 설거지 누가 했어? 내가 했어."

억울한지 열변을 토하는 모습에 웃음이 났다. 든든한 모습 말고, 이렇게 가끔 보여 주는 엉뚱한 모습이 보기 좋다고 생각했다.

"우리 어머니 성격에 가만히 앉아 있어 봐, 등짝이 남아나나. 전. 그래, 전. 아버님 제사 때 전 부치던 손놀림이 어디 예사 손놀림이야? 다년간 정 여사님 밑에서 설움받아 가며 익힌 내공이라 이거지. 손 하나 까딱하지 않는다는 건 정이수랑 친해지려고 일부러 없는 흉 만들어 내신 거야."

자신은 결백하다며 가슴을 두드리는 이현을 보며 슬쩍 고개를 옆으로 돌린 이수가 소리 없이 웃었다.

"난 아들로도 남편으로도 무결점의 남자야. 그러니까 꽉 잡아. 정이수."

턱을 치켜들고 뽐을 내던 이현이 스스로 생각해도 웃긴지 웃음을 터뜨리며 이수의 어깨에 가볍게 팔을 둘렀다.

"아이고, 아버지."

책꽂이와 책상, 의자까지 다 치워 부쩍 넓어진 방 안. 밑에 깔고 위에 덮을, 달랑 두 채뿐인 이불과 기다란 베개 하나를 보며 이현이 손바닥으로 이마를 짚었다.

운우지정이니 1번은 손녀니 하실 때부터 알아봤어야 했는데. 한숨을 쉬며 눈썹을 치켜세운 이현이 굳게 닫힌 문에 기대앉아 있는 이수를 보며 두툼한 이불을 바닥에 길게 깔았다.

'아버지. 감사는 합니다만 너무 티가 나지 않습니까.'

두 팔로 무릎을 감싼 채 아무 말도 하지 않고 있는 게 오히려 더 눈치가 보였다.

"어디서 많이 봤던 그림이다. 그치?"

폭, 이수의 입에서 나온 공기방울 터지는 소리에 이현이 뒷목을 긁었다.

아마 안방 문을 부서져라 두드려도 절대 열리지 않을 거라는데 전 재산을 걸 수도 있었다. 창문 쪽으로 긴 베개를 놓고 덮는 이불을 그 위로 활짝 펼친 이현이 이수에게 손짓을 했다. 전깃불 아래 서 있는 자신과 단출한 이불 두 채를 말없이 번갈아 보는 그녀에게 괜히 죄책감을 느끼고는 어색하게 웃으며 이불을 들추고 누우라는 시늉을 했다.

"이불 하나로 반은 깔고 반은 덮어요."

"난 대충 옷 덮고 자면 돼. 편하게 자."

"편하게 자라고 해도 편하게 잘 수 있을 리가 없잖아요."

그렇긴 하겠네.

동그랗게 혀를 말고 똑똑 소리를 내는 그를 물끄러미 바라보던 이수가 방에 들어와 벌써 몇 번째인지 모를 한숨과 함께 이불을 팡팡 두드렸다.

"선배 아버지는 무슨 핑계를 대셨어요?"

"세탁기에 이불 돌려놓고 널지를 않으셨대. 아들딸 시집 장가 보내는 게 급한 부모님들은 생각이 다 비슷비슷하신 모양이야."

"여름에 말리는 고추보다는 그럴 듯한 핑계네요. 선배 집이지만 앉으세요. 천장 안 무너져요."

미안한 기색과 달리 앉으라는 말에 냉큼 옆으로 와 앉은 이현이 애꿎은 이불 끝만 잡아 비틀다 슬쩍 물었다.

"피곤하지? 불 끌까?"

불을 끄는 데 아무런 의도가 없음을 강조하는 듯한 얼굴에 이수가 먼저 이불 속에 몸을 누였다. 쏙 들어가서는 경계선을 긋듯 반대쪽으로 등을 돌리고 누웠다. 사실, 찾아보려고 마음만 먹으면 이불을 대신할 만한 것은 많았다. 그걸 이수도 모르지는 않을 텐데, 더 이상 말씨름하고 싶진 않았는지 등을 돌리고 누워 눈을 감아 버렸다.

이현은 불을 끄고 천천히 그 옆자리에 몸을 누였다. 덮는 이불을 이수가 있는 쪽으로 좀 더 밀어 주고 눈을 감는데 미동도 않던 몸이 스륵, 그가 있는 쪽으로 움직였다.

불이 훤하면 사방에서 달려드는 벌레 때문에 농사를 망칠 수 있어 컴컴한 밤인데도 가로등불을 켜지 않아 마을 전체가 칠흑같이 어두웠다. 불이 꺼진 방 안도 당연히 어두울 수밖에 없었다. 깜깜한 어둠 속, 가지런한 호흡소리가 바로 옆에서 들리자 이현이 괜히 한번 마른침을 삼켰다.

이불을 이수에게 다 덮어 주어 찬 공기에 고스란히 노출된 팔이 으스스하게 식었다. 반듯하게 누워 양팔을 겨드랑이에 낀 이현은 얼른 눈을 감았다.

"선배…… 자요?"

벌써 잠이 들었을 리 없다는 걸 알면서도 이수가 잠이 들었는지 물어 왔다. 손만 잡고 자도 좋을 것 같아 경수의 얕은 수에 속아 넘어간 척했지만 마음으로는 내심 이수가 불편할까 걱정이 돼 일부러 대답하지 않았다. 쌕쌕 잠이 든 척 고른 숨만 내쉬었다. 자신이 먼저 잠이 들면 이수가 그나마 조금 편하게 생각하지 않을까 하는 그런 마음에서다.

"안 자는 거 다 아는데."

그런데 그런 이현의 마음과 노력이 무색하게 이수의 손가락이 움찔움찔하는 눈두덩을 정확히 짚었다. 반사적으로 파르르 떨리는 걸 막지 못한 이현이 결국 어색하게 웃으며 평평하게 누워 있던 몸을 옆으로 돌려 세웠다. 두 손을 포개 베개처럼 귀 밑에 찔러 넣고, 어둠을 더듬어 이수의 얼굴을 찾아냈다.

"들켰네."

"저 편하라고 일부러 그러실 필요 없어요. 그러지 마세요."

어둠에 익숙해진 이수의 눈이 이불 없이 휑하게 드러난 이현의 몸을 찬찬히 훑었다. 이수는 이불 끝자락을 잡아당겨 추워 보이는 이현의 몸에 덮어 주었다. 불행 중 다행으로 이불은 그리 작지 않은 사이즈였고, 누운 채로 몸을 움직여 거리를 좁히자 두 사람 모두 이불 속에 폭 파묻혔다.

팔베개를 풀고 다시 반듯하게 눕자 이수의 팔과 이현의 팔이 가볍게 스쳤다. 오히려 반사적으로 몸을 움츠린 건 이수가 아닌 이현이었다.

두 사람은 서로를 배려하고, 조심하며 이불 속에서 온기를 나누기 시작했다. 긴장이 풀림과 동시에 참고 있던 졸음이 몰려들기 시작했고, 눈이 점점 가물가물하게 덮였다. 얼마 지나지 않아 크고 작은 숨소리가 마치 하나처럼 섞이기 시작했다.

몇 시간이 지나 어두웠던 하늘이 주황빛으로 물들며 점점 환해졌다. 닭장에 옹기종기 모여 있던 닭들도 땅에 떨어진 모이를 주워 먹으며 하늘을 올려다보기 시작했다.

닭이 홰를 치며 우는 소리에 일어난 이수는 아직 잠이 다 가시지 않은 눈을 비비다 문득 가슴이 답답한 것 같아 아래를 내려다보았다. 모로 누운 그의 한쪽 팔이 턱 하니 올라와 있는 걸 뒤늦게 알아채고 스윽 밀어냈다. 힘없이 툭 팔이 떨어지자 두 다리 사이에 찔러 넣으며 몸을 웅크리는 이현의 모습에 이불을 끌어다 덮어 주고는 자리에서 일어나 기지개를 켰다.

가방에서 칫솔을 챙겨 조용히 문고리를 돌리자 부엌에서 마늘 빻는 소리가 작게 들렸다. 종종걸음으로 이현의 방 옆에 있는 욕실에 들어가 재빨리 치약을 짜 양치를 하며 흘러내린 머리도 단정히 묶었다. 빠르게 양치질과 세수만 한 이수는 고소한 냄새 폴폴 풍기는 부엌으로 들어갔다.

칼을 들고 무언가를 썰고 있는 인애가 놀라지 않도록 먼저 인기척을 냈다. 뒤를 돌아본 인애가 웃으며 반겨 주자 얼른 그 옆으로 가 섰다.

"안녕히 주무셨어요?"

"반가운 손님이 와서 그런지 기분 좋게 푹 잤네. 이수는? 잠자리 바뀌어서 불편했지?"

"아뇨, 조금 전까지 한 번도 안 깨고 푹 잘 잤어요."

"그 방이 웃풍이 있는데 전기장판이라도 깔아 줄걸. 시골이라 아직까진 아침저녁으로 꽤 쌀쌀해. 이불 두 개로 깔고 덮고 하기 힘들었지? 이수가 이해해. 이현이 아버지가 좀 짓궂어."

한쪽 눈을 찡긋대며 인애가 웃었다. 민망함에 웃는 시늉만 한 이수가 소매를 접어 팔꿈치까지 올리고 양념만 끼얹어 놓은 콩나물을 앞으로 가져오며 물었다.

"콩나물 무치기만 하면 될까요?"

"아이고, 아가씨가 그런 것도 할 줄 알아?"

그냥 골고루 양념이 묻게 무치기만 하면 되는 일인데도 무슨 큰 일손이라도 거드는 것처럼 좋아하는 인애를 보며 이수가 얼굴을 붉혔다. 흐르는 물에 손을 한 번 더 씻고 물기를 탈탈 턴 후 콩나물을 요리조리 버무리기 시작했다. 마지막에 깨까지 솔솔 뿌려 접시에 담아냈다.

"아침 먹고 이현이랑 읍내 가서 데이트도 좀 하고, 정육점에 들러서 삼겹살이나 한 세 근 사 올래? 나물에 쌈 싸서 먹게."

집에만 있기 심심할 테니 데이트라도 하고 오라는 말에 이수는 돈 주고 산 선물보다 자신과 이현을 양옆에 끼고 장 구경을 한 게 더 좋았다던 엄마의 말이 생각났다.

찌개 불을 줄이고 고슬고슬한 밥을 주걱으로 뜨는 모습을 등 뒤에서 지켜보던 이수가 인애에게 말을 건넸다.

"저랑 같이 가세요."

"응?"

뚝배기에서 걷어 낸 거품을 물에 흘려보내던 인애가 잘 듣지 못한 듯 짧게 되묻자 이수가 작게 웃으며 다시 말했다.

"고기 사러 저랑 같이 가세요."

이수는 그 한 마디 말이 부끄러운지 고개를 숙인 채 손을 만지작댔다. 끓어 넘치는 가스 불을 잠근 인애가 놀란 기색을 지우고 이내 웃으면서 '그럴까, 그럼?' 하며 같이 가자는 의사를 밝혔다.

식탁 양쪽에 젓가락과 숟가락을 예쁘게 놓고 반찬을 나른 이수가 깨우러 갈 필요 없이 이현과 경수가 티격태격하며 부엌으로 들어왔다.

경수는 인사를 건네는 이수에게 이현에게 그러는 것과 달리 다정하게 웃으며 인사를 건넸다. 밥과 국을 뜬 인애까지 자리에 앉자 이수도 이현의 옆자리에 앉았다.

"많이 들어요."

"감사합니다."

잔가시 꼼꼼히 바른 생선살을 이수의 밥공기 위로 나르며 경수가 다정하게 말을 건넸다. 입안 가득한 반찬을 얼른 씹어 삼킨 이수가 감사 인사를 하며 밥을 한 술 크게 떠 생선 살코기와 함께 입에 넣었다. 세 사람은 집어 주는 반찬을 마다하지 않고 꼭꼭 씹어 먹는 이수를 앞에 놓인 국과 밥이 식는 줄도 모르고 흐뭇하게 보고 있었다.

결국 시장에는 가지 못했다.

이수의 포도나무를 심으러 가야 한다며 이현이 고집을 부리고 나선 탓이다. 중간에서 이러지도 저러지도 못하고 곤란해하는 이수를 생각해 이현의 엉덩이를 걷어찬 인애는 경수를 끌고 사륜 오토바이에 태워 읍내로 나가 버렸다.

뭐가 그렇게 좋은지 설거지를 하며 콧노래를 흥얼대는 이현의 등을 짝 소리 나게 때린 이수는 어지러운 식탁과 주변을 정리했다. 인애가 얼마나 부지런한 사람인지를 보여 주듯 흐트러짐 없이 정리된 거실에 나와 마당이 내다보이는 커다란 창문 앞에 선 이수는 푸릇푸릇한 잎사귀를 단 나무가 무성한 건너편 낮은 산을 바라봤다.

그리고 그 위로 듬성듬성 해를 머금어 반짝대는 하늘을 바라보다 눈이 부셔 손등으로 눈을 가렸다. 손 틈새로 미처 다 숨기지 못한 햇살이 쏟아져 내렸다.

설거지를 끝내고 개수대의 물기마저 꼼꼼히 닦고 나온 이현은 햇살에 폭 싸여 있는 이수의 뒤로 가 한참 낮은 어깨에 툭, 떨어뜨리듯 턱을 올렸다.

“햇살 좋네. 우리 동네가 이렇게 예뻤구나. 몰랐네.”

녹음이 짙은 시골 마을은 정말 예뻤다. 보드라운 바람에 일제히 물결치는 포도나무 잎사귀는 꽤 먼 거리임에도 눈에 쏙 들어왔다. 앞에서 뒤로, 파도 물결처럼 일렁대는 모습에 자꾸만 눈이 갔다.

“가자.”

마당 평상에 올려놓은 포도나무 모종과 호미를 챙겨 이수는 이현이 이끄는 대로 걸음을 옮겼다.

풍성하게 군락을 이룬 포도밭 고랑으로 들어서자 단단하게 여물고 있는 포도 알갱이들이 일제히 향긋함을 뽐내는 모습이 눈에 들어왔다.

아직은 새콤한 향이 더 강하지만 곧 시원한 바람과 포근한 햇살을 받아 짙은 보랏빛으로 물들 것이다. 그때 다시 한 번 왔으면 좋겠다는 생각이 들었다.

가도 가도 끝이 없는 넓은 포도밭을 한참 가로지르자 오면서

본 촘촘한 군락과 달리 듬성듬성 심어져 열심히 자라고 있는 작은 포도나무 몇 그루가 눈에 들어왔다. 그 앞에는 작은 나무 푯말이 걸려 있었다.

〈이현이 포도〉

몇 해 더 있으면 방금 지나온 군락지의 포도나무들처럼 달고 실한 알갱이가 주렁주렁 매달릴 것 같은 튼튼한 나무였다.

"짜식. 오랜만이다. 잘 지냈냐?"

이현은 작년에 봤을 때보다 훨씬 더 풍성해져 한쪽으로 휘어진 잎사귀를 손가락으로 톡 건드리며 인사했다.

"인사해. 얘가 그 말로만 듣던 잘생긴 이현이 포도야. 머지않아 이 구역 최고의 포도 왕이 될 녀석이지. 그리고 이쪽은 정이수."

머루보다 작게 초록빛을 띠는, 송알송알 알갱이가 달려 있는 나뭇가지를 잡아 가볍게 흔들자 이수도 손을 뻗어 잎사귀를 가볍게 만졌다. 볕을 머금어 반짝이는 잎사귀와 가늘게 휘어지는 가지가 이수의 마음에도 쏙 들었다. 악수를 하듯 위아래로 가볍게 흔들자 스프링클러가 뿌리고 남아 있던 물방울이 손등에 툭 튀었다.

물을 머금어 눅눅해진 땅을 호미로 일구고 작지만 튼튼한 모종을 그 안에 심은 뒤, 다시 흙을 그 위에 덮고 손바닥으로 촘촘히 눌렀다. 언제 준비해 놨는지 이현이 이수의 이름이 적힌 푯말을 가져와 모종 옆에 깊숙이 박았다. 나란히 서 있는 포도나무와 푯말 앞에 바짓단을 추스르고 앉은 이수는 만지면 부러질까 우뚝 솟은 나무들과 달리 앙증맞은 잎사귀를 조심히 보듬어 만졌다.

한없이 작아 큰 나무들 사이에서 햇볕이나 제대로 쐴까 싶었는데 금세 반짝거리는 잎사귀를 보니 괜히 마음이 뿌듯해졌다. 저도 모르게 배시시 웃음이 난다.

흙 묻은 손을 엉덩이에 대고 문지르던 이현은 아기처럼 순하게 웃고 있는 이수의 모습에 덩달아 웃음이 났다.

엉덩이에 흙이 묻는 것도 아랑곳 않고 아예 양반다리를 하고 앉은 이수가 이현의 손자국이 난 곳을 괜히 한 번씩 더 꾹꾹 눌렀다.

병들지 말고, 잔가지 하나 부러지지 말고 옆에서 튼튼히 자라고 있는 이현 포도처럼 내년쯤엔 쑥쑥 자란 모습으로 다시 만날 수 있길 이수는 소원했다.

"키 작은 설움 혼자 느끼지 않게 내년이나 내후년에는 이수 포도 옆에 수현이 포도도 심는 거야. 딸이든 아들이든 우리 이름에서 한 자 씩 따온 수현. 그리고 엄마랑 아기 포도가 건강하게 잘 자랄 수 있게 아빠 포도는 그 옆을 지키는 거지."

운이 좋으면 그 옆으로 한 그루나 두 그루쯤 더 심을 수 있지 않겠냐며 웃는 그에게 이수는 다른 때와 달리 눈을 흘기지도, 혼자 김칫국 마신다고 무안을 주지도 않았다. 대신 방금 심어 놓은 작은 포도나무 옆으로 줄줄이 늘어서 있는 아기 나무들을 상상해 보았다. 머릿속에 그 작은 나무들을 떠올려 보니 이상하게 가슴속에 따뜻한 무언가가 번져 나가는 기분이었다. 추운 날 뜨겁게 마신 코코아처럼 가슴 한가운데가 뜨겁고 뭉클했다.

별을 등지고 선 탓에 까맣게 그늘이 져 얼굴이 잘 보이지 않는 이현을 가만히 올려다보던 이수가 천천히 엉덩이 털고 일어섰다.

환영처럼, 폴짝폴짝 뛰는 아이들의 모습이 눈앞을 스치고 지나갔다. 손등으로 눈을 비비자 그 모습들은 사라지고 없었지만, 묘한 감각이 온몸을 두드렸다.

복숭아처럼 불그스름하게 달아오른 뺨에 손등을 가져다 대고 문지르다가 천천히 이현에게 다가갔다. 그러고는 바로 앞에 보이는 단단한 가슴에 이마를 쿵, 대고 빗장처럼 걸어 잠그기만 했던 두 팔을 이현의 허리에 둘렀다.

이수는 등 뒤로 돌린 손으로 깍지를 껴 그를 꼭 끌어안았다. 그 순간 후욱, 뜨거운 바람이 정수리와 목을 훑고 사라졌다. 놀라 허리에 감은 팔에 힘을 줘 살짝 조이자 이현의 손도 이수의 등을 감쌌다.

자신이 하는 대로 끌려오듯 한 게 아닌, 그녀 스스로 뻗어 온 두 팔이 휘감은 허리에서 뜨거운 불길 같은 것이 확 치솟는 듯한 기분이 들었다. 찌릿한 전율이 온몸을 두드리고 지나갔다.

이현은 이제 막 걸음마를 배운 사람처럼 서툴고 느리지만, 한 발 한 발 다가서고 있는 이수를 번쩍 안아 올렸다. 허벅지를 두 팔로 단단히 감싸고 자신보다 높게 하늘로 들어 올리자 이수가 햇살 아래 우뚝 서 이현의 어깨를 두 손으로 짚었다.

그런 이수를 빙글빙글 천천히 돌리기 시작하자 그녀의 입에서 까르르 웃음이 흘러나왔다. 손가락 끝에 부드럽게 휘감기는 짧은 머리칼을 아프지 않게 움켜쥐고 동그랗게 돌아가는 하늘을 향해 이수는 고개를 치켜세웠다. 마치 놀이기구를 탄 것처럼 가슴이 일렁거린다. 참기 힘든 웃음이 이수를 따라 허공을 돌았다.

"집에 가자."

한참 만에야 땅을 밟고 선 이수는 그가 내민 손을 잡고 반걸음 뒤에 서 걷기 시작했다. 앞서 걷는 이현의 등 근육이 파도처럼 넘실대는 걸 바라보며 부지런히 따라 걷자 얼마 지나지 않아 군락의 끝에 도착해 있었다.

흙이 묻은 서로의 옷을 털어 주며 포도밭을 빠져나오는데, 흙먼지를 뽀얗게 일으키며 다가오는 스쿠터를 발견한 이현이 갑자기 손을 흔들며 고개를 꾸벅 숙였다. 덩달아 묵례를 하자 탈탈탈대는 엔진소리가 잦아들며 먼지바람도 차분히 가라앉았다.

"할아버지. 건강하시죠?"

빨간 모자를 쓴 멋쟁이 할아버지가 손을 한번 척 치켜들며 스쿠터에서 내리셨다. 이현이 태어나서부터 그를 친손자처럼 등에 업고 다닌 백 씨 할아버지였다. 서로의 얼굴에 반가움이 가득했다.

"이놈의 자식, 얼마나 비싸게 구는지 얼굴 다 까져먹겠다."

"하하. 자주 찾아뵙지 못해 죄송해요, 할아버지. 아픈 곳은 없으시죠?"

"오늘내일하는 늙은이가 안 아픈 데가 있겠냐, 이놈아? 여기저기 쑤시고 안 결리는 데가 읎써."

"에이, 앞으로 삼십 년은 끄떡없을 거면서 또 그러신다."

친손자 대하듯 엉덩이를 한번 찰싹 때린 할아버지가 이현의 손을 잡고 힘껏 흔들었다.

꼿꼿한 허리를 보니 꽤나 정정해 보이셨다. 조금 뒤로 물러났던 이수는 여전히 이현의 손을 잡은 채 고개만 살짝 돌려 자신을 보는 할아버지에게 두 손을 모아 다시 한 번 인사했다. 호기심 가득한 눈이 이현과 이수를 번갈아 살폈다.

"할아버지. 여기는 제가 각시 삼고 싶은 정이수예요. 우리 이수 예쁘죠?"

"안녕하세요. 어르신. 정이수입니다."

각시 삼고 싶다는 말에 단정한 얼굴로 인사하는 이수를 차분히 살피던 할아버지가 대뜸 혼잣말처럼 "애는 잘 낳으려나." 하고 말씀하셨다. 당황한 이수가 이현을 보자 그가 괜찮다며 한쪽 눈을 찡긋댔다.

"우리 꽃분이 소싯적만은 못해도 곱다, 고와."

"할아버지. 우리 이수가 어딜 봐서 꽃분이 할머니보다 못해요?"

"예끼! 우리 꽃분이가 그 유명한 포도 아가씨 출신이야, 이놈아."

꽃분이 할머니를 잘 알고 있는 이현은 절대 인정할 수 없었지만, 한번 고집을 부리면 대단한 할아버지임을 알기에 고개를 한 번 젓고 이수의 손을 꼭 잡았다.

"다음에 할머니 좋아하시는 강냉이 사 가지고 놀러 갈게요. 할머니 걱정하시지 않게 스쿠터는 제발 천천히 타시고요. 아셨죠? 그 나이에 폭주 뛰시면 남들이 흉 봐요."

"오냐. 이 된장에다 비벼 먹을 놈아."

이현의 잔소리가 싫지 않은 듯 퉁명한 대답과 달리 할아버지의 얼굴엔 웃음이 깊었다. 인사를 하는 이수에게도 멋쟁이처럼 손을 흔들어 주고는 바람처럼 휑하니 가 버리셨다.

"어릴 때 나 등에 업고 옆 마을이고 읍내고 열심히 다니셨어. 우리 집은 충치 생긴다고 밥 외에 군것질거리는 일절 없었는데 할아버지 집에만 가면 모나카나 캐러멜이 바구니에 가득했어. 그 맛에 밤마다 할아버지랑 잔다고 울다가 효자손에 얼마나 많이 맞았는지 몰라."

모두에게 사랑을 받고 자라서 이렇게 구김살이 없는 모양이다. 저 멀리 먼지를 일으키며 가는 할아버지의 뒷모습을 한참 보던 이현이 이수의 이마에 입을 맞추며 말했다.

"쌍둥이를 낳아도 걱정 없을걸? 봐 주겠다고 나설 분들이 하도 많아서."

자신의 배를 은근슬쩍 만지는 이현의 손등을 세게 꼬집은 이수가 눈을 흘기며 앞서 걸었다. 누가 꽉 잡았다 놓은 것처럼 화끈대는 귀를 만지작대며 이수는 이현이 따라오지 못하게 앞만 보고 곧장 걸었다. 그런 그녀를 뒤따라가는 이현의 입가엔 미소가 가득했다.

포도밭에서 나온 두 사람은 이현이네 약국으로 향했다. 오래되어 낡고 뻑뻑한 셔터를 올려 문을 열자 여기저기 손때가 묻은, 작고 깔끔한 내부가 이수를 반겼다. 어느 날은 경수가, 또 어느 날은 인애가 지키고 서 있을 카운터 책상 앞에 가 기대섰다.

실내를 가만히 바라보던 이수는 걸음을 옮겨 오래된 나무 의자 등받이에 기대 잠시 눈을 감았다. 이현은 열고 닫힐 때마다 삐걱

소리 내는 문을 아예 밖으로 밀고 틈 사이에 돌을 끼워 놓았다. 시원한 바람이 약국 안으로 밀려 들어와 금방이라도 스르륵 잠이 들 것 같았다.

동네 아주머니들이 오랜만에 왔다며 손을 잡고 놓아주지 않는 탓에 박카스를 박스째 가지고 나가 이리저리 돌리고 돌아온 이현은 고개를 젖히고 눈을 감은 이수의 옆에 앉아 다리를 쭉 늘어뜨렸다. 선잠이 들었던 이수가 그 반동에 눈을 떴다.

"아버지는 서울에서 직장을 다니셔서 엄마랑 나만 먼저 영동에 내려왔어. 원래는 방학 때나 가끔씩 내려왔는데, 유치원 들어가고 얼마 안 돼서 아예 내려왔던 걸로 기억해."

나지막한 소리에 이수가 귀를 기울였다.

"여기가 원래는 다른 분이 하던 약국이었는데 몇 년 이따 아버지도 영동으로 내려오시면서 그때부터 이현이네 약국이 됐어. 오전엔 포도밭에 계시다 오후 늦게 약국 문을 열면 친구들이랑 우르르 몰려오곤 했어. 친구들 부모님은 모두 농사를 짓는데 어린 마음에 흰 가운 입고 조제실에서 바쁘게 움직이는 아버지가 제일 멋져 보였나 봐."

친구들과 이 나무의자에 앉아 약을 조제하는 아버지의 모습을 기쁘게 바라봤을 이현의 모습에 눈에 그려지는 듯하다.

"자라면서 스스로에게 다짐했어. 언제가 됐든 영동에 내려와서 이현이네 약국을 물려받겠다고. 내가 그랬던 것처럼 내 자식들도 흰 가운을 입고 조제실에 있는 날 보며 뿌듯해했으면 좋겠다고."

봄 약국보다도 작고 오래됐지만 나무로 짜 맞춘 약장 서랍 하나하나가 정겹게 느껴졌다. 쿰쿰한 약냄새와 파스 냄새로 가득한 시골의 이 작은 약국이 이수도 마음에 들었다. 상처받고 힘이 들면 이곳으로 자신과 함께 도망을 오겠다던 이현의 말을 떠올리며 이수는 약국 내부를 두 눈과 마음에 담았다.

인애는 직접 기르고 수확해 삶아 얼린 나물과 들기름을 뒷좌석에 싣고 이수의 손을 잡았다.

“조만간 올라갈 테니까 이현이 빼고 엄마랑 데이트하자. 그래 줄 수 있지?”

“그럼요. 꼭 오셔야 해요.”

새끼손가락을 걸고 가볍게 흔들자 인애가 이수의 어깨를 안고 토닥였다.

“맛있는 거 많이 먹고, 너무 편하게 있다 가요, 어머니.”

“오고 싶으면 언제든지 와. 저 망둥이 같은 녀석은 두고. 알았지?”

“네.”

이수는 손등으로 웃음을 가렸다.

그때 부자지간이라기보다 형제처럼 투닥거리던 경수가 이현을 밀치고 와 이수에게 손을 내밀었다. 농사일로 거칠어진 손을 살며시 잡자 경수가 가볍게 그 위를 두드렸다.

“두어 달 있다 포도 맛있게 익으면 꼭 다시 와요.”

“네. 선배랑 꼭 같이 오겠습니다.”

투박하지만 따뜻한 손을 마주 잡고 이수가 수줍게 대답했다.

마당에 불을 훤히 켜고서 이수와 이현이 차에 타 큰 길로 나갈 때까지 이현의 부모님은 아쉬운 듯 손을 흔들었다. 창문을 열고 작게나마 같이 손을 흔들던 이수는 몇 번이나 뒤를 돌아봤다.

"또 오자."

이수의 왼손을 핸들에 끌어다 놓고 그 위를 포개 잡은 이현이 다정하게 속삭였다. 이수는 가만히 고개를 끄덕였다.

07_

두 사람은 새벽 한 시쯤이 되어서야 도착했다. 운전을 해 피곤하다는 핑계로 자신의 집 거실 소파에 드러누워 꿈쩍도 하지 않는 이현의 고집에 진 이수는 이불을 가져와 덮어 주었다. 정말 피곤하긴 했던지 이현은 얼마 지나지 않아 고르게 숨을 쉬며 깊은 잠에 빠져들었다. 그런 그를 곁에서 바라보다 자신도 모르는 새에 깜빡 잠이 들었던 이수는 서늘하게 돌아가는 에어컨을 끄고 방에 들어갔다. 얼마간 더 단잠을 자다 푸르게 밝아 오는 새벽빛에 눈을 뜨니 여섯 시가 되어 가고 있었다.

조수석에 앉아 있기만 했는데도 여행의 고단함은 어쩔 수 없었다. 이수는 졸린 눈을 비비며 옷을 갈아입고 나와 바로 주방으로 들어갔다.

쌀을 씻어 밥솥에 안치고 시장에서 사 와 얼려 둔 곰국을 냄비에 덜어 폭폭 끓였다.

뿌옇게 확 치솟은 곰국의 불을 줄이고 욕실에 가 간단히 세안을 한 이수는 피곤했는지 머리까지 이불을 뒤집어쓰고 자는 이현을 조심히 흔들어 깨웠다. 더 자게 둘까 싶다가도 아침 일찍 가게에 들렀다가 관음죽을 가지러 가야 한다던 투정 같은 말이 기억나 어쩔 수 없었다.

“선배. 어디 가야 된다면서요.”

몇 번 더 흔들어 깨우자 애벌레처럼 꿈틀꿈틀 움직이던 몸이 길게 쭉 펴졌다. 크게 기지개를 켜자 이불이 소파 아래로 힘없이 흘러내렸고, 한쪽 눈만 간신히 뜬 이현이 웃는 얼굴로 손을 흔들었다. 부스스하게 엉킨 머리를 손으로 대강 빗으며 소파 아래로 발을 내린 이현이 고소한 냄새에 코끝을 문지르며 이수의 등에 업히듯 기댔다.

“무거워요.”

“냄새 좋다. 무슨 국이야?”

“사골이요. 무겁다니까요?”

“자자, 밥 먹으러 가자.”

이현은 무겁다는 항의 섞인 말은 싹 무시하고 등에 달라붙은 채로 이수의 몸을 주방으로 밀었다. 맞은편에 내려놓은 국과 밥도 이수의 옆자리로 옮겨다 놓았다.

“잘 먹겠습니다.”

아이처럼 또박또박 큰 소리로 외친 이현은 이수가 건네주는 소금과 후추를 살살 뿌리고 밥을 만 국을 크게 한 술 떠먹었다.

귀찮아하는 기색이 역력한데도 굳이 옆에 앉아 밥 한 공기 싹 다 비워 낸 이현은 설거지를 한 뒤 욕실에 들어가 양치를 했다. 그러고는 이수가 쓰는 비누로 세수를 하고, 이수가 썼던 수건으로 얼굴을 닦았다.

"꿈꾸며 기도하는 오늘부터 우리는…… 흥흥흥, 으으음."

이수 대신 문단속까지 한 이현은 기분이 좋은지 손가락으로 핸들을 두드리며 노래를 흥얼거렸다.

"같이 밥 먹고 같이 출근하니까 꼭 신혼부부 같다. 그치?"

대답을 바라고 한 말은 아닌지 곧 다시 노래를 부르는 그를 보며 이수는 가만히 창가에 머리를 기댔다. 신호가 바뀌어 가고 서길 반복할 때마다 머리부터 시작된 진동에 온몸이 간지러웠다. 손등을 긁다 보니 익숙한 골목이 눈에 들어오기 시작했다.

아무 생각 없이 앉아 있던 이수는 갑자기 생각난 듯 허리를 곧게 펴고 천천히 지나가는 창밖을 유심히 살폈다. 혹시라도 할머니가 폐지를 모으러 나오시진 않았을까 하는 마음에서였다.

그러나 꽃집 앞에 도착할 때까지 할머니의 모습은 보이지 않았고 실망했는지 이수의 어깨가 살짝 처졌다. 하지만 이현에게는 티를 내지 않으려 애쓰며 문을 열고 내렸다.

"화분에 물 주고 빨리 갔다 오면 얼추 1시쯤 되겠네. 같이 점심 먹자. 배고프면 코코아라도 마시고 있어."

"아침 든든히 먹어서 괜찮아요. 괜히 서두른다고 위험하게 속도 내서 다녀오지 말아요."

이현이 알았다며 이수의 코를 아프지 않게 비틀었다. 짓궂은데도 다정함이 느껴져 이수가 얼굴을 붉혔다.

그렇게 투닥거리다 약국 문을 열어 주겠다며 열쇠를 빼앗아 들고 건너편으로 성큼 걸어간 이현의 얼굴이 딱딱하게 굳어 버렸다.

"이게 왜 이러지?"

셔터는 금요일 저녁에 내리고 간 그대로였지만 분홍색 자물쇠의 고리 부분이 무언가에 심하게 긁혀 있었다. 다행히 유리문에 손을 댄 흔적은 없었지만…… 이현은 불안한 마음에 잘려 나가기 직전인 자물쇠를 심각하게 내려다봤다. 셔터 줄도 몇 개가 심하게 휘어져 있었다. 마치 누군가가 억지로 잡아 늘린 것처럼.

좀처럼 움직일 줄 모르는 이현에게 이상함을 느끼고 뒤따라간 이수 역시 그것을 보고 놀라고 말았다. 하지만 최대한 놀란 티를 감추며 태연하게 말했다.

"철물점에 가서 새 걸로 사 오면 돼요. 괜찮으니까 얼른 다녀오세요."

등을 떠밀어도 이현은 문 앞에서 움직이지 않았다. 뒷주머니에서 휴대폰을 꺼내 그 모습을 사진과 동영상으로 촬영하고 저장했다. 이수는 예전에도 한번 이런 적이 있었다며 대수롭지 않게 여겼지만 이현은 기분이 괜히 찜찜했다.

이틀 동안 목이 말랐을 꽃과 화분에 물을 주고 나서면서도 약국에 혼자 남겨 두고 온 이수가 마음에 걸려 결국 갓길에 차를 세우고 휴대폰을 만지작댔다. 액정을 아래로 죽 훑어 내리다 전화번호와 상호를 발견한 이현이 망설임 끝에 통화버튼을 눌렀다.

"CCTV를 설치하려고 하는데요."

비상등을 켜고 차분하게 가게 위치를 말하고 약속 시간을 정한 이현은 시간을 확인하고 핸들을 돌렸다.

오후 늦게야 출장이 가능하다는 말에 관음죽만 싣고 바로 돌아온 이현은 손님이 많았는지 쓰레기통에 수북이 쌓인 종이컵을 발로 한번 꾹 누르고 조제실로 들어갔다. 사입 일지를 보며 선반을 정리하던 이수가 조제실에 들어오는 이현을 보고 의자에서 내려왔다.

"오셨어요?"

"배고플 텐데, 많이 기다렸어?"

"손님이 감귤파이 주셔서 그거 먹었어요. 선배야말로 배고프겠어요. 가요. 밥 먹으러."

예전과 달리 사뭇 다정한 말투와 행동에 이현이 푸근하게 웃었다. 귀 뒤로 머리를 넘겨 주며 이수의 손에 들린 일지를 빼앗아 테이블에 올려놓고 조제실 밖으로 그녀를 데리고 나왔다. 등 뒤에서서 가운 벗는 걸 도와주는 척하다 은근슬쩍 어깨를 안았다 놓는 저를 밀어내지 않는 그녀가 좋았다.

"오늘은 좀 멀리까지 가 볼까?"

"멀어요? 병원 점심시간에는 맞춰 와야 되는데."

"차로 십 분 정도?"

"오며 가며 음식 나오는 시간까지 하면……."

근처 약국까지 이사를 해 버리는 바람에 길게 자리를 비우는 것은 이수에게 부담스러운 일이 되었다. 대부분 근처에서 사 온 도시락으로 점심을 해결하는데, 모처럼 나가서 먹길 바라는 이현에게 무조건 안 된다고 하기도 어려웠다. 고민을 하던 이수가 이현의 소맷부리를 작게 흔들었다.

"점심은 근처에서 먹고 가려던 곳은 저녁때 가면 안 돼요?"

미안한 듯, 아랫입술을 깨물자 이현이 웃으며 고개를 끄덕였다. 이수의 얼굴도 그제야 가볍게 풀렸다.

"미안해요. 이삼 일마다 피부과랑 내과에 진료 받으러 오시는 분들이 계세요. 시간이 맞지 않으면 일부러 큰길까지 가셔야 돼서."

"괜찮아. 대신 저녁엔 정이수 시간 몽땅 내가 차지할 거야. 밥 먹고, 영화 보고, 산책도 하고."

이현은 마치 다짐을 받듯 퇴근 후 할 일들을 열거했다.

빵빵빵빵빵—

CCTV를 설치하러 온다는 업체 직원을 기다리기 위해 밖에 나와 있던 이현은 연달아 들리는 클랙슨 소리에 화들짝 놀랐다. 길가도 아니고 문 바로 앞에 서 있었던 이현은 골목에서 이유 없이 경적을 울리는 미친놈이 누군가 싶어 고개를 들었다가 낯익은 남자의 얼굴을 확인하고는 가볍게 목례했다.

노란 승합차가 지나가자 예의 바르던 모습은 싹 지운 이현이 인상을 쓰며 가운데 손가락을 하늘로 번쩍 치켜세웠다. 사람을 놀라게 한 걸로도 모자라 비웃듯이 한쪽 입꼬리를 들어 올리며 지나치는 걸 똑똑히 본 탓이다.

"저 고등어 눈깔. 자꾸 사람 거슬리게 만드네."

노란색 차가 시야에서 사라질 때까지 이현은 시선을 떼지 않았다. 알 수 없는 감정이 찰싹 달라붙어 신경을 긁어 댔다.

차로 십 분 정도 거리에 있는 신축 아파트 단지 내에 새로 오픈한 샤브샤브 가게에 저녁을 먹으러 왔다. 오픈한 지 얼마 안 된 가게라서인지 대기석에 들어서자마자 여기저기서 친절한 음성이 쏟아졌다. 과도한 친절을 좋아하지 않는 이수는 이현의 뒤에 숨어 직원이 안내해 준 자리에 가 앉았다.

"점심으로 먹기엔 조금 부담스러울 뻔했어요."

빈 의자에 핸드백과 이현의 옷을 곱게 접어 올려놓으며 이수가 말했다. 일찍 온 편인데도 넓은 홀은 사람들로 가득했다. 직원의 도움을 받아 주문을 한 이현은 소리가 나지 않게 의자를 들어 이수의 옆으로 자리를 옮겼다.

"떨어져 있으니까 쓸쓸해."

"누가 뭐라고 해요?"

변명하듯 하는 말에 이수가 피식 웃었다. 생각보다 아무렇지 않은 반응에 이현도 따라 웃었다.

그러는 사이 매콤한 육수가 가득 담긴 전골냄비가 테이블 위에 올라왔다. 국물이 끓는 동안 이현은 이수가 마실 따뜻한 물과 샐러드를 가져왔다. 뷔페식으로 육수에 넣을 야채를 계속해서 가져다 먹을 수 있었다. 대학시절 소현, 은정과 같이 갔던 패밀리 레스토랑과 흡사해 이수는 조금 들뜬 얼굴로 접시를 들었다.

"대학교 때 빕스 한번 가 보고, 이런 곳은 처음이에요."

좋아하는 것만 쏙쏙 골라 담으며 신나 하는 모습이 귀여워 이현은 이수 몰래 웃음을 터뜨렸다.

"고기도 먹어야 되니까 적당히 가져와."

보글보글 끓는 육수에 넣어 익힌 고기를 건져 주며 하는 말에 이수가 건성으로 고개를 끄덕였다. 이현은 제 말은 흘려들은 채 마요네즈에 버무린 사과와 오렌지를 쏙쏙 골라 먹으며 좋아하는 걸 보며 당장에라도 입을 맞추고 싶은 걸 억지로 참았다.

생각해 보면, 고승우와 사귀기 전에도 이랬던 것 같다. 잘 웃고, 잘 먹고, 재잘재잘 떠들고.

성격이 변할 만큼 힘들었나 싶어 새삼 마음이 아렸다. 그때와 비슷한 모습으로 앉아 있는 이수를 따뜻한 눈으로 바라보며 말했다.

"나중에 어머니 모시고 다시 오자."

"응. 좋아요. 우리 엄마 이런 데 한 번도 와 본 적 없어요. 내가 모시고 다녀야 하는데 그럴 생각을 못 했어요. 진짜 엄마랑 꼭 다시 와야겠어요."

포크를 쥐고 이수가 배시시 웃었다.

"나중에 선배 부모님도 모시고 와요. 어머니 조만간 올라오신다고 하셨는데 그때 모시고 오면 되겠네요."

"우리 엄마? 에이, 우리 엄마는 샤브샤브보다 삼계탕, 내장탕 뭐 이런 거 좋아하셔. 읍내 가도 아버지랑 나는 발언권 없이 무조건 둘 중에 하나 골라야 돼."

자신의 부모님도 잊지 않고 챙기는 이수의 마음만으로도 충분하다며 이현은 손사래를 쳤다. 인애의 식성은 이것과 거리가 멀었다. 솔직하게 그렇게 말하니 잘 먹던 이수가 갑자기 한심하다는 듯한 얼굴로 한숨을 쉬었다.

"그야 시골에는 이런 가게가 없으니까 그렇죠. 모시고만 와 봐요, 좋아하시지. 가만 보면 선배 진짜 이상해. 다른 사람한테는 만능로봇처럼 알아서 척척이면서 정작 어머니에 대해서는 왜 그렇게 무심해요? 무결점 아들이 아니라 다결점 아들이야, 완전."

이수의 면박에 이현이 겸연쩍은 얼굴로 뒤통수를 긁었다. 엄마도 예쁘고 좋은 거, 맛있는 거 입고 먹을 줄 안다며 설교를 하는 이수에게 두 손을 들고 비는 척해 보였다.

"우리 엄마, 고생을 많이 해서 발꿈치가 심하게 갈라졌어요. 특히 겨울만 되면 굳은살이 쩍쩍 갈라져서 피도 나고 그래요. 발톱은 또 얼마나 두꺼운데요. 발톱 깎이로는 깎지도 못해요. 작년에 서울 왔을 때 처음으로 네일숍에 모시고 갔는데 남한테 보여 주기 부끄럽다고 하면서도 막상 가니까 많이 좋아하셨어요."

이현은 가만히 이수의 말에 귀를 기울였다.

"선배 어머니 손 제대로 본 적 없죠? 손가락 끝이 갈라진 데다 까매요. 하루 종일 흙 만지고 나무 만지고 하시니까 물이 들어서 빠지질 않는 거예요. 우리 엄마처럼. 엄마한테 나 하나인 것처럼 선배도 선배 혼자잖아요. 전화도 자주 드리고, 좋은 거 있음 다른 사람 말고 부모님부터 챙겨 드려요. 저는 선배가 남한테 좋은 사람인 것보다 부모님한테 좋은 아들이었으면 좋겠어요. 제일 가까운 사람도 보듬지 못하면서 남한테 쏟는 정성, 그게 진심이라고 생각되진 않을 것 같아요."

양손에 각각 젓가락과 숟가락을 쥐고 타이르는 모습에 웃음이 났지만 막상 다 듣고 보니 부끄러운 마음이 들었다. 손을 뻗어 이수의 볼을 어루만졌다. 어느 한 곳 예쁘지 않은 곳이 없다.

손등에 턱을 괴고 이수가 먹는 걸 지켜만 보는데 앉은 자리 뒤쪽에서 누군가가 이현의 이름을 불렀다. 반사적으로 몸을 돌리자 낯이 익은 남자가 반갑게 웃으며 인사를 해 왔다. 이름과 얼굴이 떠오를 듯 말 듯했다. 그때 이수가 들고 있던 수저를 내려놓는 게 보였다. 굳어 버린 이수의 얼굴과 남자를 번갈아 보는데 그가 묻지도 않고 맞은편 자리에 앉았다.

"선배님. 저 07학번 서대식입니다."

"서대식. 그래, 기억난다."

"와, 이런 데서 만날 줄 몰랐습니다. 선배 프로젝트 끝나고 연구팀으로 돌아오셨다는 말씀은 들었는데, 완전히 오신 겁니까? 옆에 분은…… 정, 이수? 야, 너 정이수 맞지?"

예의상 건넨 손을 잡고 넉살 좋게 떠들어 대던 대식이 조용히 앉아 있는 이수를 발견하고는 눈을 크게 떴다. 그러더니 놀란 듯 이수와 이현을 번갈아 보며 할 말이 있다는 듯이 입술을 움찔거렸다. 가깝게 앉아 있는 모습은 누가 봐도 나무랄 데 없이 완벽한 연인의 모습이었다.

가만히 있던 이수가 천천히 고개를 들고 대식을 향해 말을 건넸다.

"나 정이수 맞아. 오랜만이다."

"그러게. 잘 지냈냐? 네가 이현 선배님이랑 연락하고 지낼 줄은 몰랐다?"

은근히 위아래를 훑는 대식을 표정 없이 바라보던 이수가 더는 말하지 않고 고개를 돌렸다.

깜빡, 아무런 말 없이 눈만 감았다 뜨는 모습을 바로 옆에서 지켜보던 이현이 대식의 시야에서 이수를 숨기듯 가리며 대식을 불렀다. 그의 시선이 자신에게 향하자 심기가 불편함을 고스란히 드러내며 들고 있던 숟가락을 일부러 세게 내려놓았다.

"서대식. 보다시피 우리가 지금 식사 중이라서."

"네?"

"너도 일행이 기다리고 있을 것 같은데."

"저기, 선배님."

"서대식. 머리 장식이냐? 친절하게 설명해 줘야 일어날래? 우리 둘 중 누구도 네게 그 자리에 앉으라고 허락한 적, 없다고. 그러니 같잖게 주접 그만 떨고 꺼져."

기억이 났다. 서대식, 승우가 지갑을 열면 맨 앞에 서서 알랑방귀 뀌던 녀석. 알 만하다는 얼굴로 힐끗 이수를 훔쳐보는 그에게 이현이 차갑게 일갈했다. 당장 눈앞에서 꺼지라고.

자신과 동기 몇을 유독 마음에 들어 하지 않아 했던 이현의 욕설에 대식이 허둥지둥 자리에서 일어나 원래 있던 자리로 돌아갔다.

승우와 헤어지고 나서 자신에 대한 안 좋은 소문을 가장 앞서 퍼트리고 다녔던 서대식과의 만남에 테이블 아래에 숨겨진 이수의 손이 하얗게 질려 있었다. 정이수와 김이현이 만나고 있다더라 하는 소문이 머지않아 동기와 선배들 사이에 파다하게 퍼질 것이다. 하필이면 서대식과 만나다니.

이제 곧, 남의 말을 하기 좋아하는 사람들이 이현을 두고도 떠들어 댈 게 분명하다. 자신 때문에 그 힘들고 기분 나쁜 일을 이현도 겪게 된다. 그 생각에 이수는 눈을 질끈 감았다.

만난 지 하루 만에 사귀고 헤어지는 사람들도 많다. 그 많고 많은 커플들 중 하나였던 자신들에게 사람들은 생각보다 관심이 없다는 소현의 말을 틀렸다. 제약회사 창업주 일가의 하나뿐인 아들로 황태자나 다름없는 고승우와 정선에서 올라와 하루에도 아르바이트를 두 개씩 하는 정이수의 연애사는 두고두고 씹기 좋은, 술자리의 오징어 같은 안줏거리였다. 잊고 있다가도 '아, 걔?' 하며 한 번씩 씹고 물어뜯을 수 있는.

졸업을 하고 그다음 다음 해, 이수는 카네이션을 들고 교수님을 찾아갔었다. 호기심 가득한 눈으로 자신을 살피던 조교는 화장실 바로 옆 칸에 그 당사자가 있는 줄도 모르고 누군가와 통화를 하고 있었다. 소문의 정이수를 만났다, 별나게 예쁜 줄 알았는데 생각보다 별로더라, 라며 아무렇지 않게 자신을 깎아내렸다.

그 순간 얼굴이 화끈거렸다. 사정을 모르고 사람들이 하는 말들에 일일이 화내고 변명할 필요 없다고 마음먹었는데도 분하고 창피했다.

소문 속 정이수는 낯설 만큼 대단한 사람이었다. 사람 홀리는

데 천부적이라더라. 잠자리 기술이 대단하다더라. 그렇지 않고서야 그 대단한 집 콧대 높은 아들을 어떻게 사로잡았겠느냐 하는 무성한 추측들. 자신이 그렇게도 대단한 사람인 줄 이수는 처음 알았다.

"이수야. 따뜻한 물 좀 마시자."

꽉 얹힌 것 같은 가슴을 저도 모르게 두드리고 있었나 보다. 이수는 그의 말에 겨우 현실로 돌아왔다. 따뜻한 물을 가져와 입가에 대고 기울여 주는 이현을 물끄러미 바라보다 한 모금 받아 마셨다.

"체했나? 왜 이렇게 손이 차."

달래듯이 한 모금 더 마시게 하고 차갑게 식은 손을 꾹꾹 주무르는 그를 빤히 바라봤다. 손끝보다 가슴속이 더 써늘하다. 이제 곧 자신과 묶여 또 다른 소문의 주인공이 될 이현에 대한 걱정과 미안함에 명치가 꽉 막히는 것 같았다.

"이수야. 나 좀 봐 봐."

누구도 원하지 않았던 대식과의 만남 이후 먹는 둥 마는 둥 하다 결국 집으로 돌아왔다. 소파 끝에 다리를 끌어안고 앉아 아무런 말도 하지 않는 이수의 모습에 마음이 아프다. 예전, 자신이 곁에 없던 그때에도 이렇게 혼자 웅크리고 앉아 슬픔을 삭였겠지…… 어쩐지 그 모습이 눈에 훤했다.

하필이면 왜…….

많고 많은 장소 중에 왜 하필이면 그곳을 골라 이수를 힘들게 만들었는지 죄책감이 든다.

나는 왜 그때 용기를 내지 못했을까, 사람들의 입방아에 오르내리며 네가 힘들어하는 걸 왜 혼자만 모르고 있었을까, 그런 자책감에 가슴이 새까맣게 타들어 갔다. 멋진 사람인 척, 그럴 수 있는 사람인 척 너무도 쉽게 다른 사람들은 무시하면서 잘난 체 하던 제 모습이 떠올라 목이 찢어질 듯이 메었다.

많이 속상할 텐데도 겉보기에는 덤덤해 보였다. 무릎에 턱을 대고 자신을 바라보는 담갈색 눈동자를 보며 이현은 괜찮은 척, 아무렇지 않은 척 애써 입술 끝을 끌어올려 웃는 모습을 만들어 냈다.

호선을 그리는 입술을 따라 이수의 눈동자가 움직였다. 이현은 그저 가만히 손을 뻗어 그녀의 머리를 다정하게 쓸어 만졌다.

천 리를 간다는 발 없는 말처럼 신이 나 떠들고 다닐 대식에 대한 생각으로 머릿속이 복잡했던 이수는 걱정할 필요 없다는 듯 온기를 나누어 주는 이현을 보고 눈물을 쏟을 뻔했다. 그걸 입술을 깨물어 가며 가까스로 참았다.

"괜찮아."

뭐가 괜찮다는 건지 모르겠다.

새삼, 이제 와 상처받을 리 없다고 생각했다. 늦은 밤 자신을 찾아와 마음을 고백하는 이현을 보며 설사 엮인다고 해도 사람들의 입방아에 상처받을 일은 없다고 자신했다. 그저 귀찮고 불편하기만 할 뿐이라고, 그렇게 생각했는데 전부 다 착각에 불과했다.

헤어진 옛 연인의 친구이며 부족함 없이 좋은 남자. 가랑비에 옷 젖는 줄 모르듯 자신도 모르게 어느새 마음이 가 버린 남자. 그런 이현이 정이수와 고승우 사이에 껴 사람들 입에 오르내리면…… 아마도 이수 자신은 큰 상처를 입을 거다.

흐트러진 머리칼이 시야를 가린다. 그걸 핑계로 눈을 감아 버렸지만 곧바로 다시 눈을 떴다. 따뜻한 손이 머리카락과 이마의 경계에서 부드럽게 움직인 탓이다.

정수리와 귀 뒤를 쓰다듬던 손이 찬찬히 볼을 타고 앞쪽으로 내려왔다. 얼굴에 닿아 있는 손가락 끝이 신기하게도 심장박동처럼 볼록볼록 뛰는 듯한 느낌이 든다. 가만히 고개 들어 바라보자 이현의 얼굴이 아래로 내려와 이수의 얼굴을 덮었다.

입술과 입술이 부드럽게 겹쳐지며 몰캉한 혀가 얽히고설키기 시작했다.

이수는 불편하게 무릎을 끌어안고 있던 손을 풀고 기대 오는 이현의 어깨를 잡았다. 그러자 이현이 이수의 다리를 아래로 늘어뜨리고는 그 위로 걸터앉으며 몸을 밀착시켰다. 감당하지 못할 정도의 무게는 아니었다. 조금 전보다 자세가 편해지자, 이현의 얼굴이 조금 더 거칠게 움직이기 시작했다.

숨이 차오르지만 밀어내는 대신 질끈 눈을 감았다.

차라리 예전처럼 혼자가 되어 버릴까 하는 마음과 괜찮다는 이현의 말을 믿고 곁에 있을까 하는 마음, 이 이중적인 고민마저 덮고 지나갈 만큼 달콤한 키스에 온 신경이 모여들었다.

얽혔던 혀가 사르르 풀어지고, 붉게 달아오른 입술이 이수의 입술을, 턱을, 그리고 조금 더 아래를 쪼듯이 짚어 내려가며 부드럽게 핥고 깨물었다. 하얗고 여린 살을 깨물면 바로 이어 달래듯 뜨겁게 달아오른 혀가 스치고 지나갔다.

헐렁한 셔츠를 들춘 손이 건반을 두드리듯 찬찬히 배꼽부터 위로 말랑한 살을 짚으며 올라왔다. 움찔대며 뒤로 밀린 등이 소파에 닿아 멈춘 사이, 이현의 손가락이 점점 더 집요하게 속옷 사이를 헤집었다. 브래지어 속으로 들어간 손이 보드랍고, 또 보드라운 가슴을 한 번에 담아냈다. 잠시 잠깐이라도 복잡한 머릿속을 헤집고 들어가 저로 가득 채워 넣을 수 있기를 바랐다. 찰나의 시간이라 할지라도 이수가 편해지길 바랐다.

그는 마치 소중한 것을 다루듯 조심스럽게 손을 움켜쥐었다 펴길 반복했다.

살짝 감은 눈을 뜨자 보이는 건 정염이 인 듯 또렷하게 치켜뜬 이현의 눈동자였다. 소름과는 조금 다른 감각에 저절로 다시 눈이 감겼다.

감긴 눈, 꽃처럼 붉어진 목, 그리고 입술에 기묘한 만족감을 느낀 이현은 손을 조금 거칠게 움직여 보드라운 젖가슴 한가운데로 손가락을 옮겼다. 오돌토돌 기분 좋은 소름이 돋은 피부를 스치고 지나가 마침내 작게 숨어 있는 보물을 그러쥘 수 있었다.

당장에라도 입술을 내려 게걸스럽게 물고 싶었다. 그런 상상만으로도 이수의 무릎에 걸치고 있는 엉덩이와 등 근육이 딱딱하게 굳었다. 옷으로 누르고 있는 분신이 금방이라도 천을 찢을 듯 아프게 부풀어 올랐다.

이현은 이내 빙글빙글, 짓궂게 유두를 비틀어 대던 손짓을 멈췄다. 가슴 위로 말려 올라간 속옷을 제자리로 돌려놓고는 손을 천천히 배꼽 아래로 내려 셔츠 밖으로 빼내 이수의 뺨을 감쌌다.

"후우."

폭풍처럼 큰 숨이 이수의 얼굴 곳곳에 뿌려졌다. 움찔 놀란 이수가 감았던 눈을 떴다.

무언가를 억지로 참고 있는 듯한, 붉은 기 가득한 얼굴에 이수의 손이 이현의 가슴을 밀어냈다. 그녀가 하는 대로 순순히 물러난 이현이 소파 아래 무릎을 대고 앉아 이수의 손가락 틈새로 자신의 손을 끼워 맞췄다.

고작 한 번의 연애가 왜 이렇게 널 힘들게 하는지 모르겠다. 이현의 얼굴이 그렇게 말하고 있는 듯했다.

다수의 손가락질과 수군거림은 생각보다 큰 상처를 준다. 처음에는 무시를 한다. 그러다 억울한 마음에 아니라고 목소리를 내 보지만 더 큰 수군거림에 묻히고 만다. 그렇게 시간이 지나면 이제는 눈이 마주치는 모든 사람들이 자신에 대해 이야기한다고 생각하게 되고, 하늘보다 땅을 보는 시간이 많아지게 된다.

아는 사람들 앞에서 머리채도 잡혀 봤고, 물도 뒤집어써 봤다. 창피하고 화가 나고, 어디론가 사라져 버리고 싶었지만 애써 아무렇지 않은 척했다. 혼자만 떳떳하면 된다고 생각했는데 그런 자신을 보며 사람들은 독하다고, 뻔뻔하다고 했다. 저렇게 대단하니 그 잘난 남자를 꾀어냈다고 그렇게들 쉽게 손가락질하고 소문을 냈다.

친구라고 해 봐야 소현과 은정, 두 사람뿐인 자신과 달리 기억 속 이현의 주변에는 늘 많은 사람들이 있었다. 그 많은 친구들도 결국 호기심을 이기지 못해 이현에게 물을 게 뻔하다. 고승우와 사귀었던 정이수와는 대체 어떤 관계냐고. 언제부터 만나고 있었냐고.

사실 두려운 것은 그런 질문들에 지쳐 갈 이현이다. 한두 번은 웃으며 넘길 수 있겠지만 곤란한 질문과 소문들이 계속되면 사람인 이상 언젠간 지치고 말 것이다. 그러다 어쩌면 자신과 엮이게 된 것 자체를 후회하게 될지도 모른다. 이수는 그렇게 변할 이현의 감정이 두려웠다. 사랑의 유효성에 대한 확신이 없기에 두려웠다. 감정이라는 건 언제라도 쉽게 뒤집을 수 있는 손바닥 같은 거니까.

쉽게 마음을 주고 만 자신과, 하필이면 자신들 앞에 나타난 대식에 대한 원망에 눈가가 뜨거워졌다. 사람들 앞에 당당하게 나설 용기도, 이현을 밀어낼 용기도…… 그 무엇도 자신에게는 없다. 그 사실이 싫고, 슬펐다.

"읏샤."

겨우 겨우 눈물을 참고 있는 이수의 겨드랑이 아래로 손을 밀어 넣어 번쩍 일으킨 이현이 대신 그 자리에 앉으며 자신의 무릎 위에 이수를 앉혔다. 힘없이 축 처진 어깨에 팔을 두르고 머리와 어깨 등을 다독였다. 결국 이수가 큰 소리로 울음을 터뜨리고 말았다. 울음에 설움이 고스란히 묻어난다. 그 설움에 의연하던 이현의 얼굴에도 수심이 들어차고 있었다.

울다 지쳐 잠이 든 이수를 침대에 눕히고 나와 불 꺼진 거실에 혼자 앉은 이현은 원우에게 전화를 걸었다.

자정이 가까운 시간이었지만 신호음이 들리고 얼마 지나지 않아 원우의 목소리가 들렸다.

"나다."

— 어, 왜?

"너 서대식이라고 기억하냐?"

— 서대식? 알지. 고승우 따까리. 개 멋대로 오더 에러 내고 QC 팀에서 모가지 당하고 쫓겨날 뻔한 거 고승우 빽으로 간신히 영업팀 발령받았어. 아마 지역 영업 뛸 거야. 그런데 갑자기 서대식은 왜?

"거기 다녔냐? 난 왜 몰랐지?"

— 네가 언제 남 신경 쓴 적 있냐? 넌 임마, 바로 해외 임상 팀 발령 받았고…… 지역 영업 뛰는 녀석이랑 마주칠 일이 있었겠냐? 그러니까 모르는 게 당연하지. 왜?

"이수랑 저녁 먹으러 갔다가 만났어."

— 아이고, 저런. 땅덩어리도 넓은데 하필 만나도 고승우 따까리를 만나냐……. 이수는? 괜찮아?

"울다 잠들었어."

말만 들어도 안타깝다며 원우가 혀를 찼다.

— 서대식이 그놈, 그 자식한테 가서 미주알고주알 다 떠들어 대는 거 아니야?

"떠들어 대면 뭐?"

자신도 모르게 뾰족한 말이 튀어 나갔다.

— 꽈배기 같이 배배 꼬인 놈이라 혹시라도 니들 찾아가지 않을까 걱정이다. 이수, 가뜩이나 힘들 텐데.

"그런 일 없어. 없게 해야지."

— 고작 연애 한번 한 거 가지고 왜들 그렇게 말이 많은지. 고승우 그놈이 제일 문제야. 집에 돈도 좀 있는 놈이 여직까지 뭐 한다고 솔로래? 정신 나간 것들은 그놈이 그러고 다니니까 괜히 이수한테 얼마나 세게 뎄으면 저러냐고 하더라. 막말로 그놈이 여자한테 당할 놈이야? 지들도 다 알면서 괜히 만만한 이수나 걸고 넘어지는 거야.

할 일 없이 무릎 위를 배회하던 손으로 이마를 짚었다. 피곤이 몰려 미간을 문지르던 이현이 가만히 원우의 이름을 불렀다. 그러자 승우를 포함해 불특정 다수를 욕하던 원우가 입을 다물었다.

"원우야. 나 어떻게 하면 좋냐?"

— 뭐를?

"자신 있게 말했어. 뒤에서만 숙덕대는 찌질이들 무시하라고, 내가 다 막아 줄 것처럼 말이야. 그랬는데…… 이수가 받은 상처, 너무 쉽게 생각했었나 봐. 말로는 이해한다고 했으면서 사실은 나도 은연중에 '남들 하는 말에 뭐 그렇게 신경을 쓰지.' 그런 생각을 했나 봐. 원우야. 내가 정말 쓰레기처럼 그런 생각을 하고 있었나 보다."

— 하이고, 새끼야. 뭘 또 그렇게까지 땅굴을 파. 어쩔 수 없어. 원래 그런 겨. 어쩌다 넘어져 봐. 남자들이야 오늘 재수 더럽게 없네, 하며 툭툭 털고 쉽게 쉽게 일어나지만 여자들은 아프고, 쪽팔리고 하니까 울기도 하고, 누가 일으켜 주길 기다리더라고. 물론 씩씩하게 일어서는 여자들도 분명 많겠지만 내가 본 대부분은 그러더라. 뭐 성차별 발언은 아니고.

스스로가 생각하기에도 도움 되는 조언은 아니라고 생각했는지 원우가 한숨을 푹 내쉬었다.

— 아 지금 나 뭐라는 거냐? 갑자기 말 지어 내려니까 꼬이네. 아무튼 여자들은 신경이 반 토막 난 남자들하고 다르게 섬세해서, 남자들 같으면 그냥 웃고 넘어갈 일이 급소를 세게 맞은 것처럼 치명적일 수도 있다는 소리야. 그러니까 정말 그런 생각을 했더라도 남자라는 동물이 원래부터 생겨 먹길 그런 걸 어쩌냐. 내 생각은 그렇다. 아무튼 이 형님의 말씀은……. 엄하게 땅 파지 말고 그럴 시간에 뒷말하는 놈들이나 족쳐. 니 말대로 당장 이수 보쌈해 영동에 내려갈 거 아니면 지금이라도 네가 앞에 서서 막아. 이수가 더 상처 안 받게.

살다 보니 김이현에게 조언 비슷한 걸 하는 날이 올 줄은 몰랐다며 원우가 괜히 너스레를 떨었다. 피식 웃은 이현이 고개를 뒤로 젖히며 폐부를 쥐어짜듯 깊은 숨을 내쉬었다.

일어나 조심히 닫힌 방의 문고리를 돌렸다. 그러고는 문가에 기대 주황빛 스탠드 불이 비추고 있는 곤히 잠든 이수의 모습을 바라봤다. 눈과 마음이 온통 이수뿐이다.

"너 내일 시간 되냐?"

— 시간이야 만들면 되지. 왜? 술 마시자고?

"아니. 시간 되면 좀 오라고."

— 어디? 너 한다는 꽃집?

"어."

문을 닫고 거실 벽에 등을 대고 선 이현이 천장을 올려다보며 말을 이어 나갔다.

"이수한테 적어도 내 친구들은 소문, 그런 거 안 믿는다고. 다른 사람은 몰라도 소현이나 은정이처럼 내 친구들도 내 편이고 우리 편이라는 거 보여 주고 싶어서."

— 어우 닭살. 야, 너 내 친구 김이현 맞냐? 지 잘난 맛에 살던 놈이 언제 이렇게 배려의 아이콘이 됐어? 어우, 귀 녹는 줄 알았네.

장난스럽게 대꾸한 원우가 알았다며 주소를 보내 놓으라고 했다.

"고맙다."

— 고마운 거 알면 내 피 같은 월차, 네 결혼식에서 입을 비싼 정장으로 대신하시던가.

원우를 따라 이현도 웃었다.

잠깐이지만 마음이 편해졌다.

등을 대고 있던 벽에 뺨 한쪽을 가져다 댔다. 시선이 아무 소리도 들리지 않는 이수의 방문에 머물렀다.

이현은 그렇게 선 상태로 익숙한 번호를 꾹꾹 눌렀다. 원우 한 명으로는 모자랄 것 같았다. 그래서 잠들어 있을 시간이라는 걸 알면서도 영동 집에 전화를 걸었다.

— 술 마셨냐? 왜 안 하던 행동을 하고 그래?

농사철엔 열 시만 되면 주무시는 부모님인데, 어쩐 일인지 인애가 전화를 받았다. 전화를 걸면서도 큰 기대는 하지 말자 했던 다짐이 무색하게 금세 들리는 목소리에 이현이 짧게 안도의 한숨을 쉬었다.

누구라고 말하지 않아도 전화를 건 사람이 누군지 인애는 단박에 알아냈다. 도통 먼저 전화를 하는 적이 드문 아들이 밤늦게 전화를 건 게 술을 마셔 그런 거라 생각했는지 인애의 목소리가 퉁명스럽다.

“엄마.”

— 왜?

“열두 시 넘었는데 뭐 하고 있었어?”

— 네 아버지 자꾸 방귀 뀌어서 거실로 도망 나왔다. 연속극 재방송 보고 있었어. 왜? 무슨 일 있어?

“엄마.”

— 얘가 왜 자꾸 엄마 엄마, 안 하던 행동을 해? 징그럽게. 술 많이 마셨어?

말은 그래도 걱정하는 기색이 역력하다. 픽, 대답 대신 웃은 이현이 주르륵 벽을 타고 내려와 바닥에 앉았다. 바닥에 다리를 쭉 펴고 앉아 이수와 어머니의 사진이 달랑 걸려 있는 벽을 바라보며 인애를 불렀다.

“엄마.”

밤늦게 전화해 엄마만 부르는 이현이 이상했던지 전화기 너머로 들리던 텔레비전 소리가 점점 줄어든다.

— 이현아. 너 진짜 무슨 일 있니? 엄마한테만 말해 봐. 응?

“엄마. 나한테…… 이수한테 좀 와 줘요. 엄마가 우리한테 좀 와 줘요.”

— 무슨 일이야? 김이현? 그렇게 답답하게 빙 돌려 말하지 말고 엄마한테 똑바로 말해. 무슨 일인데 그래?

"이수가 힘들어해요. 속이 많이 상했는데 당장 뭘 어떻게 해 줘야 될지 모르겠어요. 자신만만했는데 막상 저렇게 힘들어하는 모습 보니까 무슨 말을 해 줘야 할지 모르겠어요. 엄마. 엄마가 이수 좀 달래 주세요. 내가 무슨 말을 어떻게 해야 하는지 좀 알려 줘요."

눈물이 핑 돌며 속상함에 목이 아려 왔다. 횡설수설 도와 달라는 말만 하는 이현의 이름을 인애가 불렀다. 정신을 차리라는 듯 크고 단호한 목소리였다.

— 김이현. 엄마가 부르잖아. 대답해, 김이현.

"엄마……."

— 너 엄마랑 아버지한테 해야 할 말이 있는 것 같은데, 맞아? 맞으면 더 미루지 말고 지금 다 말해.

대답 대신 이현은 고개를 위아래로 힘없이 끄덕였다. 보이지도 않을 텐데 인애는 마치 충분한 대답을 들었다는 듯 차분히 물어 왔다. 옆에서 무슨 일이냐고 묻는 경수의 목소리도 들렸다.

인애의 차분한 목소리에 용기를 낸 이현은 입술을 열었다.

처음부터 끝까지 보태거나 줄이지 않고 자신이 알고 있는 그대로의 이수에 대해서, 그런 이수에 대한 자신의 마음과 현재의 상황을 하나도 빠짐없이 말했다.

이수가 너무 좋아서. 좋아하는 마음만 너무 커서, 전처럼 또 맥없이 놓치기 싫다는 그런 욕심만 앞서서 다른 건 너무 쉽게 생각한 것 같다며 울먹이는 아들의 말을 인애와 경수는 찬찬히 들어 주었다.

이마와 눈에 닿은 축축함에 잠에서 깼다. 손을 뻗어 이마를 더듬자 물에 젖은 수건이 만져졌다. 그것을 베개 옆으로 내리다가 옆으로 누워 팔베개하고 있는 이현과 눈이 마주쳤다.

“밤새 생각해 봤는데.”

마주친 눈이 붉게 충혈돼 있어 신경이 쓰이던 차에 자신이 걷어 낸 물수건을 집어 자신의 눈가에 올려놓은 이현이 평소와 같은 톤으로 말했다.

“꽃집에 써니 플라워 사장님이 쓰다 남긴 사포가 있더라고. 가시 다듬을 때 쓰는 거 같은데 창고에 그게 한 박스나 남아 있는 거야.”

뜬금없는 사포 이야기에 팔꿈치로 매트리스를 누르며 몸을 일으키자 그 반동으로 이현의 몸이 살짝살짝 흔들렸다.

“촐싹 맞게 이리저리 말 옮기고 다니는 놈들 주둥이를 싹싹 문질러 줄 만큼의 양이라 이거지.”

이수는 그제야 이현이 하는 말의 뜻을 알아들을 수 있었다. 현실성 없는 으름장에 웃음이 난다.

“그거 범죄예요.”

“방범 카메라 없는 사각지대를 노려야지. 들키지 않을 자신 있어. 들켜도 초범인 데다가 눈물 콧물 흘리며 뼈저리게 반성하고 있습니다, 하며 울먹울먹 연기할 자신 있어.”

"치이."

"정이수 눈에서 눈물 나게 하는 사람들, 내가 어떤 식으로든 응징해 줄 거야."

물수건으로 눈을 가리고 있는 그를 물끄러미 바라보던 이수가 손을 뻗어 눈 위에 올려진 물수건을 잡았다. 옆으로 슬쩍 치우자 이번에는 손등으로 눈가를 척 가렸다.

"울었어요?"

충혈되고 살짝 부은 눈두덩을 보며 이수가 묻자 이현이 급하게 반대쪽으로 돌아누웠다. 농담처럼 찔러 본 말인데…… 돌아눕는 그의 한쪽 어깨에 이수가 손을 올렸다. 슥슥, 쓰다듬듯 어루만지는 손길에 이현의 몸이 천천히 돌아서기 시작했다.

"정이수. 경고하는데 웃지 마."

웃고 싶은 마음이 조금도 없었는데 되레 그 말 한마디에 폭탄처럼 웃음이 터졌다.

"웃지 마. 붕어눈 돼서 웃긴 건 피차 마찬가지야."

손으로 입을 막고 웃는 이수를 뚱 하게 쳐다보던 이현이 손을 뻗어 이수를 몸 위로 세게 잡아당겼다. 이현은 힘없이 끌려온 그녀의 몸을 두 팔로 강하게 압박하며 옆으로 몸을 굴렸다. 그 바람에 그의 몸 아래 깔려 눕게 된 이수는 웃음을 멈추는 대신 앓는 소리를 냈다.

벗어나려고 애쓰는 몸 뒤로 손을 넣어 감싸 안은 이현이 이수의 이마와 코, 입술에 차례대로 입을 맞췄다. 그 담백하게 닿았다 떨어진 입술에 벗어나기 위한 노력을 멈추고 눈을 마주쳤다.

"기분 좀 나아졌어?"

밤새 자신을 걱정했을 이현의 진심이 담긴 한마디에 이수의 고개가 슬며시 움직였다. 눈을 뜬 순간부터 많은 생각과 걱정이 머릿속을 가득 채웠지만 정말로 괜찮은 척 고개를 끄덕였다.

"거짓말."

웃음까지 지어 보였지만 거짓이라 단정 지은 이현이 꽤 아프게 이수의 이마에 자신의 이마를 쿵 박았다. 자신도 모르게 손으로 이마를 문지르자 한숨이 푹, 이수의 얼굴을 덮는다.

"얼굴에 안 괜찮아요, 나 지금 심란해요, 골고루 쓰여 있는데 거짓말하기는."

이마를 만지던 손으로 얼굴을 더듬었다. 그 모습에 살짝 웃은 이현이 팔을 뻗어 얼굴 양옆을 짚었다. 그러자 몸을 누르던 무게가 조금은 가벼워졌다. 침대를 짚은 두 팔에 무게를 분산시킨 이현이 천천히 이수의 가슴에 한쪽 뺨을 묻었다.

"이수야. 미안하다."

"뭐가 미안해요?"

"너무 쉽게 말했어. 남 말하기 좋아하는 찌질이들 무시하면 그만이라고, 신경 쓰지 말라고. 그렇게 쉽게 말할 게 아니었는데."

이현의 한숨에 이수가 아랫입술을 잘근 물었다.

"은연중에 이렇게까지 네가 불편해하는 이유를 이해할 수 없다고 생각했던 모양이야. 그러니 그렇게 쉽게 무시하라는 말을 했겠지."

그의 자조 어린 말을 이수는 묵묵히 듣기만 했다.

"남들한테 언제든지 쉽게 뱉고 씹을 수 있는 안줏거리가 된다는 게 얼마나 힘든지 아니까, 괜히 나도 사람들 입에 오르내릴까, 그러다 상처받진 않을까. 분명히 너는 그걸 먼저 걱정한 거야."

이수가 걱정하는 걸 이현이 정확히 짚어 냈다. 흐느낌 섞인 숨이 절로 흘러나왔다. 눈을 감은 얼굴에 이현의 손이 닿았다.

"그래도 난 너 못 놔줘. 어떻게 잡은 넌데. 못 놔. 얼간이들이 너랑 날 씹어 대게 가만두지도 않을 거지만 정 씹고 싶으면 마음껏 씹으라고 해. 난 그놈들한테 허위사실 유포로 고소장 하나씩 돌려 버릴 테니까. 그리고 그놈들 가족들한테도 알릴 거야. 당신들 아들딸이, 혹은 형 누나 동생이 얼마나 한심한 인간인지. 더 나가 그 인간들 다니는 회사 게시판에도 올릴 거야."

뺨을 보듬던 손이 여린 어깨를 힘껏 잡았다. 이수는 상처받지 않게 하겠다고 자기 자신에게 다짐하듯 말하는 이현을 물끄러미 바라봤다.

"말도 안 되는 허위사실을 퍼뜨리는 당신들 동료 때문에 내 사람이 정신적인 피해를 입고 있다고. 법적인 방법 말고도 내가 할 수 있는 온갖 치사한 방법을 다 동원해서 자기들도 안줏거리 되게 만들 거야. 퇴근하면 누굴 만나는지, 누구 욕을 하는지, 뭘 먹는지, 화장실은 몇 번이나 가는지 사소한 것까지도 모두 알아내서 벌벌 떨게 만들 거야."

어젯밤, 이수에 대한 모든 이야기를 들은 인애가 말했다. 밭에 난 잡초는 쏙쏙 잘 솎아 내면서 그런 머저리들은 안 솎아 내고 뭐 했냐고. 이현은 인애의 호통에 정신을 차릴 수 있었다.

"더럽고 치사해도 정이수가 상처받지 않을 수 있다면 난 그렇게 할 거야. 그리고 세상에서 가장 안전하고 따뜻한 곳으로 널 데리고 갈 거야."

상체를 일으켜 세운 이현이 크고 단단한 손을 내밀었다. 망설이듯 손가락 끝을 비비던 이수가 마침내 손가락 틈새로 자신의 손을 집어넣었다. 이현은 완벽하게 맞아 들어간 손에 힘을 줘 이수를 침대 아래로 이끌었다.

홍보실장 고승우.

자개명패를 부러운 듯 바라보던 대식이 소파로 돌아가 풀썩 주저앉았다. 일본 임상시험 수탁기관과 업무 협약을 맺고, 개발 마지막 단계에 접어든 경구복용용 항 정신병 신약 치료제에 대한 홍보자료를 검토하던 승우는 후루룩 소리 내어 차를 마시는 대식을 흘깃 보고는 들고 있던 자료를 파일함에 집어넣었다.

탁, 소리에 대식이 눈치 빠르게 들고 있던 찻잔을 내려놓고 승우에게로 상체를 돌렸다.

"두 연놈들이 어찌나 다정하게 붙어 있던지, 눈꼴시어 죽는 줄 알았어요. 형님은 알고 계셨어요? 김이현이랑 정이수 붙어먹은 거?"

저급한 행동과 말투 때문인지, 아니면 거론된 두 명의 이름 때문인지 승우의 미간이 일그러졌다. 그 모습을 본 대식은 더욱더 신이 나 떠들어 댔다.

"정이수가 난 년은 난 년인가 봅니다. 다 아는 사인데 김이현을 척 물은 거 보면. 그나저나 형님. 전 언제쯤 본사로 올 수 있을까요? 자잘하게 구멍가게 돌아다니는 것도 지겨워 죽겠습니다. 김이현 그 자식도 팀장 직책은 달고 나갔는데 저도 슬슬……."

"서대식. 김이현이 네 친구냐?"

"네?"

"김이현이 막 부르기 좋은 뉘 집 개새끼도 아니고. 꼴을 보니 없는 자리에선 고승우 고승우 하겠다, 대식아? 응? 고승우 그 새끼 저 새끼. 안 그러냐?"

"아, 아우, 아닙니다! 아니에요, 형님! 제가 감히 어떻게……."

부들부들 떨며 강하게 손사래 치는 대식을 물끄러미 바라보던 승우가 이내 피식 웃으며 나가 보라는 듯 툭툭, 건성으로 손을 흔들었다. 눈치를 보던 대식이 허리 숙여 인사를 했지만 승우의 시선은 파란색 파일에 향해 있었다.

"정이수."

직접 꺼내 본 지 꽤 오래 된 이름 하나가 입술 밖으로 흘러나왔다.

08_

이수의 집에서 나온 두 사람은 약국까지 손을 잡고 천천히 걸었다. 뒤에서 차가 오면 서로의 어깨를 감싸고 안쪽으로 바짝 붙기도 했고, 사거리 대신 시장으로 이어진 골목길에 들어섰을 땐, 아침 일찍 물건을 떼 오는 일동, 이동 시장 상인들과 만나 인사를 나누기도 했다.

봄 약국 약사 선생님이 알고 보니 유부녀더라 하는 소문은 이제 모르는 사람이 없는 듯했다. 상인들은 옆에서 다정하게 손을 잡고 있는 이현에게도 정겹게 인사를 했고, 그가 너스레를 떨면 이수가 몰래 손등을 꼬집기도 했다.

"내일 정 여사님 올라오실 거야."

"두 분 다 오시는 거예요?"

"우리 엄마 아버지하고는 절대 영동 밖으로 안 나오셔. 매일

집에서 보는 것도 지겨운데 밖에 나와서까지 보기 싫으시대. 버스 타는 순간부터 완전 자유 부인 저리가라야. 장담하는데 아마 내일도 혼자 쌩 하니 올라오실걸?"

"그럼 설마…… 선배도 보러 오지 않으세요?"

"그럴 확률이 높지? 근데…… 아마도 정이수는 보러 오실걸?"

이수가 눈을 동그랗게 떴다. 화들짝 놀라 눈썹을 잔뜩 치켜세운 모습이 사랑스러워 주변을 한번 살피고 재빨리 뽀뽀를 한 이현이 싱긋 웃으며 이수의 손을 잡고 앞서 걸었다.

"엄마, 너 보러 오시는 거야."

"절요? 진짜?"

"응. 진짜. 무뚝뚝하고 말 안 듣는 아들보단 이수가 좋으신가 봐. 주말에 너랑 인사동도 가고, 아쿠아리움도 가고, 남산도 가신대. 어쩌냐, 정이수? 우리 엄마 농사로 단련된 강철체력인데. 따라 다니려면 고생 좀 할걸? 괜찮겠어?"

이현의 말에 이수가 보조개가 드러나게 웃음을 지었다. 콧잔등에도 주름이 예쁘게 졌다. 정선에 가서 은경의 손을 잡고 다니던 이현처럼 인애가 오면 손을 잡고 여기저기를 다니고 싶었다. 자기는 따라오거나 말거나 사이좋게 팔짱까지 끼고 다니던 두 사람이 이수는 내심 부러웠었다.

"어머니도 같은 학교 출신이신 거, 왜 말 안 했어요?"

"나 알려 주기도 바쁜데 뭐하러. 맞다. 엄마 오면 약국 맡기고 우리끼리 데이트 가자. 남산 케이블카도 타고 자물쇠도 걸어 놓고. 오랜만에 대학로 가서 연극도 보고. 좋네. 엄마, 아예 오늘 밤에 올라오시라고 할까?"

"와, 선배 그렇게 안 봤는데 진짜 못된 아들이구나. 원래 성격이죠? 아무리 봐도 우리 엄마한테 살갑게 군 거 다 연기야."

"연기라니? 정선 어머니는 손만 잡아도 예쁘다 해 주시는데, 우리 엄마는…… 후유. 안 하던 짓 하면 사고 쳤는지, 술 마셨는지 그것부터 물어보셔. 같은 여자인데 반응이 극과 극이라니까."

"수줍어 그러시지 속으론 많이 좋아하실 거예요."

"우리 엄마가 수줍어? 나 수줍다는 단어가 왜 이렇게 낯설게 느껴지지?"

"이래서 좋은 사위는 있어도 좋은 아들은 없다나 봐."

두 팔로 엑스 자를 그리는 이현을 보며 이수가 고개를 저었다. 자신이 참 마음에 든다며 손을 잡아 주던 인애가 벌써 기다려진다. 그리고 밭일로 한창 바쁠 엄마 은경도 올라오면 좋을 걸, 하는 그런 아쉬움도 든다. 키우는 소 때문에 좀처럼 꽃구경, 도시구경 한번 제대로 하지 못하는 엄마에 대한 안쓰러움이 커져 점심쯤 잊지 말고 전화해야겠다고 마음먹었다.

"날씨 좋다. 햇살 좋고 구름도 예쁘네. 옆에 있는 정이수는 더 예쁘고."

꽃 대신 잎사귀들이 푸르고 넓게 자라는 시장 뒤쪽, 멀리 보이는 작은 산을 보며 반걸음 정도 앞서 걷던 이현이 휘파람을 불었다. 모처럼 새파랗게 활짝 갠 하늘을 올려다보니 눈이 부셨다. 손등으로 눈을 가렸지만 손 틈새로 반짝반짝 내리 쬐는 햇살이 그대로 통과했다. 가린 손을 내리고 멈췄던 걸음을 뗐다.

시장 중간쯤 되는 곳에서 앞으로 쭉 난 골목으로 빠져나왔다. 과일즙을 판매하는 건강원을 지나 조금 걷자 약국과 꽃집 둘 다 시야에 들어온다. 다른 날보다 조금 늑장을 부린 탓에 절로 걸음이 빨라졌다.

"어이, 김이현."

몇 걸음만 더 가면 되는데, 누군가 이현의 이름을 크게 불렀다. 앞을 보니 정장차림의 남자가 길에 내놓은 꽃집 간판에 턱을 괸 채 손을 흔들고 있었다. 이수의 눈에도 익은 얼굴이다.

"왔나?"

건성으로 손을 흔든 이현이 이수의 손을 잡고 뛰듯이 빠르게 걸었다. 약국을 지나쳐 꽃집으로 바로 가자 아이처럼 웃고 있던 남자가 검은색 서류 가방을 이현의 품에 던지고 이수를 덥석 품에 안았다.

"우리 이수 후배!"

품에 안고 무슨 종이 인형처럼 이리저리 흔들어 대는 통에 이수가 놀라 눈만 깜빡였다. 얼떨결에 받아 든 가방을 아무렇게나 내려놓은 이현이 남자의 목덜미를 움켜쥐고 강제로 이수와 거리를 벌렸다.

"미쳤나? 감히 누굴 끌어안아?"

"야야, 눈에 힘 풀어라. 레이저 나와서 이마 뚫리겠다."

웃으며 이현의 이마를 툭 밀친 남자가 이수에게 손을 내밀었다. 그걸 물끄러미 내려다보자 남자의 손이 이수의 손을 잡아 위아래로 붕붕 흔들어 댔다. 조금은 가볍게 보이는 웃음소리에 이수가 기억 속에 남아 있는 이름 하나를 꺼내 말했다.

"박원우 선배님."

"내 이름 기억하고 있었네? 반가워, 이수 후배. 이게 얼마만이야? 은정 후배 결혼식에 왔었다는 말만 들어서 아쉬웠는데."

다행이도 맞는 모양이다. 이름을 기억해 준 거냐며 티 나게 좋아하는 그를 보며 이수가 가볍게 묵례했다. 이렇게 반가워할 정도로 친한 선후배 사이는 아니었다. 그럼에도 바로 어제 만나고 헤어진 사람처럼 반가워하는 얼굴을 보니 마음이 이상했다. 자꾸 코끝을 문지르게 되고, 귀가 달아오르는 느낌이다. 이현도 그렇지만 그의 주위 사람들은 모두 신기한 성격을 가지고 있다 싶었다.

이수는 인간관계가 폭 넓지 못하다 보니 무조건적인 호의를 갖고 다가오는 사람에게 저도 모르게 약해지는 경향이 있었다. 인애에게 그랬던 것처럼 원우에게도 그렇게 마음이 놓이는 기분이었다. 이현의 친구라면 좋은 사람일거란 무조건적인 신뢰감 탓도 없지는 않을 테다. 이수는 나이답지 않게 어린아이처럼 환한 미소를 보며 슬그머니 웃었다. 그 모습에 이현과 원우도 눈을 마주치며 웃었다. 이수가 보지 못하게 몰래.

"너 여기서 일 분만 기다려."

"얌마, 너 일 분이나 나 기다리게 하고 뭐 하려고 그래? 안 돼!"

"기다리라면 기다려. 이수야, 가자."

"따라가면 안 돼! 속이 먹물빵 같은 놈이라고. 저 늑대 놈이 뭐 할 줄 알고 따라가?"

"시끄러워. 닥쳐."

원우의 이마를 손가락으로 세게 밀친 이현이 이수의 손을 재빨리 잡아당겼다. 따라오면 가만두지 않겠다고 으름장을 놓은 이현은 이수의 가방에서 멋대로 열쇠를 꺼냈다. 다행히 어제 새로 사 달아 놓은 자물쇠는 긁힌 흔적 없이 멀쩡했다. 셔터를 올리고 문을 열고 들어가 원우가 쫓아오지 못하게 가운데 걸쇠만 잠근 이현이 이수를 끌고 조제실로 들어갔다.

"정이수. 아쉬운 대로 가볍게 모닝 뽀뽀 한번 하자."

애초에 대답을 들을 생각은 없었는지 그가 그대로 이수의 뒷머리를 감싸고 입술을 부딪쳐 왔다. 딸기 맛이 나는 입술을 가르고 들어가 보드랍게 유영하는 혀를 휘감았다. 그러다 머리를 감싼 손을 앞으로 가져와 양 볼을 감싼 채 더욱더 강하게 키스했다.

가지런한 치열을 훑으며 혀끝을 살짝살짝 물었다 놓은 이현은 이수의 입술을 깨물고 머금길 반복했다. 물감을 떨어뜨려 놓은 것처럼 새빨개진 입술이 잘근잘근 깨물려 이수가 아픔을 호소하듯 등을 두드렸지만, 이현은 아랑곳하지 않았다.

멈추기는커녕 더욱 대담하게 뺨을 감싸던 손을 내려 어깨부터 천천히 아래로 향했고, 나쁘게도 소담한 가슴을 힘껏 움켜쥐었다. 이현은 그 자극에 놀라 도망치려는 이수의 다리를 자신의 다리로 감싸 버린 채, 매끄러운 블라우스 위를 한 손으로 잡아 부드럽게 문질렀다.

촉, 촉. 공기와 부딪치는 소리에 이수의 얼굴에 열이 확 올랐다.

“미안하지만 밤새 안녕했나 가슴도 한번 만져 봐야겠다, 정이수.”

“뭐, 뭐라는 거예요?”

잠시 입술을 떼 급하게 숨을 내쉬는 모습을 보며 이현이 짓궂게 말했다. 눈을 흘긴 이수가 잡힌 손을 억지로 빼 가슴을 가렸지만 해 보나 마나 한 반항이라는 듯 이현의 손이 손쉽게 블라우스의 단추를 풀기 시작했다.

“직장에서 이러는 거 남자들의 은근한 로망이야.”

“밖에 원우 선배도 있는데 이러고 싶어요? 진짜 못되고 이기적이에요.”

“눈치 없이 누가 이렇게 일찍 오래? 나 오늘 못되고 이기적인 놈 할 거야. 이리 와.”

다리를 푸는 대신 이수의 등을 조제 테이블 위로 밀어 눕힌 이현이 풀어 헤친 블라우스 안으로 손을 밀어 넣었다. 보라색 자수가 놓인 브래지어를 헤치고 색이 고운 가슴을 두 손으로 한꺼번에 감싸 잡았다.

어떻게 해 볼 수 없을 정도로 얼굴이 빨개진 이수가 이리저리 몸을 비틀었다. 그런 그녀의 입술을 이현이 또다시 훔쳤다. 격렬한 움직임 없이 그저 맞대기만 했는데 이수의 몸이 움직임을 멈췄다.

대식을 만나고, 이현에게 옮겨 갈 소문이 무서워 막막했던 어제와 달리 지금은 아무 걱정도 들지 않았다. 다 막아 준다고 했으니까. 아주 약간의 용기만 내 옆에 있으면 그다음은 이현이 알아서 한다고 했으니까.

혼자 삭여야 했던 그때와 달리 지금, 자신의 곁에는 이현이 있으니 겁을 내지 않기로 마음먹었다. 그의 말대로 자신은 대학시절에 누구나 다 하는 연애를 했고 이별을 했을 뿐, 손가락질 받을 만큼 무언갈 잘못한 적이 없으니까.

"늑대 앞에서 다른 생각할 여유도 있고. 음, 역시 학습력이 좋으니 남달라. 봐, 한 번이 어렵지 두 번째는 쉽지?"

귀에 대고 속삭이는 말에 이수가 퍼뜩 정신을 차렸다.

음흉하게 웃으며 가슴 위 하얗게 드러난 살결에 낙서하듯 손가락을 움직이는 이현의 가슴을 힘껏 밀고는 돌아서 재빨리 단추를 잠갔다. 중간 중간 손이 떨렸지만 목까지 단단히 걸어 잠그고 돌아서자 이현이 아쉬운 듯 입술을 비죽 내밀었다.

승우와는 해 본 적 없는 은밀한 행위에 가슴이 두근댄다. 하얗게 코팅된 조제실 창문 너머에 누군가 있을지도 모른다는 불안감은 가져 볼 틈도 없었다. 이수는 괜히 한번 머리도 만져 보며 매무새를 가다듬었다.

그때, 갑자기 이현이 뒷짐을 지고 서더니 이상한 노래를 부르기 시작했다. 생소하지만 한번쯤은 들어 본 적 있는 듯한 노래였다.

"불바다 헤쳐 간다, 우리는 해병. 팔각모 팔각모 팔각모 사나이. 우리는 멋쟁이 팔각모 사나이."

심란해 보이는 얼굴로 노래를 부르는 이현의 모습에 웃음이 났다. 손으로 얼른 입술을 가렸지만 이미 들켜 버린 듯 눈을 가늘게 뜬 이현이 턱으로 자신의 몸 아래를 가리켰다. 그 움직임을 따라 시선을 내렸던 이수는 깜짝 놀라 재빨리 돌아서서 천장을 올려다보며 손으로 부채질을 했다. 토마토처럼 순식간에 빨개진 얼굴을 푹 숙이고 열심히 부채질하는 그녀를 보며 이현이 겸연쩍은 듯 헛기침을 했다.

"큰일이네."

이현에게는 정말 큰일이다. 키스만 해도 신체 일부가 성을 내니.

꿈에라도 나올까 두려운, 밥을 먹다가도 목이 터져라 불렀던 팔각모 사나이를 불러도 좀처럼 사그라지지 않는 배꼽 아래를 보며 이현이 한숨을 내쉬었다. 좋아도 너무 좋아서 탈이었다.

"인간적으로 나 같은 고급인력을 세 시간이나 빡세게 부려 먹고 딸랑 백반으로 퉁 치는 게 말이 되냐? 이수 후배. 비양심적인 저놈과 다른 후배의 생각은 어때? 오전에 내가 나른 화분이 몇 개며 약국에서 차곡차곡 접어 내다 버린 박스가 몇 갠데. 응? 말해 봐."

원우는 의미심장하게도 들어갈 때와 달리 입술이 퉁퉁 부어 나온 두 사람을 취조할 틈도 없이 꽃집과 약국을 오가며 노동력을 착취당했다. 그 대가로 근처 백반 집에 왔지만, 자신의 노동력에 비하면 터무니없는 대접이라며 원우는 내내 툴툴거렸다. 그런 그의 앞으로 이현이 지갑에서 만 원 짜리 지폐 두 장을 꺼내 내밀었다.

"뭐냐?"

"백반 싫다며? 가서 짜장 탕수육 세트 시켜 먹든가."

원우가 기막힘에 몸부림쳤다. 숟가락을 붕붕 휘저으며 나쁜 놈 죽일 놈을 찾았고, 괜히 미안해진 이수가 손을 들고 직원에게 계란 프라이와 해물전을 별도로 추가 주문했다. 세 사람이 앉아 있는 가게에서 파는 메뉴 중에 별도 주문이 가능한 유일한 메뉴였다.

"췌이. 그래도 이 피도 눈물도 없는 놈보다 이수 후배가 훨씬 낫네."

"꼬우면 지금이라도 그 돈 들고 다른 데 가."

"와, 피 같은 월차까지 써 가며 왔더니 이게 말이 돼?"

"난 시간 되면 오라고 했지 월차 쓰라고는 안 했다."

"어머니. 어머니 아들이 어쩌다가 저런 인간을 친구라고 사귀었단 말입니까. 어머니 배 속으로 다시 돌아가고 싶습니다."

한 편의 코미디를 보는 기분이다. 격 없이 오가는 욕이 두 사람의 친밀함을 보여 주는 것 같아 이수는 웃음이 났다.

"웃으니까 더 예쁘네? 내 친구지만 여자 쪽이 너무 아까워. 이수 후배. 원래 예쁜 여자들은 끼리끼리 논다는데 주변에 소현 후배나 은정 후배 말고, 시집 안 간 친구 없어? 아님 사촌동생이나 언니라도?"

"있어도 있다고 하겠냐?"

"얌마, 내가 어디가 어때서? 응? 따박따박 월급 잘 받겠다, 인물 되지, 키 되지. 엉? 치사하게 너만 솔로 탈출이냐?"

"어디가 어떤지 집어 말해 주랴? 따박따박 월급 받는 대신 2,

3일에 한 번 꼴로 야근, 툭 하면 회식. 얼굴은 뭐…… 이미 고등학교 때부터 흘러내리기 시작했고, 키가 크면 뭐 하나? 배가 D라인 임산부인데. 이수야. 괜히 소개해 주고 욕먹지 말고 있어도 없다고 해."

이현이 얼굴에 손바닥을 대고 마치 위아래로 털어내듯 흔들자 원우가 테이블을 닦고 모아 둔 휴지에 물을 뿌리기 시작했다.

휴지에 물을 묻혀 서로의 얼굴에 집어 던지는 걸 본 이수는 아예 고개를 돌리고 웃었다. 서로 헐뜯고 욕하고 때리지만 악의 없는 장난이란 걸 두 사람의 표정만 봐도 알 수가 있다.

아이처럼 싸우는 척하다가도 밥과 반찬이 나오니 언제 싸웠냐는 듯 젓가락을 쥐고 전투적으로 반찬을 집어 먹는 모습이 쌍둥이처럼 똑 닮았다.

"잠깐만. 산세베리아 예약한 사람이야."

밥을 먹다 말고 예약손님에게 전화가 걸려 왔다며 이현이 휴대폰을 들고 가게 밖으로 나갔다. 가끔 있는 일이라 그러려니 하며 숟가락으로 국물을 떠먹는데 원우가 기다렸다는 듯이 말을 걸었다.

"이현이랑 밥 먹으러 가서 동기 만났다며?"

"네."

"걱정이 많았겠네."

이수가 고개를 들자 원우가 푸근하게 웃었다.

"저 녀석, 밤늦게 전화해서 그러더라. 생전 약한 모습 보인 적 없는 녀석이 얼마나 속상했으면…… 나한테 전화해서 사람들이 떠들어 대는 게 얼마나 힘들고 기분 나쁜 건지 아는 이수 후배가

자기 때문에 나까지 사람들 입에 오르내릴까 걱정하고 마음 아파하는 거 같다고.”

죄를 지은 것도 아닌데 저절로 고개가 숙여졌다. 그런 그녀의 손등을 가볍게 두드린 원우가 이현이 나간 문을 한번 보고는 이수 옆으로 의자를 끌고 갔다.

“이제는 알 수도 있겠다. 나 포함 김이현 패밀리는 사실 승우를 별로 안 좋아해. 몰랐겠지만 그 녀석이 이현이한테 참 못되게 굴었어. 승우랑은 부모님 대에서부터 얽힌 복잡한 인연인데, 저 녀석이 귀찮은 일 만들기 싫다고 웬만해선 좋게 좋게 웃고 넘어가니까 다들 몰랐을 거야. 나나 다른 녀석들이 싫어해서가 아니라 옆에 있는 사람 귀한 줄 모르고 깔보는, 지가 가진 것들에 감사할 줄 모르는 그 안하무인 성격 때문에 승우를 싫어했어. 예쁘고 똑부러진 후배가 그 녀석이랑 사귄다는 얘기 듣고 다른 녀석들이 참 안타까워했어. 특히 나는 이현이가 이수 후배 좋아하는 거 알고 있었기 때문에 더 그랬고.”

이러지도 저러지도 못하는 이수의 손에서 젓가락을 대신 빼 테이블에 내려놓은 원우가 물 컵에 물을 따라 건넸다. 건네주는 걸 받아 입술을 축이자 원우가 말이 이었다.

“나나 저 녀석은 이수 후배가 얼마나 힘들었을지 몰라. 그냥 짐작만 하는 거지. 솔직히 나나 저 녀석 신경이 무뎌서 사람들 말에 왜 그렇게 주눅이 들고 힘들어하는지 마음으로는 잘 모를 수도 있어. 이건 말하고도 좀 미안하네. 하지만 이현이 마음 받아들일 때 이런 일 어느 정도는 각오했을 거라고 생각해. 당장은 아니더라도 언젠가는 두 사람이 만나고 있다는 거 알려졌을 거고."

"네."

"그런데도 힘든 거지? 각오했는데 막상 닥치니까? 그럴 수 있어. 근데 이수 후배. 너무 크게 걱정하지 않았으면 좋겠어. 남자들은 생각보다 그런 거 크게 신경 안 써. 누가 자길 씹으면 면전에다 대놓고 쌍욕을 하거나 선빵 날려 버리고 말아. 나만 아니면 되지, 그런 마음이 강하다고나 할까? 음, 내가 누굴 위로하거나 조언을 해 주는 스타일은 아니라 좀 횡설수설해. 무슨 말을 하려는 건지 이수 후배가 알까 싶긴 한데 이왕 껴들기로 했으니까 한마디만 더 할게."

목이 마른지 물을 마신 원우가 진지한 모습 대신 개구쟁이처럼 크게 씩 웃었다.

"이수 후배가 이현이를 위해서 해 줄 일은 소문이 나서 이현이가 힘들어질까 걱정하는 게 아니라 당당하게, 동기나 선배들 만나면 뻔뻔하다 싶을 정도로 고개 치켜들고 이 남자가 내 남자다. 내가 이 남자 여자다, 그 한마디 당당하게 해 주는 거, 그거 하나야. 그거 하나만 해. 나머지는 저기 스페인 레알마드리드 지구방위대 빰치는 이 오빠들이 다 알아서 할게. 오빠들 뒀다 뭐해? 국 끓여 먹어? 이런 궂은일에 써 먹는 거야. 알았지? 다른 걱정은 하지 말고 내 친구, 잘 부탁한다, 이수야."

툭툭, 동성친구에게 하듯 이수의 어깨를 툭툭 친 원우가 원래 있던 자리로 의자를 끌고 가 앉았다. 그때 마침 짠 듯이 이현이 문을 열고 들어왔다. 산세베리아 말고 다른 것들도 주문했다며 신이 나 하는 그를 보며 이수는 몰래 손등으로 눈가를 닦았다.

마음이 뭉클하다. 자꾸 눈물이 날 것 같아 고개를 푹 숙이고 밥을 한 술 크게 떠 이현이 발라 주는 생선과 함께 입에 넣고 꼭꼭 씹었다.

"젠장."

젠장, 젠장, 젠장.

손톱 끝을 물어뜯던 창운이 신경질을 이기지 못하고 눈에 보이는 대로 걷어차기 시작했다.

창고 안에 차곡차곡 쌓여 있던 자그마한 사이즈의 의자들이 우르르 무너지며 큰 소리를 냈다. 먼지가 뽀얗게 피어올라 기침을 하면서도 발길질은 한참이나 계속됐다.

"할망구가 없어지니까 딴 새끼가 들러붙어?"

으득, 엄지손톱의 반이 부러져 나가며 피가 흘렀지만 아픈 줄도 모르고 반대쪽 손톱을 잘근 물어뜯는 창운이었다.

"창운 씨. 큰 소리 나던데 괜찮아?"

그때, 닫힌 창고 밖에서 늙은 여자의 목소리가 들려왔다. 당황해 쉿소리가 났지만 평소와 같이 서글서글한 투로 급하게 대답했다.

"아, 예. 창고 정리하다가 실수로 의자를 넘어뜨렸어요. 먼지 많으니까 들어오지 마세요. 제가 정리하고 나가겠습니다."

"어머, 그럴래? 그래, 그럼. 부탁 좀 할게. 고생해, 창운 씨."

"네. 들어가세요."

혹시라도 문을 열고 들어올까 문고리를 세게 움켜쥐고 있던 창운은 희미해지는 발자국 소리에 숨을 푹 내쉬었다. 그러곤 바닥에 나뒹구는 사진 몇 장을 주워 바지 주머니에 쑤셔 넣었다. 사진 속에는 다정하게 손을 잡은 남녀의 모습이 찍혀 있었다.

원우는 오랜만에 회포를 푼다며 내켜하지 않는 이현을 끌고 퇴근 시간이 되자마자 휑하니 사라졌다. 셔터라도 내려 주고 간다는 이현의 등을 떠민 이수는 영업사원이 주고 간 박스를 조제실 바닥에 옮겨 놓고 나서야 퇴근 준비를 시작했다.

가운을 벗어 의자에 걸쳐 두고 핸드백에 소지품을 챙겼다. 불을 끄고 셔터까지 내려 이중으로 문을 잠근 이수는 오랜만에 정수통닭에 들러 치킨을 사 갈 생각에 걸음을 재촉했다. 가는 길에 편의점 옆 ATM 기에서 현금을 인출해 지갑에 넣었다. 카드 수수료를 걱정하면서도 치킨 무를 하나라도 더 챙겨 주는 정수통닭 사장님을 위한 배려였다.

고장이 났는지 불이 반만 들어온 낯익은 간판을 발견한 이수의 얼굴에 미소가 그려졌다. 걸음을 옮기는데 입출금 수수료 내역을 확인하기 위해 꺼낸 휴대폰이 손안에서 부르르 떨렸다. 액정을 확인하니 소현이었다.

“어, 소현아.”

— 어디야? 퇴근했어?

“응. 오랜만에 치킨 사 가려고. 왜?”

— 왜는. 목소리 듣고 싶어서 전화했지. 왜? 귀찮아? 끊을까?

"아니야. 시부모님 저녁은 어쩌고 전화했나 걱정돼서."

— 말도 마. 애 낳을 때 되니까 신랑이랑 시부모님이 화장실 갈 때 빼곤 침대 밖에 나오지도 못하게 해. 요 며칠 호강하고 있어.

소현이 남들이 들으면 부러워할 자랑을 밉지 않게 했다.

가게 밖에서 문을 두드려 손가락 하나를 펴자 정수통닭 사장님이 알았다며 엄지와 검지로 동그라미를 그려 흔들었다. 단골이라 편한 점 중 하나였다. 가게 밖 파라솔 의자에 앉아 핸드백을 무릎에 내려놓고 플라스틱 테이블에 턱을 괸 채 통화를 계속했다.

"오늘 원우 선배 왔다 갔어."

— 그 오빠는 또 왜? 아아, 이현 오빠 보러 왔대?

"아니. 나 보러."

— 너? 너 그 오빠랑 안 친했잖아? 그 오빠 뭐지?

"부르긴 이현 선배가 불렀나 봐. 와서 밥 한 끼 얻어먹고 하루 종일 꽃집이랑 약국에서 일하다 선배랑 술 마신다고 갔어."

— 풉.

소현이 웃음을 터뜨렸다. 깔깔대고 웃는 걸 듣고만 있던 이수가 말문을 열었다.

"원우 선배가 나한테 그러더라? 아무 걱정도 하지 말고 그냥 당당하게 내가 김이현 여자다, 김이현은 내 남자다. 그 말 하나만 확실하게 하라고. 자기랑 친구들이 레알마드리드 지구방위대 빰치니까 다른 건 걱정하지 말래. 솔직히 나 그 선배 보고 걱정했다? 내 소문이 하도 대단하니까 이현 선배랑 사귀는 거 탐탁지 않아 할까 봐. 근데 자기들만 믿으래."

— 우리 이수 좋았겠네?

"응. 너무. 눈물이 날 뻔했어. 너랑 은정이 걱정할까 봐 아무렇지 않은 척했지만 집에 오면 매일 울었어. 내가 큰 잘못을 한 것도 아니고 그냥 잘사는 집 아들이랑 연애 한 번 한 건데……. 자기들이 말하는 수준 차이, 그게 너무 많이 나서 내가 먼저 찬 것뿐인데 무슨 대역죄라도 지은 것처럼 수군대고 헐뜯고. 자존감이 완전히 바닥을 쳤어. 헛똑똑이였지. 그런 힘든 일이 이제 겨우 지나갔나 했는데, 그때 생각지도 않게 선배가 나타난 거야. 것도 하필이면 그 사람 친구였던. 있지, 소현아. 이상한 게, 처음부터 좀 달랐어. 무례하게 굴었는데도 진심으로 화가 나거나 하진 않았어."

— 인연이 되려고 그랬나 보다.

"그런 건 잘 모르겠지만 어느 순간 문득문득 흔적을 밟고 있더라고, 내가. 전엔 혼자서도 잘만 했는데 뒤돌아보면 선배가 늘 있을 것 같아서 나도 모르게 빈 조제실에다 처방전도 넘기고, '커피 마실래요?' 같은 혼잣말도 하고. 손님이 이상하게 쳐다봐서 부끄러웠던 적도 있어."

옷이 젖는 줄도 모른다는 가랑비가 아니라 우산을 펼 틈도 없이 무섭게 쏟아져 내리는 장대비 같은 사람이었다, 이현은. 어느새 자신을 흠뻑 적셔 놓은 그가 너무 좋아서, 좋은 만큼 행여나 자신과 같은 일을 겪진 않을까 많은 고민을 했다. 그랬는데 그런 고민이 얼마나 쓸데없는 것인지를 이현이, 그리고 이현의 곁에 있는 좋은 사람들이 그녀에게 알려 주었다.

— 내 친구 정이수. 이제 정말 행복해지려나 봐.

"응. 그런 것 같아. 이 사람 옆에 있으면 행복할 수 있을 것 같아."

임신의 영향인지 요즘 들어 부쩍 눈물이 많아진 소현이 은정과 자신만 행복한 것 같아 미안했다며 코를 훌쩍였다. 분위기를 바꾸어 보려는 듯 코맹맹이 소리로 소현이 엉큼한 질문을 했다.

— 그나저나 우리 이수, 선배랑 그건 했어?

"그거?"

— 아유, 또 왜 이러실까, 알 만한 성인이? 그거 말이야. 쿵덕쿵덕 쿵덕쿵덕 달 토끼가 죽어라 친다는 그거.

"야!"

— 아우 깜짝이야. 이년아 애 나올 뻔했잖아.

"넌 잘 나가다 또. 부끄러운 줄도 모르고."

— 정이수. 요즘 세상에 그 흔치않다는 천연기념물 정이수 씨. 너 남녀 간에 속궁합이 얼마나 중요한지 알아? 속이 뻰찌면 말짱꽝이야.

이마부터 목까지 새빨갛게 달아올랐다. 순식간에 빨개진 얼굴에 부채질을 하며 이수가 숨만 씩씩 내쉬자 소현이 까르르 웃음을 터뜨렸다. 숨이 넘어가라 한참을 웃은 소현은 작정을 한 듯 이야기를 멈추지 않았다.

— 나 신랑이랑 처음 했을 때 속이 얼마나 짝짝 잘 맞는지 복상사하는 줄 알았어. 곱상하게 생긴 사람이 얼마나 힘이 좋은지. 얘, 속궁합이 기가 막히니까 사랑도 한 5배속으로 빠르게 생기더

라. 나 가슴에 털 난 남자 싫어했는데 우리 신랑 젖꼭지에 난 털까지 사랑스럽게 느껴지더라니까? 그러니까 더 깊어지기 전에 함해. 한다고 티 나는 것도 아니고.

이수는 고개를 저으며 휴대폰을 멀찌감치 떨어뜨렸다. 비가 온 후 부쩍 더워진 공기에 아무리 부채질을 해도 소용이 없었다. 차가운 테이블에 이마와 볼을 문지르던 이수는 작게 들려오는 소현의 목소리를 무시하려 노력했다.

소파 옆 바닥에 있던 작은 짐 가방을 열었더니 이현이 영동에서 입었던 옷이 들어 있었다. 올라와 바로 여기서 잤던 걸 떠올린 이수는 옷과 속옷을 꺼내 세탁기에 넣고 자신의 옷도 몇 벌 같이 넣어 돌렸다.

세탁기가 돌아가는 사이 거실에 포장해 온 치킨을 펼쳐 놓고 맥주 한 캔을 가져왔다. 리모컨으로 텔레비전 채널을 이리저리 돌리는데 벨 소리가 울렸다. 이현이 벌써 올 것 같진 않았지만 혹시나 하는 마음에 누군지 묻지도 않고 잠금장치를 열었다.

"누구세……."

열린 문 사이로 보이는 얼굴에 이수는 미처 말을 끝맺지 못했다.

"오랜만이네."

혹시나 문이 닫힐까 현관 문턱을 턱 밟는 진갈색 구두코를 보는 이수의 얼굴이 서서히 질려 갔다.

둔기로 강하게 얻어맞은 것처럼 머리가 멍해 잠시 아무 생각도 하지 못했다.

"오랜만이네. 누군 줄 알고 묻지도 않고 문을 열어?"

천연덕스러운 인사에 퍼뜩 정신을 차렸다. 이명이 온 것처럼 멍하던 귓가에 들려온 한마디에 정신을 차린 이수가 고개를 들고 눈썹을 치켜세웠다. 그러고는 잡고 있던 문고리를 놓고 등을 꼿꼿이 세웠다. 조금 높은 곳에서 내려다보는 시선을 똑바로 마주하며 이수가 말문을 열었다.

"나 욕 좀 해도 돼?"

너무도 아무렇지 않게 서 있는 승우의 모습을 보며 이수가 물었다. 그런 그녀의 말 어디가 우스운지 승우의 입에서 웃음이 흘러나왔다. 비웃듯 킥킥대는 그를 이수는 팔짱을 낀 채 물끄러미 바라봤다.

욕이라도 잔뜩 퍼부으면 속이라도 조금 시원할 것 같았다. 참 길게도 이어져 온 구질구질한 인연이었다.

"날 세울 필요 없어. 이야기나 좀 할까 해서 왔으니까."

"발 없는 말도 참 대단하네. 그새를 못 참고 달려가 참새처럼 짹짹거렸나 봐. 이야기? 이제 와서 무슨 이야기?"

소문은 사실이 아니다, 딱 그 한마디만 해 줬더라면 하는 그런 원망이 없다면 거짓이다. 스스로 떳떳하게 해명을 하지 않은 잘못 또한 분명히 있었다. 하지만 소문이 더 부풀려지길 원한다는 듯이 방관만 한 승우에게 화가 나는 건 어쩔 수 없었다.

"들어갈까, 나올래?"

질문에 대답을 하기보다 제 할 말만 하는 것도 여전했다.

"기다려."

이현이 머물었던 공간에 끝나 버린 추억을 끌어들이고 싶지 않았던 이수는 그가 문턱을 넘지 못하게 밀어내고 방에 가 휴대폰과 지갑만 챙겨 나왔다. 그런데 그사이, 그녀의 말을 무시하고 거실까지 들어온 승우가 자신의 기준에서 보면 한없이 좁은 집 내부를 빙 둘러보고 있었다. 화가 치밀었다.

"예나 지금이나 사람 말 귓등으로도 안 듣는 건 여전하구나? 나와. 여기에 그쪽 숨소리 하나 머무는 거 싫어. 끔찍해."

"그렇게까지 질색할 건 뭐야. 오케이, 나가. 나간다."

두 손을 들고 사과하는 시늉을 하는 그를 무시한 이수는 승우 보란 듯이 베란다 문을 열고 스프레이식 방향제를 거실 곳곳에 뿌렸다. 벌레 취급 하냐며 이죽거리는 소리가 들렸지만 무시했다. 그가 자신의 말을 어기고 멋대로 발을 들이민 것처럼.

문이 잠긴 걸 몇 번이나 확인한 이수가 돌아섰다. 엘리베이터 안에서 자신을 기다리는 얼굴이 보였지만 그 안에 함께 타는 대신 비상계단을 밟았다. 황당하다는 듯한 목소리가 복도를 울렸지만 좁은 공간에서 승우가 내뱉은 숨을 들이마시고 싶지 않았다. 그와 함께 있느니 다리의 고단함을 택한 이수는 느리지도, 빠르지도 않은 보통 걸음으로 한 칸 한 칸 계단을 내려갔다.

문득, 이현에 대한 그리움이 솟구쳤다. 자신이 살고 있는 곳쯤 마음만 먹으면 언제라도 쉽게 알아낼 수 있다는 듯한 저들이 소름 끼치도록 무서웠다. 든든한 이현의 어깨와 손이 절실했다.

"그렇게까지 할 필요 있나. 괜히 몸 힘들게."

"그쪽하고 달리 난 소름 끼치게 싫은 사람하고는 공기 한 줌도 같이 마시고 싶지 않아서."

"오랜만인데 너무하네."

"양심이 있으면 그 입에서 그런 말 못 나올 것 같은데. 다른 사람도 아니고 그쪽이 나한테 너무하다고 하니 할 말이 없다."

먼저 도착해 1층에서 자신을 기다리는 승우를 노려보며 바람이 일도록 세게 지나가 버렸다.

"많이 변했네. 누구 때문인가?"

혼잣말처럼 중얼거린 그도 이수를 뒤따랐다.

지갑을 들고 이야기할 수 있을 만한 곳을 두리번대며 찾던 이수의 눈에 도로 갓길에 세워진 검은색 차량이 들어왔다. 이수는 순간 휙 돌아서 승우를 노려봤다. 그 바람에 걸음을 멈춘 승우가 영문을 모르겠다는 듯 소리 없이 표정으로 왜 그러느냐 물었다.

"여기도 발 없는 말 하나 더 있네. 아직도 달고 다녀?"

"뭐라는 거야? 돌리지 말고 알아듣게 말해."

"당신 어머니 귀에도 지금 이 불편한 만남이 고스란히 들어갔겠구나 싶어서. 오늘은 그쪽. 내일은 아마 그쪽 어머니 차례겠네. 아, 이번에도 당신 누나 달고 오시려나?"

어쩔 수 없이 떠올린 중년 여성의 얼굴은 시궁창에 처박힌 듯한 기분이 들게 했다. 온몸에 벌레가 기어 다니는 듯한 끔찍한 기분에 이수가 신경질적으로 팔을 문질렀다.

가시 돋친 말에 승우의 시선이 반대쪽 길에 세워진 차로 향했다. 손을 휘휘 젓자 차는 금세 저 멀리 사라져 버렸다.

“여긴 왜 왔어? 너 사는 곳 쯤 언제라도 알아낼 수 있다는 걸 뒤늦게 보여 주기라도 하려고 온 거야?”

당당하지 못할 이유가 없었다. 이현을 위해서라도, 하며 이수는 마음을 굳게 먹었다.

“일단 어디라도 들어가자. 격 떨어지게 길에서 이러지 말고.”

“잘난 당신들 기준에 나한테 더 떨어질 격이 있긴 해?”

차갑게 대꾸한 이수가 상가 호프집으로 혼자 들어가 버렸다. 올 테면 오고 말 테면 말라는 듯한 태도였다. 기억 속 모습과 너무도 달라진 모습에 승우가 쓴웃음을 흘렸다.

보통 때라면 좁고 쩌든 기름 냄새 가득한 곳에 발도 들이지 않을 텐데. 구석진 자리에 혼자 앉아 있는 이수의 모습에 어느새 승우의 다리가 그쪽을 향하고 있었다. 다만, 앉기 전 원래의 색을 잃은 보라색 벨벳 의자 위에 손수건을 깔았을 뿐이다.

“이쪽 바닥이 생각보다 좁은지 앉아만 있었을 뿐인데 들리더라. 김이현과 정이수.”

“앉아만 있어도 들리는 게 아니라 콩고물 하나 안 떨어지나 발 없는 말이 직접 물어다 준 거겠지.”

“맞아. 딴에는 당장에라도 널 찾아가 행패라도 부릴 줄 안 모양이야.”

누구를 향한 것인지 모를 비웃음이 승우의 입가에 가득했다. 그런 그를 보던 이수가 차갑게 얼린 잔에 가득 담겨 나온 맥주를 단숨에 들이켰다. 그런 모습이 생소했던지 승우가 픽 웃는다. 그가 웃거나 말거나 손등으로 입가에 묻은 맥주 거품을 닦은 이수는 테이블 위에서 부르르 떨리는 휴대폰을 집어 들었다.

[보고 싶다. 지금 내 옆에 있어야 할 사람은 이 녀석이 아니라 정이수인데.]

웃음이 났다. 휴대폰 화면은 취기가 도는지 얼굴이 빨개진 원우의 머리카락을 한껏 그러모아 노란 고무줄로 묶어 놓고 브이 자를 그리는 이현의 모습으로 가득 차 있었다. 시무룩한 얼굴 표정과 달리 원우의 뒤통수 뒤에 불룩 솟아 있는 브이 자 손가락에 웃음이 났다.

[적당히 마셔요. 귀찮다고 원우 선배만 길에 버리고 가지 말고요. 내일 봐요.]

승우가 앞에 있다는 것도 잊어버린 이수가 미소를 지으며 답장을 보냈다.

"누구? 김이현?"

막 전송버튼을 누른 이수의 얼굴이 단박에 딱딱해졌다. 알 필요 없다는 듯 테이블 끝에 탁 소리 나게 휴대폰을 내려놓았다.

"많이 달라졌네. 그렇게 웃을 줄도 알고. 나한테도 그렇게 웃어주지 그랬냐."

"그러게. 살다 보니 누군가로 인해 이렇게도 웃어지네. 그쪽한테는 노력해도 쉽지 않던 일인데. 얼굴 보면 주먹이라도 날릴 줄 알았는데 생각보다 그쪽을 봐도 아무렇지 않아서 그건 또 그거 나름대로 또 놀랐어. 그렇게 웃어 주지 그랬냐고? 그쪽이야 말로 내가 웃어 주길 바라지만 말고 웃을 수 있게 해 주지 그랬어."

휴대폰을 들여다보며 환하게 웃는 얼굴이 승우에게는 낯선 광경이었다. 연애 초반에는 그래도 가끔 보여 주던 웃음이 어느 순간 사라졌던 그녀다. 그때와는 확연히 다른 모습을 보니, 자신 또한 이수에게 제대로 해 준 게 없음에도 불구하고 마음이 언짢다. 자신이 생각하기에도 참 이기적인 언짢음이다.

이미 끝난 사이이고, 자신의 의도적인 외면으로 힘들어했다는 걸 아는데도 '그' 김이현과 메시지를 주고받으며 행복하게 웃고 있는 모습을 보니 신경질 비슷한 무언가가 가슴을 사정없이 긁고 지나갔다. 거슬렸다. 자신은 본 적 없는 미소가 이 자리에 있지도 않은 김이현에게 향하고 있다는 사실이. 유치하게도 못된 말로 이수를 화나게 하고 싶었다.

"내 나름대로의 복수였어. 감히 날 차 버린 정이수에 대한."

파르르 떨리는 눈동자가 고스란히 날아와 박혔지만 승우는 말을 멈추지 않았다.

"정이수는 그런 여자가 아니다. 서로가 다른 걸 인정하고 좋게 헤어졌다. 예의상이라도 할 수 있던 말들, 알고 있겠지만 일부러 안 한 거 맞아. 부풀려질 대로 부푼 소문에 정이수가 힘들어하는 게 기쁘고 재미있었거든."

"치졸하네."

"치졸하지. 어쩌겠냐. 나란 인간이 그렇게 생겨 먹은 걸."

"확실히 나는 용기가 없었지만 그쪽은 예의가 없었어."

"차이고도 예의를 찾을 만큼 좋은 사람이 아니라니까 그러네."

천연덕스럽게 자신의 찌질함을 자랑하는 그에게 할 말을 잃은 이수다. 그런 얼굴도 보기 싫어 애꿎은 기포방울을 노려보다 맥주잔 표면에 생긴 물을 손끝으로 죽죽 긁었다. 일정한 속도로 그런 행동을 반복하며 이수는 차분하게 마음을 가라앉혔다.

"다들 하는 연애. 그리고 한 번쯤 다 하는 이별인데 그쪽, 참 구질구질하게 청승 떨었다고 지금 내 앞에서 고백하는 거지?"

"그게 그렇게 되나?"

그사이 시킨 맥주가 나오자 웬일인지 낚아채듯 제 앞으로 가져간 고승우는 크게 한 모금 마시더니 인상을 썼다.

"이따위 걸 팔고도 돈을 받아? 돈을 내고?"

못 먹을 걸 먹은 사람처럼 인상을 쓰는 그를 보며 이수가 어이없어 웃음을 터뜨렸다. 승우가 바람 빠지는 소리를 내는 그녀를 쳐다보자 비웃듯 말했다.

"대부분의 사람들은 퇴근하고 마시는 그따위 걸 참 좋아해. 밥값은 아껴도 그쪽이 말한 그따위 거에는 돈 아까운 줄 몰라."

"너는."

"몰랐겠지만 그쪽이 비싼 돈 주고 마시는 와인보다 난 원래부터 이쪽이었어. 그쪽이 하도 질색해서 적당히 장단 맞췄을 뿐이야."

"몰랐다. 난 여러모로 우리가 비슷한 취향을 가지고 공유했다고 생각했는데."

"정말 그렇게 생각해? 나랑은 생각이 다르네. 그쪽이랑 나는 하나부터 열까지 다른 것들 투성이었는데."

상처를 주고 싶었는데 말을 하면 할수록 상처받는 쪽은 자신이라는 생각이 들었다. 묻는 말 외에는 말도 잘 안 하고 대부분이 단답형이던 정이수가 맞나 싶을 만큼 직설적이고 매섭다. 새삼, 자신의 기억이 잘못된 건 아닌가 되짚어 봤다. 그래 봤자 기억 속 정이수는 여전했다. 괜히 눈엣가시 같은 김이현과 자신의 차이만 확인한 것 같아 기분이 나빠졌다.

"이 정도면 그쪽이 원한 대화, 충분히 한 거 같은데 그만 일어나도 될까?"

"정이수. 자꾸 그쪽, 그쪽 하지 마라, 기분 구리다. 내가 겨우 그쪽밖에 안 돼?"

그때처럼 오빠라는 단어라도 사용하길 바라는 걸까.

이수는 너무나 기가 막혀 실소를 금할 수 없다. 지금 상황에서 그쪽이라는 단어가 자신의 입에서 나올 수 있는 가장 예의 바른 단어임을 승우는 모르는 것 같았다. 일어나려는 자신의 손목을 잡은 승우의 손을 세게 뿌리친 이수는 다시 의자에 앉았다. 승우의 얼굴이 짜증으로 일그러지는 것쯤은 가볍이 무시하고 더러운 게 묻은 것처럼 보란 듯이 물티슈로 잡혔던 손목을 닦았다.

"왜 하필 김이현이야?"

"그러게. 왜 하필 이현 선배일까? 나, 그쪽이랑 조금이라도 관계 있으면 무조건 피하고 봤는데, 이현 선배한테는 왜 그러지 못했는지 나도 궁금해."

"혹시 나 엿 먹이고 싶었냐?"

"이현 선배랑 만나는 게 그쪽 엿 먹이는 일인 줄은 몰랐네. 엿이야 늘 먹이고 싶었지. 당신이 하는 그 저급한 상상하고는 조금 다르게. 실천으로 옮기지는 못했지만."

"많고 많은 놈들 중에 김이현이라니. 고승우한테 엿 제대로 먹였다고. 정이수."

이름을 말하는 것만으로도 승우는 짜증이 났다. 고등학교, 대학교, 그리고 곧 자신이 물려받게 될 회사까지. 이현은 늘 사사건건 자신의 앞길을 막았다. 촌구석에서 전학 온 주제에 보란 듯이 전교 일 등을 하더니, 그때부터 대학 졸업까지 단 한 번도 자신의 위에서 내려온 적이 없었다.

자연스럽게 꼬리표처럼 그 비싼 과외를 받고 저런 애 하나 못 이겨? 하는 시선들이 늘 따라다녔다. 자신이 내세울 수 있는 것은 고작해야 현금이 두둑한 지갑뿐이었다. 그 사실을 인정해야 할 때마다 피가 거꾸로 솟는 것 같았다.

늘 이기고 싶었다. 어떤 방식으로든. 그리고 마침내 기회가 왔다. 성적 좋고 생활력 강하기로 소문난, 그리 특색 있게 예쁘지도 않은 후배에게 이현의 시선이 머무는 것을 우연찮게 발견한 승우는 처음으로 여자에게 먼저 다가가 사람 좋은 척 흉내를 냈다.

하이에나처럼 주변을 빙빙 도는 머저리들을 시켜 바람을 잡게 하고, 자신과 사귀라고 이수를 부추기라 시켰다. 배려 깊은 남자인 척했고, 친한 친구들까지 등을 떠미니 이수의 입에서도 결국 사귀자, 라는 말이 나왔다.

그때부터 이현이 티 나게 자신을 피하자 우쭐한 마음이 들었다. 인색하게 아주 가끔 웃어 주는 미소에 마음이 움직인 건 그의 계획에 없던 일이었지만 말이다.

"사과할 마음은 없는 거 같은데, 왜 왔어."

"그러게 말이다. 쪼잔하게 너 소문에 시달릴 땐 가만히 있다가 왜 이제야 찾아왔을까. 나도 그게 궁금하다. 내가 여기 온 게 김이현 때문인지, 아니면 정이수 때문인지."

시선을 피하지 않는 정이수가 참 예쁘다는 생각이 든다. 혈색 좋은 입술도, 쌍꺼풀 큰 눈도. 몇 년 만에 본 얼굴이 그때보다 더 예뻐 보여 승우는 픽 웃음을 흘렸다.

'이제 와 예뻐 보이면 뭐 어쩌자고.'

퇴사를 하고 다신 볼 일 없을 거라 생각했던 눈엣가시 때문에 온 건지, 아니면 저 정이수가 보고 싶어 핑계 김에 온 건지 스스로도 판단이 되지 않는다.

테이블 옆으로 삐져나온 구두코가 달랑달랑 흔들리고 있었다. 다리를 꼬고 앉아 손톱 끝으로 테이블을 두드리는 그를 이수는 더 이상의 말이나 질책 없이 그저 바라봤다.

좋은 기억도 분명히 있다. 말로는 너를 좋아한다고 했지만 크게 와 닿지는 않았다. 하지만 어느 순간부터 정말, 손을 잡는 것도 조심스러워하고, 비 오는 날 우산을 들고 마중을 나오는 승우의 눈이 따뜻하게 느껴졌다. 그때 그가 외면하지만 않았더라면, 어쩌면 지금과는 다른 결말이 자신들 앞에 있을지도 모른다.

견뎌 내 볼 수도 있었겠지만 승우를 향한 자신의 마음이 옅고 강하지 못했기 때문에 지금 이렇게 맞은편에 앉아 상처가 되는 말들을 주고받는지도 모른다는 생각이 들었다. 그렇다고 해서 후회를 하거나 그때로 돌아가고 싶은 건 아니다. 그러기엔 승우의 가족에게 받은 상처가 너무 크고, 자신의 곁에 있는 이현의 사랑에 너무 많이 물들어 버렸다.

이현이 보고 싶어졌다. 갑자기 너무도 많이. 덩달아 알 수 없는 눈으로 자신을 바라보는 승우에 대한 불편함도 커졌다. 지금 이렇게 마주 보고 앉아 있는 일이 이현에게 미안해졌다.

"사과할 생각 없고, 사과 받을 생각 없고. 더 이상 시간만 보낼 필요 없다고 생각해."

"나랑 있는 게 그렇게 싫냐?"

"좋을 거라 생각해? 싫어. 불편해. 그리고 이렇게 사이좋게 마주 앉아 있는 시간만큼 그 사람한테 미안해."

"그 사람. 그 사람……."

혼잣말처럼 중얼거리는 모습을 외면한 이수가 휴대폰과 지갑을 챙겨 자리에서 일어났다.

"찾아온 이유 같은 거 들을 생각 없어. 그런데 고승우 씨. 그쪽 말고 고승우 씨. 이왕 얼굴 봤으니 한 가지만 부탁할게. 서대식한테 전해 줘. 이현 선배 건드리지 말라고. 일말의 양심이라도 있다면 없는 소문 만들어 내 나 괴롭힌 거. 그거 없는 셈 쳐 줄 테니 이현 선배랑 나 그냥 두라고. 다른 사람 말은 몰라도 고승우 씨 그쪽한테는 받아먹은 게 있으니 말 들을 거 아니야."

"내가 그런 부탁을 들어줄 거 같냐?"

"들어줘. 이 정도는 나한테 해 줄 수 있잖아. 그리고…… 부탁 들어준 다음에는 내 인생에서 제발 깨끗하게 퇴장해 줘. 꺼져 줘. 부탁이야."

"어려운 부탁을 하네."

이수를 올려다보던 승우가 픽 웃었다. 눈에 보이는 코웃음에 아랫입술을 깨문 이수가 말없이 그 자리를 떠났다. 사과는커녕 몇 년 만에 불쑥 찾아와 이상한 말만 늘어놓은 그를 남겨 두고 자신이 주문한 맥주 값을 지불한 뒤 아무렇지 않게 또박또박 걸어 호프집을 나왔다.

뒤돌아보지 않고 걷던 이수의 몸이 힘없이 허물어진 것은 1층 공동 현관에 도착해서였다. 센서 때문에 열렸다 닫히기를 반복하는 유리문 앞에 주저앉아 이수는 두 손을 꽉 움켜쥐었다. 당당한 척, 아무렇지 않은 척했지만 그동안 그녀 혼자 겪은 일에 대한 원망을 입술 밖으로 꺼내지 않으려 애쓰며 온몸을 부들부들 떨었다.

"바보 같은 건 똑같네."

조금 더딘 걸음으로 이수를 쫓아왔던 승우는 주저앉은 이수의 뒷모습을 한참 동안 지켜봤다. 차라리 욕을 먹고 뺨이라도 한 대 맞았으면 청승맞은 저 모습을 보며 기분이 덜 구릴 텐데.

이렇게 쉽게 와지는 것을.

끝까지 형편없는 남자로 남겠구나, 라고 스스로를 조소하며 돌아섰다. 그리고 자신을 노려보는 이현과 눈이 마주쳤다.

기분 좋게 오른 취기에 2차를 외치는 원우를 반 강제로 택시에 태워 보낸 이현은 어서 날 포장해 가라고 유혹하는 치킨을 덜컥 사 버렸다. 치킨이 든 봉지를 손목에 걸고 터덜터덜 걷다 보니 복도식 아파트가 눈앞에 보였다. 8층쯤 되겠다 싶은 지점에서 고개가 멈췄다.

술을 마시고 막무가내로 찾아가 키스를 했던 날. 그날 이후로 술을 마시지 않겠다고 이수에게 약속했고 잘 지켜 왔다. 오늘은 특별히 이수의 허락하에 원우와 술잔을 기울였다. 찾아가면 분명 예쁜 얼굴로 화를 낼 테지만, 치킨을 보면 금방 풀리지 않을까 생각하며 이수의 집으로 향했다.

몸 구석구석까지 스며든 알코올 냄새를 조금이라도 없애고 싶은 마음에 이현은 크게 숨을 내쉬었다. 사람들이 이상하게 보는 것도 모르고 같은 자리에 서서 숨이 찰 때까지 어깨를 들었다 내린 이현은 경비실을 지나 공동 현관으로 향하다 우뚝 멈춰 섰다. 생각지도 못한 눈앞의 광경에 주머니에 찔러 넣은 손이 부르르 떨렸다.

"고승우."

꽤 오랜 악연 탓에 뒷모습만 봐도 알 수 있었다. 고승우, 친구랄 수도 없는 관계의 그가 분명했다.

나지막이 이현의 입술 나온 이름을 듣기라도 한 듯 남자의 몸이 천천히 돌아섰다. 자신을 발견한 듯 멈칫하는 그의 얼굴을 똑바로 쳐다보며 이현이 걸음을 뗐다. 당장에라도 달려가 주먹을 날리지 않도록 어금니를 꽉 물며 천천히 그에게 다가갔다.

"네가 여긴 어쩐 일이야."

이수를 만나러 온 건지, 이미 만난 건 아닌지. 두 가지 생각이 머릿속에서 강하게 충돌했다. 조금 전 이수가 보낸 메시지는 평소와 같았다. 고승우와 만나지 않았던가, 아니면 만났음에도 자신이 걱정할까 아무렇지 않은 척 답장을 보냈던가, 두 가지 추론이 가능했다.

혹시라도 후자일까 싶어 기분이 나빠졌다. 그렇지만 기분 나빠하는 모습조차 보이기 싫어 애써 아무렇지 않은 척 물었다.

"못 올 이유라도 있냐."

"이유는 없지. 다만 난, 우리 이수도 여기 살고 있다 보니 혹시라도 너랑 마주치면 기분이 아주 뭐 같을까 봐 걱정돼서 그러지."

"우리 이수? 언제부터 정이수가 김이현한테 우리 이수였냐."

"네가 그건 알아 뭐하게?"

서로가 서로의 목적과 마음을 알면서도 모르는 척 빈정댔다.

괜히 찾아왔다 싶어 내심 후회하던 승우는 얼굴을 마주 보고 있는 것만으로도 불쾌하기 짝이 없는 이현의 입에서 '우리' 라는 단어가 나오자 짜증이 치밀었다. 재수 옴 붙은 셈 치고 지나가려다가 이죽거렸다.

"내가 버린 걸 주워 애지중지하는 기분이 어때?"

순간 들고 있던 걸 승우의 면상에 내던질 뻔한 걸 겨우 참은 이현이 비웃음을 잔뜩 머금고 대꾸했다.

"버리긴 누가 누굴 버려? 주둥이가 아무리 삐뚤어졌어도 말은 바로 해야지. 자기 여자 하나 감싸 주지 못하고 마마보이처럼 엄마 출동시켜 동기들 보는 앞에서 까인 건 너야. 아깝게도 그 장면을 나는 보지 못했지만 소문이 파다하더라. 먼저 들이대고도 하도 변변찮아서 시원하게 뻥 차였다고. 고승우. 새끼야, 안 쪽 팔리냐? 나 같으면 쪽 팔려서 관에 들어갈 때까지 이수 근처엔 얼씬도 못 하겠네."

"이 새끼가."

"뭐, 새끼야. 꼬우면 뜨던가. 아, 엄마 나 친구랑 주먹질해도 돼? 네 엄마한테 전화해서 먼저 물어봐야 되나?"

평소와는 전혀 다른 모습의 이현이 승우를 긁어 대고 조롱했다.

어려서부터 치마 부대의 선봉장이던 모친에게 부끄러움을 갖고 있는 승우는 큰 걸음으로 다가와 이현의 얼굴에 주먹을 날렸다. 들고 있던 봉지를 떨어뜨린 이현은 잘 됐다는 듯 오른손을 세게 감아쥐고 맞은 걸 그대로 돌려주었다.

구겨진 휴지 조각처럼 바닥에 나뒹군 승우는 좀처럼 몸을 일으키지 못했다. 반대로 이현은 네 주먹은 주먹도 아니고 솜방망이라 비웃으며 멀리 떨어진 봉지를 주웠다.

"힘들어하는 것도 모르고 병신 같이 손 놓고 있었던 거 생각하면 피가 거꾸로 솟아. 찌질하게 헤어진 애인이 안줏거리 되는 걸 보고만 있어? 너 같은 걸 이수가…… 후우."

말을 다 잇지 못한 이현이 짜증 섞인 숨을 뱉었다.

"하는 꼬락서니를 보니 혹시라도 잠깐 이수한테 용서를 구하러 온 건 아닐까 생각했던 내 머리를 쥐어박고 싶은 심정이다."

손수건을 꺼내 승우의 얼굴에 집어 던진 이현은 솜방망이 같은 주먹도 주먹이라고, 부풀어 오르기 시작한 아랫입술을 엄지손으로 문지른 뒤 상체를 일으킨 승우의 옆으로 가 섰다. 마음 같아선 관리 잘 된 하얀 치아가 몽땅 다 부서지도록 두드려 패고 싶었지만 참았다.

"같은 나이, 같은 학교 다녔다고 친구는 아니지만, 충고 하나 해 주지. 앞으로 누군가에 대한 열등감에 빠져 또 다른 누군가를 불행하게 하는 바보 같은 짓은 하지 마라."

"뭔 개소리야? 때리고 싶어서 괜히 또 시비 트냐?"

"악감정 다 떼고 지금 너한테 이수 정말 사랑한 게 맞는지 물어보면 대답할 수 있겠냐? 내가 이수 좋아한 거 알고 의도적으로 접근한 게 아니라고 떳떳하게 말할 수 있냐고."

불쾌한 듯 입안 가득 고인 핏물을 퉤 소리 나게 뱉은 승우가 손바닥으로 땅을 짚고 천천히 일어섰다. 바지에 묻은 먼지를 툭 털어 내고 허리를 편 그가 대뜸 이현의 멱살을 잡아챘다. 또 싸우자는 건가 싶어 주먹을 움켜쥐는데 그보다 먼저 승우의 입술이 열렸다.

"내가 왜 그걸 너 같은 놈한테 말해야 하냐."

"그럼 그렇지."

이현은 혐오 가득한 얼굴로 제 멱살을 잡고 있는 승우의 손을 내리치듯 뿌리쳤다. 이어 부딪친 손목이 시큰대는지 인상을 쓰는 그의 어깨를 있는 힘껏 치고 지나갔다.

"이수가 너한테 소비한 그 시간이 아까워 죽을 지경이다. 앞으로 다시 찾아오지 마라. 팔다리 성하게 살고 싶으면. 동문회? 네가 꺼져. 앞으론 이수 데리고 열심히 나가 볼 생각이니까. 너 같은 놈은 욕도 아깝고 주먹도 아까워."

크게 휘청대는 걸 확인한 이현은 곧장 앞만 보고 걸었다. 혹시 자신 몰래 이수가 울고 있는 건 아닐까, 그런 걱정만이 남아 있을 뿐이었다.

"퉤엣."

제대로 얻어맞았는지 어금니가 흔들렸다. 피가 고여 비릿해진 침을 연거푸 뱉은 승우는 숨을 크게 내쉬었다.

"병신아. 네가 뭐라고."

그의 말대로 엿 먹일 생각에 이수랑 사귄 건 맞다. 하지만.

"그런 감정으로 결혼까지 하자고 매달릴 사이코는 아니라고, 새끼야."

그 정도 쓰레기는 아니라며 혼잣말을 중얼거리다 돌아섰다. 가는 도중에도 몇 번이나 아파트 중간층을 돌아보았다.

09_

여느 때와 똑같은 풍경이 펼쳐졌다.

이수는 어젯밤 자신이 너무 보고 싶어 달려오다 넘어졌다며 치킨이 든 봉지를 들고 온 이현을 붙잡아 앉혀 약을 발라 준 뒤, 자신은 방에서, 이현은 거실에서 잠을 잤다.

그리고 아침 일찍 이현이 구운 토스트를 물고 사이좋게 집을 나섰다. 특별한 것 없는 그런 아침이었다. 그런데 이수는 자꾸만 이상한 기분이 들었다.

자신의 이야기를 귀 기울여 듣고 웃어 주고는 있는데, 이현의 정신이 다른 곳에 팔려 있는 것 같은 그런 이상한 기분. 다른 날과 다른 그 기분에 잠시 잠깐 서운함을 느낄 뻔했던 이수는 퍼뜩, 머리를 스치고 지나가는 한 사람의 모습에 걸음을 멈췄다.

혹시나 하는 마음에 이현을 바라보자 그가 왜 그러느냐는 듯 의아한 얼굴을 했다. 다른 날과 크게 다를 것 없는데 자꾸만 거슬리던 미묘한 위화감. 웃는 낯을 한 그에게 이수가 천천히 물었다.

"만났어요?"

앞뒤 다 빼고 담백하게 물어 오는 질문에 이현의 얼굴이 덩달아 차분해졌다. 웃음 대신 어쩔 수 없다는 듯한 한숨과 함께 그가 고개를 끄덕였다.

"미안해요."

작은 끄덕임을 본 이수는 미안함에 얼굴이 달아올랐다. 어젯밤 말을 할 수 있는 충분한 시간이 있었음에도 불구하고 본의 아니게 아무 일 없었던 듯 이현을 속인 셈이 되어 버렸다. 고개를 숙이고 입술만 깨물고 있자 이현의 손이 이수의 어깨를 감쌌다.

"욕해 줬어? 때려도 줬고?"

품에 안겨 귓가에 들리는 부드러운 음성에 고개를 끄덕이다, 바로 옆으로 흔들었다. 긍정과 부정. 이현이 살짝 몸을 뒤로 젖히자 이수가 작은 소리로 대답했다.

"욕은 했는데 때리지는 못했어요."

"욕은 시원하게 해 줬어?"

이번에는 이수가 고개를 끄덕였다. 상스러움이 깃든 욕설은 아니었지만 욕을 하긴 했다. 고개를 끄덕이자 이현이 잘했다며 이수의 머리를 쓰다듬었다.

"그럼 됐어."

"화 안 났어요?"

품에 안겨 조심히 올려다보자 이현이 픽 웃는다.

"지금쯤 그 자식 치과에 가 있을걸?"

"선배가 때렸어요?"

"먼저 솜방망이 같은 걸 휘두르기에 기회다 싶어 있는 힘껏 쳤어. 모르긴 몰라도 어금니 위아래 다 흔들릴걸?"

뽐내듯 으스대는 그를 보며 이수가 웃음을 터뜨렸다. 그러다 오래된 나무처럼 든든한 가슴에 한쪽 얼굴을 묻고 속삭였다.

"내 인생에서 제발 깨끗이 꺼져 달라고 했어요. 뺨이라도 한 대 때릴까 했는데 이젠 아무 상관없는 사람이니까, 나한테는 선배가 있으니까 그러지 않았어요."

"잘했어. 때려 봐야 네 손만 아파. 나중에라도 한 대 때리고 싶으면 나나 원우한테 말해."

"말하면요? 선배랑 그 지구방위대 오빠들이 가서 때려 줄 거예요?"

"지구방위대? 큭. 맞네, 지구방위대가 있었네. 응. 그 녀석들 끌고 가서 흠씬 두들겨 패 줄게. 우리 이수 분한 거 다 풀릴 때까지."

말만 들어도 마음이 든든하다. 품에서 나와 손을 내밀자 그 위를 훨씬 크고 단단한 손이 덮었다. 틈 없이 깍지를 끼고 출근을 서둘렀다.

"누가……."

이수는 너무 놀라 말문이 막혀 손으로 입을 가렸다. 순간 흔들리는 이수의 몸을 재빨리 지탱해 준 이현이 소리 없이 욕을 뱉었다.

“들어가 있어. 내가 치울게.”

기분 좋게 출근한 두 사람을 반긴 건 일부러 망가뜨린 듯 엉망이 된 약국 옆 작은 화단이었다. 예쁘게 자라고 있던 금잔화 꽃은 강하게 짓밟혀 흔적만 겨우 남아 있었고, 흙은 다 헤집어져 있었다. 그리고 그 위로는 보란 듯이 화려하게 포장된 장미꽃다발이 놓여 있었다.

족히 백 송이는 넘어 보이는 장미꽃이 이수의 눈에는 무섭게만 보였다. 소름이 돋아 팔을 끌어안으며 눈을 감았다. 이현은 몸서리치는 이수를 약국에 먼저 들여보내려 열쇠를 건네받았다. 그러다 더 참지 못하고 돌아서 꽃다발을 바닥에 내던지고 발로 힘껏 뭉개기 시작했다.

바닥에 짓이겨진 빨간 흔적이 분노를 더 가중시켰다. 포장지가 다 찢어지도록 밟아 대는 그를 이수는 차마 말리지 못했다.

“후우.”

한참 만에 이현이 한숨을 쉬며 모든 행동을 멈췄다. 옆으로 다가간 이수가 이현의 손을 살짝 잡았다. 화를 내는 낯선 모습보다 이현이 정성스럽게 만들어 준 화단을 누군가 고의적으로 망가뜨리고, 약을 올리듯 그 위에 꽃다발을 놓고 간 게 더 화가 나고 무섭고, 신경 쓰였다.

“들어가 있어. 버리고 들어갈게. 응?”

상황과는 다르게 다정한 그의 목소리에 이수는 고개를 끄덕이며 열쇠를 받았다. 그때, 그리 멀지 않은 곳에서 익숙한 목소리가 두 사람 귀에 들려왔다.

"아이고, 한숨이 아주 대기권을 뚫겠네. 무슨 일이야?"

약속이라도 한 듯 동시에 돌아보자 그곳엔 양손에 보따리를 들고 택시에서 내린 인애가 있었다.

이현이 발로 짓이긴 꽃다발을 옆으로 치워 내는 동안 꽃집 앞, 인애에게 달려간 이수가 보따리를 받아 들었다.

"안녕하세요, 어머니."

인애가 보따리를 든 이수의 이마와 귀를 다정하게 매만졌다. 배시시 웃으며 약국으로 가자 꽃다발을 치운 이현이 이수에게서 짐을 건네받으며 툴툴댔다.

"도착 전에 미리 전화 주시지."

이수의 손을 잡은 인애가 이현의 엉덩이를 세게 걷어찼다. 무방비상태로 걷어차여 몸이 다 휘청거렸지만 걷어찬 인애나 걷어차인 이현 두 사람 모두 종종 있는 일이라 그런지 아무렇지 않아 했다. 오히려 옆에서 보고 있던 이수가 더 놀랐다.

"미덥지 못한 아들놈한테 목숨 맡기기엔 이 엄마가 너무 젊고 예뻐요. 버스에서 검색해 보니까 터미널에서 택시 타면 오 분이던데 뭐하러 귀찮게. 우리 이수 잘 지냈어? 며칠 만이지만 더 예뻐진 것 같네?"

이현의 엄마 인애가 몇 년 전 미국에 갔을 때 공항에 마중 나온 이현이 실수로 접촉사고를 낸 후로 종종 운전이 미숙하다며 놀리곤 했다. 친엄마처럼 스스럼없이 팔짱을 끼는 인애와 함께 약국에 들어온 이수는 미처 치우지 못해 엉망인 박스들을 재빨리 한쪽으로 쌓았다.

"아담하니 아주 좋다. 혼자서 하기 딱 좋네."

옷걸이에 걸어 놓은 하얀 가운을 부러운 듯 보는 인애를 보던 이수가 무슨 생각을 했는지 가운을 활짝 펼쳐 인애의 어깨에 걸쳤다.

"어머니. 남산은 내일 가시고 오늘 하루만 저 좀 도와주세요."

"응? 내가? 난 기껏해야 감기약이나 조제하는데."

"간단한 처방전만요. 나머지는 제가 할게요."

"도움이 되려나 모르겠네?"

그러면서도 싫지는 않은지 가운에 팔을 넣으며 매무새를 정리하는 인애였다. 의약외품의 위치를 확인하고 내친김에 조제실에 들어가 약 종류와 위치를 확인하는 인애의 모습에 이현과 이수가 눈을 마주치며 웃었다.

"이수야. 나 예약 들어온 게 있어서 넘어가 볼게. 어머니랑 재미있게 놀고 있어."

"어휴, 진짜."

짓궂게 엉덩이를 톡톡 두드리자 이수가 눈을 흘기며 등을 떠밀었다. 두 사람을 약국에 남겨 두고 나오는 이현의 얼굴은 순식간에 차가워졌다. 꺾이고 짓밟힌 금잔화와 헤집어진 흙들을 급하게나마 손으로 꾹꾹 누르며 화를 삼켰다.

빠빠빵—

허리를 굽혀 깨진 돌조각을 맞추는데 어디선가 요란한 클랙슨 소리가 들렸다. 굳이 돌아보지 않아도 누군지 짐작이 갔다. 욕설을 뱉으며 돌 부스러기를 발로 치우는데 노란색 승합차가 보란 듯이 아주 느린 속도로 그 옆을 지나갔다. 순간 이현 역시 보란 듯이 재빨리 구석에 버려 둔 꽃다발을 집어 내던지고 그 위를 발로 비볐다. 그리고 아주 잠깐이지만 스쳐 가는 노란색 차 안, 룸미러를 보는 남자와 눈이 마주쳤다.

"너 뒤졌어, 고등어 눈깔."

이현은 씨익 웃으며 당당하게 가운뎃손가락을 번쩍 들어 보였다.

약을 올렸으니 남은 건 증거 확보와 현장 검거다. 카운터에 다정하게 서서 커피를 마시는 두 여자를 흐뭇하게 바라본 이현은 꽃집으로 가 약국을 향하게 설치해 놓은 CCTV 녹화 영상을 차례대로 재생하기 시작했다.

승우와의 만남은 생각보다 큰 문제없이 정리됐다. 자신 모르게 만났다는 사실을 다행히도 이현은 이해해 주었다.

돌아보면 지켜 주고 지지해 줄 누군가가 있다는 사실이 너무도 좋다.

도움이 되지 않을 거라는 말과 달리 바쁜 농사철이면 가끔씩 교대로 약국을 나가 약을 조제해 온 탓인지 인애는 생각보다 빠르게 봄 약국에 적응했다. 대부분 비슷한 성분의 처방전을 가지고 오니 두 시간쯤 지나서는 아예 이수가 카운터를 지키고 앉아 처방전을 전산에 입력할 정도였다.

가벼운 감기약이나 파스, 그 외 자질구레한 의약외품을 판매하는 누구의 엄마, 누구의 아내 대신에 오랜만에 번듯하게 약사 정 인애로서 조제실에 서 있는 시간에 큰 행복을 느끼는 듯했다.

"힘들지 않으세요?"

병원 첫 진료시간에 맞춰 왔던 손님들이 우르르 빠지고 조금 한가해지자, 이수는 조제실에서 벗어날 줄 모르는 인애의 등을 떠밀어 소파에 앉혔다.

"너무 좋아서 계속 웃었더니 턱이 조금 아프네."

소녀처럼 호호 웃는 얼굴을 보니 이수도 절로 웃음이 났다. 왠지 엄마와 인애가 만나면, 이현과 이수의 관계를 떠나 좋은 친구가 될 것 같다는 생각이 들었다. 여벌로 둔 가운의 소매를 팔꿈치 위까지 접고 간단히 먹을 만한 걸 찾아 서랍을 뒤적였다.

"일찍 오시느라고 아무것도 못 드셨죠?"

이현이 가져다 놓은 초코 쿠키를 작은 쟁반에 내오며 죄송한 듯 묻자 인애는 올라오는 차 안에서 삶은 계란을 먹어 괜찮다며 손사래를 쳤다. 하루 정도는 괜찮겠지 싶어 점심을 조금 이르게 먹기로 마음먹었다. 이현에게 전화를 하려는데 인애가 화장실 위치를 물었다. 이수는 서랍에서 열쇠 하나를 꺼내 같은 건물 일 층과 이 층 계단 사이에 화장실이 있음을 알려 드렸다.

그녀가 나간 뒤, 바닥에 떨어진 인애의 가방을 옷걸이에 걸어 두고 옆에 쌓아 놓다 만 박스를 줄로 묶었다. 그 후로 보이지 않는 할머니에 대한 걱정이 컸다. 다친 부위 때문에 당분간 폐지를 줍지 못하실 걸 알면서도 혹시나 싶어 모아 둔 박스들이 한 짐이었다.

이수는 약국 안에 무슨 박스가 이렇게 많이 있냐며 내다 버리려는 원우를 만류하면서까지 모은 박스들을 들고 문 밖으로 나갔다. 더 이상 안에 두기에는 조금 벅찬 양이었다.

전봇대에 비스듬히 세워 두고 돌아서는데 바로 옆 엉망이 된 화단에 자꾸만 눈이 갔다. 자신이 퇴근하고 난 늦은 밤, 몰래 와 벽돌을 쌓고 시멘트를 바르고, 꽃을 심었을 이현의 수고가 누군지 모를 사람에게 함부로 짓밟혔다는 생각에 화가 났다.

늦었지만 방범 카메라를 달아야 하나 생각하다 이현이 미처 치우지 못해 남아 있는 꺾인 꽃을 화단 구석에 밀어 놓고 손을 털었다. 그러고는 구름 떼가 빠르게 지나가는 하늘을 향해 고개를 치켜들었다. 반짝이는 햇살에 눈이 따끔댄다. 질끈 눈 감는 대신 실눈을 떴다.

가끔 화가 날 때면 이렇게 하늘을 올려다본다.

대학 진학을 위해 품에서 떨어져 서울로 올라가는 딸을 붙잡고 엄마 은경이 해 준 말이 있었다. 화가 나거나 울고 싶을 때면 땅 말고 하늘을 올려다보라고. 발에 짓밟힌 땅을 보면 괜히 심란하지만 아무도 밟고 지나갈 수 없어 깨끗하기만 한 하늘을 올려다보고 있으면 언제 화가 났는지, 언제 울고 싶었는지 기억도 하지 못할 거라고.

눈이 시린 걸 참고 푸르른 하늘을 올려다보니 화나고 슬펐던 마음이 조금은 진정되는 것 같았다. 다시 고개를 내린 이수는 주말에 이현과 함께 화단을 다시 꾸미기로 마음먹었다.

바쁘지 몇 시간 째 약국에 그림자도 비추지 않는 이현을 찾아 건너편을 쳐다봤지만 쇠로 된 종이 달린 꽃집 문은 열리지 않고 잠잠했다. 여벌로 보관만 했지 처음 입어 본 가운이 어색해 주머니를 찾아 한참 손을 움직이다 원래 가운보다 훨씬 작은 주머니에 엄지손가락만 쏙 집어넣어 버렸다. 이리저리 가운을 내려다보던 이수는 발을 돌려 약국 안으로 들어갔다.

혹시라도 인애가 더울까 벽에 걸린 선풍기를 틀어 놓고 카운터 책상 밑 박스에서 약포지를 꺼내 조제실 안에 들여놓는데 요란한 구두 굽 소리가 들렸다. 인기척에 조제실을 나서던 이수의 얼굴이 어둡게 변했다. 단박에 몸이 굳어 버리고 말았다.

어젯밤, 아파트 맞은편 길가에서 자신과 승우를 지켜보던 젊은 남자와 지난 몇 년간 단 한 번도 잊어본 적 없는 중년 여성이 약국 문을 넘고 있었다. 어제는 우스갯소리로 한 말이었는데…… 정말로 자신을 찾아올 줄은 몰랐다.

자신은 평생 사 볼 엄두도 내지 못할 값비싼 옷과 핸드백을 남자에게 건네자 남자는 묵례를 해 보이고는 밖으로 나갔다. 그때 승우의 어머니 연실이 대뜸 카운터 안으로 들어와 이수의 뺨을 세게 쳤다. 부지불식간에 일어난 일이었다. 미처 막을 틈도 없이 뺨을 맞은 이수의 몸이 크게 휘청거렸다. 가까스로 의자 등받이를 잡고 균형을 잡는데 연실의 손이 다시 위로 올라갔다.

"너 그 족발 안 치우나?"

그때 누군가가 달려와 연실의 뒷머리를 강하게 움켜잡고 흔들었다. 당연하게도 그 누군가는 인애였다. 연실의 손을 막으려던 이수가 놀라 인애를 불렀다. 머리를 잡힌 연실이 비명을 지르며 발버둥 치자 인애가 잡고 있던 손으로 있는 힘껏 뒤통수를 밀어 버렸다. 그 바람에 연실이 바닥에 넘어졌지만 누구 하나 손을 내밀지 않았다.

"이수 어디 어디 맞았니? 저 망할 여편네가 족발 어디다 휘둘렀어?"

인애가 무섭게 다그치더니 다친 곳은 없는지 이수의 몸을 잡고 여기저기 돌려 가며 살폈다. 괜찮다며 인애를 진정시키려는데 바닥에 넘어졌던 연실이 일어나면서 옆에 있던 박스에서 꺼낸 약포지를 인애의 얼굴에 집어 던졌다.

"네까짓 게 감히 누구……."

약포지를 던지며 악을 쓰던 연실이 인애의 얼굴을 확인하고는 놀라 말을 멈췄다. 이현에게 들은 말이 있는 인애는 놀라기보단 그럼 그렇지 하는 얼굴이었다.

인애에게 손이 잡힌 이수의 얼굴은 새파랗게 질려 있었다. 정말 찾아올 줄 몰랐던 연실과 인애가 마주쳤기 때문이다. 후회는 돼도 부끄럽다고 생각하진 않았던 과거가 인애와 조우하게 되리라고는 생각도 못 했던 이수의 다리가 후들후들 떨려 금방이라도 주저앉을 것만 같았다.

가능하다면 예쁜 모습만 보이고 싶었다. 제 마음을 인정하고 나니 이현에 대한 마음이 정말로 깊어졌다. 혹시라도 이런 모습에 인애가 실망을 한다면…… 그 후의 일은 상상만으로도 힘이 든다. 귀가 멍하고 눈앞이 아득해져 왔다. 이 자리에서 당장 사라져 없어지고 싶었다.

"김연실. 너였냐, 내 새끼 가슴에 대못 박은 돈 많은 여편네가?"

뒷걸음질 치던 이수의 눈이 인애에게로 향했다. 마치 잘 아는 사이처럼 연실의 이름을 불렀다. 게다가 무언가를 알고 있는 듯한 공격적인 말투…… 인애의 한마디가 도망이 절실하던 이수의 발을 붙잡았다.

"저 물건이 언제부터 네 딸이었어?"

"이 기집애야, 네가 그걸 알아 뭐하게. 너 자꾸 족발 들고 설칠래? 이게 누구더러 물건이래, 물건이. 손 안 치우나? 당장 안 치우면 오늘 내가 그 손가락, 확 꺾어 버린다. 어떻게 된 부잣집 사모 교양이 입다 벗은 빤스만도 못하냐. 안 그래도 이현이한테 얘기 듣고 화딱지 나서 찾아갈까 했는데, 마침 너 잘 왔다. 야, 이 기집애야. 네가 뭔데 내 새끼 얼굴에 손찌검이야? 나한테 물 싸대기 한번 맞아 볼래? 이게 어디서 툭 하면 손부터 올려? 무식하게?"

"뭐가 어쩌고 어째?"

"어쩌고 어째? 어쩌고 어쩌긴, 이러고 이런다, 기집애야."

인애가 이수를 향해 삿대질하는 손가락을 잡아 세게 비틀어 버렸다. 단발의 비명을 지르며 뒷걸음질 치다 박스에 걸려 제풀에 넘어지는 연실을 본 인애가 비웃듯 한쪽 입술 끝을 끌어올렸다.

"그 어설프게 독한 주둥이로 내 며느리 될 아이 얼마나 들볶았을지 눈에 훤하네. 네 남편, 네 자식들은 너 이러고 다니는 거 알고 있나?"

그 말에 연실의 눈이 단박에 표독해졌지만 그를 무시한 인애의 눈길이 이번에는 이수를 향했다. 벽에 겨우 기대 버티고 있는 이수의 손을 잡고 힘껏 잡아당겨 옆에 오게 만들었다. 그러고는 상처받고 지치고, 놀라 눈물을 겨우 참는 그녀의 눈을 똑바로 응시했다.

"정이수."

부름에 이수의 눈이 질끈 감겼다.

"이수야, 엄마 봐."

조금 더 다정한 목소리였다. 자신을 잡고 있던 손이 어깨와 등을 감쌌다. 생각지도 못한 손길에 몸을 움찔댄 이수가 천천히 눈을 뜨자 인애가 웃는 얼굴로 그녀의 엉덩이를 툭 건드렸다.

"이수, 어깨 펴. 간통을 한 것도 아니고 고작 연애 한 번 한 걸로 기죽을 거 없어. 세상이 미쳤는지 저런 미친 것들도 버젓이 싸돌아다니는데, 뭐 큰 죄를 지었다고 울상을 해 있어? 엄마는 너 그렇게 안 키웠어."

마지막 농담에 이수의 눈이 결국 눈물을 뚝 떨어뜨렸다. 그제야 인애가 말한 내 새끼가 자신임을 깨달았다. 말없이 눈물만 뚝뚝 흘리는 자신을 안쓰럽게 바라보던 인애가 몸을 돌려 자신의 등 뒤로 서게 했다. 이수, 그녀보다도 분명 작은 체구인데 마치 앞에 철옹성이 버티고 선 것처럼 마음이 든든해졌다.

"비상식이 상식이 된 세상이다 보니 저런 흉흉한 것들이 마음 놓고 설치는 모양인데, 우리 이수 참 많이 힘들었겠다. 파리약 뿌려 쫓을 수도 없고, 혼자."

고생했다며 다독이는 손길에 이수가 재빨리 눈물을 닦았다. 인애의 말대로 어깨를 펴고 등을 곧추세웠다.

그사이 일어서서 손수건으로 옷을 털어 내던 연실이 경멸 가득한 얼굴로 두 사람을 훑어 댔다.

"며느리? 하. 천한 것들. 고부가 쌍으로 남자 꾀어내는 데 도가 텄어. 너도 모자라 저 물건까지 감히 내 아들을 넘봐? 주제도 모르고 감히."

화가 난 이수가 뭐라고 하기도 전에 인애가 말리며 코웃음을 쳤다. 이수는 끼어들 틈도 없었다.

"주제는 토론할 때 쓰는 게 주제고, 넌 꽃이 움직이는 거 봤어? 꽃은 가만있어. 벌들이 윙윙윙 좋아 날뛰지. 하긴 꽃이 돼 봤어야 알지, 네가. 얘. 연실아. 미운 정도 정이라는데 충고 하나 할게. 얼굴 좀 작작 고쳐. 마귀할멈도 아니고 코가 그게 뭐야? 너 그러다 진짜 얼굴 무너진다. 돈 들여 대공사 했는데 무너지기 시작하면 밀가루 반죽되는 거 시간문제라더라."

저도 모르게 손바닥으로 얼굴을 가리는 연실을 보며 인애가 바람 빠지는 소리를 냈다. 대놓고 웃지 않으려고 애쓰는 모습에 심각한 상황임에도 불구하고 이수 역시 웃음을 터뜨릴 뻔했다. 놀림거리가 된 연실이 손을 휘둘렀지만 인애는 호락호락하지 않았다. 손목을 움켜쥐고 다른 한 손으로 이미 망가질 대로 망가진 머리채를 휘어잡았다.

"놔!"

"왜? 넌 남의 집 귀한 자식 얼굴에 함부로 손대도 되고 나는 안 되냐?"

"이 돼먹지 못한……!"

"이수야. 부잣집 사모들은 원래 이렇게 개성이 없니? 어째 연속극 사모들하고 다른 게 없나 몰라? 참고하라고 욕 한 바가지 녹음해 방송국에 보낼 수도 없고. 김연실이. 네 말대로 돼먹지 못하고 시골에서 농사나 지어서 우아하게 돌려 말할 줄 모르니까 귓구멍 확 열고 똑바로 들어. 너 죽고 잡냐? 이 시간 이후로 한 번만 더 내 새끼 찾아와 패악 떨어 봐. 그 머리에 식용유 퍼 발라 불을 확 싸질러 줄 테니까. 네가 우리 이현이 해외 임상이니 뭐니 해외로 뺑뺑이 치게 만든 거 모를 줄 알았냐. 어느 회사가 신입을 그런 중요한 프로젝트에 내돌려?"

말하다 보니 더 부아가 치밀어 머리채 잡은 손을 크게 한번 흔들었다. 연실이 앓는 소리를 내며 발버둥 쳤지만 인애의 힘을 당해 내지는 못했다.

"우리 아들이 누구 아들과 다르게 아무리 잘났어도 그렇지. 응? 기집애가 어쩜 수 쓰는 게 젊을 때랑 달라진 게 없어. 너 이러고 돌아다니는 거 네 신랑도 아냐? 너 좋아하는 돈지랄 이쪽에서도 해 줘? 바깥양반들 일에 될 수 있으면 참견 안 하려고 했는데 잘난 느이 창업주 일가 엿 먹게 깽판 한번 제대로 쳐 봐? 그때도 너 이렇게 내 앞에서 고개 바짝 쳐들 수 있을 것 같냐? 김연실. 연실아. 이제 알 만한 나이도 되지 않았냐. 너 이러고 다니는 거, 네 가족들한테 하나도 도움 안 되는 거."

"무슨 소리야?"

"죽 떠서 입에 넣어 주기까지 하랴? 무슨 소리인지는 네 남편한테 가서 물어보고. 내 새끼 일하는 신성한 일터에서 그 몸뚱이 당장 치워."

말이 끝나기 무섭게 인애가 무슨 소리냐며 고래고래 소리 지르는 연실을 문 밖으로 강제로 쫓아냈다. 옷과 가방을 들고 나갔던 남자가 뒤늦게 달려오는 걸 확인하고는 안에서 문을 걸어 잠그고 어쩔 줄 몰라 하는 이수의 손을 잡았다.

"정신없다. 그치?"

"죄송해요. 저 때문에 괜히 어머니까지……."

"죄송하긴. 오랜만에 몸 좀 풀었더니 개운하고 좋구먼."

웃고 있는 인애와 달리 이수는 창피해 어디로든 숨고 싶은 마음뿐이었다. 연실이 꼼짝도 하지 못하는 모습에 통쾌함을 느끼긴 했지만 부끄러운 마음이 더 컸다.

"이수야. 우리 아들놈이 워낙에 빈티 나게 생겨서 잘 모르겠지만, 엄마 아빠가 돈이 좀 많아요. 저런 무식한 여편네 가운데 손가락에 골무 씌워 뱅뱅 잡아 돌려도 너 하나 탈 없이 빼낼 수 있어. 지금 당장에라도 전화 한 통이면 저 여편네 남편이 달려와 굽실댈 정도는 돼. 그러니까 이수야…… 그동안 못 했던 말 있으면 이번 참에 다 하고 와. 와서 엄마랑 밥 먹자."

"……."

용기를 내라는 듯 등을 떠밀며 직접 잠금장치를 풀어 문까지 열어 주는 인애를 보며 이수가 아랫입술을 질끈 물었다. 뭐가 그리 분한지 남자에게 업히다시피 해 차로 가는 연실의 모습에 이수가 천천히 문턱을 넘었다.

인애는 고개를 돌리는 이수에게 주먹을 쥐어 보이고는 약국 문을 닫았다. 느리지만 이수의 다리가 연실과 같은 방향으로 움직이기 시작했다. 그 모습을 대견히 보던 인애가 갑자기 생각난 듯 중얼거렸다.

“아이고, 입으로만 떠들어 대느라고 저걸 멀쩡히 걸어가게 놔뒀네. 망할 놈의 기집애 면상을 확 긁어 놨어야 했는데. 저런 못되처먹은 것도 친구라고 밥 사 먹이고 술 사 먹였지, 내가. 으이구.”

아무도 없는 허공에 주먹을 흔들어 댄 인애가 가방에서 휴대폰을 꺼냈다. 다시는 이런 일이 없도록 남편을 통해 연실의 남편에게 단단히 일러둘 참이었다.

“잠시, 잠시만 기다려 주세요.”

연실이 차에 올라타기 전 가까스로 멈춰 세울 수 있었다. 매섭게 치켜뜨는 눈을 이수는 똑바로 쳐다봤다.

“잠시 시간 좀 내주세요. 오래 걸리지 않습니다. 바쁘실 테니 여기서 말씀드리겠습니다. 툭하면 불러 가 듣기만 했으니 오늘은 제게도 시간을 좀 내주세요.”

어디 해볼 테면 해보라는 듯한 표정을 보며 이어 말했다.

“오랜만에 뵙는데 인사도 제대로 드리지 못했습니다.”

“너 지금 이게 뭐하자는 짓이야?”

예의 바르게 건네는 인사에 연실의 목소리가 높아졌다. 예전 같으면 놀라 움츠러들었을 텐데 인애가 있다는 생각에 반듯하게 허리를 편 이수가 느리지 않게 또박또박 말했다.

“왜 오셨는지 알고 있습니다. 아시겠지만 어제 고승우 씨가 찾아왔습니다. 이유는 모릅니다. 찾아와서 잠깐 대화를 나눴고, 헤어졌습니다. 그게 다예요. 부탁했습니다. 다신 제 앞에 나타나지 말아 달라고. 사모님. 아니 아주머니께서 이런 식으로 불쑥 찾아와 제 뺨을 때릴 만한 그 어떠한 일도 없었습니다."

전과 다른 호칭으로 연실을 부르며 이수는 더 이상 전처럼 당하지 않겠다는 의지를 드러냈다.

"혹시라도 또 절 찾아오신다면 그때는 저도 바보처럼 당하지만은 않겠다는 말씀드리려고 왔습니다. 요즘엔 방송 언론사를 통하지 않더라도 다양한 루트로 기사를 올릴 수 있습니다. 만에 하나 또다시 저를 찾아오시거나 폭언과 폭력을 행사하신다면 전 제가 당한 억울한 일을 인터넷에 밝힐 겁니다. 부족하다면 법적인 도움도 받겠습니다. 더 이상 전 아주머니께 맞을 이유도, 모욕당할 이유도 없다고 생각해요. 말씀 들어 주셔서 감사합니다. 먼저 가 보겠습니다."

이수는 인사를 하고 먼저 돌아섰다. 고상하지 못한 욕설이 들려왔지만 걸음을 멈추지 않았다. 짧은 말로 풀릴 수 있는 응어리는 아니다. 못다 한 말도 많다. 인애는 그동안 하지 못한 말을 이번 기회에 다 하라고 했지만 그럼에도 이수는 돌아섰다. 그리고 인애가 기다리고 있는 봄 약국을 향해 힘차게 걸었다.

자기 여자가 늙은 호박에게 괴롭힘을 당하는 것도 모르고 꽃집에 틀어박혀 있었다는 이유로, 이현은 점심도 먹지 못한 채 쫓겨났다. 아들을 쫓아내고 집에서 싸 온 밥과 밑반찬을 꺼낸 인애는 이수의 손에 젓가락을 들려 주었다.

그럼에도 이수가 아예 문을 잠가 버려 창밖에 서 불쌍한 표정을 하는 이현이 신경 쓰여 좀처럼 먹지를 못하자 인애는 아예 블라인드를 내려 버렸다.

이수가 밥 한 술 뜨면 그 위에 장조림 하나 콩자반 몇 알 올려주었다. 조금씩 반찬을 덜어 담아 온 도시락 통이 바닥을 보일쯤, 정수기에서 물을 받아 온 인애가 자신의 이야기를 들려주었다.

"부모님 일찍 여의고 나이 차 많이 나는 언니가 엄마를 키웠어. 다리 퉁퉁 붓게 일하고 들어와서도 부업을 하느라고 늘 손 밑이 짓물러 있었어. 그렇게 번 돈, 자기는 한 푼도 안 쓰고 오로지 엄마 옷 사 입히고 학원 보내고 그랬어. 그런데 동네에 못된 아줌씨들이 헛소문을 퍼뜨리기 시작한 거야. 죽은 초록대문 집 큰 딸내미가 술집엘 나간다더라, 웃음을 판다더라. 아니라는 게 아주 나중에 밝혀졌는데도 누구 하나 책임지는 사람 없이 아니면 말고 하는 식이었지. 자기들이 퍼뜨린 소문 때문에 언니는 좋아하던 남자한테도 버림을 받았는데."

입에 담기도 민망한 소문이 나니 남자의 집에서는 당연히 반대를 했고, 수군대는 사람들한테 상처를 크게 받은 언니는 아직까지 혼자 살고 있다며, 인애는 이수의 손을 잡고 힘들었을 텐데 잘 버텨 주어서 고맙다는 말을 했다.

"그나저나 시어머니 자리가 날라리라고 우리 아들 차이는 건 아닌가 모르겠네?"

농담 섞인 따뜻한 말에 밥을 먹다 말고 이수는 아이처럼 펑펑 눈물을 쏟았다.

"아, 이 자식은 왜 이렇게 전화를 안 받아?"

점심을 먹기 위해 구내식당에 내려왔다 후배 대식을 발견한 원우가 이현에게 전화를 걸었지만 신호음만 열심히 울리고 연결이 되지 않았다. 답답함을 느낀 원우는 결국 식판을 내려놓고 대식의 앞자리에 가 앉았다.

"어이, 서대식이. 밥 먹냐?"

머슴이 밥 먹듯 꾹꾹 눌러 담은 밥을 허겁지겁 먹던 대식이 고개를 들자 원우가 씩 웃었다. 자신이 누군지 알아본 듯 떨떠름한 표정을 짓는 대식의 볼을 원우가 손등으로 툭 쳤다.

"천천히 좀 먹어라. 밥풀도 좀 떼고."

툭툭, 장난치듯 건드려도 싫은 소리 못 하고 그저 고개를 뒤로 젖히는 대식을 보며 원우가 손등 위에 턱을 괴고 말했다.

"서대식이. 내 친구 이현이 알지? 김이현."

원우의 입에서 나온 이현의 이름에 대식이 움찔했다.

"이현이가 요즘 우리 후배님 소식이 참 궁금한 모양이야. 여기저기 서대식이 행방을 묻고 다니더라고?"

"저, 저를요? 왜요?"

"글쎄? 만나면 해 줄 말이 있다나 뭐라나? 언뜻 듣기로 부X을 잡아 확 열 쪽으로 쪼갠다나 뭐라나? 어이, 서대식. 너 이현이 녀석한테 뭐 잘못한 거 있냐?"

초장에 찍어 먹으라고 나온 오이를 대식의 식판에서 가져온 원우가 정확히 반으로 부러뜨리며 묻자 대식이 미친 사람처럼 고개를 흔들었다. 그런 그를 보며 원우가 히죽 웃었다.

"그치? 없지? 다른 사람도 아니고 착실한 우리 후배님이 이현이 녀석한테 뭘 잘못했을 리가 있나? 오랜만에 만났는데 이현이한테 전화해서 오해한 것 같다고 말해 줘야겠네."

"선배님! 죄송합니다만 제가 급히 영업을 나가야 돼서요. 먼저 일어나 보겠습니다."

밥과 국이 반이나 남았는데 붙잡힐세라 후다닥 도망을 가 버리는 대식을 보며 원우가 웃음을 터뜨렸다. 멀리서 빨리 오라며 손짓하는 팀원에게 가볍게 손을 흔들어 보인 원우는 앉았던 자리의 의자를 반듯하게 밀어 넣고 일행이 있는 쪽으로 걸어갔다.

"왜 말 안 했어요?"

이수는 뒤늦게 오전 늦게 있던 소동에 대해 듣고 화가 머리끝까지 난 이현이 승우라도 한 대 쥐어 패고 온다는 걸 간신히 말렸다.

점심도 못 먹고, 하도 많이 맞아 등은 옷자락만 스쳐도 화끈거렸다. 모처럼 도시 나들이 온 김에 친구들을 만나고 온다며 인애는 이현의 지갑에서 지폐란 지폐를 모조리 빼앗았다. 자기 여자도 지키지 못하는 팔푼이가 돈은 써서 뭐하냐며 나가는 길에 이수에게도 오만 원 짜리 한 장을 쥐여 주고 갔다. 이현의 돈으로 생색은 인애가 냈다.

돈을 가운 주머니에 넣던 이수가 문득 생각났다는 듯 "두 분이 아는 사이셨어요?" 하고 물었다.

그에 연고를 찾는 이수에게 시원하게 파스나 붙여 달라던 이현이 무슨 말이냐고 물었다. 빨갛게 자국이 남은 등에 파스를 붙이고 쓰레기를 모아 휴지통에 넣고 온 이수가 옆에 앉았다.

"선배 어머니랑 그 사람 어머니도 친구이신 것 같던데요? 선배도 몰랐어요?"

"아아, 난 또 뭐라고. 친구는 친구지. 사이가 무진장 안 좋은. 어머니들 쪽."

"솔직히 난 그분 얼굴만 봐도 움츠러들어요. 당한 게 있어서 그런지 몸이 기억을 하나 봐. 그런데 아까 어머니가 고승우 씨 어머니를 쥐 잡듯 하시는 거 보고 몸의 기억이 깨진 것 같아요. 나, 쫓아가서 다신 찾아오지 말라고도 했어요. 더 이상은 참지 않겠다고. 여차하면 어머니가 또 막아 주실 거라고 생각하니까 하나도 무섭지가 않아서 되바라지게 눈 똑바로 보면서 말씀드렸어요."

"겨우 그 정도로 화가 풀려?"

"아뇨. 그럴 리 없죠. 그런데…… 괜찮아요. 나한테는 이제 선배가 있으니까."

칭찬을 바라는 아이처럼 자랑하듯 눈을 빛내는 이수의 머리를 이현이 부드럽게 쓰다듬어 주었다. 한참을 보듬듯 만지다가 이내 손바닥으로 무릎을 탁탁 쳤다.

"허벅지도 맞았어요?"

"아니, 여기 앉으라고."

"미쳤나 봐."

무릎을 탁 치기에 파스를 더 붙여야 하나 싶어 물어보니 대뜸 무릎에 앉으라고 해 이수가 정색했다. 도망치듯 좀 더 멀리로 떨어지려 하자 재빨리 허리를 잡아 자신의 무릎에 앉게 했다. 도망치려는 몸을 꼭 끌어안자 이내 이수가 항복을 선언했다.

밤마다 이현이 사 온 야식을 먹어 내심 살이 쪘을까 걱정된 이수가 바닥을 밟는 꼼수를 부렸지만 바로 들켰다. 종잇장처럼 가볍다는 허황된 거짓말에 눈을 흘기자 증명을 해 보이겠다며 벌떡 일어난 이현이 이수의 몸을 안고 빙글빙글 제자리를 돌았다. 그러다 카운터 바깥쪽에 둔 재고 박스 몇 개가 이수의 다리에 맞아 쓰러졌고, 일을 만든다며 인애에게 맞은 등을 또 맞은 이현은 아픔에 몸부림 쳐야 했다.

크고 작은 소동이 지나간 후 각자 꽃집과 약국을 정리하고 좁은 길 가운데에서 만났다. 이수의 가방을 빼앗아 어깨에 멘 이현이 손을 잡으며 말을 뱉었다.

“우리 어머니가 첫사랑이야.”

“아버님이오?”

“아니. 승우 아버지.”

이수의 눈이 동그래졌다. 픽 웃은 이현이 이마와 머리칼 경계를 어루만지며 부모님들의 관계에 대해 말해 주었다.

“그때만 해도 지금처럼 대놓고 우리 사귀어요 하는 분위기가 아니라 엄마, 아버지만의 비밀이었대. 그런데 그걸 모르고 어머니한테 반한 승우 아버지가 죽자 살자 쫓아다닌 거지. 어머니는 그때마다 좋아하는 사람이 있다고 하셨고. 그러다 강의실에서 몰래 입술 쭉쭉 빨다 동기들한테 들킨 거지. 들킨 김에 결혼할 거라고 아버지가 빵 터뜨렸고, 승우 아버지는 홧김에 좋아하지도 않던 여자랑 부모님보다 한 달 먼저 결혼했대. 그게 승우 어머니고.”

"와."

이수가 저도 모르게 감탄을 하자 이현이 귀엽다는 듯 웃었다.

"그때만 해도 엄마랑 승우 어머니 꽤 사이좋은 친구였었대. 그런데 결혼해서 승우 승연이 쌍둥이까지 낳았는데도 남편이 술만 마시면 인애야, 인애야 하니까 화살을 우리 엄마한테 돌린 거지. 정 여사님 성격에 또 그걸 가만히 당하고만 계실 분도 아니고. 그렇게 두 분은 완전히 틀어졌어. 오히려 아버지들은 어머니들 몰래 가끔 만나 술도 한잔하시는데."

실제로 아버지들 쪽은 오히려 사이가 좋은 편에 속했다. 십 년 전, 신약 임상 마지막 단계에서 심각한 부작용이 발견됐고, 어려움에 처한 승우 아버지에게 이현의 아버지 경수가 인애 몰래 돈을 빌려주기도 했다. 물론 나중에 알게 된 인애가 길길이 날뛰어 주식으로 돌려받았다고 들었다.

"오전에는 선배 어머니의 일방적인 압승이었는데."

"정 여사님이 어디 가서 당할 포스는 아니지. 승우 어머니 다친 데 없이 돌아가신 게 더 신기한데, 나는? 나중에 엄마랑 팔씨름 한 번 해 봐. 농사로 단련된 강철체력이라 웬만한 남자들도 못 이겨."

고운 얼굴에 속으면 안 된다며 키득대는 그를 따라 이수도 손으로 입을 가린 채 웃었다.

"난 잘 모르겠는데, 사람들 눈엔 내가 아버지보다 정 여사님을 더 많이 닮았나 봐. 덕분에 의도치 않게 승우 아버지한테 예쁨을 좀 받았어. 거기다 성적이면 성적, 인물이면 인물 뭐 하나 자기보다 빠지는 게 없으니 승우가 약이 오른 거야. 사사건건 물고 뜯고. 나만 보면 못 잡아먹어 안달이라 귀찮아서 혼났어."

뽐내며 으스대는 게 밉지가 않다. 이수는 두 사람이 이렇게까지 복잡한 사정으로 엉켜 있는 줄은 몰랐다. 그저 대학 시절 조금 별난 친구 사이 정도로만 생각했다.

"집에 가자."

이런저런 생각들은 거기까지였다. 이현이 내미는 손을 맞잡았다. 모처럼 시장에 들러 장을 봐 이수의 집에서 저녁을 먹기로 했다. 인애가 가져온 반찬을 약국에 놓고 온 걸 뒤늦게 알았지만 돌아가기 귀찮다는 이현의 고집에 찌개거리를 사 사이좋게 나눠 들고 이수의 집으로 향했다.

내색은 안 해도 승우 어머니와의 만남에 많이 지쳤는지 욕실에 들어갔다 나온 사이 거실 소파에 누워 잠이 든 이수를 이현이 조금 안타깝게 바라봤다. 무릎 담요를 펴 덮어 주고 소파 아래에 앉아 살굿빛 손가락에 가볍게 입을 맞췄다.

쌔근쌔근 숨소리가 울릴 때마다 붕붕 뜨는 머리칼을 귀 뒤로 넘겨 준 이현은 주방에 가 저녁 준비를 하기 시작했다. 쌀을 씻어 안치고 된장찌개를 끓였다. 칼칼하게 맛있는 냄새가 올라오자 거품을 걷어 내고 불을 줄였다.

더 재워야 할지, 깨워 밥을 먹여야 할지 고민하다 냉장고에서 반찬을 꺼내 식탁에 올려놓고 고슬고슬하게 익은 쌀밥도 퍼 담고 거실에 가 이수의 어깨를 살살 흔들었다. 놀라지 않게 나지막이 이름을 부르며 어깨를 흔들자 졸음 가득한 눈이 힘겹게 뜨였다.

"이수야. 밥 먹고 자자."

눈을 비비려는 이수의 손을 막고 물기 묻은 손으로 가볍게 눈가를 닦아 준 이현이 양쪽 겨드랑이 밑에 손을 넣어 이수를 일으켜 세웠다. 이수는 그 잠깐 사이 깊게 잠이 들었었는지 이현이 이끄는 대로 힘없이 따라와 의자에 앉았다.

"선배 혼자서 했어요?"

구수한 냄새에 잠이 확 달아난 이수는 정갈하게 차려진 밥상을 보며 입맛을 다셨다. 그릇에 된장찌개를 덜어 앞으로 밀어 주자 윤기가 흐르는 밥부터 크게 한 술 떠먹는 모습에 흐뭇한 미소가 절로 났다.

"많이 먹어."

"선배도 많이 드세요."

이수는 숟가락을 조금 특이하게 쥔다. 검지와 중지로 힘껏 움켜쥐는데 불안해 보이는 모습과 달리 국물 한 방울 떨어뜨리지 않고 잘도 먹는다. 서로 밥 위에 반찬을 올려 주다 공중에서 젓가락이 부딪치면 피식 피식 웃기도 하며 밥 한 공기씩 깨끗하게 비워 냈다.

밥을 먹고 설거지까지 끝내고 나니 은경에게서 전화가 걸려 왔다. 이현이 칫솔에 치약 짜는 걸 보고 방으로 들어온 이수가 전화를 받았다.

— 딸. 저녁 먹었어?

"방금 먹었어요. 엄마는 저녁 드셨어?"

— 벌써 먹고 운동 나왔지. 집 건너 운동장 공사가 다 끝나서

불이 환하니 얼마나 좋은지 몰라.

"잘됐네. 앞으로 옆집 이모랑 종종 다녀오셔."

— 누구 달고 가 봤자 귀찮기만 하지 뭐. 이현 군은? 같이 없어?

"밥 먹고 양치하러 들어갔어."

이미 다 알고 물어보는 눈치라 순순히 대답을 하자 그럴 줄 알았다며 은경이 큰 소리로 웃었다. 얼굴이 보이는 것도 아닌데 괜히 부끄러워 광대가 불그스름해졌다. 손끝으로 볼을 꾹 누르며 침대 끝에 걸터앉았다.

— 언제 또 내려올래? 엄마도 올라가 보면 좋은데 요즘에 일손 구하기가 힘드네. 김치랑 아직 있니?

"응. 아직 남아 있어. 시장에서도 사다 먹고."

— 귀찮더라도 콩나물 같은 건 사다가 직접 무쳐 먹어. 사 먹는 게 뭐 좋아?

"알았어요."

오이가 다 자라면 좋아하는 소박이 잔뜩 담글 테니 이현과 내려와 가져가라는 말에 웃다 인애가 올라왔음을 알렸다. 영동에 다녀와서도 이렇다 할 말이 없어 내심 궁금했던 은경은 딸을 보러 멀리 영동에서 이현의 어머니가 올라오셨다는 말에 반색했다.

— 이현 군 어머니 모시고 맛있는 거 먹고 오지, 둘이서 쏠랑 집에 왔어?

"오랜만에 오셨다고 친구 분들 만나러 가셨어."

— 잠은 어디서 주무셔? 네가 집에 모시고 와. 다 큰 아들 집보다야 같은 여자끼리 있는 게 낫지.

"선배랑 얘기해 볼게요."

— 항상 예의 바르게 행동하고. 알았지?

"응. 알아요."

— 그래. 엄마는 우리 딸 걱정 안 해.

그때 노크소리가 들려 일어나 문고리를 돌리자, 머리를 감았는지 수건으로 머리의 물기를 닦으며 이현이 방으로 들어왔다. 입고 있던 옷은 어디다 벗어 놨는지 청바지 하나만 입고서 불쑥 들어오는 이현을 보며 이수가 얼굴을 붉혔다. 홍시처럼 빨개진 얼굴에 장난기가 발동한 이현이 휴대폰을 들고 있는 것도 모르고 이수를 번쩍 안았다.

"엄마야!"

이수가 비명을 지르며 이현의 머리를 움켜잡다 들고 있는 휴대폰을 방바닥으로 떨어뜨렸다. 비명소리에 놀랐는지 은경이 이수의 이름을 몇 번이나 불렀다. 재빨리 이수를 내려 준 이현이 휴대폰을 집어 귀에 댔다.

"어머니. 접니다, 이현이."

— 아이고 깜짝이야. 난 또 무슨 일 있나 했네.

"하하. 죄송해요. 제가 이수한테 장난을 좀 쳤거든요. 저녁 드셨어요?"

"드시고 운동하러 나오셨대요."

이수가 끼어들었다. 이현은 한 손으로 휴대폰을 들고 다른 한 손으로 이수의 손을 잡아 턱에 문지르며 은경의 말에 웃음을 터뜨렸다. 무슨 재미있는 말을 하는지 큰 웃음에 목울대가 울렁댄다. 휴대폰을 빼앗으려 손을 뻗자 이수를 침대 위로 밀치고 그 위로 냉큼 올라탔다. 골반과 허벅지 위에 앉아 한 손으로 이수의 손목을 그러잡은 이현이 짓궂게 미소 지으며 은경에게 말했다.

"어머니. 어머니랑 길게 통화한다고 이수가 질투를 하네요. 무서운 줄도 모르고 제 몸에 막 올라타는데 어쩌면 좋을까요?"

— 우리 딸, 연애하더니 대담해졌네? 어쩌긴, 여자가 덮쳐 줄 때 감사한 마음으로 다소곳하게 누워 있어야지.

"그러는 게 맞는 거겠죠, 어머니? 좋은 말씀 감사해요."

— 사람이 너무 점잖아도 안 좋은 법이야. 내 말 무슨 뜻인지 알지, 이현 군? 나는 허리 꼬부라지기 전에 손주 업고 나들이 가고 싶은 사람이야.

"어머니를 위해 이 한 몸 불살라 보겠습니다."

소녀처럼 까르르 웃은 은경이 힘을 내라며 먼저 전화를 끊었다. 온몸으로 반항을 하다 제풀에 지친 이수는 음흉하게 웃고 있는 이현의 얼굴에 베개를 세게 던졌다. 몇 번이나 더 얻어맞고도 웃기만 하던 이현이 움켜쥔 이수의 손목을 머리 위로 번쩍 잡아 올리더니 천천히 상체를 숙였다.

"들었지? 어머님이 허락하신 거."

"내 의사는요?"

"어허. 원래 부모님이 허락하시면 자식은 '네, 알았습니다.' 하는 거야. 집중해."

혹시라도 이수가 힘들까 무릎으로 매트리스를 세게 누른 이현의 입술이 이수의 입술을 지나 쇄골에 닿았다. 연약하게 도드라진 뼈 위에 입을 맞추다 천천히 입안 가득 빨아 당겼다. 새로운 자극에 크게 움찔대는 손목을 조금 더 세게 잡은 이현이 온몸의 무게를 이용해 꽃무늬를 새기기 시작했다.

"예쁘네."

촘촘히 물이 든 쇄골을 만족스럽게 바라본 이현이 잡고 있던 손목을 풀었다. 대신 오른손을 잡아 아래로 끌어당기며 이수의 배와 마찰을 일으키고 있는 자신의 바지 지퍼에 가져다 댔다. 두툼한 천이 가로막고 있음에도 움찔움찔 부피를 키워 나가는 남성을 겉으로 움켜쥐게 만들었다.

이현은 조금 전에 만들어 낸 키스마크와는 비교도 안 될 만큼 달아오른 얼굴에 입을 맞추며 이현은 이수의 손으로 바지 지퍼를 내렸다. 옷깃이 스치는 소리에 누구의 것인지 모를, 침을 삼키는 소리가 울렸다.

이미 작정을 한 듯 바지 속에는 마땅히 있어야 할 얇은 천이 사라지고 없었다. 곧바로 드러난 음모와 그 아래 검붉은 빛을 띠는 그것에 도달하자 부르르 떨리는 이수의 손가락을 강제로 편 이현은 망설임 없이 크게 발기한 남성을 움켜쥐게 했다.

더 이상 커질 수 없을 것 같은 동그란 눈을 본 이현의 혀가 입술을 슥 핥고 지나갔다. 퇴폐적이기까지 한 모습에 이수의 눈이 질끈 감겼다. 아무것도 보지 않겠다는 의사가 분명한 그녀의 등 뒤로 손을 넣은 이현이 힘을 줘 그녀의 상체를 일으켜 세웠다.

잘 빚은 도자기처럼 어깨부터 허리까지 예쁘게 떨어지는 선을 따라 이현의 손이 물결쳤다. 유난히 흰 피부가 움찔, 떨린다.

작고 가녀린 어깨에 이현의 입술이 내려앉았다. 가볍게 스치고 지나간 감촉에 아쉬움을 느낀 이수는 더 많은 것을 요구하듯 고개를 들어 이현을 응시했다.

이현의 손에 의해 들렸던 몸이 다시 침대와 가까워지기 시작했다. 보드라운 시트에 완전히 등이 닿자 잡을 것이 필요한지 이수의 손이 허공에서 허우적거렸다. 그걸 단단히 잡은 이현의 고개가 다시금 아래로 향했다. 한 손으로 지퍼가 풀린 바지를 엉덩이 아래로 끌어내리며 다른 손으로는 가녀린 손목을 머리 위로 올리고 수줍게 숨어 있는 겨드랑이에 입을 맞췄다.

"거기는 좀……."

간지러움보다 부끄러움이 더 컸던지 이수가 울 것 같은 얼굴로 애원했다. 낮게 웃음을 터뜨린 이현이 알았다는 듯 입술을 뗐다. 눈에 띄게 안심하는 그녀를 보니 더 큰 장난기가 동해 다리를 벌리고 이수의 골반에 걸터앉은 채 이현이 천천히 바지를 내리기 시작했다. 매트리스에 무릎을 대고 살짝 일어서자 이미 엉덩이 아래로 내려간 바지는 허벅지까지 무리 없이 내려갔고, 적나라하게 드러난 남성에 이수가 얼굴을 붉히며 고개를 돌렸다.

"우리 이수 마음에 들어야 할 텐데."

짓궂게 웃으며 당당하게 모습을 드러낸 그것을 괜히 한번 내려다본 이현이 꼭 다물린 붉은 앵두 사이로 손가락 하나를 가져다 댔다. 톡톡 두드리자 반사적으로 벌어진 입술 사이로 굵고 기다린 검지가 쏙 모습을 감췄다. 예쁜 색깔만큼이나 뜨겁고 보드라운 살을 살살 약 올리듯 만지자 차오르는 숨을 이기지 못한 이수가 손가락을 살짝 깨물었다.

"오늘은 점잖은 선배 말고 퇴폐적인 선배가 될 예정이니까 각오해."

창피하고 간지럽고, 두근거린다. 단단한 가슴을 밀어내고는 있지만 진실로 밀어내고 있는지는 스스로도 확신할 수 없다. 승우와 연애를 하며 키스와 같은 스킨십이 없었던 건 아니다. 다만 두 사람 모두 관계에 있어 담백하게 행동했기에 그 이상 진전이 되지 않았을 뿐이다.

이현은 달랐다. 자신을 원하고 있음을 적극적으로 표현해 주었다. 그런 모습에 동화된 듯 이수 또한 사랑하는 사람과의 관계에 대한 호기심과 열망이 생겼다.

정상적인 호흡이 가능하자 이현이 이수의 혀를 옭아맸다. 짓눌린 입술과 입술 사이로 타액이 얽히며 고갯짓이 격해졌다. 뒤통수를 감싼 손가락이 점점 머리카락 사이사이를 파고들어 단단히 붙잡아 오는 통에 이수는 꼼짝도 할 수 없었다.

"아아."

달콤함에 취해 나온 한숨까지도 모조리 이현의 입안으로 사라졌다. 한없이 다정하면서도 성급한 손놀림에 이수가 입고 있던 블라우스 단추가 힘없이 튕겨져 나갔다. 투두둑 소리에 단추를 다는 것보다 새로 사는 게 빠를지도 모르겠다는 생각에 웃음이 났고, 그 반동은 고스란히 이현에게 전해졌다. 얽힌 혀가 간지러움을 호소하자 혼을 내듯 이를 세워 이수의 혀를 깨물었다.

"아!"

아프기보단 짜릿함이 커 등에 소름이 돋았다. 이수가 순간적으로 어깨를 부르르 떨었다.

단추가 떨어져 나간 블라우스가 어깨를 지나 손목까지 흘러내렸다. 시트에 닿은 등을 들어 틈을 내주자 기회를 놓치지 않고 재빨리 이수의 몸에서 천 조각을 치워 냈다.

가쁘게 숨을 내쉬던 이수는 이현의 어깨에 두른 손을 내려 가슴을 가렸다. 보라색 자수가 놓인 브래지어를 가리자 짓궂게 웃은 이현이 완전히 일어서 허벅지에 걸린 청바지를 벗어 던졌다. 그의 무게에 짓눌린 매트리스가 크게 출렁였다. 덩달아 이수의 몸도 흔들렸고, 실오라기 하나 걸치지 않은 몸이 된 이현이 침대 아래 바닥으로 뛰어내렸다.

"뭐, 뭐하는 거예요?"

빙그르르 돌아선 이현이 손이 이수의 발목을 잡아 침대 끝으로 세게 잡아당겼다. 시트라도 잡으려 했지만 손끝에 걸리는 것 하나 없어 속수무책으로 매트리스 끝까지 끌려간 이수의 다리가 낭떠러지에서 떨어지듯 힘없이 바닥과 닿았다.

"한쪽만 벗는 건 공평하지 못한 일이지."

"누가 벗으래요?"

"하루 종일 입어 꿉꿉한 저 청바지를 다시 주워 입는 것보다 정이수가 벗는 게 더 낫지 않겠어?"

등 뒤로 손을 뻗어 후크마저 손쉽게 풀어 버리자 소담해 당장에라도 깨물어 버리고만 싶은 가슴이 드러났다. 시야를 꽉 채운 흰 살결을 이현의 손이 성급히 잡아 버렸다. 열꽃이 피어오르기 시작한 가슴을 입안 가득 머금기 좋게 감싸 쥐고 그 위로 입술을 파묻었다. 비누 향 물씬 풍기는 부드러운 돌기가 뜨겁게 달아오른 혀와 부딪쳐 점점 더 꼿꼿해졌다.

"으으응."

잘근잘근 깨물다 애태우듯 혀로 슥 핥고 올라갈 때마다 이수가 신음을 토해 냈다. 그 틈을 타 비교적 자유로운 한 손으로 이현은 벗기기 좋게 지퍼 하나 없는 얇은 밴딩 팬츠와 보라색 앙증맞은 팬티까지 단번에 무릎 아래로 끌어내렸다.

뾰족한 돌기까지 강하게 빨려 그와 같이 실오라기 하나 남지 않은 몸이 된 줄도 모르는 이수의 몸이 쾌감에 지쳐 노곤하게 힘이 빠져 버렸다.

"이수야."

잠에 빠진 것처럼 감겨 있던 눈이 파르르 떨리더니 맑은 눈동자가 드러났다. 그제야 시야 가득 헐벗은 자신의 상태가 들어왔고, 시트를 잡아당기려 했지만 그보다 먼저 이현의 고개가 이수의 다리 사이를 파고들었다.

너무 놀라 턱 막혀 버린 소리를 내려 애쓰며 다리를 오므리려 했지만 이현의 입술이 이미 이수의 여성에 닿아 버린 상태였다. 이현은 조금이라도 덜 아프게 자신을 받아들일 수 있도록 좁고 뜨거운 샘을 쉴 새 없이 애무했다.

깊게 들어온 혀와, 둔덕을 누르는 코끝으로 인해 이수는 금방이라도 숨이 넘어갈 사람처럼 헐떡였다. 거칠어질 대로 거칠어진 숨에 눈앞이 핑 돌았다.

"흐으읏!"

입술 대신 손가락 하나를 조심히 밀어 넣자 아릿한 통증을 느끼며 이수의 몸이 크게 들썩였다. 흐트러진 그녀의 모습에 이현의 몸도 덩달아 통증을 느끼기 시작했다. 더 이상 참을 수 없을 만큼 부푼 그곳이 미칠 듯이 아파 와 이현이 조심스레 손가락을 빼내었다.

이수의 몸이 자신을 받아들일 준비가 되었음을 확인한 이현은 이수의 허리를 감싸 조금 위로 옮기고 가녀리게 떨리는 두 다리 사이로 올라가 무릎을 꿇었다. 살짝 일어난 채로 양쪽 발목을 잡아 자신의 허리를 감싸게 한 이현이 미안한 듯, 그렇지만 더 참을 수 없음을 드러내자 이수가 천천히 고개를 끄덕였다.

"아……!"

이현의 허리가 뒤에서 앞으로 강하게 치고 올라왔다. 순간 이수가 단발의 비명을 토하며 눈을 질끈 감았고, 두 사람의 몸이 한 몸처럼 밀착됐다.

상상했던 것보다 훨씬 더 뜨겁고 강하게 죄여 오는 이수의 등을 감싼 이현은 이수가 고통에 적응할 시간을 주기 위해 죽을힘을 다해 몸을 멈췄다. 그런 이현의 품에 안긴 이수는 아래에서 느껴지는 얼얼한 통증을 참기 위해 입술을 깨물었다. 순간적인 고통이 생각보다 커 맺힌 눈물을 눈 한 번 질끈 감았다 뜨며 떨어뜨렸다. 허리를 감은 다리가 아픔을 삭이려 저절로 세게 오므라들었다.

"너무도 오랫동안 바라 왔던 일이야."

쉿소리 잔뜩 나는 음성이 위에서부터 들려오자 짧지만 깊게 숨을 내쉰 이수가 천천히 어깨를 펴고 두 손을 하늘로 들어 이현의 어깨를 잡았다. 잔뜩 상기된 이현의 얼굴을 올려다보며 이수는 스스로도 놀랄 만한 용기를 냈다. 이현의 허리를 감고 있는 두 다리를 힘껏 앞으로 끌어당긴 것이다.

"으윽!"

생각지도 못한 전진에 머물러 있던 동굴 안, 좀 더 깊은 곳으로 밀려들어간 이현이 거칠게 신음을 토해 냈다.

"제발, 이수야……. 너 아파서 안 돼."

남자의 몸을 처음 받아들일 이수를 위해 이현이 어금니를 꽉 깨물었다. 두 손으로 매트리스를 짚고 움직이지 않으려 노력했지만 이수가 또다시 다리를 움직였다. 뿌리 깊은 나무처럼 단단하게 고정된 몸을 끌어당기기 위해 어깨를 잡고 있던 손을 공중에 들린 자신의 허벅지 밑에 넣고 힘을 줬다. 그 바람에 이현의 몸이 또다시 들썩거렸고, 찌릿한 아픔을 느낀 이수의 몸이 저절로 이현의 분신을 꽉 조였다. 결국 더 참지 못한 이현이 움직이기 시작했다.

쿵, 쿵.

침대 헤드까지 밀려 올라간 이수의 머리가 쿵쿵 소리를 냈지만 움직이기 시작한 이현의 몸을 멈추게 할 순 없었다. 아픔을 느낌과 동시에 쾌락에 빠진 이수의 몸도 그에 맞춰 힘차게 흔들렸다.

처음 배운 도둑질에 날 새는 줄 모른다고 비교적 늦은 나이에 쾌락을 알아 버린 두 사람은 하나의 몸처럼 달라붙어 좀처럼 떨어질 줄을 몰랐다.

첫 관계의 여운도 잠시, 아파하는 이수를 위해 뜨거운 물에 수건을 적셔 온 이현은 부끄러움에 몸부림치는 이수의 몸을 꼼꼼히 닦아 주었다. 서로의 몸을 끌어안고 잠이 들었지만 이내 서늘한 공기에 놀라 깬 두 사람은 누가 먼저랄 것 없이 입술을 찾아 매달렸다.

"으응."

깍지 낀 손이 잔뜩 구겨진 시트 위를 힘없이 오르내렸다.

절정에 올라 강하고 빠르게 움직이는 이현의 몸에 맞춰 이수의 가슴이 부드럽게 흔들렸다. 두 사람은 조금 더 강하게 서로를 끌어안고 깊은 입맞춤을 나눴다. 길게 늘어진 타액이 아주 천천히 이수의 턱에 닿은 순간 이현이 마지막으로 크게 허리를 튕기자 이수의 안이 뜨거움으로 가득차기 시작했다.

파르르 떨리던 몸이 힘없이 떨어졌다. 아래에 있던 이수는 그 무게감을 견디며 눈을 감았고, 이현의 입술이 감은 눈 위로, 이마로, 입술로 차례대로 닿았다. 완벽한 만족감에 옅게 늘어지는 신음 소리가 두 사람의 입술을 타고 흘렀다.

10_

“저거 내 배 속에서 나온 거 맞니?”

한없이 애틋한 얼굴로 이수를 끌어안고 있는 이현을 보며 인애가 혀를 찼다. 밤사이 ‘우리 뭔 일 있었소.’라고 광고를 하듯 부모 앞에서 부끄러운 줄도 모르는 아들의 모습에 기가 막힐 뿐이었다.

“이 시키야, 차라리 방을 잡아라, 방을. 앞에다 엄마 앉혀 놓고 뭐하는 짓이야?”

결국 인애가 둘 사이를 갈라놨다. 수줍게 얼굴을 붉히면서도 얌전히 입술을 내주던 이수는 고개를 푹 숙였지만 이현은 뻔뻔하게 대꾸했다.

“부러우면 엄마도 아버지 부르시든가요.”

“뭐야, 자식아?”

"배달 많아서 이수 얼굴 자주 못 봐요. 만질 수 있을 때 만지게 정 여사가 자리 좀 비켜 주시죠."

"그러게 누가 생 돈 써 가며 꽃집 하래? 이놈의 자식 머리통을 빡빡 밀어 끌고 갈까 보다."

"모르시나 본데요. 엄마 아들은 두상도 잘 생겨서 빡빡 밀어도 멋져요."

히죽 웃는 얼굴이 얄미워 인애가 등짝을 힘껏 때렸다. 아픈지 인상을 쓴 이현은 그 틈을 타 인애의 뒤에 숨어 있는 이수의 손을 잡고 재빨리 약국 밖으로 나왔다.

목과 쇄골 근처에 밤새 이현이 입술이 새겨 놓은 열꽃들이 조금 거뭇하게 변해 있었다. 날이 더워져 스카프를 매기 곤란한 탓에 머리를 길게 풀어 반만 묶는 걸로 대신했다.

"힘들지?"

허리를 안아 가깝게 밀착시킨 이현이 다정하게 물었다. 귀 뒤로 머리를 쓸어 넘겨 주며 열꽃 위를 툭 건드리자 볼이 발그레해진 이수가 들릴 듯 말 듯 작게 속삭였다.

"괜찮아요."

괜찮다는 말에 이현의 얼굴이 짓궂게 변했다.

"괜찮다고? 정말?"

영문을 몰라 이수가 고개를 끄덕이자 이현이 손을 이수의 엉덩이 위로 내리더니 재빨리 세게 한번 움켜잡았다가 풀었다. 놀란 이수가 파드득 몸을 떨자 이현이 짓궂게 웃으며 자신의 몸을 뒤로 조금 떼었다 툭, 앞으로 밀어 이수의 배와 맞닿게 했다.

"첫 경험 후 다음 날 괜찮다는 말은 보통 남자가 형편없었다는 건데. 나 이 녀석한테 나름대로 자부심을 갖고 있었는데, 정말 괜찮았단 말이지? 그럼 오늘 밤에는 안 괜찮게 더 노력해야겠네?"

그제야 이현이 하는 말의 뜻을 알아들은 이수가 토마토 같은 얼굴로 이현의 발을 꾹 세게 밟았다. 아프다며 엄살을 피우자 또 언제 그랬냐는 듯 걱정스런 얼굴이 되는 그녀를 품에 안고 정수리에 턱을 괬다.

"헤어지기 싫다. 미니어처로 만들어서 데리고 다녔으면 좋겠다."

숨이 막힌 듯 등을 두드리는데도 놓아주지 않던 이현은 맞은편 골목 끝에서 나오고 있는 노란 승합차를 발견하고 얼굴을 굳혔다. 그러다 조금씩 가까워지자 안고 있던 이수를 품에서 떼어 내 그대로 입술을 머금었다.

살짝 예쁘게 부어오른 입술을 가르며 들어가 고른 치열을 훑고 혀를 휘감자 이수의 손이 저절로 이현의 등을 감쌌다.

"으응."

옅게 들리는 신음마저 삼켜 버리며 반대쪽으로 고개를 튼 이현의 눈이 운전석에 앉아 있는 남자와 마주쳤다. 이현은 보란 듯이 눈웃음을 지으며 이수의 엉덩이를 더듬었다. 갑자기 속력을 높여 순식간에 멀어지는 노란차를 보며 천천히 입술을 뗐다.

타액으로 반짝이는 입술을 양손 엄지로 닦아 준 이현이 탐스럽게 물이든 뺨에도 가볍게 입을 맞췄다.

"날 더워지기 전에들 이사하는지 예약이 많아. 며칠 바쁠 것 같은데 정 여사님이랑 사이좋게 있을 수 있지?"

"어머니 걱정은 하지 말아요. 많이 바빠요? 혼자서 할 수 있겠어요?"

"차에 싣고 나르기만 하면 되는 걸, 뭐. 그리고 내가 걱정하는 건 강철체력 정 여사가 아니라 꽃 같은 정이수라고. 어머니가 괴롭히면 전화해."

"전화하면요? 배달하다 말고 오려고요?"

"아니. 아버지한테 SOS 쳐야지. 어머니가 아버지 며느리 괴롭힌다고. 아마, 우리 아버지 맘에 쏙 드는 며느릿감이 도망갈까 봐 당장 올라오실 걸?"

농담에 이수가 피이, 보조개를 보이며 예쁘게 웃었다. 가운을 입고 유리창 안쪽에서 혀를 차고 있는 인애와 눈이 마주친 이현이 이수를 먼저 약국에 들여보내고야 발길을 돌렸다.

써니 플라워 사장님이 맡기고 간 흰색 다마스 차에 탄 이현은 녹화된 2대의 CCTV 영상을 옮겨 담은 USB를 조수석에 올려놓고 시동을 켰다.

살살 골려 대고 약을 쳐 놨으니 며칠 내로 반응을 보일 게 분명했다. 그리고 그때가 바로 자신이 나설 차례다.

"재형이냐? 나 지금 출발한다."

원우나 의신과 달리 얼굴도 보지 못한 미래의 제수씨를 위해 과감하게 휴가를 신청한 재형이 근무하는 검찰청 주소를 내비게이션에 입력한 이현이 핸들을 돌렸다.

내색하지 않으려고 애썼음에도 불구하고 눈치 빠른 인애를 속이기엔 역부족이었다. 다행히 오전 내내 약국을 방문한 손님이 그렇게 많지는 않았지만, 배와 허벅지에 근육통이 생겼는지 앉았다 일어설 때마다 힘이 들었고, 밤새 이현을 받아들인 몸 또한 은근히 불편했다.

지나가는 투로 인애가 '짐승 같은 아들놈 때문에 엄마가 얼굴을 들 수가 없어요.' 하자 이수는 부끄러움에 두 손바닥에 고개를 폭 파묻었다. 어쩔 줄 몰라 하는 이수의 어깨를 꾹 눌러 의자에 앉게 한 인애가 가방을 뒤적여 초콜릿을 한 줌 꺼내 왔다.

테이블 위에 초콜릿을 올려놓고 단번에 껍질을 벗겨 내 딸기맛 초콜릿을 하나 입에 대 주자 이수가 얼른 받아먹었다. 자신의 입에도 하나 넣어 살살 녹여 먹으며 인애가 말을 걸었다.

"나이 들면 조금만 배가 허해도 다리부터 후들거려. 이수도 알겠지만 엄마가 참 쿨 하고 다정한 성격인데 배만 고팠다하면 인격이 변해요. 사람도 막 깨물고. 그래서 이현이 아버지가 늘 이렇게 초콜릿 한 줌, 사탕 한 줌 몰래몰래 챙겨 줘."

자신의 팔을 잡고 깨무는 시늉에 웃으며 앞니로 초콜릿을 살살 깨물었다. 달콤함에 혀가 아릴 정도지만 기분이 저절로 좋아지는 것 같았다.

"미국까지 가 어렵게 선 자리 마련하면 나가서 깽판만 치고 오고. 하나밖에 없는 자식이 성 불구는 아닌지, 남자를 좋아하는 건 아닌지 얼마나 마음 졸였는지 몰라. 그런데 이렇게 예쁘고 착한 이수가 아들놈 구제해 주니까 이 엄마 아빠는 이수가 참 많이 고마워."

"제가 많이 부족해서 죄송해요. 저만 아니었으면 친구 분이랑 얼굴 붉힐 일도 없으셨을 텐데."

"연실이 고 기집애? 너 아니어도 고거랑은 언제 한번 머리채 잡을 사이였어. 그리고 이수가 어디가 부족하다고 그래. 얼굴 곱고 마음 착하지. 거기에 이렇게 번듯한 약국도 가지고 있는데. 오히려 회사 때려치우고 생뚱맞게 꽃집 한다고 설치고 다니는 저 반 백수 아들놈이 더 부족하지."

아니라며 이수는 손사래 쳤다. 이현이 부족하다니, 그런 생각은 손톱만큼도 해 본 적 없다.

"역시 머리채 한 방은 너무 약했어. 부분탈모라도 만들어 놨어야 했는데. 이수, 그 여편네 물 먹이게 다음 주주총회에 아버지 대신 가 볼래? 가서 인상도 좀 팍팍 쓰고 안건마다 딴지 좀 걸다 와. 당신이 하는 돈지랄 나도 할 수 있다 확실히 보여 주고 와."

당장에라도 경수에게 전화를 걸 기세인 인애를 겨우 말렸다.

조건 없는 애정에 가슴이 벅차올랐다. 흠으로 보려고 마음먹으면 얼마든지 큰 흠이 될 수 있는 문제를 눈으로 보고 겪었음에도 보듬어 주는 인애의 애정에 자꾸만 먹먹해진다. 지금의 이 만남을 위해 그런 시련을 겪은 건 아닐까 하는 생각이 들 정도다.

"그리고 개인적으로 올바른 성생활은 적극적으로 권장하는 편이야. 그것도 나이 젊고 힘 있을 때나 좋지 늙어 봐라, 옆에 살닿는 것도 귀찮아. 아까처럼 괜히 부끄러워하고 눈치 보고 할 필요 없어. 우리 아들 놈 데려가주기만 해. 아까는 이현이 고게 너무 뻔뻔하게 굴길래 엄마가 심술 한번 부려 본 거야."

이수의 얼굴이 또다시 불타올랐다. 말로는 부끄러워할 필요 없다지만 놀리는 게 분명했다. 손으로 부채질을 하며 반대쪽으로 고개를 돌리자 인애가 까르르 숨이 넘어가게 웃는다. 은경과 인애가 만나면 그 짓궂음에 얼굴이 불타 남아나지 않을 것 같은 그런 예감이 강하게 들었다.

고1 여름방학이 끝나갈 때쯤, 이현이 서울로 전학을 간다는 소식을 전해 듣고 사흘 밤낮을 앓아누워 부모님 속을 터지게 만들고 결국 전학 길에 함께 오른 원우. 그리고 전학 간 학교에서 첫 체육수업 시간, 충청도 프리메라리가의 클래스를 보여 준 이현과 원우에게 반해, 만난 지 이틀 만에 의신과 재형은 어찌어찌하다 보니 된장독 옆 간장독, 부뚜막 위 가마솥 같은 사이가 됐다.

반 별 내기축구를 하면 훨훨 날아다니는 데다가 몰려다니며 사고를 쳐도 수문장 카시야스 뺨치는 재형의 수습능력으로 인해 이 네 명을 두고 동창들은 지구방위대라는 별명을 지어 주었다. 그 지구방위대 중 허무하게 월차를 써 버린 원우를 제외한 세 명이 오랜만에 모였다.

법원 검찰청 앞 커피숍 엘가에서 만나 제일 구석진 자리를 차지하고 앉은 재형은 이현이 가져온 USB를 노트북에 꽂아 재생시켰다.

이현이 알려 준 시간대로 빠르게 돌린 재형은 노란색 승합차에서 내린 남자가 주변을 살피며 약국 옆 화단을 훼손하는 장면과 아무도 없는 약국 내부를 창문에 붙어 살피는 모습을 두 번에 걸쳐 확인했다.

"어때?"

"이것만으로는 조금 어렵겠는데."

재형이 곤란한 듯 팔짱을 꼈다. 예상을 한 이현과 달리 성격 급한 의신은 말도 안 된다며 화를 냈다.

"우선 화단 부순 거야 이쪽에서 걸고 넘어져 봤자, 잘해야 벌금형 정도 나올 거야. 저쪽이 잘못 인정하고 적극적으로 합의 의사를 밝히면 벌금까지도 안 가겠지. 저 정도는 기소 감도 안 돼. 이 녀석이 싸고돌아서 얼굴도 못 본 우리 미래의 제수씨를 스토킹 했다는 증거도 없어. 순전히 이현이 짐작이고 의심이지."

화를 내는 의신과 달리 이현은 어느 정도 예상한 눈치였다.

"직접적으로 접근을 한다거나 주거침입, 미행이나 문자, 우편물을 보낸 적도 없는 것 같고. 물리적, 심리적 압박을 줘 위협을 느낀 상태도 아니고. 결정적으로 제수씨는 저 남자가 스토커라는 인식 자체가 없다며. 놈이 머리가 좋아 법망을 살살 피해 가는 건지 아니면 단순한 짝사랑인지 증명할 방법이 현재로선 없는 것 같은데, 내가 제대로 이해한 거 맞냐?"

"응."

이현이 수긍하자 재형이 소파 깊숙이 등을 파묻는다. 말이 좋아 하루 휴가지 내일부터 바로 줄줄이 재판이라 피곤에 쩌든 상태였다.

“재생해 봐.”

엔터를 치자 멈췄던 영상이 다시 움직이기 시작했다. 어느 지점까지 타임 바가 움직이자 이현이 재빨리 일시정지를 눌렀다. 딸깍 하는 마우스 소리에 의신과 재형이 동시에 모니터를 쳐다봤다.

“이 고등어 눈깔이 이수 말고 나를 더 오래 살펴보고 있어. 몰고 다니는 차에만 신경을 써서 몰랐는데 화단 부수고 새벽, 그리고 오전에 지나가는 척 몇 번씩 꽃집 앞을 기웃거렸어. 이걸로도 안 되는 거지?”

“응. 애매하지.”

“와 저 띠그랄 놈. 야, 진짜 잡아 처넣을 방법 없어? 잠재적 범죄자 뭐 이런 거 없어? 변태새끼도 아니고 지가 지 발로 아작 내 놓고 거기다 장미꽃을 갖다 놔? 약 올리냐? 저게 제정신인 사람이 할 짓이야?”

곱상한 얼굴과 달리 입이 꽤 거친 의신이 답답함을 호소하며 가슴을 두드렸다.

“일단 제수씨한테 이상한 문자 같은 거 온 적 없는지 은근히 물어봐. 그런 것도 없는 상태에서 네 의심만 가지고 스토커로 몰 순 없어. 겨우 화단 하나 부순 걸로 압수수색이라도 해? 막말로 수사요청을 한다고 해도 변호사가 심신미약이나 음주로 인해 판별력을 잃은 상태임을 주장하고 나올지도 모르지.”

“더 넘겨 봐.”

재형이 하는 말을 듣고만 있던 이현이 의신에게 영상을 틀게

했다. 어둡던 화면이 조금씩 밝아지기 시작했다. 이현이 또다시 키보드를 눌러 영상을 정지시켰다.

"저게 뭐야?"

"최대한 느리게 틀어 봐."

느린 속도로 영상을 재생하자 김창운이 카메라를 들고 와 불 꺼진 꽃집 외부를 찍고 약국으로 와 박살난 화단과 꽃다발, 약국을 차례대로 찍기 시작했다. 그러고는 돌아가려는 듯하다 갑자기 꽃집으로 달려가 유리문을 힘껏 걷어차기 시작했다. 몇 번이나 발로 차고 주먹으로 두드리다 누군가를 발견한 듯 빠른 걸음으로 사라져 버렸다.

"이 정도면 고등어 눈깔이 나한테 악감정이 있다고 몰아갈 수 있나?"

"어설프긴 해도 근거는 된다고 주장을 해 볼 수는 있지. 왜?"

"네 말대로 눈빛이 더럽다고 스토커로 몰아갈 순 없지. 그렇다고 이수 이용해 저놈 자극할 생각은 더더욱 없어."

"그래서?"

"그러니 다른 방법으로 몰아야지."

말뜻을 알아듣지 못해 답답해하는 의신과 달리 재형은 한 번에 알아들은 눈치였다. 입으로 작게 미친놈 하며 이마를 짚었다.

"뭐야? 뭔데, 뭔데?"

"미친놈."

의신의 물음과 재형의 욕설에 이현이 히죽 웃었다.

"일면식 없는 남자가 내 가게 문을 걷어찼고, 같은 날에 하필이면 약혼녀가 운영하는 약국 화단까지 조져 놨네? 위협을 느낀 나는 당연히 정식으로 수사 요청을 할 테고, 소재 파악을 위해 경찰들이 남자의 직장을 찾아간다."

허리를 쭉 편 이현을 보며 재형이 머리를 흔들었다. 어쩌다 이런 놈과 친구가 되어서는, 하는 그런 표정이다.

"그에 앙심을 품은 남자가 날 찾아와 전치 5주 이상의 폭력을 휘두르고 속수무책으로 얻어맞은 나는 정신적, 육체적 고통을 호소하며 병원에 입원을 하게 돼. 그리고 정말 공교롭게도 하필이면 피해자의 지인이자 검사인 서재형 검사가 그 당시 상황을 목격했네? 라고 가정했을 때 단독제 행정관청인 우리의 서재형 검사님께서 판단하기에 그 남자는 폭행죄로 기소가 될까요? 안 될까요? 피해자는 상해를 입었으니 당연히 합의를 거절할 거고, 반의사불벌죄에 해당되지도 않으니 그 가해자는 어떻게 될까요?"

"헐. 이 자식 진짜 미쳤네."

"미쳤지."

오랜만에 의견이 일치한 의신과 재형이 손바닥을 부딪쳤다.

"야, 이 미친놈아. 거슬리는 놈 하나 치우자고 매를 자청하냐? 그러다 대가리라도 팍 깨지면 이수가 박수 치면서 퍽이나 고마워하겠다."

커피를 빨아먹던 빨대로 이현의 머리를 툭 친 의신이 혀를 찼다. 직접적으로 스토킹을 했다는 증거도 없이 약간의 난폭한 행동을 했다는 것만으로 이렇게 과한 반응을 보이는 이현이 재형 역시 이해가 되지 않긴 마찬가지였다.

"걸리는 게 있어."

"뭔데."

빨대 끝을 잘근잘근 깨물던 이현이 재형의 물음에 대한 답을 내놓았다.

"이수가 박스 모아서 드리는 할머니가 계시는데 얼마 전에 골목에서 폐지 주우시다가 봉변을 당하셨어. 골절상인데 이수랑 내가 잠깐 자리 비운 사이에 병원에서 사라지셨거든. 이수한테 미안해서 그러신 것 같은데…… 동네가 오래되다 보니 방범카메라들이 없어서 누군지 잡지를 못했어. 증인도 없고 피해자도 가 버리고 해서 흐지부지된 모양이야."

목이 타는지 재형이 시킨 에이드를 크게 한 모금 마신 이현이 이어 말했다.

"지구대에서 연락이 왔어. 이수한테는 말 안 했는데 혹시라도 범인 잡히거나 뭐라도 나오면 연락 달라고 부탁을 해 놨었거든. 지구대 순경 말이 새벽에 근처 원룸에 혼자 사는 고등학생이 옥상에 담배 피우러 올라왔다가 어떤 남자가 시동 켜 놓은 봉고 비슷한 차에 타는 걸 봤대. 어두워서 얼굴이나 체구 같은 건 제대로 못 봤는데 불빛에 주황빛 같기도 하고 좀 더 밝은 색 같기도 한 차는 분명히 봤다고. 할머니 다쳐서 쓰러진 건 보지 못했는데 오후에 동네 사람들이 수군대는 걸 들었다나 봐. 혹시 몰라서 지구대에 신고했는데 차량 번호도 모르고 얼굴도 모르고. 범행에 사용된 흉기도 없고, 또 그 차 운전자가 범인이라는 증거도 없으니까 그쪽도 난감한 거지."

"그 차 운전자가 저 남자일거다? 저 남자랑 그 할머니의 연관성은?"

"몰라. 확신도 없어. 없는데 영 찜찜해. 색깔 있는 승합차를 끌고 다니는 인간이 저놈만 있는 것도 아닌데 불안하다고. 만에 하나 그놈이 저놈이면 이수한테도 무슨 해코지를 할지 모르잖아."

"그래서? 그래서 네가 그놈 앞에서 약이라도 살살 올려 일부러 쳐 맞기라도 하겠다고? 야이, 등신아. 너 그러다 저 사람이 정말 순수하게 이수를 좋아라 한 거면? 질투 나서 홧김에 화단만 작살낸 거면 어쩔래?"

"아니, 절대 아니야. 나 쳐다보는 것도 그렇고 하루에도 몇 번씩 차 끌고 지나다니는 것도 그렇고, 영 찜찜해. 단순히 좋아서 설치는 놈 눈빛이 아니야. 실제로 약국 문을 강제로 열려고 한 흔적도 있었어. 이수 말로는 예전에도 몇 번 그런 적 있다는데 이것저것 다 마음에 걸려. 그냥 넘어가기엔 분명 불안요소가 많아. 내가 오죽하면 이러겠냐. 고등어 눈깔, 이렇게라도 이수 앞에서 치워 버려야 돼. 그럴 만한 놈이 아니라면 걸려들지도 않겠지."

잠깐 내리고 마는 비가 아니라 며칠에 걸쳐 무섭게 불어 닥칠 태풍처럼 이현의 마음을 불편하고 조마조마하게 만드는 그 남자의 정체를 확실하게 확인하지 않으면 안 될 것 같다는 그런 예감이 강하게 들었다.

의신은 그래도 이건 아니지, 하고 중얼거렸고, 이현은 무언가를 깊게 생각하듯 손바닥에 이마를 괬다.

"난 모르겠다. 미친놈이 미친 짓 한다는 데 누가 말려."

팔짱을 끼고 한숨만 내쉬던 재형은 모르겠다는 듯 노트북을 휙 닫아 버렸다.

"많이 바빴어요?"

바쁠 거라는 말은 미리 들었지만 오후 늦게나 돼서 돌아온 이현을 이수가 반갑게 맞았다. 얼음을 띄운 매실차를 건네주며 어깨를 꾹 주무르자 이현이 이수를 잡아 앞으로 세우고 가볍게 입을 맞췄다.

"써니 플라워 사장님이 어렵게 믿고 맡긴 가게인데 제대로 해야지. 정 여사님이랑은 어땠어? 불편하진 않아?"

"전혀요. 어머니가 많이 도와주셨어요. 덕분에 나 오늘 하루 종일 편했어. 좋긴 한데 어머니 자꾸 약국에만 계셔서 어떻게 해요? 모처럼 올라오신 거라면서요."

"괜찮아. 주말에 몰아서 효도하지 뭐. 그리고 우리 엄마 모처럼 가운 입는 거라 지금 마냥 좋으실걸?"

"아들이 뭐 이래. 점심도 약국에서 간단히 드시게 하고 난 죄송해서 어쩔 줄 모르겠는데."

하루 이틀이야 감사한 마음이지만 그 이상이 되면 미안한 마음만 들 것 같았다. 이수가 눈을 흘기며 걱정을 했지만 이현은 웃기만 했다. 뿌루퉁한 얼굴이 귀여워 가슴에 꼭 끌어안자 숨이 막힌 듯 이수가 등허리를 툭툭 쳤다.

겨우 품에서 빠져 나온 이수가 이현에게 말했다.

"어머니 내려가실 때까지 우리 집에 계시는 건 어때요? 선배

집은 오피스텔이라 조금 불편하실 것 같은데. 우리 엄마도 그러는 게 좋을 것 같다고 하시고. 선배 생각은 어때요? 어머니가 불편해 하실까요?"

물론 만난 시간이나 관계에서 오는 약간의 불편함은 있을 것이다. 하지만 미운 점보다 예쁜 점만 보려고 해 주는 인애를 생각하면 충분히 감수할 수 있는 불편함이기도 했다.

"안 그래도 부탁하려고 했어. 생각 같아선 엄마 혼자 오피스텔 쓰고 난 우리 후배님이랑, 흐흐흐."

음흉하게 말끝을 흐리는 이현의 가슴을 아프지 않게 때린 이수가 잠시 혼자 있을 테니 가서 말씀드리라며 등을 떠밀었다. 몇 번이나 뒤돌아 손끝을 입에 맞추는 이현에게 작게 주먹을 쥐고 흔들어 보였다. 그 귀여운 경고가 먹혔는지 이현이 약국 문을 밀었다.

약국 안으로 들어가자 벽에 걸린 선풍이가 열심히 회전하며 돌아가고 있었다. 조제실에 있던 인애가 손님인 줄 알고 나왔다 픽, 바람 빠지는 소리를 내며 노골적으로 실망한 얼굴을 지어 보였다. 이현은 그런 인애의 모습을 보고 웃으며 안으로 들어가 잽싸게 허리를 끌어안았다.

"왜 이래, 징그럽게? 낮술 했냐?"

"우리 정 여사, 좋으면서 왜 이러실까?"

"아, 징그러워 이놈의 새끼야."

"아우~ 우리 엄마 냄새 좋네."

큰 몸을 구부려 인애의 어깨에 코를 묻은 이현이 능청을 떨었다. 말로는 징그럽다, 싫다 하면서도 아들의 애교가 싫지 않아, 인애가 손으로 토닥토닥 이현의 등을 두드렸다.

"엄마. 이수가 엄마 영동 내려가실 때까지 같이 있고 싶은가 봐."

"이수가?"

"응. 아들보다 낫네. 그치?"

"그러게. 요 주둥이만 산 못난이보다 이수가 훨씬 낫네. 엄마는 좋지. 괜찮은데 이수가 불편하지 않을까 모르겠다."

"이수는 좋대. 오히려 엄마가 불편할까 걱정하더라고. 내 생각이야 엄마가 내 오피스텔로 가시고, 아들은 이수 집으로 가는 건데."

"요놈 새끼가 엄마 앞에서 아주 잘하는 짓이다. 이런 걸 젖 배불리 먹이겠다고 미역국 퍼먹었지 내가."

어깨에 턱을 괸 이현의 구레나룻을 힘껏 낚아챈 인애가 위아래로 세게 흔들어 댔다. 이현이 엄살을 피우며 앓는 시늉을 해도 한참을 쥐고 흔들었다. 얼얼한지 손바닥으로 귀 부분을 꾹 누른 이현이 입을 쭉 내밀었다. 그러다 조제실 밖을 한번 살피고 진지한 얼굴로 인애에게 말했다.

"엄마. 이수가 가끔 확인도 안 하고 문을 열어 주는 습관이 있는 것 같더라고요. 올 때 미리 연락드릴 테니까 혹시라도 누가 오면 꼭 확인하고 열어 주세요. 아니, 이수가 모르는 사람이라고 하면 아예 열지 마세요. 잠금장치 다 확인하시고요."

"왜? 또 무슨 일인데 그래?"

"별일 아니야. 엄마 영동 내려가기 전까지만 좀 부탁드릴게요."

"안 좋은 일 있는 건 아니고?"

"일은 무슨. 미모의 여성 두 분이 걱정돼서 그럽니다요."

단순히 그 이유가 아닌 것 같지만 인애는 꼬치꼬치 캐묻는 대신 이현의 엉덩이를 툭 때리고 말았다. 강요하지 않는 건 아들에 대한 믿음이 있기 때문이다.

"오랜만에 오셨는데 아들 노릇도 못 하고 죄송해요. 주말에는 쉬니까 우리 정 여사님 가고 싶은 곳 말씀만 하셔. 다 모시고 갈게요."

"말만이라도 고맙네."

"원하는 곳으로 아예 리스트를 쫙 뽑으셔."

훨씬 큰 손가락을 내밀어 약속까지 한 이현이 잠시 이수와 할 말이 있다며 나갔다. 활짝 팔을 벌리는 아들과 수줍어하면서도 폭삭 안기는 이수의 모습이 예뻐 보여 웃음이 난다. 지금쯤 영동에 혼자 남아 자유를 누리고 있을 경수와 자신도 저 나이에 저렇게 예뻤을까 그런 생각이 들었다.

더 이상 힘든 일 없이 행복하기를. 무슨 이야기를 하는지 환하게 웃는 두 사람의 모습을 지켜보며 인애는 소망했다.

"어머니는 괜찮다고 하세요?"

그가 나오기 무섭게 묻는 이수에게 이현이 대답 대신 양팔을 활짝 벌렸다. 안기라는 듯 고갯짓하는 모습에 왠지 모를 수줍음을 느꼈지만 용기 내 허리에 두 팔을 감았다.

"정 여사랑 사이가 너무 좋아서 질투가 날 지경이야."

"효자인 줄 알았는데 자기 엄마한테 질투를 해요?"

"그러게 말이야. 몰랐는데 내가 아주 불효자식인가 봐. 질투 나서 영동에 내려가시라고 했어."

"거짓말."

딱 잘라 거짓말이라고 단정 짓자 이현이 슬그머니 미소를 머금었다.

"질투가 나는 건 사실이야."

이수의 손을 잡아 자신의 두 뺨에 나눠 대며 이현이 투덜댔다. 그랬냐며 볼에 닿은 손을 가볍게 움직이자 그게 또 좋은지 금세 싱글벙글이다. 요 며칠 이따금씩 이현의 표정이 무거워 보인다는 생각을 했다. 내심 걱정이 됐던 이수는 미소가 환한 얼굴을 보며 조금은 마음을 놓았다.

"이수야. 가끔씩 약국에 오던 남자 손님 있잖아. 어린이집인가 유치원인가 차량 운행한다는."

"김창운 님이요?"

"이름이 김창운이야?"

"네. 그분은 왜요?"

"아아, 요즘엔 좀 뜸한 것 같아서."

아무렇지 않은 척 하는 말에 이수가 '그런 것 같네요.' 하며 고개를 끄덕였다. 관심 없는 듯 노을이 지기 시작한 하늘을 올려다봤다. 등 뒤로 가 어깨를 감싼 이현은 이수가 계속해서 자신의 질문을 대수롭지 않게 받아 넘기길 바라며 조심스레 물었다.

"이 근처에서 어린이집은 못 본 것 같은데. 일부러 여기까지 오는 거야? 여기가 단골 병원인가?"

"특정 약물에 알레르기가 있대요. 다른 병원에 가면 또 일일이 설명하고 검사하고 해야 되니까 그런 거 아닐까요? 그리고 한사랑 어린이집이라고 이 옆으로 세 번째 골목에 작은 놀이터 있는데 그 옆에 3층짜리 건물이 어린이집이에요. 여기 처음 와서 지리 익힌다고 다니다가 봤어요. 가끔 가면 애기들 나와서 그네 타고 미끄럼틀 타고 그래요."

"김창운이라는 손님이 거기서 일해?"

"김창운 님한테 왜 이렇게 관심이 많아요?"

"관심은 무슨. 볼 때마다 노란색 차를 끌고 다니는 게 생각나서 그러지."

"아마 거기 다닐 거예요. 근처에 갔다가 한번 본 것 같아요."

단순한 호기심이라기엔 조금 이상했던지 이수가 살짝 고개를 들었다. 티를 내지 않으려 노력하며 일부러 심드렁하게 대꾸했고, 그제야 이수가 다른 방향으로 시선을 틀었다. 그녀 모르게 안도의 한숨을 쉰 이현이 작은 손을 잡아 이리저리 만지고 간질이다 갑자기 생각난 것처럼 허벅지를 탁 쳤다.

"원우한테 물어볼 게 있었는데 배터리 충전을 못 했네."

"급해요? 급하면 이걸로 물어보세요."

급해 보이는 얼굴에 이수가 아무 의심 없이 휴대폰을 꺼내 이현에게 건넸다. 그 흔한 비밀번호 패턴 하나 걸려 있지 않은 휴대폰을 받아 든 이현은 재빨리 문자 메시지 함에 들어가 이상한 문자는 없는지 훑어봤다. 내친김에 스팸 보관함까지 확인했지만 눈에 띄게 이상한 메시지는 없었다.

"문자판이 달라서 쓰기가 힘들다. 그냥 충전한 다음에 물어봐야겠네."

이번에도 이수는 의심 없이 휴대폰을 건네받았다. 가운 주머니에 넣고 너무 오래 자리를 비웠다며 손을 흔드는 그녀를 잡지 않았다. 약국에 들어가는 모습을 지켜 본 이현은 미친 짓이라며 말리다 결국 그의 고집에 진 친구들에게 이수에게서 알아낸 사실들을 짧게 적어 보냈다.

"아저씨이!"

"아이코, 우리 유진이."

까르르 웃으며 달려온 아이를 번쩍 들어 공중에서 돌려 주던 창운은 벨 소리와 함께 얼마 지나지 않아 자신을 부르는 원장의 목소리에 아이를 내려 주었다.

"창운 씨. 경찰서라는데? 무슨 꽃집에서 신고가 들어왔다는데, 무슨 일이야?"

"네? 그게 무슨……."

"나야 모르지. 창운 씨. 혹시 경찰서 가서 조사받을 일 있어? 그럼 우리도 조금 곤란해. 아무튼 받아 봐."

한사랑 어린이집 원장인 윤미가 받아 보라며 수화기를 건네주었다. 창운은 걱정 반 호기심 반으로 쳐다보는 그녀 몰래 숫자 버튼 옆 종료버튼을 꾹 누르고 전화받는 시늉을 했다.

"네? 아아, 그렇군요. 네, 네. 아뇨, 괜찮다고 전해 주십시오.

마땅히 해야 할 일을 했을 뿐입니다. 네, 네네. 바쁘신데 이렇게 직접 연락 주셔서 감사합니다."

천연덕스럽게 인사를 하는 시늉까지 한 창운이 수화기를 내려놓고 문턱에 기대 있던 원장에게 가 순박하게 웃으며 뒷머리를 긁적여 보였다.

"얼마 전에 꽃집 앞에서 오토바이가 배달하던 아주머니랑 부딪쳤는데 병원에 모셔다 드렸더니 감사인사를 하고 싶다고 파출소를 찾아가셨나 봅니다. 꽃집 사장님이 어린이집 차를 봤다고 말씀을 하신 모양인데 칭찬받을 일이 아니라……."

"어머, 그런 거였어요? 난 또. 혹시 안 좋은 일이라도 있나 걱정했지. 창운 씨 좋은 일 했네."

"아닙니다. 누구라도 그렇게 했을 텐데요."

원장은 순진하게 웃으며 손사래 치는 그를 보면서 사람 다시 봤다며 거듭 칭찬을 했고, 창운이 또다시 뒷머리를 긁으며 쑥스러운 듯 그 자리를 벗어났다.

"감히 날 물 먹여?"

그런 순한 얼굴은 어린이집 밖을 나오기 무섭게 사라졌다. 차바퀴를 세게 걷어차는 얼굴이 얼마나 독하고 무섭던지 지나가던 젊은 여성이 핸드백을 움켜쥐고 뛰듯이 골목 끝으로 사라졌다. 창문을 손바닥으로 짚으며 창운이 깊은 숨을 내쉬었다.

"와. 저 아줌마 말 진짜 많아."

놀이터 담벼락에 기대있던 이현이 투덜대며 나오는 의신을 발견하고 몸을 바로 세웠다. 회사에 묶여 있는 원우나 재형과 달리 부모님이 운영하는 약국에서 일을 해 비교적 자유로운 몸이라 따라왔던 의신은 김창운이라는 이름을 꺼내기 무섭게 쏟아지는 중년 여성의 잔소리 포함 수다에 혼이 쏙 빠져나간 기분이다. 몸서리치며 그 와중에 알게 된 사실을 이현에게 알려 주었다.

"어제 오후에 갑자기 사라졌대. 종일반 하원시켜야 되는데 갑자기 사라져서 지금까지 연락도 안 된다고 아주 난리야. 어떻게 아는 사이냐고 나를 아주 잡아먹을 기세더라. 야, 이거 좀 재밌지 않냐? 경찰인 척 전화를 했는데 그놈이 태연하게 전화를 끊어 버리더니 갑자기 사라졌다? 원래 뒤 구린 새끼들이 겁도 많고 갑툭튀도 잘 하는데 너 뒤통수 간수 잘 해야겠다. 그 미친놈 언제 어디서 튀어나올 줄 알아? 헤드샷엔 장사 없다."

농담조의 말과 달리 의신의 얼굴에는 걱정이 서려 있었다. 알았다며 자신보다 한 뼘 정도 작은 의신의 머리를 강하게 문지른 이현이 여러 번 본 적 있는 노란색 승합차를 흘깃 보고 지나쳤다.

이미 오전 일찍 근처 지구대에 들러 녹화된 CCTV 영상을 제출하고 온 길이었다. 시치미 뚝 떼고 자신에 대한 적의가 있는 것 같다는 말까지 살짝 흘렸다. 그런 자신을 보며 의신은 이참에 연기나 해 보는 게 어떠냐며 깐족였다.

흉악한 놈들은 철장에 가둬 무인도에 던져 놔야 한다느니 어쩌느니 하는 의신을 뒤로하고 이현은 생각을 정리했다. 며칠, 빠르면 당장 오늘이라도 김창운이 자신의 앞에 나타날 것 같은 예감이 들었다.

가볍게 스치고 지나가는 바람처럼 빠르고 간단히 해결돼 이수는 아무것도 모르길 이현은 진심으로 바랐다.

그리고 그의 예상과 바람대로 김창운과의 만남은 생각보다 빨랐다.

◈ ◈ ◈

오랜만에 친구들과 만난다는 이현의 연락에 이수는 인애와 조금 이르게 퇴근을 했다. 집에 오는 길에 삼겹살에 소주까지 사 왔다. 한 잔씩 주거니 받거니 하다 보니 두 사람의 볼은 누가 세게 잡았다 놓은 것처럼 불그스름하게 달아올랐다.

"딱 한 잔만 더 할까요?"

"겨우 한 잔? 그걸 누구 코에 발라."

"그럼 한 병?"

"좋지, 이수야. 그런데 소주가 없다. 있어 봐, 엄마가 사 가지고 와야겠다."

거실에 앉아 새우깡을 오독오독 깨물던 인애가 비틀대며 몸을 일으키자 이수가 주방으로 가 찬장이란 찬장을 다 열더니 와인 한 병을 찾아냈다. 보물처럼 품에 안고 가 달랑달랑 흔들어 보이자 인애가 박수 치며 좋아한다.

"어머니. 섞어 드셔도 괜찮으시겠어요? 그냥 제가 소주 사 올까요?"

"어차피 배 속에 들어가면 섞이는 건 매한가지야."

와인을 탄산음료처럼 벌컥벌컥 마시는 인애를 대단한 사람 보듯 하던 이수도 소심하게 한 모금 홀짝였다. 달콤 쌉싸름한 맛이 묘하게 당겨 자신도 모르게 잔을 입에 가져다 대는 횟수가 늘고 있었다.

"지금쯤 우리 집 양반도 신나서 술판 벌이고 있겠고만."

"식사는 잘 챙겨 드실까요?"

"누구? 우리 집 양반? 걱정을 마~쎄요. 된장국 열흘 치 끓여서 얼려 놓고 왔어요. 이현이 아버지가 다른 건 몰라도 또 밥물 하나는 기가 막히게 안치는 사람이야. 슈퍼 가서 스팸 캔 열 개는 넘게 사 왔을 걸? 애들 입맛이라 좋아하는데 내가 살찐다고 명절에 선물세트 들어와도 옆집에 다 줘 버렸어. 짜기만 한 게 뭐 그리 좋다고."

안 봐도 비디오라며 혀를 쯧 차는 인애를 보며 이수가 미소를 머금었다. 산나물만 드실 것 같은 분이 스팸을 좋아한다니 생각만으로도 웃음이 난다. 어쩌면 이현도 밥상에 앉아 애들처럼 이것 달라 저것 달라 할지도 모른다는 생각을 하다가 그런 생각을 하는 게 너무 엉큼하고 부끄러워 손바닥으로 뺨을 착 때리기도 했다.

와인은 금세 바닥을 드러냈다. 그 대부분이 인애의 배 속으로 들어갔다. 인애가 화장실엘 가고 처음 받아 든 한 잔으로 조금씩 나눠 마시던 이수가 거실 바닥 이리저리 흩어진 과자 부스러기를 모으는데 휴대폰 벨소리가 들렸다. 이리저리 고개를 돌려도 도통 보이지 않아 소파 위 쿠션들을 모두 다 헤집자 그 안에서 휴대폰이 모습을 드러냈다.

이현의 이름을 확인한 이수가 몇 번의 손짓 끝에 전화를 받았다. 술김에 이현의 이름을 늘어지게 부르던 이수가 이내 자리에서 벌떡 일어났다.

— 이수 후배? 이수야?

"어, 네?"

— 크게 다친 건 아니니까 너무 놀랄 필요 없어. 진정 좀 하고 와. 응? 알았지?

"어쩌다, 어쩌다가 다쳤어요? 친구들 만난다고 했는데…… 왜?"

분명히 이현의 번호였는데 낯선 목소리가 들렸다. 원우라며, 이현이 다쳐서 병원에 입원을 했다는 말에 이수의 머리가 멍해졌다. 귀에서 자꾸 윙윙 소리가 나고 온몸에서 힘이 빠졌다. 털썩, 힘없이 주저앉으면서도 휴대폰은 놓질 않았다.

— 어떤 미친놈이 술 취해서 달려들었다나 봐. 다행히 사람들이 말려서 크게 다치진 않았어.

"제, 제가 갈게요."

— 어머니 괜히 놀라시니까 우선은 혼자 와. 못 찾겠으면 병원 도착해서 전화하고.

대답을 하는 둥 마는 둥 전화를 끊고 이수가 방에 들어가려 문고리를 움직였지만 자꾸만 손이 미끄러졌다. 철컥철컥 헛돌아 가는 소리가 나다 겨우 문이 열렸다. 방으로 들어간 이수는 화장대에 올려놓은 가방을 움켜쥐고 나와 욕실 쪽에 대고 소리쳤다.

"저 잠깐 나갔다 올게요."

침착하려 애썼지만 목소리가 떨리는 건 막을 수 없었다. 변기 물 내리는 소리에 이수가 재빨리 운동화를 신고 현관문을 열었다. 인애가 놀랄까 재빨리 밖으로 나온 이수는 하필이면 술을 마셔 제멋대로 움직이는 다리를 주먹으로 몇 번이나 내리치고 간신히 엘리베이터를 탔다.

맞은편에 서 있던 택시가 유턴해 왔고, 뒷좌석에 급히 올라타 병원 이름을 말한 이수는 떨리는 손을 꽉 움켜잡았다. 많이 다치지 않았다는데 이현이 아닌 원우가 전화를 한 게 이상하게 느껴졌다. 별일 아닐 거라고 혼잣말처럼 중얼대면서도 불안함을 참지 못해 입술에서 피가 나는 줄도 모르고 꽉 깨물었다.

11_

세 시간 전.

"세상 좋아졌네."

원우와 의신은 재형이 이현의 셔츠에 달아 준 초소형 카메라, 통칭 시선 캠을 신기한 듯 바라봤다. 잠복근무나 흥신소 직원들이 주로 사용하는 기계였다. 오늘 이현은 자신의 위치를 알릴 용도로 사용할 예정이었다.

일부러 검은색과 붉은색의 체크무늬가 어지러운 셔츠를 입고 나온 이현은 답답하지만 단추를 목까지 다 채워 카메라가 정면을 볼 수 있게 했다.

"대신에 우리하고도 일정 거리 유지해야 돼."

어린이집에도 출근하지 않은 김창운이 골목 멀리서 꽃집을 살피다 어디론가 가는 걸 발견한 이현이 덫을 놓은 시간이 왔음을 깨달았다. 친구들에게 부랴부랴 연락을 했고, 손님을 가장해 한 명씩 가게에 들였다.

"야, 근데 그놈이 납치 대신 바로 푹, 하면 어쩌냐?"

"얌마, 시작부터 재수 없는 소리 할래?"

"아 왜? 그럴 수도 있잖아. 눈깔 확 뒤집혀 봐, 납치고 뭐고 머리 쓸 시간이 어디 있겠냐? 눈앞에 보이는 놈 즉결심판하지."

"의신이 말이 틀린 것도 아니지."

"맞지? 거봐."

재형의 동조에 의신이 뽐내듯 고개를 세웠다. 고개를 저은 원우는 아무런 말없이 앉아 있기만 하는 이현의 어깨를 짚었다. 마음으로는 그 남자에 대한 의심이 오해여서 아무 일도 없길 바라지만, 그럴 일은 없을 것 같아 걱정이 됐다.

"재형아. 그 뭐지, 영화에 보면 가죽보호대인가? 그런 거 있던데. 그건 안 가져 왔냐?"

"아아. 생각 못 했다."

원우가 묻자 미처 생각 못 했다는 듯 재형이 멍한 얼굴로 대꾸했다.

"기소하기 편한 건 납치, 감금, 폭행이지만 그건 그냥 우스갯소리고, 가능하면 대화로 해결해. 아무것도 확실하지 않은 상태인 거 명심하고."

손괴죄에 대한 법정 최고형은 3년 이하의 징역이나 700만원 이하의 벌금형. 직접적인 재물과 기물에 대한 파손으로 보기에도 애매하고 손괴죄에 대한 판결을 받아 낼 수 있을 거라 장담하기도 어려웠다.

당장 수사가 진행되지도 않는다. 재형은 애초부터 화단을 부순 정도로는 법정 최고형을 받아 내기 어렵다고 판단했고, 그래서 이현은 굳이 위험한 방법을 택했다. 친구로서 말려야 했지만 고집이 누구보다 센 이현은 혼자서라도 하겠다고 나섰다. 결국 법조인의 양심보다 우정을 택한 재형이지만 그 남자에게 없는 죄까지 덮어씌우지는 않겠다고 확실히 선을 그었다.

재형이 품에서 휴대폰을 꺼내 어디론가 전화를 걸었다. 잠시 후 메모한 종이를 이현에게 건넸다.

“소재파악 됐어. 명심해. 괜히 엄한 사람 인생을 네가 망가뜨릴 수도 있어. 신중히 생각하고 행동해. 친구라도 그 남자에게 억울한 부분이 있다면 묵과할 수 없어.”

“할머니 사고와 관계없고, 이수에 대해서도 단순한 감정이라면 도망을 가거나 나한테 사과를 하겠지. 그런데 그게 아니라면 내 방식대로 할 거야.”

휴대폰과 지갑을 챙긴 이현이 친구들이 나가고 난 후 문단속을 했다. 가기 전 마지막으로 불 꺼진 약국을 눈에 담았다.

눈이 마주쳤다. 밤이지만 평일이라 그런지 생각보다 사람이 적었다. 고깃집과 술집이 즐비한 거리에서 김창운과 눈이 마주친 이현은 아무렇지 않은 척 시간을 확인하고 홀이 텅 빈 껍데기 가게로 들어갔다. 그런 그의 뒤를 무슨 생각인지 김창운이 쫓아 들어왔다.

구석진 자리에 앉은 바로 옆 테이블 자리로 김창운이 다가와 앉았고, 이현은 못 본 척 태연히 물을 따라 마셨다.

"이모. 세 명 더 올 거예요. 주문은 나중에 할게요."

물수건으로 손을 닦고 휴대폰을 만지작대던 이현이 마치 들으라는 듯, 혼잣말 치고는 꽤 큰 소리로 중얼거렸다.

"예식장 잡고, 신혼여행 준비하려면 빠듯하겠네."

바로 뒤에서 탁, 물 잔을 내려놓는 소리가 들렸다. 테이블에 놓인 오이를 깨물며 태연하게 앉아 있던 이현은 점점 거칠어지는 숨소리를 들었다. 억지로 화를 참는 듯, 호흡이 일정하지 않고 들쭉날쭉했다.

사 등분한 오이를 두 개나 먹어치운 이현이 천천히 등을 곧추세웠다. 홀에 있던 직원 이모가 주방에 들어간 순간 나지막이 말문을 열었다.

"뭐 하나만 대놓고 물어봅시다."

거칠던 숨소리가 일순간 뚝 끊겼다. 플라스틱으로 된 물 잔을 옆으로 치우고 오른쪽 팔꿈치를 테이블에 괸 이현이 피식 웃으며 말을 이었다.

"폐지 줍는 할머니, 봄 약국 셔터 열쇠. 박살 난 화단. 뭐 아는 것 없습니까?"

흐릿해졌던 숨소리가 다시 커졌다. 쾅 하고 테이블을 치는 둔탁한 소리와 함께 낮은 음성이 등 뒤에서 들려왔다.

"무슨 말씀이신지."

"CCTV에 어떤 남자가 찍혔더라고요. 화단을 박살 내고, 변태 새끼처럼 새빨간 장미꽃 가져다 놓고, 그것도 모자라 꽃집 문을 열나게 걷어찬. 욕구불만 환자처럼 엉덩이 실룩대다 쫄아서 꼬리 말고 도망치는 꼴이 꽤 볼 만하던데. 혼자 보기 아까워서 정식으로 수사요청 하고 오는 길입니다. 그럴 일 없겠지만 걱정도 했습니다. 명색이 약혼녀 단골손님인데, 그 미친놈이 김창운 씨는 아닐까, 하고 말입니다. CCTV 속 그놈이랑 워낙 비슷하게 생기셔서."

약을 올리듯 이죽댄 이현이 슬쩍 고개를 뒤로 돌렸다. 술병을 세게 움켜쥐고 부들부들 떠는 김창운과 눈이 마주쳤다. 피식 웃으며 목례를 했다.

"일행이 늦는 것 같은데 합석이라도 하실까요?"

"됐, 습니다."

"그래요? 그럼 마시든가."

반쯤 틀었던 몸을 바로 한 이현이 일부러 물병을 높이 들어 쪼르륵 소리 나게 물을 따랐다.

"그냥 넘어갈까 했는데 약혼녀가 무서워해서 어쩔 수 없더군요. 그렇지 않습니까? 또라이 변태 스토커 새끼도 아니고 애지중지하는 화단을 그 모양으로 만들어 놓고 꽃다발이라니. 어느 여자가 그걸 좋아하겠습니까?"

"무……섭다고 했습니까?"

"무섭기만 하겠습니까? 소름도 끼치지. 발로 밟고 문대서 갖다 버렸어요. 흉물스러운 거 누가 주워 가기라도 할까 봐 아주 제대로 밟아서. 이모, 여기 소주 한 병 먼저 주세요."

말을 하다 보니 마음을 고백할 용기도 없이 뒤에 숨어 음험한 짓을 하는 김창운에게 화가 났다. 약을 올리듯 픽픽 웃어 댄 이현이 홀에 잠시 나온 직원에게 소주를 주문했다. 잔 하나와 녹색 병 하나를 받아 든 이현은 투명한 액체를 따라 단번에 마시고 크으 소리를 냈다. 그때, 김창운이 자리에서 일어서더니 이현이 앉은 테이블로 넘어왔다.

분노로 번들대는 눈동자와 눈이 마주쳤다. 유독, 주머니가 불룩한 야구 점퍼 차림의 김창운이 이현의 눈짓에 맞은편 자리에 앉았다. 탐색하듯 샅샅이 훑어 내리는 시선을 모른 척했다. 어금니를 꽉 깨물어 볼이 실룩대는 모습을 이현은 여유롭게 바라봤다.

'저런 눈이 단순한 순정파라고? 내일 당장 통일된다는 말이 더 신빙성 있겠네.'

당장에라도 자신을 찢어 죽일 것 같은 그런 눈빛이었다.

광기. 그 한 단어가 생각나는 눈을 똑바로 보며 술병을 들어 앞으로 내밀었다.

"한 잔 받으시죠? 그래도 오며 가며 만난 사이인데."

남자, 창운이 이현의 앞에 있던 술잔을 가져와 살짝 들었다.

쪼로로록.

술병을 기울이자 알싸한 알코올 냄새가 풍기기 시작했다. 투명한 액체가 멈추지 않더니 술잔 밖으로 흘러넘치기 시작한 것이다. 술잔을 감싼 손가락을 적시며 테이블 위로 톡톡 떨어지는 물줄기를 본 이현이 크게 씨익 웃었다. 들고 있던 술병을 내려놓기 무섭게 창운의 손목을 움켜잡았다.

"너 맞지, 또라이 변태."

"무슨 말씀인지 모르겠습니다. 이 손, 놓으시죠."

"빨간색 스포츠 시계. 그 또라이 변태 새끼 너 맞잖아요, 김창운 씨."

턱으로 손목에 찬 빨간색 시계를 가리키자 창운의 얼굴이 딱딱하게 굳었다. 순간, 창운이 잡히지 않은 손으로 대뜸 이현의 얼굴을 후려쳤다.

"윽."

갑작스런 공격에 이현의 몸이 바닥으로 나뒹굴었다.

퍽, 퍽.

일어서려는 이현의 몸에 발길질이 날아들었다. 두꺼운 구두 굽에 얼굴과 배를 사정없이 걷어차인 이현이 반사적으로 몸을 웅크렸지만, 이성을 잃은 창운의 발길질은 점점 더 거세졌다. 놀란 직원이 비명을 지르며 가게 밖으로 뛰쳐나갔다.

"용케, 알아챘네, 이, 새, 끼가! 그러게 왜 그 여자 앞에서 알짱거려?"

발길질을 할 때마다 뚝뚝 끊어져 나오는 악다구니에 몸을 웅크린 이현의 얼굴에 미소가 피어났다.

"그 구린 면상이 흔한 몽타주도 아니고, 멀쩡한 눈으로, 그럼 몰라보겠냐? 넌 새 된 거야, 새끼야. 퉤엣!"

키득키득 웃으며 입에 고인 핏물을 발치로 뱉어 내자 창운의 무차별적인 폭력이 다시 이어졌다.

"그럼 죽여야겠네."

구두코에 걷어차여 코를 움켜쥔 이현을 내려다보며 창운이 히죽 웃었다. 그러더니 피가 묻은 손을 바지에 슥 닦고 주머니 속으로 밀어 넣었다. 툭, 뭉뚝하게 접었던 칼과 함께 한 뭉치의 사진들이 바닥으로 떨어졌다. 온통 자신과 이수의 사진이었다.

"쪽팔린 줄 알아, 이 스토커 새끼야. 고백할 용기도 없는 병신. 사람 좋은 척 숨어 산다고 모를 줄 알았냐? 앞으로도 넌 영원히 시궁창에 처박혀 살 거다."

"닥쳐! 닥쳐! 닥치라고! 죽여 버릴 거야. 죽여 버리면 그 여잔 다시 혼자가 되겠지. 그럼 네 말대로 이번에는 고백을 해야겠네? 어때? 만족스럽지? 그러니까…… 죽어!"

이현의 독설에 창운이 들고 있던 칼을 마구잡이로 휘두르기 시작했다. 완전히 정신이 나간 사람처럼 휘두르는 칼을 피하려다 손바닥을 크게 베인 이현이 인상을 쓰면서도 재빨리 몸을 굴렸고, 그 순간 경찰 세 명과 함께 뛰어 들어온 원우가 계산대 옆에 쌓아 놓은 불판을 들고 달려들어 창운의 손목을 힘껏 내려쳤다.

"으악!"

손을 움켜쥔 창운이 곧바로 경찰들 손에 제압을 당해 바닥에 고꾸라졌고, 원우의 뒤에서 나온 의신과 재형이 이현에게 달려갔다.

"야 이 미친 자식아!"

깊게 베여 손에서 피를 흘리는 이현을 보며 원우가 비명 섞인 욕설을 퍼부었다.

"거봐. 내가 저 고등어 눈깔 제정신 아니랬지?"

"이 띠그랄 놈아! 지금 그걸 말이라고 하냐? 너 죽을 뻔했다고 자식아!"

아파 다 죽어 가는 얼굴로 히죽 웃는 이현의 모습에 화가 치민 의신이 더 참지 못하고 이현의 얼굴에 주먹을 날렸다.

"놔! 이거 놔아……!"

양팔을 잡히고도 발악을 하며 끌려 나가는 창운을 확인한 이현이 피식 웃더니 이내 혼잣말처럼 중얼거렸다.

"근데 나 왜 이렇게 어지럽냐?"

그러더니 이내 푹, 앞으로 고개를 떨어뜨렸다.

원우와 의신, 재형까지 이현의 이름을 부르며 들쳐 업었고, 구경꾼들을 헤집고 나와 무턱대고 달리기 시작했다.

"주거지 불분명에 흉기 소지, 상해를 입힐 의도가 분명하다고 판단돼 특수폭행으로 구속 기소될 거야."

그새를 못 참고 일러바친 원우 때문에 다친 손을 봉합하고 나온 이현은 펑펑 우는 이수를 달래느라 아픈 내색도 할 수 없었다. 적지 않은 양의 술을 마신 데다가 탈수가 올 정도로 눈물을 흘린 이수가 기절하듯 잠이 들자 병실 침대에 눕히고 그 옆에서 쪽잠을 잔 이현은 아침이 되자마자 병원에 찾아온 재형에게 김창운에 대해 전해 들었다.

"보고서 올린 수사관 말로는 김창운이 제 입으로 폐지 줍는 할머니를 때리고 도망쳤다고 실토했다더라. 네 말이 맞았어."

정신적인 문제가 있는 사람처럼 횡설수설하다 갑자기 돌변해 수사관 얼굴에 전화기를 집어 던졌고, 그러다 또 얌전해져 묻지도 않은 자신의 죄를 줄줄 읊더라는 말을 전해 들은 이현이 깊게 잠들어 미동도 않는 이수의 손을 꼭 잡았다.

"제수씨 얼굴 좀 보나 했더니. 미인이라 그런지 잠이 많네."

"많이 놀랐나 봐. 나중에 정식으로 소개할게. 아무튼 고맙다. 미안하고."

"미안한 거 알면 다시 이런 정신 나간 짓 하지 마라. 손가락이라도 썰린 줄 알고 가슴 철렁했다. 어머니께는 내가 연락드렸어. 오고 계실 거야."

"그래. 고맙다."

"잠깐 나온 거라 가 봐야 돼. 다시 올게. 현장에서 발견된 사진에 제수씨도 있긴 한데 스토킹을 했다는 증거로 보기엔 불충분하기도 하고. 직접적인 피해자는 너니까 제수씨한테는 가급적이면 연락이 가거나 그러진 않을 거야."

그 말에 이현이 눈에 보일 만큼 크게 안심을 했다. 그의 바람대로 이수는 이번 일을 모르고 지나갈 수 있게 됐다. 안도의 한숨이 나왔다.

이수보다 더 놀랐으면 놀랐지 적게 놀라지 않았을 재형은 재판이 있다며 급히 병실을 떠났다. 붕대를 감아 놓은 손이 쑤시고 욱

신거렸다. 문 앞까지 배웅을 하고 온 이현은 좁은 침대로 올라가 이수의 등 뒤로 몸을 누였다. 다친 손을 머리 위쪽으로 올리고 이수의 어깻죽지에 얼굴을 묻고 눈을 감았다.

어떻게 보면 세상에서 가장 미련하고 무모한 행동을 한 셈이지만 마음이 조금이나마 가벼워졌다. 비록 흉하게 다치고, 이수를 놀라게 하기는 했지만.

열 바늘도 넘게 봉합하고 얼굴은 알록달록하게 멍이 들었지만 다음 날 퇴원을 할 수 있었다. 많이 놀랐는지 화장실을 가거나 인애와 함께 밥을 먹으러 나갈 때를 빼곤 잠시도 곁에서 떨어지지 않는 이수로 인해 행복을 느낀 것도 잠시뿐이었다. 뒤늦게 연락을 받은 은경이 놀라 정선에서 올라왔고, 인애와 함께 퍼부어 대는 잔소리에 시달렸고, 혼이 쏙 빠져나갈 즈음에는 이현, 저만 빼놓은 상견례가 열렸다.

나란히 무릎을 꿇고 앉은 이수와 이현을 보며 혀를 찬 인애와 은경이 찻잔을 들고 거실로 와 소파에 앉았다.

“이수 어머니 뵐 낯이 없네요.”

“아유, 아닙니다. 객기 부리다 그런 것도 아니고 다른 사람 싸우는 걸 말리다 저렇게 됐다는데 어쩔 수 없지요. 저만하길 다행입니다.”

“아들이라고 하나 있는 게 저렇게 변변치 못하네요. 멀쩡히 군대까지 다녀온 녀석이 어린애 두 명을 못 이겨서.”

혀를 차는 인애의 모습에 이현이 한숨을 쉬며 이수의 손을 등 뒤로 몰래 잡았다. 이수가 고개를 살짝 돌리자 이현이 소리 없이 입술만 작게 움직였다.

'도망. 당장.'

도망을 가자는 이현의 말을 알아들은 이수가 코를 찡그리며 고개를 저었지만 이현이 계속해서 손을 흔들며 눈짓을 했다. 결국 이수가 고개를 끄덕였고, 그 순간 자리에서 벌떡 일어난 이현이 한 손으로 이수를 잡고 재빨리 현관문을 열고 도망을 쳐 버렸다. 휴대폰도, 지갑도 다 놓고 몸만 나가 버리는 둘의 모습에 인애와 은경이 동시에 웃음을 터뜨렸다.

"문이나 제대로 닫고 가지. 누가 잡나?"

현관문을 닫고 온 은경이 원래 앉았던 자리로 가 옅게 웃으며 말했다.

"이수가 말도 별로 없고 싹싹한 기가 많이 없지요?"

"어머, 무슨 말씀을요. 얼마나 싹싹하고 예쁜 말을 많이 하는데요. 이현이 아버지도 한 번 보고 이수한테 쏙 빠져 가지고 지금도 영동에서 올라온다고 난리예요. 이수 어머니는 저렇게 예쁜 딸 있으시니 보기만 해도 배가 부르시겠어요."

"과찬이세요. 이현 군이야말로 얼마나 싹싹하고 예쁜지 몰라요. 정선에서 사윗감 제일 잘 보게 됐다고 다들 부러워들 합니다."

서로의 얼굴에 금칠을 하다 웃긴 걸 알았는지 두 사람은 동시에 웃음을 터뜨렸다. 찻잔을 소파 옆 바닥에 내려놓은 은경이 조금은 어두운 얼굴로 말했다.

"이미 알고 계신다니 드리는 말씀이지만 이수가 많이 아팠습니다. 인연이 아니라 그랬는지 약국에만 있고 도통 웃을 줄을 몰랐는데…… 이현 군 만나고 많이 밝아졌어요. 원래부터 말이 없고 어두운 애는 아니었는데, 상처를 많이 받았던 모양입니다. 마음은 안 그런데 표현을 잘 할 줄 몰라요. 이현 군 어머니께서 이해해 주세요. 진짜로 속은 안 그럴 겁니다.”

“마음에도 없이 살랑대는 것보다 이수처럼 진득하니 제 할 일 묵묵히 하는 게 낫지 않겠습니까? 걱정 마셔요. 저희야말로 죄송하게 됐습니다. 녀석이 늘 넘치는 성격이라 중간을 모릅니다. 그때마다 앉혀 놓고 꾸짖어 주세요. 지 엄마 아버지 말은 별로 무서워하질 않아서요.”

인애가 따뜻하게 웃으며 은경의 손을 잡았다.

이현과 꼭 닮은 미소를 보며 은경은 알게 모르게 불안했던 마음을 털어 낼 수 있었다. 같이 웃어 보이며 거실 벽에 걸린 남편의 사진을 바라봤다. 이제 이수 걱정은 하지 말라며 젊을 적 모습 그대로인 남편을 두 눈에 가득 담았다.

“여름이니 망정이지 겨울이나 봄이었어 봐. 참 슬펐을 거야.”

“그러게 무턱대고 도망은 왜 쳐요?”

“장담하는데 그 상태로 십 분만 더 있었어 봐. 어머니랑 서로 남의 자식 자랑하다 이수는 이런데 저놈의 자식은 이래요 하면서 내 등짝을 또 막. 으으, 상상만 해도 아프다. 난 아직 보호가 필요한 환자인데 말이지.”

오한이 드는지 몸을 부르르 떤 이현이 이수의 손을 잡아 입술에 가볍게 댔다. 지갑도, 휴대폰도, 심지어 차 키도 챙기지 못했음을 깨닫고 아파트 단지 내 작은 놀이터로 도망을 친 이현은 그나마 비 내리는 궂은 날씨가 아님에 감사했다.

"이리 앉아 봐."

"애들 봐요."

"보라고 해. 자기들은 크면 더할 텐데, 뭐. 빨리."

손을 잡고 흔들자 이수가 마지못해 반대쪽 그네에 앉아 있는 이현의 무릎에 걸터앉았다. 아직은 환자인 이현이 무거워할까 봐 모래 깊숙이 발바닥을 묻고 그네 줄을 잡자 붕대 감은 손으로 조심히 허리를 끌어안은 이현이 이수의 등에 이마와 코를 기대어 왔다.

향긋한 섬유유연제 향이 코끝에 스민다. 이현이 저절로 기분이 좋아져 자신도 모르게 콧노래를 흥얼거리자 이수가 푸시시 웃었다. 옅은 웃음소리는 금방 사라졌지만 이현은 가슴이 부풀어 오르는 듯했다. 자신의 곁에서 행복한 얼굴로 웃고 있는 이수의 모습이 꿈만 같은 탓이다.

"엊그제는 정말 많이 놀랐어요. 선배 잘못되는 줄 알고."

다시 생각해도 아찔하고 무서운지 목소리에 울음기가 배어 있었다. 이수의 등에 기대 있던 이현이 고개를 뒤로 젖혔다. 그런 마음을 삭이려는 듯 하늘을 향하게 고개를 젖히고 가만히 숨을 고르던 이수가 이현을 불렀다.

"선배."

이현은 대답 대신 여린 등에 이마를 문질렀다.

"선배는 정의롭고, 좋은 사람이에요. 불의를 보면 참지 못하고, 잘못된 일은 앞장서서 바로 잡을 줄 아는 그런 사람. 그런데요…… 나는 선배가 조금만 덜 정의롭고, 조금만 덜 좋은 사람이었으면 좋겠어요. 선배의 도움을 바라는 사람들보다 먼저 내 얼굴, 부모님 얼굴을 떠올렸으면 좋겠어요. 누군가는 해야 하는 일, 선배는 하지 않았으면 좋겠어요. 이기적이래도 어쩔 수 없어요. 이번에는 다행히도 이 정도로 다치고 말았지만 혹시라도 더 크게……."

생각만으로도 무서워 잠시 말문이 막혔다. 눈을 감자 저절로 깊은 한숨이 나온다.

"선배의 그 정의로움에 내가 브레이크 역할을 할 수 있다면 그렇게 할래요. 날 생각해서라도 위험한 일, 그런 거 하지 말아요. 무모한 짓 다신 하지 말아요. 제발요."

"응. 그럴게. 너 놀라고 무섭게 하는 일 다신 안 할게. 약속해."

"약속 잘 지키는 사람이니까 믿을게요."

등 뒤에서부터 빙 둘러 잡은 새끼손가락에 자신의 손가락을 걸자 이수의 얼굴에 그제야 다시 미소가 피어올랐다.

"그렇지만 정이수를 위한 일이라면 난 언제든지 무모해질 거야. 널 지키기 위해서라면 언제라도 용감해질 거고, 비열해질 거야. 그러니까 이건 방금한 약속에서 제외해. 정이수를 지키지 못해 또 후회하느니 정의의 슈퍼맨이 되거나 비열한 악당이 될 거야."

다짐과도 같은 말이었다. 이 일로는 미안해하지도, 타협하지도 않을 거라는 고집 강한 말에 이수는 그저 가만히 자신의 허리를 두른 단단한 팔을 보듬듯이 어루만질 뿐이었다.

"그러면 나도 선배에 관해서 만큼은 억척스럽고 씩씩한 여자가 될게요."

서로가 서로를 지키자는 말에 딱딱하게 굳었던 이현의 입가가 부드럽게 풀어졌다.

머릿속에서 말소됐다고 생각한 감정을 되살아나게 해 준 이현에게 이수는 진심으로 감사했다. 감사한 마음과 사랑하는 마음을 담아 갈색빛 도는 팔등에 손가락 끝으로 작은 하트를 몇 번이나 그렸다. 그런 그녀의 등에 기대 있던 이현이 오래전부터 소망했던 일을 이루기 위해 이수의 이름을 불렀다.

"이수야."

"네?"

그네 줄을 잡고 하늘을 올려다보는 이수의 긴 머리카락에 코를 묻댄 이현이 나지막이 그녀의 이름을 불렀다. 둥실둥실 떠다니는 구름을 보며 대답을 하자 왼손으로 붕대를 감은 오른손 손목을 잡아 조금 더 강하게 이수의 허리를 끌어안았다.

"사랑해. 톰이 제리의 꼬리를 잡을 때까지 사랑해. 그러니까, 나랑 결혼해 줘. 결혼하자."

"……."

우리 밥 먹자, 하는 것처럼 어렵지 않게 나온 말에 이수가 고개를 뒤로 젖혔다.

"결혼해 줘. 매일 아침 같은 집, 같은 침대에서 눈 뜨고 싶어.

내가 해 준 밥을 먹으며 웃는 게 보고 싶어. 정이수 아플 때 의사가 찾는 보호자가 김이현이었으면 좋겠어. 내가 아플 때도 마찬가지고."

여전히 이수의 등에 얼굴을 묻고 살랑이듯 속삭이는 말에 이수의 눈이 몇 번이고 힘없이 감겼다 뜨이길 반복했다. 정이수가 나오길 기다리는 시간도 행복하지만 손을 잡고 함께 나오면 더 행복할 것 같다는 그의 말에 그네 줄을 잡고 있던 이수의 손이 미끄러지듯 천천히 아래로 내려왔다.

모래에 파묻혀 있던 발바닥에 힘이 들어갔다. 천천히 일어나 바람에 흔들리는 개나리 색 치마를 손끝으로 툭툭 털어 낸 이수가 빙그르르 돌아섰다. 그리고 천천히 무릎을 굽히기 시작했다. 이현이 고개를 살짝 내리자 이수가 미소를 머금으며 부드러운 모래 위로 완전히 무릎을 꿇고 앉아 두 팔을 이현의 무릎 위로 올리고 작은 열 손가락을 살짝 포개듯이 덮었다.

"선배. 내 남편이 되어 주세요."

여린 소리에 이현의 눈가에서 눈물이 떨어졌다. 이내 후두둑 더 많이 떨어지기 시작했다. 무릎에 있던 손이 슬그머니 자신의 허리를 감싸자 이현이 입술에 미소를 머금으며 이수의 머리를 끌어 당겨 품에 가둬 버렸다.

어릴 때부터 유별나게 눈물이 많아 부모님과 친구들한테 종종 놀림을 받기도 했다. 오죽하면 어릴 적 별명이 짤수기였다. 좋아서 웃어야 하는데 눈물이 나 곤란했다.

"당연하지."

웃는지 우는지 모를 괴상한 소리로 크게 당연하지를 외치며 이현이 그네에서 일어나 이수의 몸을 끌어안은 채 그대로 빙글빙글 돌기 시작했다. 꺅, 비명을 지르면서도 이수 역시 이현의 목을 더욱 세게 안았고, 미끄럼틀에서 술래잡기를 하던 꼬마 아이들이 자신들도 슈퍼맨을 해 달라며 달려와 이현의 등을 쿡쿡 찔러 댔다.

—The end

에필로그_1

햇살에 눈이 부시다. 새벽 늦게까지 오래전 개봉한 영화인 타이타닉을 봤고, 유별나게 감성이 풍부한 남자 이현은 영화 중후반부터 울기 시작했다. 영화가 끝났을 때에는 이미 개구리처럼 눈이 퉁퉁 부은 뒤였다. 뒤늦게 창피함을 느끼고 찬물에 적신 수건을 눈가에 올리고 잤지만 먼저 일어난 이수의 눈에는 전혀 효과가 없던 걸로 보여진다.

꼼지락 꼼지락 일어날 타이밍만 재고 있다 결국 이불 밖으로 팔다리를 쏙 내민 이수가 벌레처럼 꿈틀거리며 침대 밖으로 나왔다.

결혼과 동시에 영동에 내려가려던 처음의 계획은 시어머니 인애의 의견에 따라 조금 변경이 됐다. 적어도 일 년은 신혼을 만끽하라는 시부모님의 배려에 결혼식을 올리고 이 개월째, 꽃밭에 누워 깨를 볶을 수 있었다. 이따금씩 주말에 밥을 얻어먹으러 오는 지구방위대 아주버님들만 빼면 완벽한 신혼생활이었다. 된장독 옆의 간장독 같은 존재들이라니 이수는 이제 아침 일찍 벨이 울려도 그러려니 한다.

짤수기라는 어릴 적 별명답게 눈물도 많고 웃음도 많은 잠든 남편의 입술에 가볍게 입을 맞춘 이수는 주방에 가 숟가락 두 개를 냉동고에 넣었다. 울 때는 모르다가 꼭 자고 일어나서 부끄러움이 폭발하는 남편을 위한 배려였다.

이수는 서툴지만 이현이 직접 수를 놓은 앞치마 밑단의 이름에 가볍게 입을 맞추고 쌀을 씻어 안쳤다. 쌀이 익어 가는 동안 어젯밤 이현이 물에 담가 녹여 둔 삶은 아욱으로 된장국을 끓였다. 시아버지인 경수를 닮아 인스턴트 햄이나 계란 프라이를 좋아하지만 시어머니가 보내 주신 나물로 끓인 된장국 또한 그것들 못지않게 좋아했다.

달그락달그락 흔들리는 압력밥솥의 불을 줄이고 앞치마에 물기를 닦은 이수가 조용히 방문을 열었다.

침대 끝에 삐죽 나와 꼼지락대는 발가락을 보니 웃음이 난다. 소리가 나지 않게 발꿈치 들고 다가가 무릎을 꿇은 이수가 발바닥을 살살 간질였다. 자면서도 간지러움을 타는지 이리저리 움직이는 발을 잡아 더욱더 세게 간질이자 끙 소리와 함께 이현의 몸이 크게 출렁거렸다.

고등학교를 졸업한 후로 쭉 혼자 살아왔고, 특별하게 외로움을 느끼거나 하진 않았다. 혼자서 할 수 있는 일을 찾아 즐기는 편이었는데 결혼하고 이 개월이 조금 지난 지금은 이 넓은 방에 혼자 누워 있는 걸 상상도 하기 싫다.

어쩌다 혼자 퇴근해 집에 오는 날이면 이상하게 어깨가 처졌고, 이현이 올 때까지 거실 소파에 쪼그리고 누워 있고는 했다. 그 모습을 발견한 이현도 될 수 있으면 이수를 혼자 두지 않으려 했고, 그 바람에 지구방위대 모임 역시 늘 이 신혼집에서 이뤄지곤 했다.

"잘생겼다. 우리 남편."

그렇게나 어색하던 단어도 이제는 술술 나온다. 잠이 든 이현의 얼굴을 침대 옆에 서 느긋하게 감상하다 천천히 손을 뻗어 어깨를 짚고 흔들었다.

"일어나요. 응? 많이 잤어. 운동하러 간다면서요."

"으음. 졸려."

"아욱국 끓여 놨는데 계속 잘 거예요? 원우 선배 올지도 모르는데. 선배가 와서 다 먹어 치워도 난 몰라요?"

어깨를 흔들어도 미적미적 일어날 줄 모르던 이현이 원우가 아욱국을 다 먹어 치울지도 모른다는 말에 벌떡 일어났다. 예쁘게 눈을 흘기자 퉁퉁 부은 눈으로 배시시 웃은 이현이 침대 밖으로 나오더니 그대로 곧장 현관으로 갔다. 그러고는 맨 위 걸쇠까지 걸어 잠그고 다시 방으로 돌아왔다.

"이리 와."

"밥은요? 많이 피곤해요? 좀 더 잘 거예요? 나 숟가락도 얼려 놨는데."

“역시 내 마누라 밖에 없네. 밥은…… 임자랑 같이 운동 좀 하고 먹어야겠다. 이리 와.”

“어휴, 진짜. 임자가 뭐예요? 아저씨 같아.”

침대에 다이빙 하듯 뛰어든 이현이 음흉하게 웃으며 입고 있던 잠옷 바지를 훌라당 벗어 버렸다. 신혼임을 증명하듯 아무것도 입지 않아 단박에 드러난 남성은 진작부터 성을 내고 있었다. 단추를 풀 시간도 아까운지 티셔츠 벗듯 잠옷 상의까지 뒤집어 벗은 이현이 볼을 붉히는 이수의 손목을 잡아 침대로 쭉 잡아당겼다.

얼굴이 토마토처럼 빨갛게 물이 든 이수는 그가 시키는 대로 시트에 닿은 등을 살짝 들어 앞치마 매듭을 쉽게 풀 수 있도록 도왔다. 사르륵 벗겨 낸 앞치마가 침대 밑으로 흘러내렸다. 다홍색 스커트 허리 밴딩에 손가락을 걸치고 느릿느릿 아래로 벗겨 내자 이현의 취향이 백 퍼센트 반영된 붉은 자수 팬티가 수줍게 모습을 드러냈다.

탐스럽고 무성한 음모를 황홀하게 바라보는 이현의 어깨를 투정부리듯 밀친 이수가 굴곡이 그대로 드러나는 얇은 흰 티셔츠와 브래지어를 스스로 벗고 천천히 시트 위로 몸을 밀착시켰다. 꿀꺽, 절로 침을 삼킨 이현이 요망하게 반짝대는 입술을 앙, 세게 물었다.

입술 속에 숨어 약을 올리는 혀를 완벽하게 옭아매 한참을 음미한 이현은 손을 동그란 가슴으로 옮겨 갔다. 색이 짙어 절로 입술이 가는 돌기를 간질이듯 애무하다 입안에 넣고 부드럽게 굴렸다. 아프지 않게 혀끝으로 툭 건드리다 강하게 빨아들이자 이수의 발가락이 파르르 경련을 일으켰다.

어깨를 짚은 손을 아래로 인도하자, 하루에도 몇 번씩 하는 경험에도 불구하고 이수의 얼굴이 부끄러움에 물들었다. 뜨겁고 두꺼운 그곳을 두 손으로 움켜쥐고 천천히 위에서 아래로 문지르자 금방이라도 절정에 이를 것 같은 얼굴의 이현이 턱을 한껏 치켜들었다. 그러다 울컥, 사정감이 몰려들자 재빨리 이수를 매트리스 깊숙이 누르고 올라가 가녀린 허벅지 사이 둔덕을 검지와 엄지로 꼬집듯 꾹 눌렀다.

질끈 눈 감은 얼굴을 위에서 감상하듯 내려 보던 이현이 천천히 상체를 숙이자 이수가 재빨리 손바닥으로 가슴을 밀었지만 늘 그렇듯 역부족이었다. 그의 얼굴이, 정확히는 코와 혀가 골짜기에 닿기 전 이수가 애원조로 매달렸다.

"자꾸 그, 그렇게 하면 부끄럽다고요……."

이현을 밀어내지 못하고 대신에 손바닥을 포개 배꼽 아래를 가리자 짓궂게 웃으며 두 다리를 조금 더 활짝 벌린 이현이 도망치지 못하게 그 사이에 자리를 잡았다.

"나만 즐거워서는 안 돼. 이 녀석의 위용이 날로 대단해져서 이렇게 듬뿍 예뻐해 주지 않으면 당신이 힘들다고."

"진짜 말이라도 못하면."

웃으며 두 손을 시트 위로 가볍게 떨어뜨린 이현의 입술이 곧바로 여성과 닿았다. 맛 좋은 과일을 취하듯 부드럽게 탐하는 이현의 머리를 가볍게 움켜쥔 이수가 온몸을 떨었다. 자신도 모르게 다리를 오므렸는지 그곳에 가해지는 달콤함이 더욱 진해졌다.

"으으읏!"

부들부들 여리게 떠는 몸을 따라 손이 움직였다. 입술은 여전히 그곳에 둔 채로 배꼽부터 천천히 계단을 밟듯 올라간 손으로 부드럽고 말캉한 가슴을 잡고 계속해서 집요하게 어루만졌다.

여성이 흠뻑 젖어들었다. 비로소 완벽히 그를 받아들일 준비가 된 이수의 몸을 활짝 가르고 이현의 분신이 힘차게 치고 들어갔다. 기다리다 성이 난 이현의 몸이 좁고 따뜻한 천국 안을 틈 없이 채워 나가기 시작했다.

"하아! 좋아."

더할 나위 없이 완벽한 이수의 안에서 마침내 모든 걸 터뜨린 이현의 몸이 천천히 무너지기 시작했다. 열꽃이 빼곡히 핀 몸과 구릿빛 단단한 몸이 뜨겁게 밀착되었다.

여전히 서로의 몸 안에 머문 채로 몸을 굴려 좀 전과 달리 이수의 아래로 누운 이현이 기분 좋은 무게감을 만끽하며 미소 가득한 입술에 짧게 입을 맞췄다.

"이수야."

발가락이 오그라들 정도로 진한 만족감을 느끼며 이현이 이수의 이름을 불렀다. 이현의 배 위에 길게 누운 이수가 왜 그러냐는 듯 눈을 깜빡이자 이현이 짓궂게 웃으며 물었다.

"나 너무 좋아서 그러는데, 속물적인 질문 하나 해도 될까?"

"어, 겁나네? 무슨 속물적인 질문을 하려고 그래요?"

방싯 예쁘게 웃으며 묻자 이현이 개구쟁이처럼 씩 웃었다.

"그 녀석이랑 꽤 오래 만났는데 키스밖에 진도가 안 나간 이유는 뭐야? 뭐, 나야 덕분에 좋아 죽겠지만."

이수가 눈을 흘기며 이현의 가슴을 아프지 않게 때렸다.

"처음엔 너무 빠른 것 같았어요. 왠지 그러면 안 될 것 같았어요."

"그게 다 날 만나려고 그랬나 보다."

이현의 능청에 웃음이 났다. 그런 모양이라고 맞장구를 치니 목젖이 보이도록 껄껄 웃는다.

"약혼 이야기가 나왔을 땐 그 사람 가족 때문에 힘들어서 생각해 볼 틈도 없었어요. 진짜 힘들었던 것 같은데 선배 말대로 차라리 잘됐다 싶기도 해요. 이렇게 온전한 모습으로 선배한테 올 수 있었으니까."

단단한 가슴에 한쪽 얼굴을 댄 이수가 속삭였다.

"선배를 만나서 정말 다행이에요."

소곤소곤 옅게 뿜어져 나온 숨에 가슴이 간지러웠다. 손톱으로 긁는 대신 이수의 등 뒤를 감쌌다.

"다른 여자를 사랑하지 않아서 정말 다행이야."

하마터면 다른 노선을 탈 뻔했지만, 하는 이현의 말에 이수가 까르르 웃음을 터뜨렸다. 웃음소리에 맞춰 울리는 기분 좋은 진동에 잠시 눈을 감고 있던 그가 손만 뻗어 베개 밑에서 휴대폰을 꺼냈다.

[어머니. 사랑합니다. 그리고 감사합니다.]

고개를 쑥 내밀어 액정을 몰래 훔쳐본 이수는 발신인을 확인하고 소리 없이 미소를 머금었다. 애교를 부리듯 단단한 가슴에 볼을 문지르고 이현의 손에 들린 휴대폰을 빼앗아 또 다른 메시지 창을 열었다.

[어머님, 아버님. 소중한 아들을 낳아 주셔서 감사합니다.]

전송버튼을 누르고 검붉은 빛을 띠는 입술에 짧게 입을 맞춘 이수가 침대 끝에 간신히 매달려 있는 시트를 잡아 당겨 덮고 그대로 눈을 감았다.

오르락내리락, 일정한 호흡소리에 맞춰 두 사람의 몸이 부드러운 곡선을 그렸다.

더운 여름날의 찬란한 햇살이 커튼 사이로 쏟아져 내리고 있었다.

"무슨 말이야?"

— 헛구역질을 한다거나 새콤한 게 막 먹고 싶고 그러지 않아?

"그런 건 모르겠어요. 왜?"

— 엄마가 꿈을 꿨는데 이게 아무래도 태몽 같아서 말이야. 하아, 이게 태몽이면 내 주변에 임신할 사람이 우리 딸밖에 없는데.

"무슨 꿈인데 그래요?"

— 엄마가 아줌마들하고 집 앞 냇가에서 물장난을 하는데 새빨갛게 익은 복숭아가 둥둥 떠내려 오는 거야. 옆집이랑 건너 재호 엄마가 서로 잡으려고 하는데 그 복숭아가 제일 멀리 있는 엄마한테 떡하니 밀려오지 뭐니. 그래서 엄마가 냉큼 잡았지. 이수야. 너 저번 달이나 이번 달에 생리 했어?

며칠의 망설임 끝에 대학 동문 모임에 나가기로 결심을 했지만 어쩔 수 없이 드는 생각들에 신경이 날카로워져 있던 이수는 약속 시간 두 시간 전 걸려 온 엄마 은경의 전화에 송곳처럼 뾰족하던 신경이 가라앉는 걸 느꼈다.

잠시 수다나 떨까 했는데 태몽을 꾼 것 같다는 은경의 말에 생각 없이 웃다 생리를 했냐는 말에 테이블에 놓아 둔 탁상용 달력을 들고 날짜를 확인했다. 앞으로 한 장 넘겨 숫자를 센 이수가 혹시나 하는 마음에 선뜻 대답하지 못했다. 그때, 초인종 소리가 울렸고, 이수 먹일 샌드위치를 만들던 이현이 주방에서 나와 현관문을 열었다.

— 약국에 테스트기 있잖아. 혹시 모르니까 확인해 봐. 응?

"응? 아, 알았어요. 확인해 볼게."

얼떨결에 대답하고 전화를 끊은 이수가 고개를 숙여 밋밋하기만 한 배를 쳐다봤다. 묘한 기분이 들어 손바닥을 배에 가져다 대는데 갑자기 이현의 짧은 욕이 들려왔다. 괜히 화들짝 놀란 이수가 소파에서 일어나 무슨 일인지 묻자 이현이 떨떠름한 얼굴로 황토색 서류 봉투 안에서 흰색 봉투 두 개를 꺼내 가지고 왔다.

"그게 뭔데 그래요?"

이현이 짧은 한숨과 함께 봉투 겉면을 보여 주었다.

고승우.

짧게 휘갈겨 쓴 글씨를 확인한 이수가 눈을 동그랗게 뜨자 이현이 흰 봉투 하나를 먼저 뜯었다. 그리고 봉투를 연 지 정확히 일 초 만에 인상을 쓰며 벌떡 일어서 흰 봉투를 실내화로 꾹꾹 지르밟기 시작했다.

"왜요? 왜 그래요?"

덩달아 긴장을 하고 있던 이수가 놀라 묻자 이현이 하도 밟아 검은 때가 묻은 봉투 속 내용물을 이수에게도 보여 주었다.

「고자나 되라, 새끼야.」

"어머나!"

순간적으로 웃음이 터질 뻔해 얼른 손바닥으로 입술을 막은 이수가 눈만 깜빡여 이현의 눈치를 살폈다. 손바닥으로 부채질을 하던 이현이 또 다른 봉투를 북 찢었다. 아무것도 쓰여 있지 않던 첫 번째 봉투와 달리 두 번째 봉투에는 이수의 이름이 적혀 있었다. 거꾸로 뒤집어 탈탈 흔들자 그 안에서 하얀 수표 세 장과 메모지 하나가 떨어져 나왔다.

「결혼식에 가려고 했는데 싫어할 것 같아서 참았다. 정이수. 늦었지만 예의를 지키지 못해서 미안했다. 행복해라.」

수표와 메모를 확인한 이현이 어이가 없어 웃음을 터뜨렸다. 그러다 살벌하게 얼굴을 굳히고 휴대폰을 찾아 아버지 경수의 이름을 꾹 눌렀다. 신호음이 울리고 경수의 목소리가 들리기 무섭게 이현이 떼를 쓰는 아이처럼 퉁명스럽게 말했다.

"아버지. 가지고 계신 주식 이 참에 아들한테 다 넘기시죠? 아니, 넘기세요. 그놈의 경영권 확 박살을 내야지 안 되겠습니다."

박박 이를 갈며 말하는 이현의 모습에 이수는 은경이 던진 폭탄도 잠시 잊고 에어컨 바람에 팔랑 팔랑 흔들리는 수표와 메모지만 물끄러미 바라봤다.

행복한 하루의 시작이었다. 조금은 시끄럽고 복작댈.

에필로그_2

"비가 오눈데 어띠루 가나여? 수혀니는 유티원에 갑니다!"

아직은 혀 짧은 소리를 더 많이 하는 딸 수현의 노랫소리가 아침부터 쩌렁쩌렁했다. 이따금씩 주말마다 내려오던 시골 할아버지 댁으로 완전히 이사를 온 게 좋았나 보다.

그럴 만도 한 게, 안 되는 것투성인 엄마와 다르게 몰래 몰래 사탕도 주고, 초콜릿도 주고, 포도밭에 놀러 가면 목말을 태워 맛있는 포도까지 쏙쏙 따 먹게 해 주는 할아버지니…… 노래를 부르며 좋아할 만도 하다.

눈에 넣어도 아프지 않을 딸 수현이가 아토피가 심해 힘들어했고, 은경과 인애의 조언대로 깨끗한 공기가 아이에게 조금이나마 도움이 될까 싶어 모든 것을 정리 하고 영동으로 내려왔다.

어제 저녁 마지막 이삿짐들이 다 도착했고, 거실에 있는 커다란 샷시 문 앞에 앉아 있던 수현이 보슬보슬 내리기 시작한 비에 어린이집에서 배운 노래를 부르자 짐을 정리하던 이현과 이수의 얼굴에도 미소가 피어났다.

"아빠빠!"

"우리 딸, 왜? 아빠 여기 있어."

"아빠. 수혀니 지지!"

소중한 딸의 백일과 돌 사진이 가득한 앨범을 책장 맨 위에 꽂던 이현이 꾀꼬리 같은 딸의 부름에 쪼르르 달려가 몸을 굽히자, 수현이 배시시 웃으며 코딱지 중에서도 최고 큰 왕건이가 찰싹 달라붙어 있는 검지를 내밀었다.

지지를 주는 게 미안했던지 애교를 부리는 딸에게 홀딱 넘어간 이현이 코딱지를 자신의 손에 가져와 밖으로 휙 튕겨 내 버렸고, 수현이 와아아, 환호성을 지르며 박수를 치자 어깨가 으쓱 올라가는 게 보였다.

종종 있는 일인데도 마치 처음 있는 일처럼 신기해하고, 웃는 아빠와 딸의 모습에 이수의 얼굴에도 미소가 가득했다.

'아빠 이름은? 엄마 이름은? 너의 이름은?'

아빠 목에 매달려 까르르 웃는 딸의 모습을 보며 이수가 속으로 중얼거렸다. 그러자 그녀의 속을 들여다보기라도 한 듯 이현이 작고 오동통한 수현의 볼에 입을 쪽 맞추며 물었다.

"아빠 이름은?"

"김이혀언."

"옳지. 엄마 이름은?"

“정이수우.”

“옳지, 내 새끼. 그럼 우리 애기 이름은?”

“김수우~현.”

“아이고, 내 딸. 어디서 이렇게 예쁜 애기가 나왔을까?”

“끼히히! 엄마 배!”

오물오물대는 작은 입술에 뽀뽀를 퍼부으며 머리 위로 번쩍 안아 들고 빙빙 돌리자 무섭지도 않은지 까르르 웃음을 터뜨린다. 품에 안고 한참이나 볼을 비비던 이현이 또 물었다.

“엄마 예뻐?”

“예뻐.”

“아빠 예뻐?”

“아빠 예뻐.”

“수현이 예뻐?”

“수혀니 예뻐.”

앵무새처럼 종알종알 따라하는 딸이 예뻐 죽을 지경이었다.

“그럼 엄마가 예뻐, 아빠가 예뻐?”

늘 한 사람씩만 예쁜지 묻던 아빠가 처음으로 어려운 질문을 하자 수현이 검지를 입에 물고 고개를 갸웃거렸다. 세상에서 제일 사랑하는 아내지만 딸의 입에서 아빠가 더 예뻐, 하는 말이 듣고 싶은 마음에 간절하게 바라보았다. 이내 수현이 결심을 한 듯 작은 입술을 오물댄다.

“엄마 아빠 예뻐!”

조금 실망을 하긴 했지만 얼굴에 웃음이 가득 핀 이현이 고개를 돌리며 들었어? 하고 묻는다. 이수가 웃으며 고개를 끄덕이자 눈이 반달모양으로 휘어진다. 어지간히도 기분이 좋은 모양이라며 고개를 젓던 이수가 마지막 남은 이삿짐 박스를 열었다.

이현의 것으로 보이는 잡다한 물건들이 수북했다. 하나하나 헤집어 꺼내 놓을 것들을 추리던 이수가 먼지가 켜켜이 내려앉은 액자 하나를 발견했다. 입김을 훅 불어 먼지를 털어 낸 이수의 눈이 미세하게 커졌다.

사진 속 이현은 어리고 예쁜 여자와 다정하게 어깨동무를 하고 있었다. 친척 동생이나 누나 중에 사진 속 여자와 아주 조금이라도 닮은 사람은 없다. 자신 말고 다른 여자는 사귀기는커녕 쳐다보지도 않았다던 남편이 다정하게 어깨동무를 한 여자의 정체가 궁금해졌다.

마음이 상해서가 아니라 너무 예쁘게 생겨 그런 거라고, 입술을 깨문 이수가 액자를 들고 이현에게 다가가 말없이 내밀었다.

"이 사진이 아직도 있었네?"

수현을 무릎에 앉히고 액자를 받아 든 이현이 굉장히 반가운 얼굴로 중얼거리는 것을 이수는 똑똑히 들었다. 아무렇지 않은 척 쪼그리고 앉아 물었다.

"예쁜데, 누구예요?"

이상하게 점점 더 기분이 나빠졌다. 그럼에도 티 내지 않으려 도도하게 턱을 치켜들고 물었는데 잠시 그녀를 빤히 쳐다보던 이현이 크게 씩 웃으며 액자를 흔들어 댔다.

"미국에서 잠깐 사귀었던 친구. 이름이 제니야."

"그래요? 예쁘네."

이현의 말에 무릎에 있던 주먹에 저절로 힘이 들어갔다.

다른 여자는 사귄 적 없다면서! 이 말이 목구멍까지 차올랐지만 간신히 참고 벌떡 일어나 먼지떨이로 괜히 책장을 탁탁 쳐 댔다. 금발의 서양미녀였어도 기분이 나빴을 텐데 하필이면 같은 동양인이라니. 그것도 자신보다 훨씬 어리고 예쁜 여자라 괜히 진 것 같은 기분이 들어 먼지를 털어 내는 손길이 점점 더 거칠어졌다.

그런 그녀를 보며 이현은 웃고만 있었고, 어린 수현은 엉덩이 맴매를 하기 전과 똑같은 엄마의 얼굴에 본능적으로 위험을 감지하고는 슬쩍 아빠 무릎에서 벗어나 마당에서 풀을 뽑고 있는 할아버지와 할머니에게로 도망을 쳤다.

슬금슬금 가슴을 만지는 이현을 발로 차 침대 밑으로 떨어뜨린 이수는 다음 날 일찍 부부 동반 여행을 떠나는 시부모님을 배웅하고 아침을 차렸다.

딸아이가 좋아하는 반찬을 잔뜩 만들어 식탁에 올려놓고 맞은편에는 참기름 한 방울 떨어뜨린 간장만 달랑 내려놓았다.

깨우기도 전에 일어나 눈을 비비고 있는 수현을 안고 실수인 척 이현의 발을 밟은 이수가 성의 없는 사과를 하며 나가 버리자 자다가 봉변을 당하고도 뭐가 그리 좋은지 픽 웃은 이현이 방에서 나가 주방으로 갔다.

"뭐해요? 식사해요."

"반찬은? 국은?"

"냉장고에 김치 있으니까 꺼내 드세요. 수현아. 계란이랑 소시지 아빠 주지 말고 수현이가 다 먹어. 알았지?"

모처럼 좋아하는 반찬이 잔뜩 있어 신이 난 수현이 크게 대답했고, 그런 아이의 머리를 쓰다듬은 이수는 이현 쪽은 쳐다보지도 않고 그대로 방으로 휙 들어가 버렸다.

어깨동무를 하고 사진을 찍은 여자는 사실 친구 의신의 여동생이었다. 수능을 보고 사고를 쳐 이미 애가 셋이나 되는.

질투를 하는 모습이 귀여워 거짓말을 했다가 밥에 간장을 비벼 먹게 된 이현이 터져 나오는 웃음을 꾹 참고 냉장고에서 김치를 꺼내 왔다. 심술을 부리는 게 귀여워 사진 속 여자에 대한 진실은 하루쯤 더 있다 말해야지 마음먹고 실실 웃는 그를 수현이 빤히 쳐다보고 있었다.

"우리 애기, 왜? 아빠가 먹여 줄까요?"

"쯧쯧."

다른 때면 좋다고 숟가락을 내밀었을 아이가 갑자기 혀를 찼다. 그러더니.

"아빠. 엄마랑 아야야 해떠? 앙대는 고야!"

훈계를 하듯 숟가락으로 상을 탕탕 치며 눈과 코를 한꺼번에 찡그리는 딸의 모습에 이현이 더 참지 못하고 크게 웃음을 터뜨렸다.

"왜 내 남자 과거 속 여자들은 하나같이 다 어리고 예쁜 건데?"

침대 시트를 북북 벗겨 내던 이수는 이현이 거짓말을 한 줄도 모르고 침대 끝에 앉아 한숨을 푹 내쉬었다. 질투가 나고, 또 질투를 하는 자기 자신에게 창피했기 때문이다.

남편이 살짝 열린 문틈 사이로 지켜보며 좋아하는 줄 모르는 이수의 한숨은 깊어만 갔다.

www.bbulmedia.com

www.bbulmedia.com